Marina Müller McKenna

Im Wendekreis der Abendsonne

Roman

Die in diesem Buch dargestellten Personen und Ereignisse sind durchweg fiktiv. Eventuelle Ähnlichkeiten mit lebenden oder bereits verstorbenen Personen sowie mit realen Geschehnissen wären rein zufällig.

© 2019 Marina Müller McKenna
Umschlagfoto: Pixabay.com

Herstellung und Verlag:
BoD – Books on Demand, Norderstedt

ISBN: 978-3-7504-2118-9

*Gewidmet meinem geistigen Führer
und in Erinnerung an Rosalie*

Dédié à mon guide spirituel et en mémoire de Rosalie

„Here ..."

Der Kellner riss mich aus meinen Gedanken, während er einen großen Pott Kaffee und eine riesige Kanne mit Milch vor mir auf dem Tisch abstellte. Offenbar hielt er mich für eine seiner englischsprachigen Touristinnen. Ich lächelte ihn an. „Merci!"

Er nickte und wandte sich dem Nebentisch zu.

Es gibt Tage, da fühlt man sich nicht zuhause in seinem Leben. Sie erscheinen einem fremd und abweisend und wirken doch gerade deshalb oft so faszinierend, weil man sich aus seiner Routine herausgehoben weiß.

Ich rührte gedankenverloren in meiner Kaffeetasse. *Hier* ... ja, ich war wieder hier. Wieder am Mittelmeer, das heute so farblos und schwer unter dem an einem Hang gelegenen Café lag und das mich mit Sicherheit nicht freundlich empfing.

Durch die jetzt im beginnenden Winter geschlossenen Glaspanele hatte man einen weiten Blick über die grau verhangene Wasserfläche. In der Ferne sah man zwei Schiffe, ganz nahe am Horizont, durch einen schmalen lichtschimmernden Streifen fahren und langsam im Dunst verschwinden. Genau darüber trieb eine schwere, tiefliegende Wolke vorbei, die über dem Meer abregnete.

Ich trank einen Schluck und versuchte dann wieder, mit bloßem Auge die Schiffe zu orten. Als das nicht gelang, setzte ich meine Fernbrille auf ...

Da war es wieder. Wie ein glänzender Splitter bohrte sich eine Erinnerung in meine Gegenwart. Für einen Moment saß ich wieder mit dem mir so vertraut gewesenen Mann, meiner Liebe, meiner zugehörigen Seele, zusammen und erörterte ärgerlich seine Weigerung, eine Brille zu tragen ... So schnell wie dieser Einsprengsel einer vergangenen Zeit auftauchte, war er auch wieder fort – zurück blieb ein schmerzhaft ziehendes Gefühl.

Mittlerweile sah ich nur noch ein Schemen von dem ersten Schiff. Etwas weiter links allerdings entdeckte ich noch etwas anderes: Da war ein seltsam helles Gebiet, so als habe sich der Horizont keilförmig geteilt, und aus dieser Öffnung strahlte Licht. Als ich diesem Licht schräg nach links oben folge, sah ich, aus einer Wolke kommend, die Ursache dieser Erscheinung: einen kleinen

Tornado. Seine Walze war, von oben herabreichend, nur halb sichtbar; die Verbindung zum Wasser war beinahe nicht auszumachen. Wenn man aber ganz genau hinsah, konnte man erkennen, dass ein dünnes ‚Schwänzchen' des Tornados direkt auf die helle Öffnung am Horizont traf. Dort wurde also Wasser hoch nach oben gezogen, welches im Licht glänzte und das erstaunliche Phänomen der scheinbar geteilten Wasserlinie hervorbrachte.

Jetzt musste ich doch lächeln: Wie immer war alles mit allem verbunden …

Bei diesem Gedanken lehnte ich mich zurück und entspannte mich, was mein Denken wieder fließen ließ. War ich nicht halbherzig hierhergefahren? War es nicht ein Leugnen vor mir selber gewesen, dass ich zwar hier im Süden, jedoch nicht an dem Ort sein wollte, um den es doch eigentlich ging? Hatte ich dieses Dorf meiner Sehnsucht, meiner Liebe und meines brennenden Verlangens nicht in einem beinahe perfekten Kreis umfahren?

Ich war aus Paris gekommen. Ich hatte geglaubt, die Provence abgeschlossen, alles in mir gefunden zu haben. Und nun zog es mich doch wieder hierher, nicht nur zu dem Dorf, sondern vor allem zu dem Haus, dem Anwesen; zu meinen Erinnerungen – zu dem Mann, der nicht mehr da war. Der doch da war. Denn immer noch war es, als wartete er auf mich.

Der Kaffee war nun kalt geworden. Ich winkte dem Kellner.

„Madame?"

„Können Sie mir einen Cognac bringen?"

„Gerne, Madame!" Nun sprach er französisch.

Es ging gegen sechs Uhr. Das Café leerte sich, und die nächste Schicht – die der Abend- und Nachtschwärmer – hatte wohl noch nicht begonnen. Als der junge Mann mein Getränk brachte, hatte sich zwischen Himmel und Meer ein freier blauer Streifen gebildet. Aus den höheren Wolken stieg nun eine orangerote Sonne hinab in Richtung Horizont und tauchte dabei die ganze Umgebung in ein zauberisches Licht. Nach diesem grauen, verregneten Tag entflammte unser Stern für einen winzigen Augenblick jedes kleinste Detail in einer unbeschreiblichen Feuerfarbe. Schon im Voraus bedauerte ich jetzt jeden, der erst nach dieser Minute das Café betreten würde: Sie hätten das Wichtigste, das Schönste, verpasst.

Vielleicht aber war das für mich nichts weniger als ein Zeichen: Möglicherweise war auch ich gerade dabei, etwas Wichtiges für mein Leben zu verpassen. Vielleicht sollte ich doch noch einmal nach Lagnières fahren; zum Grundstück, zurück zu dem Ort, an dem ich mit Alain glückliche Jahre verbracht hatte. An einen Ort, den ich meiden wollte, der mich aber doch seit Wochen zu sich zog – und an dem Freunde warteten ... Langsam nahm ich, ohne ganz den Blick vom vergehenden himmlischen Schauspiel abzuwenden, mein Tagebuch aus der Tasche, zusammen mit einem Stift – zwei Utensilien, die ich seit langem immer bei mir trug – und machte eine Eintragung ...

Es scheint immer mehr, dass meine ‚Bestimmung' in diesem Leben von Anfang an war, auf die Suche nach der unsterblichen Seele zu gehen. Alles – Geschehnisse, Wohnorte, Krankheiten, Erfolge und Niederlagen – formen in der Rückschau eine perfekt gepflasterte Straße, wie ein Mosaik, die mich genau heute genau hierher geführt hat. Meine Aufgabe scheint es, verstehen und akzeptieren zu lernen, dass das für immer so sein wird und ich dem Prozess vertrauen kann. Letztendlich bin ich ursprünglich, vor vielen Jahren, hierher gekommen, um mir selbst zu begegnen. Ich bin geblieben, um bei mir zu sein. Wenn es nun noch etwas gab, das ich finden muss, warum sollte ich mir dabei im Wege stehen? Ich muss mir erlauben, diesen Weg zu Ende zu gehen, nicht auszuweichen. Das bin ich mir – und ihm – schuldig.

Am nächsten Tag, nach einer Nacht in einer gleich neben dem Café gelegenen Pension, machte ich mich auf den Weg.

Die Route war mir sehr vertraut, und gemäß meinem Naturell nahm ich mir viel Zeit. Während draußen die Landschaft an mir vorbeizog, zogen durch meine Gedanken Erinnerungen an Vergangenes. Vor vielen Jahren, auf meiner Fahrt nach Norden, querte ich den Luberon, was mich auf Alain treffen ließ und die glücklichste Zeit meines Lebens einleitete. Damals war er mir durch einen Verkehrsunfall auf einer der gebirgigen Straßen quasi vor die Kühlerhaube gerutscht. In den Folgejahren wurden wir erst gute Freunde und schnell Liebende und Partner. Nach Alains Tod hatte ich meine Reise nach Paris fortgesetzt und dort ein paar Wochen verbracht.

Diese Stadt war mir wichtig, um über einige Dinge nachzudenken und um eine Erklärung zu finden. Immerhin ging es um meine Geschichte. Ich genoss den Spätsommer und den darauf folgenden frühen Herbst. So schön und zauberhaft Paris auch war, es erstaunte mich doch, wie wenig Grünflächen es aufzubieten hatte. Ich war durch die inneren Arrondissements gestreift und hatte mich an der typischen Architektur sattgesehen. Am liebsten jedoch lief ich an den Ufern der Seine entlang, besuchte ihre Brücken – nicht nur den *Pont Neuf* und den *Pont au Change* – und fühlte auf der Suche nach weit zurückliegenden Erinnerungen tief in mich hinein. Paris war voll von Historie, und an vielen Plätzen fühlte ich mich meinem *alter ego*, Elinora, sehr nah.

Aber irgendwann war nichts Neues mehr zu finden; ich kam nicht weiter mit meiner Erforschung eines früher gelebten Lebens, und außerdem setzte nun der Herbst wirklich heftig ein. So beschloss ich, mich wieder auf den Weg nach Süden zu machen. Meine feste Absicht war gewesen, die Provence zu umfahren und nach Griechenland zurückzusiedeln.

Soweit der Plan. Aber hatte ich nicht gelernt, dass das Leben sich, von allen Plänen unbeeindruckt, seinen Weg bahnte? War nicht das Aufgeben von Reiseplänen mittlerweile zu einem Requisit meines Lebensweges geworden? Und so war es nur folgerichtig, dass ich mich mittlerweile wieder genau auf der Straße in Richtung Fontaine-de-Vaucluse befand, auf der alles begann. Irgendwo hier musste es gewesen sein, so schoss es mir durch den Kopf. Aber ich konnte beim besten Willen die Stelle nicht mehr eindeutig ausmachen. Nach so vielen Jahren hatte sich die Landschaft verändert. Jede Kurve sah beinahe identisch aus; die Bäume waren sichtlich gewachsen, das Grün an den Straßenrändern war üppiger geworden. Regen und Wind hatten ungeschützte Stellen umgeformt.

Was erwartete ich eigentlich? Sicher keine Gedenktafel an der Unfallstelle, die den für mich denkwürdigsten Tag meines letzten Lebensjahrzehnts bezeichnen würde. Also, so gestand ich mir jetzt mehr lächelnd als kopfschüttelnd ein, ging es tatsächlich wieder zurück nach Lagnières. Alain hatte immer noch eine unausweichliche Macht über mich.

Was aber suchte ich wirklich? Ich hatte Vertrauen gewonnen in die Dinge, die geschahen, wie sie wohl geschehen mussten. Aber trotz dieses Vertrauens und dieses inneren Wissens hatte ich die Leichtigkeit nicht, die ich mir dazu so sehr wünschte. Ich hatte sie nach dem Abschied von Alain nicht zurückgewonnen, war wieder in alten Gewohnheiten, in dem alten Grübeln gefangen. Ich hatte mit meinem Geliebten intensiv das *Jetzt* genossen, ohne Gedanken an die Zukunft. Nun war es vorbei. Vielleicht, so kam mir in den Sinn, war nach diesem *Jetzt* wirklich das *Hier* entscheidend. Oder, wie im Englischen: *now* and *here* – nowhere. Nirgendwo. War das eine gedankliche Aufforderung, mich wieder fallen zu lassen in den Strom der Ereignisse? Hatte ich Besseres vor? Was konnte mir schon geschehen ...

Nachtrag: Die Straße hatte mich schon immer genau dorthin geführt, wo ich hingelangen sollte, so sehr es auch häufig gegen meine eigenen Pläne gegangen war. In der Rückschau hätte es niemals anders gewesen sein können.

Ich erinnere mich gut, als ich nach dem Unfall eine Nacht im Krankenhaus verbrachte. Ich erwachte aus einem Zustand, den man Schlafparalyse nennt. Ich war hellwach gewesen, aber es schien, als ob mein Körper im Tiefschlaf war. Es war, wie angenagelt zu sein an das Bett; mit einem Geist, der für sich gesehen überallhin gehen konnte, nur: Der Körper war gezwungen, auf der Stelle zu verharren. Das hatte mich stark an eine ähnliche Situation viele Jahre früher erinnert, als ich beim Unzug nach Griechenland eine Nacht sitzend im Umzugstransporter verbracht hatte. Nach einem tiefen Schlaf erwachte ich, unfähig mich zu bewegen; nicht wissend, wo oder gar wer ich war.

Und dann kam ein Traum im Hotel, der mir einen Weg wies. Das war in Carpentras, der Stadt mit dem alles bezeichnenden Wappen: Nägel und Trense, die mich festhielten. Und das taten sie dann, auch wenn ich es zu diesem Zeitpunkt noch nicht ahnte. Allerdings geschah das alles ein wenig weiter südöstlich, in einem kleinen Dorf auf einer Anhöhe, in Lagnières. Und nun bin ich wieder auf dem Weg dorthin.

Bevor ich Lagnières erreichte, stoppte ich in einem davor gelegenen Ort, um mir etwas zu Trinken zu kaufen. Ich hielt vor einem kleinen Laden an und lief schnell hinein, weil mein Parkplatz etwas ungünstig gewählt war, denn ich versperrte eine Ausfahrt.

‚Es wird ja in der einen Minute keiner herausfahren wollen‘, schoss es mir durch den Kopf.

Aber als ich kurz danach mit einer Flasche Wasser wieder aus dem Laden kam, war gerade das geschehen: Ein Fahrer wollte aus dem Grundstück heraus und konnte den plötzlich aufgekommenen Strom des herannahenden Verkehrs nicht sehen. Schnell sprang ich in mein Auto und setzte etwas zurück. Dem vor mir wartenden, offenbar aber gar nicht verärgerten Fahrer bedeutete ich, geduldig zu sein. Mit einem Blick in meinen Rückspiegel wartete ich, bis die wer weiß woher kommenden vielen Fahrzeuge endlich vorbei waren, und gab ihm dann ein Zeichen, dass er nun, noch vor mir, in die Hauptstraße einbiegen könne. Er dankte winkend und fuhr davon. Ich folgte ihm langsam und nachdenklich.

Wo waren all die für diese Gegend und Tages- sowie Jahreszeit völlig untypischen Autos hergekommen? Sie schienen sich geradezu gegen mich und den fremden Fahrer verschworen zu haben. Auf der anderen Seite war der Mann ebenso untypisch ruhig. Die meisten anderen hätten sich gegen mich ‚Behinderer‘ empört. Hätte ich nicht einige Meter weiter an einer geeigneteren Stelle mein Auto abstellen können? Was mir aber vor allem anderen auffiel war, dass in dieser Situation der Mann sich und damit auch sein Leben vollständig in meine Hände – die einer völlig Fremden – begeben hatte.

Vertrauen! Da war es wieder. Nicht blindes Vertrauen, sondern eine Art Wissen, dass alles gut ist so wie es ist und dass man der Situation und der Person trauen kann. War das nicht wieder mein

Thema? Also noch ein Fingerzeig, der mir sagte: *Du bist genau da, wo du sein sollst – und sein willst*. Und wirklich, wäre es nicht langweilig, den Weg schon hinter sich zu haben, schon ‚fertig‘ zu sein?

Mittlerweile hatte sich der Verkehrsstrom wieder sehr gelichtet und war weitgehend normal, was nichts anderes hieß, als dass ich nach etwa zehn Minuten die Einzige war, die jetzt die letzte Abzweigung hinauf nach Lagnières nahm. Die Gefühle, die mich den ganzen Vor- und frühen Nachmittag begleitet hatten, brachen sich jetzt Bahn. Plötzlich rannen mir Tränen die Wangen hinunter, ohne dass ich es wollte oder stoppen konnte. Noch einmal hielt ich am Ortseingang an und stieg kurz aus. In diesem Moment brach die Sonne durch die Wolken und erleuchtete den Nachmittagshimmel in allen möglichen Pastellfarben. Ich war angekommen und eingeladen. Ich war wieder hier!

Fünf Minuten später fuhr ich durch das so vertraute Tor von Alains Anwesen. Ich parkte nahe am Atelier und nahm meine kleine Reisetasche mit. Mir fiel auf, dass ein Teil des Atelierhofes nun mit einer Art Überdachung versehen war. An der Hauswand befand sich ein Schild, welches den Namen dieses Ortes benannte: ‚Le préau des peintres‘ – ‚Der Hof der Maler‘. Hier also sollten sich die künftigen Studenten des Hauses im künstlerischen Schaffen unter fast freiem Himmel austoben, wenn das Wetter es zuließ. Ich musste lächeln.

Ich vermied den Haupteingang und näherte mich dem Haus stattdessen von der Gartenseite her. Hier war niemand zu sehen, obwohl der frühe Abend recht mild war.

Langsam öffnete ich eine der Flügeltüren zum Sommerraum. Der versöhnliche Geruch von etwas Gebratenem lag in der Luft. Ich ging durch den Raum in Richtung Küche, aus der nicht nur der Duft, sondern auch Stimmen kamen. Es gab also Lebenszeichen im Haus.

Als ich die Tür zur Küche erreichte, sah ich Julie, die in eine Diskussion mit dem am Tisch sitzenden Bertrand verwickelt war, Beide wandten mir ihre Rücken zu und konnten mich daher nicht sehen.

„Du wirst es erleben, er wird begeistert sein, wenn wir ihm den Vorschlag machen", sagte Julie gerade zu ihrem Mann. „Immerhin sind er und seine Mutter ja sozusagen Teil des Haushalts; das ist das Mindeste, was wir tun können."

Bertrand erwiderte: „Da möchte ich aber dabei sein, wenn du es ihnen sagst; das will ich miterleben."

„Ich auch – was immer es ist!" mischte ich mich nun ein.

Erschrocken wandten sich die beiden zu mir um. Kaum eine Sekunde später stürzte Julie mit einem freudigen Aufschrei auf mich zu und umarmte mich stürmisch. „Was machst du denn hier?"

Nun war auch Bertrand hinzugetreten, und nachdem seine Frau mich endlich losgelassen hatte, drückte auch er mich an sich. Dann schaute er mir in die Augen. „Die Überraschung ist dir gelungen, Ariane!"

Julie konnte ihre Begeisterung kaum in den Griff bekommen. „Komm, setz dich! Warum hast du denn nicht angerufen?"

„Weil ich bis zur letzten Minute nicht sicher war, ob ich wirklich hierherkomme", schwindelte ich.

„Oh, und was hat dich bewogen, es Gott sei Dank doch zu tun?" fragte Bertrand.

„Na, wo es sooo gut duftet, dass man es in der halben Provence noch wahrnehmen kann, da kann man ja nicht daran vorbeifahren!"

Wir lachten. Julie brachte noch einen Teller und Besteck und stellte ein Glas daneben auf den Tisch. „Das Huhn ist in dieser Minute fertig! Und wir haben mehr als genug. Setz dich!" Damit wies sie auf einen der beiden freien Stühle.

„Ihr esst recht früh zu Abend!" stellte ich fest.

„Heute ist eine Ausnahme", erwiderte Bertrand, „wir gehen heute zu einem Konzert nach Carpentras."

Währenddessen hatte Julie das Brathuhn aus dem Ofen geholt. Auf dem Tisch standen bereits Kartoffeln und Salat. Jetzt sah sie mich an und meinte: „Nun, da du da bist, können wir das auch verschieben!"

„… oder du kommst einfach mit. Es gibt sicher noch Karten!" ergänzte ihr Mann.

„Auf keinen Fall! Ihr geht wie geplant. Ich muss mich erst mal ausruhen."

Bertrand zerteilte den armen Vogel und legte mir ein Stück auf den Teller. „Du bleibst doch wohl länger?"

„Ja, bitte!" setzte Julie hinzu, während sie Wasser einschenkte.

„Nuuun ...", ich schaute beiden ein paar Sekunden lang in ihre erwartungsvollen Gesichter, „Ja!"

Julies Miene hellte sich augenblicklich auf. „Das ist wundervoll! Und ich kann Ariane verstehen. Du hast sicher eine längere Reise hinter dir. Kommst du direkt aus Paris?"

„Nicht direkt. Aber ich bin trotzdem müde. Lasst uns erstmal essen, und dann geht ihr zu eurem Konzert. In den nächsten Tagen haben wir genug Zeit ..." damit schob ich mir einen Bissen in den Mund. Obwohl ich nicht sehr hungrig war, schmeckte es köstlich. Augenblicklich fiel die Anstrengung der letzten Tage von mir ab, und ich spürte eine warme Wohligkeit durch meinen Körper fließen.

„Worüber habt Ihr denn gerade gesprochen, als ich hereinkam?" wollte ich wissen.

„Über Doudou. Er ist in letzter Zeit sehr an unserem Projekt interessiert und entwickelt wohl eine Leidenschaft für die Kunst."

Bertrand setzte Julies Erklärung fort. „Wir wollen ihm einen festen Platz im Team unserer Studenten anbieten. Er ist extrem wissbegierig."

„Wie schön. Das freut mich! Dann hat er wohl seine Scheu abgelegt?"

„Er ist auf dem besten Weg!" lachte Julie. „Du wirst ihn kaum wiedererkennen."

„Demnach hilft Madame Brunet immer noch, das Haus sauber zu halten?"

„Ja, wir haben sie übernommen", sagte Bertrand. „Und sie ist jetzt an insgesamt drei Tagen stundenweise hier. Das kommt ihr sehr entgegen, denn die Kinder sind jetzt alle groß, und sie hat mehr Zeit. Wenn es richtig losgeht, im Frühjahr, wird sie täglich kommen und für Verpflegung sorgen. Wir werden ein gutes Team sein."

Julie hakte ein. „Neben Bertrand, der viel im Haus und Garten macht und repariert, hilft auch Monsieur Brunet von Zeit zu Zeit.

15

Und für die Seminare und die Sommerkurse haben wir eine Gruppe von Kollegen aus der Kunstakademie, die gerne hierher kommen und aushelfen. Und für einige Veranstaltungen konnten wir sogar Gastreferenten aus Aix-en-Provence und sogar einen aus Paris gewinnen." Sie lächelte beseligt. Dann sprach sie etwas nachdenklicher weiter. „Es ist unglaublich, dass wir erst so kurze Zeit hier sind. Aber wir bauen wirklich etwas auf. Mir kommt es vor wie Ewigkeiten. Ein Schnupperwochenende gab es schon, und nächstes Frühjahr geht es richtig los. – Ariane, ich hoffe, wir haben dein Vertrauen wirklich nicht enttäuscht und werden es auch weiterhin wert sein …"

Bertrand legte beschwichtigend seine Hand auf den Arm seiner Frau. „Sie zweifelt immer noch ein wenig an all dem Glück, das wir mit der Übernahme von Alains Haus hatten. Und an dem Erfolg unseres Vorhabens, dabei kann ich es förmlich spüren …"

Ich schaute die beiden an und musste lächeln. „Ihr seid so süß. Natürlich habt Ihr mein … Vertrauen. Ihr habt auch … Alains Vertrauen. Das spüre ich. Was heißt Vertrauen: Es ist Freundschaft. Und bitte sprecht nicht mehr darüber. Es versteht sich alles von selbst, und genauso wird es auch laufen." Jetzt musste ich gähnen. „Verzeiht, aber ich bin ehrlich müde. Kann ich hinaufgehen? Welches Zimmer darf ich besiedeln?"

„Aber natürlich. Ich hätte beinahe gesagt: Fühl dich wie zuhause!" Julie lachte. „Aber du bist ja hier zuhause! Und wenn es dich nicht stört, haben wir Alains Raum, als dein Refugium, so gelassen wie es war."

Ich nickte, nahm noch einen Schluck Wasser, füllte mein Glas erneut und nahm es, zusammen mit meiner Tasche, in Richtung Treppe. „Habt einen schönen Abend, ihr beiden. Und morgen reden wir ausführlich, ja?"

„Das tun wir, und zwar bei einer guten Flasche Wein!" Bertrand, der meinen nur halb leergegessenen Teller in die Spüle räumte, winkte mir einen Gutenachtgruß zu.

Julie schien immer noch ein wenig wie aufgezogen, denn während wir die Treppe erklommen, redete sie unbeirrt weiter. „Ich hoffe, der Raum von Alain ist wirklich okay für dich. Wir schlafen in dem alten großen Zimmer, in dem wir in den vergangenen Jahren immer mal wieder übernachtet hatten, und dein alter Raum ist jetzt eines von drei offiziellen Gästezimmern …"

Oben angekommen, stoppte ich sie in ihrem Redefluss. „Julie, komm, beruhige dich. Alles ist gut. Alles ist so, wie es sein soll. Ich werde gerne bei Alain schlafen. Und morgen werde ich ihn besuchen. Und nun schalte du wieder einen Gang runter, denn ich bin immer noch eure Freundin und nicht die Königin auf Besuch …"

Julie sah mich etwas konsterniert an, dann prusteten wir los und lagen uns schon wieder in den Armen. „Du hast recht, ich war so aufgeregt, als du in der Tür standest. Verzeih! Und: Willkommen, Ariane."

„Danke! Ich finde mich zurecht. Habt einen schönen Abend, ihr beiden. Wir sehen uns morgen."

„Gute Nacht!"

Vertrauen. Da ist es wieder, dieses Wort, diese große Sache in meinem Leben. Julie ist tatsächlich ernsthaft besorgt, dass sie das in sie gesteckte Vertrauen enttäuschen könnte. Es scheint wie ein Thema über der ganzen Sache, dem ganzen Projekt zu liegen. Dabei war es meine Idee gewesen, eine mir aufgebürdete Last loszuwerden. Denn eigentlich war es ich es, in die ein Vertrauen gesteckt worden war, gegen meinen Willen. Alain hatte mir nach seinem Tod das Erbe, welches im Wesentlichen aus dem Haus, dem Grundstück und einigen Geldwerten bestand, aufgenötigt. Mit Julie und Bertrand und ihrem Plan, eine Art Kunstakademie für finanziell benachteiligte, aber begabte Jugendliche zu eröffnen, hatte sich mir der perfekte Ausweg geboten. Und ehrlich, als ich von hier im Spätsommer abgereist war, hatte ich keinen Plan, je wieder für längere Zeit hierher zurückzukehren. Ich wollte nach Griechenland durchreisen, dort wieder eine Bleibe suchen und mir dann von Julie und Bertrand meine persönlichen Gegenstände, die noch hiergeblieben waren, nachschicken lassen. Und nun bin ich hier, wieder bereit zu bleiben, mich dem zu stellen was ich hatte vermeiden wollen: Alains Grab, die Erinnerung an ihn und vor allem, allem anderen sein Raum, dieser Raum, dieses Bett …

Denn auch dieses, die große Traumarche, hatte mit Vertrauen zu tun. Hier waren wir uns nah gewesen wie zwei Menschen es nur sein können, lange bevor wir wirklich ein Liebespaar wurden. In diesem Bett hatten wir den Schlaf geteilt und alle unsere Gedanken, die Angst, den Schmerz und am Ende unsere Körper. Und nun war ich wieder hier, und augenblicklich erschien es mir, als sei auch Alain wieder da. Denn entgegen aller negativen Erwartungen spürte ich keine Leere, ich spürte Vertrautheit und eine eigenartige Ruhe.

Ich stellte meine nötigsten Utensilien ins Badezimmer, entkleidete mich schnell und wickelte mich, ohne noch geduscht zu haben, in die Bettdecke ein. Im nächsten Moment war ich eingeschlafen.

Der nächste Morgen weckte mich mit beinahe sommerlicher Helligkeit. Hier unten im Süden, so fiel es mir auf, war das Licht wirklich anders, sogar in dieser allgemein als dunkel empfundenen Jahreszeit.

Nach der Morgendusche ging ich hinunter in die Küche, in der ich schon meine beiden Freunde werkeln hören konnte.

„Wir hoffen, wir haben dich letzte Nacht nicht aufgeweckt", begrüßte mich Julie.

„Ich habe geschlafen wie ein Murmeltier, ich habe überhaupt nichts gehört", erwiderte ich, während ich eine Tasse vom Regal fischte. Erst auf dem Weg zum Küchentisch, wo die Kaffeekanne stand, fiel mir auf, dass es Alains Morgenkaffeetasse war. Dann sah ich die beiden an, die wiederum mich und meine Reaktion verfolgt hatten und nun so taten, als sei nichts gewesen. Ich musste lächeln. „Und, wie war´s?" fragte ich, während ich mich setzte.

„Oh, gut!" sagte Bertrand. „Neuerdings veranstalten sie ständig etwas in diesem Haus in Carpentras, schön gelegen mit Park drumherum; und das nicht nur im Sommer."

„Ja, Kultur ist wichtig. Es fehlt ein Theater hier in der Umgebung. Es fehlt so einiges ... Aber wie wir sehen, gibt es auch neue Ideen und Aktivitäten, so wie das, was Ihr aus dem Anwesen macht. Also erzählt mal ..."

Alains Haus bestand aus dem Untergeschoss mit Wohnzimmer, Sommerraum, Küche, Terrasse und Nebengelassen; oben lagen Alains en suite Schlafraum, ein beinahe ebenso großes en suite Gästezimmer am gegenüber gelegenen Ende des Flurs, mein ehemaliges Zimmer gleich neben Alains sowie zwei weitere Einzelschlafräume nebst einem gemeinsamen Badezimmer für diese drei Gästezimmer. Ich hatte ja schon gestern gehört, dass Julie und Bertrand sich das zweitgrößte Gästezimmer mit anliegendem Bad als ihren Schlafraum ausgewählt hatten. Und von vielen vorherigen Telefonaten wusste ich ebenfalls, dass sie mittlerweile ihr altes Haus im Nachbarort aufgegeben und nunmehr hier ihren offiziellen Wohnsitz hatten. Somit bewohnten sie neben dem Schlafraum das gesamte Untergeschoss. Für die Akademie standen das alte Atelier, der Garten und, bei schlechtem Wetter, für Ausstellungen oder auch Veranstaltungen, der Sommerraum zur Verfügung. Die drei Gästezimmer erlaubten Besuchern und Dozenten einen Aufenthalt vor Ort, und für die Jugendlichen bot der weitläufige Gartenbereich um das Atelier herum die Möglichkeit eines Sommercamps. Soweit die Idee.

Da sowohl Bertrand als auch Julie mittlerweile Pensionäre waren, lebten sie von ihren Pensionen. Die laufenden Kosten für das Haus und eventuell notwendige Investitionen mussten aus dem von Alain hinterlassenen Geld beglichen werden. Die Kurse für die Jugendlichen sollten unentgeltlich sein. Lediglich für Verpflegung und Material sollte ein bestimmter Betrag gezahlt werden.

Julies Augen glänzten, als mir ihr Mann erzählte, dass sie sich mittlerweile zu einer Expertin für diverse Fördermittel entwickelt habe. „Du solltest mal sehen, wie sie den staatlichen Behörden auf den Wecker geht!" sagte er nicht ohne Stolz.

„Ja, ich habe mich mittlerweile in dieses Thema hineingearbeitet. Es ist eine Menge Papierkram, aber wir haben das Projekt sowie den guten Namen von Projekt und Stiftung auf unserer Seite …" – sie zögerte – „du müsstest wegen der Stiftung noch ein paar Unterschriften leisten, und im Frühjahr wollen wir, wenn du damit einverstanden bist, der Kunstschule den Namen Alains verleihen …" Sie sah mich mit einer Mischung aus Zweifel und Erwartung an.

„Du meinst also, es soll Alain Marville …"

„Nur Marville. Marville-Kunstakademie soll es heißen", fiel sie mir ins Wort. „Was denkst du?"

„Na klar! Warum nicht?"

„Bertrand mischte sich ein. „Sie dachte, du wärst dagegen!"

„Warum sollte ich das sein?"

„Nun, nur so. Vielleicht wolltest du nicht immer an ihn erinnert werden …"

Ich schaute von Bertrand zu Julie und musste lachen. „Denkt ihr, dass das geht? Hier erinnert doch alles an ihn, an – wie du, Bertrand, immer sagtest – den Meister. Ich habe vergangene Nacht in seinem Bett geschlafen! Jetzt trinke ich aus seiner Tasse. Denkt ihr, er ist wirklich weg?"

Die beiden schauten mich mit großen Augen an. „Wir dachten, du trauerst noch!" sagte Julie.

„Das tue ich auch, aber auf meine Weise. Und heute besuche ich ihn. Mal sehen, was mich anwandelt."

Damit stand ich auf.

„Willst du nichts essen?" fragte Julie.

„Ich mache mir später etwas, wenn ich zurück bin."

Wirklich, ich hatte keinen Hunger. Stattdessen nahm ich meine Jacke und machte mich auf den Weg ins Dorf, zum Friedhof.

Es war ein klarer, kühler Tag mit einer hellen Wintersonne. Nichts erinnerte an die Wärme und das goldene Sonnenlicht von jenem Abend im Spätsommer, auf unserem Gartenbett, als Alain in meinen Armen starb. Es schien mir viel länger her, als es wirklich war. Dagegen kamen mir Erlebnisse früherer Jahre viel näher vor. So zum Beispiel, als Alain mich eines Nachmittags einen Hohlweg hinunterführte und mir den alten, aufgegebenen Friedhof von Lagnières zeigte. Auf ihm waren alte, verfallene und zum Teil stark überwachsene Gräber zu finden gewesen. Hier nun, auf dem neuen Friedhof, wirkte es aufgeräumt und beinahe etwas steril. Jeder der Toten ruhte, wie in Frankreich üblich, in einem Sarkophag beziehungsweise einer kleinen eigenen Gruft. Diese ‚Häuser' standen in Reihen, wie Wohnhäuser entlang einer Straße. Blumenschmuck fand man in Töpfen oder Vasen; selten war es einem Gewächs erlaubt, sich wild auszubreiten.

Ich fand Alains Grab, auf dem jetzt eine bepflanzte Blumenschale stand. Ein schlichter Schriftzug erinnerte daran, dass hier *Jean-Alain Marville, Bildhauer* ruhte. Jedoch, das tat er nicht. Was hier ruhte, waren lediglich seine sterblichen Überreste. Im Gegensatz zu dem, was ich in Haus und Garten gespürt hatte, konnte ich hier überhaupt nichts fühlen: nicht Alain, auch niemanden von den vielen anderen, die hier beigesetzt waren. Und darunter waren auch einige mir nahe stehende Menschen: Martin lag hier, der alte Schäfer Elias und noch ein paar andere Alte aus dem Dorf, die uns in den vergangenen sieben Jahren verlassen hatten. Doch nach dem zeitlichen Abstand, den vielen Wochen in Paris, und nachdem mein Blick nicht mehr durch Tränen über den plötzlichen Verlust vernebelt war, musste ich feststellen: Ich spürte gar nichts.

In diesem Moment kam eine Katze hinter einer benachbarten Grabstelle hervor. Sie hatte eine undefinierbare Fellfarbe, so als hätte sich die Natur nicht entscheiden können, ob sie eine gestreifte, eine getigerte oder eine wild durcheinander gescheckte Patchwork-Katze hatte produzieren wollen. Sie stockte für einen Moment und sah mich misstrauisch an, dann entschied sie sich dafür, mich nicht weiter zu beachten und so schnell wie möglich an mir und Alains Grab vorbeizuhuschen.

Kopfschüttelnd ließ ich meine Hand über die Marmorplatte gleiten, und obwohl ich Alain hier nicht wahrnahm, sagte ich doch leise „Nächstes Mal bringe ich Blumen mit!"

Dann ging ich sehr langsam, sehr nachdenklich, zum Haus zurück.

Dort wurde ich am hinteren Eingang zur Küche von jemandem freudig begrüßt, der sich gestern zu meiner offiziellen Ankunft nicht gezeigt hatte: mein Ziehkater Paul. Aus dem ehemals beinahe verhungerten Katzenbaby und heranwachsenden Jugendlichen war ein stattlicher Kerl geworden. Und da die alte Hauskatze Rosalie irgendwann im vergangenen Frühjahr verschwunden war – möglicherweise hatte sie sich eine andere Residenz gesucht – war seine Stellung als stolzer Beherrscher seines Reviers nun unangefochten.

Als ich in die Küche trat, traf ich dort meine beiden Freunde an.

„Und, wie war es?" wollte Julie wissen.

„Gar nichts war", erwiderte ich. Als ich Julies besorgten Blick wahrnahm, fügte ich schnell hinzu: „Alles ist gut!"

Bertrand setzte sich an den Tisch und musterte mich. „Was genau meinst du?" fragte er.

„Ich meine, es ist irgendwie genau das eingetreten, was ich erwartet hatte. Ich habe nichts gespürt. Keine Freude, keine Trauer; keinerlei Anwesenheit. Wie ich heute Morgen schon sagte, hier im Haus und im Garten spüre ich Alain an jeder Ecke und in allen Dingen. Wenn es eine Seele gibt – und davon gehe ich aus –, dann ist sie hier." Ich lächelte meine Freunde an. „So, nun sagt mir mal, wie es genau weitergehen soll. Welche Termine habt ihr für das Projekt?"

„Nun, wenn alles glatt läuft, soll die Schule – oder ‚Akademie' – am ersten April mit einem ersten Wochenseminar offiziell eröffnet werden." Jetzt hatte sich auch Julie an den Tisch gesetzt. „Erst einmal sollen es eher Wochenendseminare sein, ab dem Sommer dann mehrere wochenlange Angebote in den Ferien beziehungsweise ein Sommercamp. Im Herbst soll es die erste Ausstellung mit Arbeiten der Studenten geben."

„Dann habe ich eine Idee." Ich stellte ein frisch mit Wasser gefülltes Glas auf den Tisch und setzte mich ebenfalls. „Wie wäre es, wenn wir zur Einweihung der Schule die Katzenskulptur ‚Le coup de coeur' auf Alains Grab anbringen lassen. So können wir den Namens- und Geldgeber ehren und ihm ein würdiges Denkmal setzen – sowohl hier wie auch auf dem Friedhof."

„Das ist eine gute Idee!" meinte Julie.

Bertrand nahm die Begeisterung auf. „Heißt das, dass du nun wirklich für länger bleiben willst?"

„Das heißt es! Und bitte, tut mir einen Gefallen: Gerne stehe ich mit all meiner Energie als Hilfe zur Verfügung. Und ich leiste auch alle erforderlichen Unterschriften und helfe mit Papierkram. Aber bitte, seht mich nicht als die Hausherrin hier an. Dies ist jetzt euer

Heim, hier wohnt ihr genauso wie ich. Und wenn ihr Fragen habt bezüglich künstlerischer oder sonstiger Entscheidungen, die das Haus betreffen, dann fragt den, dem ihr das alles hier verdankt – dem wir alle das hier verdanken. Fragt Alain!"

Julies Gesicht ähnelte einem Fragezeichen. „Wie sollen wir denn das verstehen?"

„Nun, ganz einfach: Da er ja, wie wir festgestellt haben, nicht tot ist, sondern sein Geist und seine Seele immer noch hier zu sein scheinen, folgt bei allen Entscheidungen einfach eurer Eingebung. Macht das, was euer Bauchgefühl sagt. Das wird seine Antwort sein. Und die einzig richtige …"

Die zweite Nacht im Haus. Ein seltsamer Traum, der so im Widerspruch zu meiner gegenwärtigen Lebenssituation steht. Ich bin in einem Gefängnis. Erst denke ich, ich besuche dort jemanden, aber dann wird klar, dass es um mich selber geht und ich dringend Hilfe brauche. Ein paar Frauen bieten sich an, mir zu helfen. Sie bringen mich über versteckte Wege und durch enge Schächte in einen anderen Trakt, wo ich einen Mann treffen soll, der etwas damit zu tun hat, dass ich hier gefangen bin. Bis zur Klärung der Angelegenheit wird mir Hafterleichterung zugesagt. Nun bin ich nur noch nachts in einer Zelle eingeschlossen, am Tage aber steht mir unbegrenzter Freigang in der gesamten weitläufigen Gefängnisanlage zu. Es gibt verschiedene Freizeitangebote; sogar eine Art Markt, eine große Meditationshalle und daneben eine Art Restaurant. Es gibt ein Buffet mit frischen Früchten, Gemüse und Säften und ab und zu besondere Veranstaltungen, wie Klangmeditationen. Und an einigen Säulen steigt Dampf oder weißer Nebel auf. Nach einiger Zeit bedeuten mir einige Frauen, dass ich nun den Mann treffen werde, an den ich mich in meiner Sache wenden soll. Ich finde den Mann und folge ihm; er führt mich aus der großen Halle heraus und über den Markt in ein anderes Gebäude. Dann wendet er sich mir zu, und ich erkenne ihn; er nimmt wortlos meine Hand in seine, und wir meditieren gemeinsam. Ja, seinetwegen bin ich hier, und mich durchströmt die absolute Gewissheit, dass dies keine Strafe sein soll, sondern lediglich ein Warten.

Ich hatte schon erfahren, dass Alains alte Haushälterin Thérèse noch gelegentlich auf dem Friedhof und manchmal sogar im kleinen Dorfladen gesehen worden war. Jedoch wartete ich mit meinem Besuch bis zum Beginn der Adventszeit, denn ich wollte sie überreden, uns am Weihnachtsfeiertag zu besuchen.

Das fand auch die Zustimmung der anderen Bewohner des Anwesens und von Madame Brunet. Letztere schien auch in regelmäßigen Abständen nach der alten Dame zu sehen, die nun im Dorf alleine lebte, nachdem ihr Mann Martin noch vor Alain von uns gegangen war. Dem Wunsch der Kinder, zu ihnen in die Stadt zu ziehen, wollte sie nicht nachgeben, und so fühlten wir uns alle irgendwie für sie verantwortlich. Madame Brunet meinte, sie hätte gleich zwei Verluste zu verschmerzen gehabt: den ihres Mannes und den ihres jahrzehntelangen Arbeitgebers Alain.

Am zweiten Dezembersonntag ging ich, nachdem ich mich telefonisch bei ihr angekündigt hatte, mit ein paar Kleinigkeiten zum Naschen und einer Flasche Wein zum kleinen Häuschen von Thérèse.

Sie öffnete mir die Tür, und augenblicklich hatte ich das Bild vor Augen, wie sie mich beim allerersten Besuch bei Alain an der Tür von dessen Haus empfangen hatte. Optisch hatte sie sich kaum verändert. Nur wenn man sie sich bewegen und laufen sah, erkannte man, dass sie doch körperlich abgebaut hatte. Ihr Schritt war langsamer geworden und die Statur etwas gebeugter. Aber noch immer hatte sie ihr freundliches Gesicht mit den beinahe spitzbübisch glänzenden Augen.

„Oh, Madame, Sie hätten doch nichts mitbringen müssen!" rief sie, als ich ihr den Korb reichte.

Ich umarmte sie. „Ariane, bitte. Ach wie schön, Sie zu sehen, Thérèse! Wie geht es Ihnen?"

Sie führte mich in eine kleine, hell eingerichtete Stube und bedeutete mir, mich zu setzen. Auf einem kleinen Tischchen hatte sie Teller, Tassen und Gebäck arrangiert. „Ach wissen Sie, es geht. Es fällt mir alles etwas schwerer, und mein Martin fehlt mir. Und Monsieur Alain auch ..." Sie griff nach meiner Hand und drückte sie.

„Ja, sie beide fehlen. Wo ist die Zeit geblieben?"

„Das frage ich mich auch. Ich besuche die beiden oft auf dem Friedhof. Sie müssen Monsieur sehr vermissen!" Sie schenkte erst mir und dann sich selber Kaffee ein. Dann setzte sie sich und deutete auf das Gebäck. „Das ist Ihr liebstes – wissen Sie noch? Unsere Männer mochten es auch … Ich habe es extra für heute gebacken."

„Oh ja, ich erinnere mich gut. Ich habe so viel von Ihnen gelernt."

Sie freute sich sichtlich über diese Bemerkung. Dann fragte sie: „Wie war es in Paris?"

Ich erzählte ihr von meinen Wochen in der Hauptstadt und wie ich dort meinen Verlust verarbeitet hatte. Dann berichtete ich von den Vorhaben im Anwesen, von Julies und Bertrands Plänen und davon, dass ich wohl nun doch länger hier bleiben würde.

Das schien sie zu erfreuen. „Dann können wir uns öfter sehen!" sagte sie.

„Das tun wir auf jeden Fall. Aber erst einmal wollten wir, also die Arneauds und ich, Sie zum Weihnachtsessen einladen. Werden Sie kommen?"

Thérèse lächelte freundlich, lehnte aber ab. „Wissen Sie, Madame, meine Kinder bestehen darauf, mich über Weihnachten zu sich in die Stadt zu holen. Sollen sie! Solange sie mich den Rest der Zeit hier bleiben lassen. Ich will einfach bei Martin und Monsieur Marville bleiben."

Ich konnte sie gut verstehen. Junge Menschen wollen sich ihr Gewissen leicht machen und meinen es sicher gut, wenn sie vorschlagen, die Alten zu sich nehmen zu wollen. Aber jemanden wie Thérèse aus einem angestammten Lebensumfeld herauszuholen war nicht einfach. Und so solidarisierte ich mich mit der alten Dame.

„Werden Sie gegebenenfalls ein Wort für mich einlegen, wenn die Diskussion wieder einmal aufkommen sollte?" fragte sie mich. „Sie sind ja schließlich auch so etwas wie Familie …"

„Sicher, Thérèse, aber nur, wenn sie endlich, endlich Ariane zu mir sagen!"

„Ist gut, Madame Ariane, das mache ich!"

Ich schüttelte lachend den Kopf. Manche Dinge änderten sich niemals.

Ich erzählte ihr noch von dem Eröffnungstermin für die Kunstschule im Frühjahr und meiner Idee, auf Alains Grab die Katzenstatue zu installieren und damit seiner zu gedenken. „Werden Sie wenigstens dann mit dabei sein?" fragte ich Thérèse.

„Mit Sicherheit", lachte sie und fügte hinzu: „ ... wenn ich dann noch lebe!"

„Darauf trinken wir!"

Gemeinsam genossen wir den Kaffee und das köstliche Gebäck, und vor allem das Allerkostbarste: unsere Erinnerungen.

Auf den ersten Blick hin erscheint das Leben überschaubar, erklärbar: Wir werden alleine geboren, leben alleine, sterben alleine – auf dem Planeten unserer eigenen Wahrnehmung. Doch nach meiner Erfahrung ist das eine Illusion, denn niemand kann sich der Tatsache entziehen, dass er oder sie ein Teil des großen Ganzen ist. Und wenn man seine Sinne darauf einstellt, kann man es spüren, dass man einer großen Seelenfamilie angehört. Und man kann spüren, wer einem in dieser Familie besonders nahe steht.

So wie diese Frau damals, Valerie – eine leuchtende Seele. Im Rollstuhl sitzend, alt, gebrechlich, war sie doch gleichzeitig so agil, lebendig, zeitlos schön – jung. Augen wie Audrey Hepburn. Schon als sie in die Halle kam, in dem die Marktstände aufgebaut waren, fiel sie mir sofort auf. Sie erhellte den ganzen riesigen Raum. Ich sah ihre Seele, ihr Karma; erkannte sie, so als kannte ich sie schon ewig. Und seltsamerweise ging es ihr mit mir ganz genauso. Lange sprachen wir, und lange wollten wir uns gar nicht mehr voneinander trennen. Ein seltener, schöner, erhebender Augenblick.

Ich glaube, ich habe sie mehrmals wiedergetroffen, oder eine wie sie. Eine Weise, eine Zeitlose – so wie auch Thérèse. Und irgendwie geht mir auch immer wieder ein anderer Name im Kopf herum: Bebée ...

So kam es, dass wieder ein gemeinsames Weihnachtsfest in dem Haus in Lagnières gefeiert wurde. Neben Julie, Bertrand und mir waren Madame und Monsieur Brunet mit ihrer Familie eingeladen und vor allem Doudou. Ich hatte ihn ja schon in den letzten zwei

Jahren vor Alains Tod nicht mehr zu Gesicht bekommen. Aber ganz sicher seit jenem nun fern zurückliegenden Fest vor vielen Jahren, als Thérèse ihn mit Geschenken für den alten Schäfer und seine eigene Familie behangen hatte, war aus dem einstmals scheuen Jungen ein aufgeweckter und aufmerksamer junger Mann geworden. Damals war er elf oder zwölf Jahre alt gewesen; nun stand ein Achtzehnjähriger vor mir, der sein letztes Schuljahr absolvierte und seinem *baccalauréat* – dem Abitur – entgegensah. Die Familie Brunet hatte es geschafft, auch ihr letztes Kind erfolgreich durch alle Stufen der in Frankreich möglichen Schulbildung zu bringen. Diese Stufen waren prinzipiell offen für alle, jedoch hielten es besonders in den ländlichen Gebieten einige Familien für wichtiger, dass ihre Kinder vorhandene Familiengeschäfte, Landwirtschaft oder Handwerke weiterführten.

Für Doudou kam das nicht infrage. Er hatte sogar – und damit fiel er tatsächlich aus der Familientradition heraus – seine Leidenschaft für die bildende Kunst entdeckt. Und so war es eine gelungene Überraschung für ihn und seine Eltern, als Julie und Bertrand ihm mitteilten, dass er einen ständigen Platz als Schüler ihrer Kunstakademie erhalten würde, sobald das Projekt startete – und solange er es wollte. Wenn es einen absoluten Ausdruck von Glück auf einem Gesicht gab, dann konnten wir ihn an diesem Nachmittag an Doudou und seiner Mutter studieren.

Als Weihnachten und Silvester vorbei waren und das neue Jahr Fahrt aufnahm, wurde auch ich in Sachen Kunst aktiv. In Alains Unterlagen fand ich Hinweise auf eine Bronzegießerei, bei der er in seinen aktiven Jahren arbeiten ließ. Diese befand sich nicht sehr weit entfernt von uns, und ein Anruf ergab, dass man dort immer noch arbeitete. So vereinbarte ich einen Termin, packte die Katzenstatue ‚Le coup de coeur' ein und begab mich auf die Fahrt in eine Gemeinde etwa siebzig Kilometer nordwestlich von Carpentras, in der Nähe des kleinen Ortes Viviers.

Erst jetzt kam mir in den Sinn, dass ich ja bereits einmal eine Bronzegießerei oder – wie sie damals hieß – Bildgießerei besucht hatte. Das war als Jugendliche in der Gegend in Deutschland, aus der ich stammte. Dort war gleichfalls die Bildhauerkunst gepflegt worden; sowohl architektonisch als auch in Form von Skulpturen. Daneben machte eine große Porzellanmanufaktur nicht nur Geschirr, sondern ebenfalls kleine und große Tier- und Menschenfiguren. Replikate wurden aus verschiedenen Materialien hergestellt, so aus Gips und eben auch aus Bronze. Eigenartig, das mir das erst jetzt, nach so vielen Jahren, wieder einfiel.

Als ich ankam, wurde ich schon erwartet. Ein netter, mittelalter Herr empfing mich am Eingang.

„Bonjour, Madame. Willkommen in unserer Werkstatt! Ich hoffe, Sie hatten eine gute Fahrt."

Ich reichte ihm die Hand. „Danke, mein Name ist Ariane. Ja, es war eine angenehme Fahrt."

„Ich bin François Poulin und leite diesen Betrieb, seit der alte Meister sich zur Ruhe gesetzt hat. Wollen Sie sich umschauen?"

„Gerne, Monsieur Poulin!"

„Nennen Sie mich einfach François!" Er bedeutete mir, mit ihm das Gebäude zu betreten.

Augenblicklich spürte ich die Hitze, denn offenbar war ein Schmelzofen an, und es wurde gerade ein Gießvorgang vorbereitet.

„Wieviele arbeiten hier?" wollte ich wissen.

„Oh, wir sind nur ein kleiner Betrieb. Wir sind insgesamt vier Mitarbeiter; neben mir noch ein Gießer und zwei Hilfskräfte. Es ist schwer, sich finanziell über Wasser zu halten!"

„Das ist schade, aber ich glaube, es geht vielen traditionellen Handwerken so", stimmte ich zu.

Wir betrachteten die Station, an der die Formen gemacht wurden. Währenddessen sprach der Mann neben mir weiter. „Wie ich ja sagte, der alte Meister hat sich zur Ruhe gesetzt. Ich habe seinerzeit bei ihm gelernt und erinnere mich gut an Monsieur Marville. Er war hier einige Male und hat mehrere kleinere und auch einige größere Aufträge von uns ausführen lassen. Nun, was kann ich für Sie tun, Madame Ariane?"

Er führte mich von der Werkstatt weg in einen kleineren Büroraum, in dem es deutlich kühler war.

Ich setzte den Karton mit der Skulptur auf den im Raum befindlichen Schreibtisch und redete, während ich auspackte. „Wie Sie sicher wissen, ist Monsieur Marville im letzten Jahr gestorben."

„Ja, ich habe davon gelesen. Es ist schade um einen solchen Künstler."

„Ja, ich ... und seine Freunde vermissen ihn sehr. Aber ich hatte das große Glück, in seinen letzten Lebensjahren mit ihm zusammenzuleben. Es gibt eine Skulptur, die er in dieser Zeit geschaffen hat, und wir würden gerne einen Bronzeabguss in Originalgröße auf sein Grab setzen."

Monsieur Poulin sah sich interessiert die nun ausgepackte Katze an. „Das ist eine sehr schöne Arbeit. Aber das Material ... es ist nicht das, was man eigentlich von ihm gewöhnt ist."

„Das stimmt. Monsieur Marville ... Alain ... hatte in der letzten Zeit mit einem neuen Material experimentiert, das es ihm leichter machte. Wird das ein Problem sein?"

„Nein, Madame. Bestimmt nicht. Wir können den Auftrag übernehmen. Wollen wir einen kleinen Vertrag aufsetzen?"

„Sicher!" Ich freute mich, dass es so unkompliziert ging. Monsieur Poulin erklärte mir, in welchen verschiedenen Schritten die Gussform gefertigt wird, und wir unterhielten uns noch über ein paar künstlerische Details, wie zum Beispiel die Patinierung. Mit meiner Unterschrift setzte ich die Bronzewerdung der Katzenskulptur in Gang.

Als wir fertig waren, mussten wir wieder durch die Werkstatt, um zum Ausgang zu gelangen. Wieder schlug mir die Hitze ins Gesicht; ganz so, als öffnete man in einem vollklimatisierten Haus im glühenden Hochsommer eine Tür nach draußen. Im Hof der Gießerei angekommen, zitterte ich fast in der Kälte des Januartages.

„Wie halten Sie nur diese Temperaturunterschiede aus?" fragte ich Monsieur Poulin.

Der lachte. „Wissen Sie, mit der Zeit gewöhnt man sich daran. Aber Sie haben recht, im Winter ist es ungesünder. Übrigens: Waren Sie eigentlich mal in Burgund auf den Spuren von Marvilles Namensvetter?"

„Nein, das war ich nicht. Ich war nur auf den Spuren einiger von Alains Werken; aber Sie geben mir da durchaus eine interessante Anregung." Ich öffnete die Tür zu meinem Wagen, als mir plötzlich eine Idee kam.

Ich drehte mich noch einmal um. „Monsieur Poulin ..."

„François, bitte!" unterbrach er mich.

Ich lächelte. „D´accord, François. Wissen Sie, ich habe da gerade noch einen anderen Einfall. Würden Sie einer Gruppe interessierter Jugendlicher eine detaillierte Führung durch Ihren Betrieb ermöglichen? Im Frühjahr startet in Lagnières das Marville-Kunstakademieprojekt für junge, finanziell benachteiligte Talente, ins Leben gerufen von dem Ehepaar Arneaud. Ich könnte mir denken, dass ein solcher lehrreicher Ausflug sicher von großem Interesse bei den jungen Leuten wäre."

„Aber gerne, Madame Ariane. Lassen Sie mich nur wissen, wenn es soweit ist. Wer weiß, wenn es da in der Akademie auch ein paar Bildhauer gibt, dann sind das unsere zukünftigen Kunden." Er lachte. Dann verabschiedete er sich von mir mit einem kräftigen Handschlag. „Es war schön, Sie kennenzulernen. Ich rufe Sie an, wenn es soweit ist."

Der Mann winkte, und ich machte mich auf den Weg zurück nach Hause.

Ich legte einen Zwischenstopp ein, um etwas zu essen und einen Kaffee zu trinken; da spürte ich es schon. Der plötzliche Wechsel zwischen Kälte und Hitze war mir nicht bekommen. Eigentlich hatte ich es beinahe sofort geahnt, dass mir das nicht gut tun würde. Immer, besonders im für mich gesundheitlich so problematischen Winter, hatte ich Schwierigkeiten bei akuten Temperaturwechseln. Sei es nun ein Glas kaltes Wasser auf einen erhitzten Magen, eine plötzlich im sengenden Süden geöffnete Flugzeugtür für mich aus dem Norden Gekommene, oder die extrem eisige Klimaanlage in einem Geschäft in Griechenland. Zumeist hatte ich schon in der nächsten Minute ein Kratzen im Hals und eine Ahnung, dass ich mir etwas zugezogen hatte.

Und genau dieses Kratzen war bereits mit mir, als ich gegen Abend wieder in die Einfahrt des Anwesens einbog.

Als ich ins Haus kam, waren Julie und Bertrand gerade beim Abendessen. Ich sagte ihnen, dass ich nicht hungrig war und gerne ins Bett wollte. Ich würde ihnen am nächsten Tag alles erzählen.

Das Problem war: Es war Winter. Wie immer in dieser Jahreszeit – und zunehmend mit fortschreitendem Alter – ging es mir grundsätzlich nicht gut. Jede zusätzliche Belastung, jede Infektion, legte noch einmal ein Gewicht auf die längst nicht mehr ausgeglichene Waage meiner chronischen Erkrankung. Und so war es auch dieses Mal; ich erwachte am nächsten Morgen und fühlte mich einfach elend. Ich blieb im Bett und dämmerte im Halbschlaf vor mich hin.

Gegen halb elf klopfte es leise an die Tür. Ich hörte Bertrands Stimme. „Ariane, bist du wach?"

Ich rappelte mich im Bett hoch und krächzte mehr als dass ich sagte: „Komm rein!"

„Du warst nicht beim Frühstück, und bevor sie in die Stadt fuhr, musste ich Julie versprechen, dass ich nach dir sehe." Mit diesen Worten kam er herein, blickte mich einen Augenblick lang forschend an und öffnete dann die Vorhänge. Das einfallende Licht blendete im ersten Moment meine Augen.

„Es ist nichts Schlimmes, Bertrand. Ich habe eine Tablette genommen und liege es aus." So versuchte ich den Arzt in ihm zu beruhigen.

Aber er wiegelte selber ab, denn offenbar sah er, dass es nichts Schwerwiegendes war. „Du wirst schon sagen, wenn du meine Hilfe brauchst." Dann lachte er. „Du siehst, mit meiner Pensionierung habe ich auch mein unbedingtes ärztliches Helfersyndrom abgelegt."

„Setz dich einen Moment!" forderte ich ihn auf und wies auf den freien Teil des Bettes.

„Bist du sicher?" fragte er.

„Klar!"

Bertrand setzte sich auf die der Tür zugewandte Bettseite, was wegen der Größe des Holzbettes sehr förmlich aussah. Dann schaute er nochmals in mein Gesicht, lächelte und entspannte sich ein wenig.

Das rechte Bein legte er aufs Bett und lehnte sich gegen die Rückwand.

Beinahe ahnte ich, worauf er gleich anspielen würde.

„Du hättest jetzt sicher gerne jemanden ganz anderen hier, stimmt's?"

„Ja, Bertrand, ich vermisse ihn auch. Es ist nicht zu ändern."

„Erinnerst du dich noch an den schlimmen Krankheitsschub vor vielen Jahren, als Alain nicht von deiner Seite wich?"

„Sehr ungern – was die Krankheit betrifft. Sehr gerne, wenn ich bedenke, welch gute Pflege und welche Liebe und Zuneigung ich in diesen Tagen und Wochen empfing. Und was für einen guten Arzt ich hatte …" Mit diesen Worten umfasste ich seinen Arm und kuschelte mich an ihn. Es war eine ganz und gar harmlose Geste, und Bertrand gab seine freundschaftliche Zuneigung zurück, indem er seinerseits nun den Arm um mich legte. So saßen wir ein paar Minuten in Erinnerung an vergangene Zeiten. Dann schauten wir uns beide an und mussten augenblicklich lachen. Ehrlich gesagt war es mir jetzt doch ein wenig peinlich.

„Verzeih, aber ich bin einfach erschöpft."

Bertrand löste seinen Griff um meine Schultern, setzte sich auf und entgegnete: „Warum? Es war schön, dir ein wenig homöopathische Heilhilfe zu geben."

„O mein Gott, wenn Julie jetzt hier hereingekommen wäre, sie hätte sonstwas von uns gedacht!" gab ich zu bedenken.

„Das hätte sie nicht. Zwischen uns gibt es keine Eifersucht – und vor allem keinen Grund dazu. Und wie könnte ich je Alain das Wasser reichen … – Fühlst du dich nun besser?" Mit dieser Frage erhob er sich.

„Ehrlich gesagt, erstaunlicherweise ja! Ich weiß auch nicht warum, aber diese freundschaftliche Umarmung hat wirklich gewirkt wie ein homöopathisches Mittel. Ich bin jetzt sogar ein wenig hungrig."

„Dann komm runter, ich mache dir Kaffee oder einen Tee, wenn du willst, und dann kannst du dich ja auf die Couch legen."

„Danke!" Ich fühlte mich eigenartig wohl, auch wenn das Kratzen im Hals noch da war. Es war, als hätte sich eine Art Schutzschicht über mich gelegt, die Schlimmeres verhüten würde.

Und ich fühlte mich reich und privilegiert. Reich an schönen Erinnerungen und privilegiert, solche Freunde zu haben.

Da ist es wieder, das Thema Liebe, über das Alain und ich so oft miteinander geredet hatten. Diese Emotion, ein Gefühl, das so universell ist wie mannigfaltig. Das so viele Formen kennt; von der einfachen freundschaftlichen Zuneigung bis zur tiefen, über den Tod hinausreichenden Liebe; Mutterliebe, Geschwisterliebe, Selbstliebe – aber sie war auch die Zwillingsschwester des Hasses. Alain und ich waren uns einig gewesen, dass wir die Liebe in ihrer weitesten, befreitesten Form sehen und leben wollten; dass wir grundsätzlich Menschen liebten, ihre Seelen, ihre Herzen; nicht etwa Körperteile oder Fortpflanzungsorgane. Und dass man auch nicht abhängig von Bedingungen oder partiell lieben kann, denn ehrliche Liebe ist nicht teilbar, sondern sie kann sich nur immer vervielfachen. Je älter ich wurde – und speziell in meiner Zeit mit Alain – umso freier wurde ich in Sachen Beziehung, Liebe und Sexualität. Ich befreite mich vom Anspruch, von der Erwartung, von der Bedingtheit. Warum sollte man einen geliebten Menschen ändern wollen? Man verliebt sich doch immer in das, was man vorfindet. Was hatte ich jetzt vorgefunden? Eine wachsende, tiefe Freundschaft zu zwei sehr offenen Menschen, die sich niemals ändern wird. Und eine Liebe, der ich immer noch treu bin. Ja, ich liebe Alain immer noch wie am ersten Tag; seinen sanften Charakter, seine Güte, seinen Freimut. Ich kann nichts dagegen tun. Es ist so.

Ein oder zwei Tage nach diesem Tagebucheintrag hatte ich das denkbar erstaunlichste Erlebnis. Ich war nicht sehr müde, aber es kratzte noch immer im Hals, und deshalb ging ich mit einer warmen Milch früh zu Bett. Jedoch konnte ich auch mit Hilfe des weißen Schlafsafts nicht müde werden und wälzte mich herum. Als ich mich auf die rechte Seite gedreht hatte und damit der Tür den Rücken zuwandte, spürte ich auf einmal, wie jemand an mein Bett trat und sich dann hinter mich legte. Noch ehe ich mein Erstaunen überwinden und mich umdrehen konnte, spürte ich ganz deutlich, wie eine Hand mich berührte. Es war mit Sicherheit kein Traum!

Erst kam mir in den Sinn, dass das nur Bertrand sein konnte, der irgendwie nach mir sehen wollte. Aber er sagte nichts, und es erschien mir unheimlich. Als ich mich jedoch umdrehte, war niemand da. Ich schüttelte über mich selber den Kopf und drehte mich wieder zurück. Kurz darauf kam die Hand erneut, ganz deutlich spürbar; wirklich so, als berührte mich jemand ganz fest. Ich fühlte nicht nur die Berührung, sondern die einzelnen Finger. Wieder war niemand im Zimmer. Dieses Mal machte ich das Licht an, stand auf, ging um das Bett herum und schaute sogar darunter nach. Niemand! Ich ging zur Tür, öffnete sie und schaute auf den Flur. Dort war alles dunkel und ruhig. Wieder ging ich zurück ins Bett.

Was war das denn gewesen? Die Hand kam nicht wieder, aber irgendwie fühlte ich mich in dieser Nacht nicht allein. Es war gleich neben mir, und doch konnte ich es nicht greifen, nur irgendwie spüren.

Am Morgen erwachte ich aus traumlosem, tiefem Schlaf. Es war noch dunkel und sehr kalt im Raum. Ich stand auf und schloss das angelehnte Fenster. Als ich mich wieder hinlegte, tappte es deutlich einmal auf meine linke Schulter. Dann noch einmal. Wieder war da dieses Gefühl, jemand war mit mir im Raum.

Diese nächtliche Berührung ging mir den ganzen Tag lang nicht aus dem Sinn. War die eindeutig wahrnehmbare Hand von hinten ein Beweis für etwas, das ich mir so sehr wünschte; für das Weiterexistieren der Seele? Ein Beweis, der sich – wie zum Hohn – nur einstellt, wenn man loslässt, glaubt, bedingungslos vertraut? Warum nur fielen mir Vertrauen und Glauben dann im Alltag so schwer?

… Ich muss ja doch träumen. Liege ich wirklich hier mit dir? Es ist, als nähmst du mich in deinen Arm, ganz sanft, und obwohl ich ganz wach bin, erscheint mir alles wie die Erfüllung des einzigen Wunsches, der in mir ist. Und wieder verliebe ich mich in dich; eine Berührung, und es ist genau wie am ersten Tag. Die Nacht fliegt

vorbei wie ein Zauber, und ich meine, dich zu spüren. In meinen
Gedanken bringst du mich zu deinem Stern und ich schaue in deine
Augen. Ich sehe sie wirklich vor mir, blaugrün und klar; es ist der
Himmel auf Erden. Und wieder verliebe ich mich in dich ...

Von da ab spürte ich Alain, auch am nächsten Abend. Ich wollte einschlafen, war aber trotzdem plötzlich hellwach. Neben meinem linken Ohr hörte ich deutlich ein Summen und ich fühlte, wie etwas neben meiner linken Wange saß. So, sagt man, würde sich eine Seele manifestieren. So schnell es kam, so schnell war es auch wieder vorbei.

Alains Gegenwart wirkte absolut realistisch, auch wenn ich ihn – noch? – nicht sehen konnte. Und ich spürte, ich konnte darüber zu niemandem reden. Ich trug es als mein Geheimnis in mir.

Es war gegen Ende März, und die Vorbereitungen für die Eröffnung der Akademie liefen auf Hochtouren. Aber an diesem Nachmittag war alles Nötige für den Tag getan, und Bertrand war nach Carpentras gefahren, um irgendetwas zu erledigen. Julie hatte mich ausdrücklich beauftragt, mir den verbleibenden Tag für mich zu nehmen, um etwas auszuspannen. Da ich nicht genau wusste, was ich tun sollte, schlenderte ich durchs Haus und ließ die Ruhe, die es ausstrahlte, auf mich wirken. Bei meinem Rundgang kam ich irgendwann im Wohnzimmer an, jenem Zimmer, in dem ich Alain das erste Mal nach dem Unfall getroffen hatte.

Mehr gedankenverloren als eigentlich mit irgendeiner Intention griff ich nach einem Buch in Alains altem Bücherschrank. Mir fiel beim genaueren Hinschauen auf, dass ich diesen Band noch niemals hier wahrgenommen hatte, und eigentlich passte er auch gar nicht zu den anderen Büchern. Es war ein alt und abgefleddert aussehendes Exemplar in alter Drucktype, mit ergrauten Seiten, die von offenbar langem Gebrauch an den Rändern leicht ausgefranst und, besonders im ersten Teil, angeknickt waren. Alle anderen von Alains Büchern waren, auch wenn sie älter oder gar antiquarisch waren, in einem guten Zustand. Ich schaute auf den Titel. Es handelte sich um Heiligenlegenden; auf dem Umschlag sah man einen Mann der, ein heiliges Buch lesend, neben einem Hirsch herging. Das Imprimatur war erstaunlicherweise viel jünger, als ich angesichts des Zustandes erwartet hatte; das Buch war 1919 herausgegeben worden.

Ich schlug den Band auf und landete auf Seite 58. Diese Zahl spielte erstaunlicherweise eine große Rolle in meinem Leben; sie war mir immer wieder zu verschiedenen Zeiten und in verschiedenen Situationen begegnet. Aber noch erstaunlicher war, über wen dort geschrieben stand: Die heilige Eleonore, Königin und Ordensfrau. Sie war die Tochter des Grafen Raimund von der Provence und mit König Heinrich III. von England vermählt. Diese Königin war eine der Frauen dieses Namens gewesen, über die ich mich seinerzeit mit Alain unterhalten hatte, als ich nach ‚meiner' Eleonore, beziehungsweise Elinora, geforscht hatte.

In diesem Moment kam Julie ins Zimmer.

„Hier versteckst du dich!" sagte sie.

„Nein, ich verstecke mich nicht. Aber gut, dass du kommst. Sag mal, ist das hier ein Buch von euch? Ich habe es unter Alains Büchern noch niemals wahrgenommen, und es passt hier irgendwie auch nicht hin – weder vom Thema her, noch vom Aussehen."

Julie nahm mir den Band aus der Hand und betrachtete ihn. „Nein, ich habe es auch noch nie gesehen; es ist sicher nicht von uns. Bertrand hat alle unsere Bücher entweder im Schlafzimmer oder in den Gästezimmern untergebracht, und die Kunstbücher sind im Atelier. Wieso?"

„Ach, nur so. War nur eine Frage."

Da war sie also wieder: Eleonore; der Leitfaden meiner Suche, die mich seinerzeit hierher in die Provence und letztendlich in dieses Haus gebracht hatte. Wie gesagt, am Ende war es nicht *diese* Eleonore gewesen. Ich war eigentlich nie ganz zu einem Ergebnis gekommen, jedoch hatte ich ein vages Gefühl, wer sie gewesen sein könnte.

Aber im Moment hatten wir andere Dinge zu bedenken, und ich brachte die Sprache darauf.

„Ich hatte heute einen Anruf von Monsieur Poulin, dem Bronzegießer", sagte ich.

„Oh, also ist die Figur fertig? Wann wird er sie bringen!"

„Darüber wollte ich mit dir reden!" Ich setzte mich, und Julie tat es mir gleich. „Er würde die Statue auf der Grabplatte auch fachmännisch befestigen, sodass wir damit keine Arbeit haben. Dazu würde er zwei Tage vor dem ersten April hier anreisen, und er würde natürlich auch gerne dabei sein, wenn wir das alles einweihen und die Schule eröffnen. Wir können ihn doch hier unterbringen?"

„Aber klar doch", freute sich Julie.

Ich erzählte ihr von meinem Einfall, irgendwann einmal eine Besichtigungstour zu der Gießerei zu unternehmen, um uns und den Studenten von Monsieur Poulin und seinen Kollegen alles zeigen zu lassen, und Julie war von dieser Idee begeistert. Überhaupt war sie in den letzten Tagen von einer Euphorie, die beinahe einem Lampenfieber glich.

Deshalb sagte ich ganz ruhig: „Aber alles der Reihe nach. Erst mal rufe ich ihn an, um seinen Aufenthalt hier abzusprechen, und dann trinken wir eine Tasse Kaffee, ja? Und alles andere kommt in den nächsten Tagen. Heute Nachmittag hast auch du frei!"

Sie lachte. „Du sprichst wie mein Mann."

„Okay dann, ich gehe nur schnell nach oben und hole die Telefonnummer, und du setzt das Wasser auf." Mit diesen Worten ging ich in den Flur. Julie folgte mir, um in die Küche zu gehen. Als ich die Treppe hinaufsteigen wollte, schaute Julie mir mit einem kritisch-amüsierten Gesicht hinterher, dessen Ausdruck ich gerade noch mitbekam, sodass ich stehen blieb und mich ganz zu ihr umdrehte. „Was ist denn?"

„Nun, die Art wie du gehst", erwiderte sie kryptisch. Erst als ich schulterzuckend mein Unverständnis für diese Bemerkung signalisierte, schob sie eine Erläuterung hinterher. „Immer, wenn du eine Treppe hinaufgehst, dann raffst du deinen Rock, selbst wenn er nur halblang ist, in einer Art, als würdest du ein schweres, langes Kleid tragen. Das wirkt irgendwie – eigenartig."

„Tue ich das?" fragte ich zurück. Obwohl, eigentlich wusste ich schon, woher diese Eigenheit wohl kam, auch wenn sie mir im täglichen Leben gar nicht so bewusst war. Es war einfach etwas, das ich schon seit Jahrhunderten getan hatte …

Träume, leichte Seelenträume ... seit ich wieder in der südlichen Landschaft bin. Seit ich wieder in diese leicht veränderte Bewusstseinswelt eingetaucht bin. Die Seele badet in diesen Traumbildern, voll von Verstehen, Erkennen, Liebe, auch Verlangen. Selbstverständlich sind sie; leicht, schützend und sicher.

Da ist wieder ein solcher Traum: Ich eröffne mit Alain in Paris einen Gebrauchtwarenladen. In ihm gibt es auch Häusermodelle, puppenstubenartige Nachbauten von historischen Gebäuden wie dem Eiffelturm, Möbel, aber auch alte technische Geräte. Der Laden ist riesig und hat viele Räume; einige sind noch nicht fertig. Im hinteren Teil liegen das Büro und die Verwaltungsräume. Dort ist auch Alain. Im Verkaufsraum suchen zwei Männer eine Art Batterie. Einer der Männer hat ein Muster – beinahe so groß wie ein Buch – bei sich. Ich finde genau das gleiche Modell für ihn – alt und rostig – und will Alain fragen, ob es noch funktionstüchtig ist und wir es aufladen können. Das geht wohl. Der Mann ist glücklich und bedankt sich zum Abschied. Er meint, er wusste nicht, dass Alain diesen Laden eröffnet habe. Er sagt, ich sähe mit Alain sehr glücklich aus. Als er das Geschäft verlässt, schauen wir ihm durch das Schaufenster hinterher, sehen ihn davongehen. Plötzlich geht eine Frau vor dem Fenster entlang, eine sehr elegante Dame. Sie scheint in Tagträumen versunken und trägt ein blaues Kleid. Sie erinnert mich an ... Elinora.

Hinter mir steht Alain. Auch er muss die Frau gesehen haben, die nun wieder aus unserem Blickfeld entschwunden ist. Ohne dass er mich berührt, und ohne dass ich mich umdrehe, spüre ich Alains Anwesenheit beinahe körperlich. Ein Gefühl von Wärme und Liebe hüllt mich ein.

Und wieder ist da diese unbeschreibliche, völlig unsexuelle, absolut universelle, alles durchdringende Liebe und dieses verstehende, absolut und alles verstehende Einssein, das für die wenigen Ausflüge in die spirituelle Welt so typisch ist – und so schwer wieder aufzugeben, wenn man in die ‚Realität' zurück muss.

Damals – vor so vielen Jahren, als ich hierher kam – bin ich in etwas geraten, das sich mein Leben lang angedeutet hatte. Es war ausgelöst worden durch Erinnerungen und Träume von einer Frau in einem blauen Kleid auf einer Pariser Brücke; dann durch den seltsamen Zufall, der Alain und mich, bevor wir uns überhaupt kannten, einen identischen Kater porträtieren ließ. Ich hatte mich in Alain verliebt, als er noch lebte, und diese Liebe lebte nun weiter. Nun liebe ich mit derselben Intensität jemanden, der nicht mehr ist – jedenfalls nicht mehr in unseren räumlichen und zeitlichen Dimensionen. Jemanden, der allerdings durch diese Liebe weiter existiert. Der Tod hatte nichts, aber auch gar nichts an meinem Gefühl ändern können. Es ließ sich nicht erklären. Es fand auf einer anderen Schwingungsebene statt. Und es war absolut real.

Trotzdem war es, als ob ich gegen das Glas eines Spiegels stieß, hinter dem ich den Anderen wusste. Der Spiegel war der Tod, der mir auf dieser Seite immer nur das eigene Bild zeigte und mich damit auf mich selber zurückwarf. – Nun, da ich das dachte, fiel mir ein, dass Alain und ich vor vielen Jahren schon einmal darüber geredet hatten. Und ich würde mich in den kommenden Tagen wieder diesen Dingen stellen müssen, denn die Vorbereitungen liefen auf Hochtouren; die Einweihung der Kunstförderakademie für junge Talente stand bevor, und mit ihr die Aufstellung der Katzenstatue auf Alains Grab ...

„Eine Rede. Ich halte nicht gerne Reden. Aber diese Ansprache muss sein. Sie ist für alle, die heute hierher gekommen sind. Und für all jene, die in den vergangenen Wochen und Monaten die Kunstakademie und die Marville-Stiftung aufgebaut haben. Aber eigentlich ist sie nur für einen; den einen, der das alles möglich gemacht hat. Er ist nur wenige Schritte von mir, von uns allen, entfernt – so nah im Raum, doch so fern in der Zeit. Und kann uns nicht hören. Oder doch? Wer kann das wissen!

Wir wollen Jean-Alain Marville heute ehren, indem wir eine seiner letzten Arbeiten, die Statue einer für uns beide sehr bedeutungsvollen Katze, auf seiner Grabplatte aufstellen. Mir war es seinerzeit angetragen worden, der Plastik einen Namen zu geben. In einem Anflug sprachlicher Ignoranz nannte ich sie ‚Le coup de cœur‘ – Der Schlag des Herzens. Ich wusste, le coup *bedeutete* Schlag *und* cœur *ist das* Herz. *Aber ‚Le coup de cœur‘ bedeutet eben nicht*

,Herzschlag'. *Dennoch passt es. Denn Schläge des Schicksals hat Alain Marville einige in seinem Leben erlebt. Und doch hat er immer ein Herz gehabt, für die Kunst, aber vor allem für die Menschen. Und besonders für die jungen Menschen, die Talente, die er gerne förderte.*

Alain hat einmal gesagt, wer die Jugend in sich nicht tötet, wird nicht alt. So gesehen war er nicht alt, als er starb. Und ich weiß, dass er für dieses Projekt gebrannt hätte. Denn ich weiß, dass er die Idee dieses Projektes liebte.

Ganz sicher werden nachher noch seine besten Freunde, Julie und Bertrand Arneaud, zur eigentlichen Eröffnung der Kunst-Förder-Akademie genauer auf Idee, Konzept und Zukunft der Bildungseinrichtung und der damit verbundenen Stiftung eingehen.

Ich stehe heute und hier vor Ihnen, um an einen großartigen Menschen zu erinnern und ihn zu ehren. Für mich war Alain Marville, was ,Le coup de cœur' wirklich bedeutet: Jemand ganz Besonderes, mein Favorit; und er wird für immer meine Trauer und meine Liebe sein – mon chagrin et mon amour."

Es war sonnig und noch etwas kalt; aber dies war der erste Tag, an dem man schon den Frühling spürte. Eine gewisse lichte Wärme wohnte wieder in den Dingen, und gespannte Erwartung machte sich breit. Das Blut pulsierte wieder schneller.

Die Akademie wurde eingeweiht. Wie schon zuvor auf dem Friedhof waren viele Gäste gekommen. Julie und Bertrand waren bei diesem Teil der Festlichkeiten die Gastgeber; ich hielt mich auf eigenen Wunsch im Hintergrund und beobachtete lieber die ganze Sache aus der Distanz.

Für den Beginn hatten wir sieben Studenten, Doudou eingeschlossen. Letzterer hatte sein baccalauréat so gut wie in der Tasche, aber für dieses Jahr keinen Studienplatz bekommen. Da bot es sich an, dass er hier seine künstlerische Förderung erhalten würde. Nebenbei ging er in Carpentras bei einer mittleren Baufirma arbeiten, um praktische Erfahrungen zu sammeln und ein wenig Geld zu verdienen – sozusagen ein berufspraktisches Jahr. Sein eigentliches Ziel war das Studium der Architektur.

Untergebracht waren vier der Jugendlichen in unseren Gästezimmern; zwei weitere schliefen bei der Familie Brunet, die dafür einen kleinen finanziellen Bonus erhielt. Im Sommer dann sollte es ein echtes Camp im Garten geben, was den Abenteuerfaktor deutlich erhöhte.

Gerade als ich über unsere Studenten nachdachte, gesellte sich Monsieur Poulin zu mir, der seit dem Vortag schon in Lagnières war und die Statue auf Alains Grab aufgestellt und befestigt hatte. Er hatte zwei Gläser Wein in den Händen. „Mögen Sie, Madame?" fragte er und hielt mir eines davon hin.

„Ja, gerne!"

„Ich denke, es ist ein erfolgreicher Start für Ihr Projekt", fuhr er fort.

„Das denke ich auch, Monsieur Poulin."

„Bitte, François …"

„Oh, ja … Aber bitte nennen Sie mich dann auch Ariane. Danke noch einmal für die Statue, sie gefällt mir sehr. Und auch für das Aufstellen."

„Es war mir eine Ehre. Kann ich dann die Rechnung offiziell an die Stiftung senden?"

„Nein, François, das ist meine Sache, bitte schicken Sie die Rechnung an mich."

„Sehr wohl, Ariane. Und wie geht es Ihnen ansonsten?"

„Sehr gut! Ich möchte Ihnen noch einmal danken für die Arbeit. Die Statue gefällt mir, die Patinierung ist sehr sensibel gearbeitet …" Ich lachte, denn ich war mir nicht sicher, ob man das so ausdrücken konnte. Aber François verstand, was ich meinte.

„Wir haben es sehr zurückhaltend patiniert. Immerhin ist es ja auch noch eine recht neue Arbeit." Er trank einen Schluck, dann fragte er: „Haben Sie eigentlich schon daran gedacht, meinem Vorschlag zu folgen und einmal nach Burgund zu reisen?"

„Ach ja, der Vorschlag kam ja von Ihnen. Ich finde die Idee sehr interessant, nur hatten wir über den Winter mit den Vorbereitungen zu tun. Vielleicht mache ich das wirklich."

„Nun, es wird eine etwas weitere Reise sein als zu uns in die Gießerei, aber Sie werden es sicher nicht bereuen. Ich habe das vor ein paar Jahren gemacht und war in Dijon auch in der Chartreuse von Champmol. Es war sehr beeindruckend."

In diesem Moment kam Julie zu uns herüber. Sie wedelte mit einem Blatt Papier und war außer sich vor Freude. „Denk dir, Ariane, wir haben gerade die Bewilligung der von mir beantragten Fördergelder erhalten. Nicht in der beantragten Höhe, aber immerhin …" Sie nickte François freundlich zu, während sie mir das Papier zu lesen gab. „Und übrigens, Monsieur Poulin, sind Sie hier als Gast immer gerne gesehen, wenn Sie in der Gegend sein sollten, nicht wahr, Ariane? Und wir werden gerne auf Ihr Angebot zurückkommen, Sie einmal mit den Studenten in der Gießerei zu besuchen." Damit nahm sie mir den Brief wieder aus der Hand und ging zu den anderen Gästen zurück. Ich trank meinen Wein aus und verabschiedete mich dann freundlich von François Poulin, der am darauffolgenden Tag wieder nach Hause zurückfahren wollte. Er nahm mir das Versprechen ab, dass ich ihn nach meiner Studienreise, sofern ich sie antreten würde, besuchen und berichten würde. Damit hatte er endgültig das Samenkorn zu einer neuen spannenden Unternehmung in mir gelegt, und es begann bereits zu keimen.

Allerdings war jetzt erst einmal die Zeit des Feierns vorbei, und wir hatten die erste Bewährungsprobe in Form der ersten Kurswoche vor uns. Die Frühlingsferien gaben uns Zeit für den Einstieg, zum Schnuppern und gegenseitigen Kennenlernen, bevor es im Sommer intensiv werden sollte.

Der Frühling nimmt Fahrt auf. Alles beginnt erneut. Vögel und Bäume spüren es schon eine Weile. Die Sonne – wenn sie eine Chance bekommt – wird spürbar kräftiger. Ich freue mich auf Sommer, Helligkeit und Wärme. Es weht ein sanfter, lauer Wind. Das Krähenpärchen im Baum auf der Wiese spürt's auch …
Aufbruch!

Am nächsten Tag also ging es richtig los mit dem Unterricht. Das heißt, ich war dessen gar nicht recht gewahr und erschrak, als ich auf der Suche nach ein paar Bögen Aquarellpapier ahnungslos das Atelier betrat und es besetzt vorfand.

Julie hatte gerade die Klasse um sich versammelt.

„Hallo Ariane! Schön dass du auch kommst", begrüßte sie mich, in keiner Weise irritiert.

Mir allerdings muss man meine Irritation angesehen haben, denn erst nach der zweiten Aufforderung setzte ich mich auf einen freien Stuhl.

„Wir lernen uns gerade kennen. Ich dachte, kein besserer Ort als hier, um unseren Einstieg in die Kunst zu beginnen. Wir stellen gerade allgemeine Fragen", erläuterte Julie. „Hast du auch eine?"

Ich überlegte. „Ja, ich frage mich manchmal ... warum haben so viele Menschen solch einen starken Antrieb, ihre Welt künstlerisch abzubilden? Ich meine, in einer Zeit von Fotografie und Video genügt ja nur ein Klick, und man hat die Schönheit einer Blume, zum Beispiel, für immer festgehalten. Warum dann all die Mühe des künstlerischen Schaffens?" Ich zwinkerte ihr zu, und sie entgegnete dies mit einem Lächeln. Dann wandte sie sich den Jugendlichen zu.

„Eine Idee?"

Ein Mädchen sagte: „Das sind doch zwei ganz verschiedene Sachen!" Die anderen nickten dazu.

„Ja, aber warum?" sagte Julie, um gleich darauf meine Frage auch zu beantworten. „Also, wenn wir selber etwas abbilden – eine Blüte zum Beispiel – dann tauchen wir in unser Objekt ein. Es ist wie eine Meditation. Wir versuchen unbewusst, mehr über unsere Blüte zu erfahren, zu ihrem Kern vorzudringen. Wir entdecken etwas von ihrer Natur, ihrem Mysterium. Manchmal reduzieren wir, ein andermal geben wir etwas hinzu. Und indem wir sie damit quasi neu erschaffen, legen wir auch etwas von uns mit hinein. Es ist ein Geben und Nehmen."

„Kann es sein, dass es deshalb ist, dass ich mich viel besser an Dinge erinnere, die ich gemalt habe, als an die, die ich fotografierte?" fragte Doudou.

„Genau!" sagte Julie. „Mir geht es auch so. Fotos sagen mir oftmals nach ein paar Jahren nicht mehr viel. Manchmal erinnere ich mich nicht einmal, wo ich etwas aufgenommen habe. Aber wenn ich meine Skizzenbücher anschaue, erinnere ich mich an jedes einzelne Motiv; an alles, was ich in diesem Moment gesehen und gefühlt habe."

Ich hatte den Eindruck, die Studenten begannen langsam zu spüren, dass es hier offen und in einer freundschaftlichen Art zuging und man sich auch als Erwachsener nicht seiner Fragen zu schämen brauchte.

Ich lächelte und stand auf. „Das war interessant. Jetzt müsst ihr ohne mich weitermachen. Wir sehen uns beim Mittagessen!"

Diese Ankündigung sorgte für freundliches Lächeln und eine selbstbewusste Erwiderung. „Bis nachher, Madame Ariane!"

Ich nickte Julie beim Hinausgehen zu. Ich hatte ein gutes Gefühl.

Die Luft, durch die das Licht ging, war wie gewaschen. Und so schien das Licht selbst wie gewaschen.

Ich war auf dem Weg zu meinem ersten großen Frühlingsspaziergang. Im Winter, den Schmerzen geschuldet, ging ich nicht oft aus und wenn doch, dann meistens nur im Ort. Jetzt hatte ich wieder Lust auf die Terrassen unterhalb des Anwesens, um zu schauen, was alles in der Natur sich schon wieder verändert hatte.

Der alte Unterstand des lang verstorbenen Schäfers Elias war in sich zusammengefallen; es war schwer auszumachen, was es früher eigentlich mal war. Die ausgespülte Olivenwurzel, unter der seine Hunde damals Schutz suchten, gab es noch; über ihr wölbte sich der imposante Baum mit seiner grünsilbrig schimmernden Krone. Ich erinnerte mich, wie ich den alten Mann seinerzeit vor seinem Hüttchen getroffen, wie er ein Mahl mit mir geteilt und sich mit mir über die Vergänglichkeit der alten Lebensweise unterhalten hatte. Das war nun schon wieder ein paar Jahre her.

Wie schnell die Zeit vergangen war. Auch wurde mir schmerzlich bewusst, wie sehr wir uns bemühen mussten, jeden Tag, jeden Moment, ja, jede Sekunde wirklich zu leben und zu genießen …

Plötzlich, ohne Ankündigung, rauschte aus einer einzelnen Wolke ein sanfter, leichter Regenschauer auf mich nieder, während weiterhin die Sonne schien. Das Geräusch, das die feinen Tropfen beim Auftreffen auf die Blätter des Olivenbaumes machten, erinnerte an das leise Zerplatzen von Seifenschaum in einer Badewanne. Es war wie eine Art Zeichen. Als ob Alain, Martin und Elias jetzt irgendwo zusammensaßen und mich beobachteten, mir diesen Schauer schickten um zu sagen: Wir sind noch da! Ich wünschte, dass es so war, egal wo auch immer es sei.

So schnell wie der Sonnenregenschauer kam, war er wieder vorbei. Ich atmete tief durch. Hier und jetzt startete wieder etwas Neues; ein Lebensabschnitt, von dem ich damals noch gar nicht ahnen konnte, dass er überhaupt auf meinem Lebensprogramm stand. Und dasselbe galt für alle Beteiligten. Wieder einmal war Vertrauen gefragt in den Prozess; Vertrauen darauf, dass alles so kommt, wie es kommen muss.

Ich schaute mich um und atmete noch einmal tief ein und wieder aus. Dann streckte ich mich; versuchte, mit meinem Körper eine Verbindung zwischen Erde und Himmel herzustellen. Meine Füße standen fest auf vertrautem Grund. Meine Arme, so weit ich sie auch streckte, erreichten den Himmel natürlich nicht. Ich würde mich weiter in Vertrauen und Hoffnung üben müssen. Aber schon trieb ich wieder Wurzeln. Ich war, zum zweiten Mal, hier angekommen.

Exposé. Alain Marville hatte so etwas wie einen Wahlspruch: ‚Nous sommes le roi et sommes le valet' – ‚Wir sind gleichzeitig König und Diener'. Ich glaube, er bezog das besonders auf sich; nicht nur auf seine Kunst, sondern auf sein gesamtes Leben. Aber was bedeutet das?

Ich denke, es ist ein Verweis darauf, dass man sein Leben im Bewusstsein seines Könnens leben sollte und trotzdem auch in der Demut, nicht über anderen zu stehen. Dass man König sein kann und trotzdem auch dienen können muss. Und auch das Dienen geschieht nicht für die Anerkennung. Manchmal geschieht es zum Schutz, um den König in einem selber unerkannt bleiben zu lassen.

Das mussten viele Künstler erfahren und praktizieren. Nehmen wir Leonardo da Vinci. Ein als Genie der Renaissance angesehener Mann, hatte auch er seine Kämpfe mit sich und den Umständen. Er musste sich nach den Wünschen und Bedürfnissen der Mächtigen, der Borgias und Sforzas, richten. Auch die Kunst selber ging ihm nicht so glatt von der Hand. Man denke an den inneren Kampf um die geeignete Maltechnik, in dem er sich beim Gemälde der Anghiari-Schlacht selbst geschlagen geben musste. Auch das berühmte Abendmahl litt unter seinen Experimenten mit Farben und Techniken. Und nicht zuletzt bereitete das Malen dem Genie stets Probleme: Der Künstler arbeitete langsam und war ständigen Zweifeln unterworfen. Kaum eines seiner relativ wenigen Gemälde wurde je wirklich fertiggestellt. Und in einem biographischen Roman über Leonardo las ich einmal, dass er jedes begonnene Bild nur zu gerne in die Ecke warf, wenn es galt, einen neuen Mechanismus, eine neue Maschine zu entwickeln oder eher verbotene Dinge zu tun, wie das Studieren der menschlichen Anatomie.

Seinem Konterpart Michelangelo erging es beinahe ähnlich. Oft balancierte auch er mit seinen Aktionen am Rande der Legalität, etwa wenn es ebenfalls um streng verbotene Leichensezierungen und damit einhergehend um Studien der menschlichen Anatomie für seine Skulpturen und Gemälde ging. Er gab sich als unterwürfiger Diener, und doch zeigte er den Herrschenden mit seinen Mitteln, dass er der wahre Meister war. Wissenschaftler vertreten heute die These, dass seine Werke, besonders die Ausmalungen der Sixtinischen Kapelle, versteckte Darstellungen der menschlichen Anatomie enthalten. Eine Unerhörtheit! Und obwohl wir heute gerade diese Ausmalungen als Meisterwerk bewundern, waren Art und Ausführung der Darstellung zur Zeit ihres Entstehens ein Affront gegen die Vorstellungen des Klerus. Der Künstler emanzipierte sich mit einer offen unorthodoxen Darstellungsweise, die dem Vatikan nicht wirklich gefallen haben konnte.

Oder, noch ein Beispiel, der spanische Maler Francisco de Goya. Er tanzte den Herrschenden mit seinen kritischen Gemälden und Karikaturen auf der Nase herum. Dafür wurde er zur allseits gefürchteten Inquisition vorgeladen und musste wohl auch an diversen ‚autodafés‘, Ketzerprozessen mit oftmalig anschließender Verbrennung der für schuldig Befundenen, teilnehmen. Die Inquisition zeigte ihm die Instrumente. Dennoch zeigte er ihnen seine Meisterschaft. Als Hofmaler porträtierte er die königliche Familie mit schonungslosem Realismus, zeigte die katholischen Majestäten in all *ihrer Hässlichkeit, Eitelkeit und Aufgeblasenheit. Diese waren bei der Enthüllung des Werkes zunächst düpiert, wollten sich jedoch keine Blöße geben und applaudierten schließlich dem Maler für die gelungene Darstellung. Goya hatte gesiegt und war sich selbst treu geblieben. Ein Diener seiner Herren, blieb er der Meister, ein König in seinem Fach.*

Denn ein wahrer König muss dies nicht herausstellen, weder durch Worte noch durch Insignien.

Dies war das Exposé zu meiner ersten Unterrichtsstunde. Nach meinem eher zufälligen Auftritt neulich in der Klasse war Julie auf die Idee gekommen, mich regelmäßig als Referentin zu einem genau umrissenen Kreis von Themen einzusetzen, die sie für wichtig hielt und für die sie mich als geeignet betrachtete. Sie wusste ja um meine transzendenten Anschauungen und Erfahrungen. Man hätte es vielleicht ‚Charakterbildung' nennen können, oder aber auch ‚Horizonterweiterung'. Julie nannte es einfach ‚Die Dinge hinter den Dingen'.

Jedenfalls hatte sie meiner Premiere in der Klasse beigewohnt und schien recht zufrieden mit dem, was ich da vorgetragen hatte. Nach einer kleinen Pause sagte ich: „Nun, gibt es Fragen? Wollen wir das diskutieren?"

Der Jüngste in der Gruppe, ein Junge namens Marc, meldete sich. „Also, ist es nicht so, dass der König ihn – also den Maler – bestraft hätte, wenn das Bild zu schlimm gewesen wäre? Eigentlich sind doch alle drei Künstler davongekommen mit dem, was sie gemacht haben."

„Das ist richtig. Aber bei weitem war es nicht immer die Regel. Viele Künstler, auch Wissenschaftler und Politiker, sind für ihre Überzeugungen auch gestorben oder haben Exil auf sich nehmen müssen. Meine drei Beispiele betrafen eben die Glücklichen, denen es im Großen und Ganzen nicht geschadet hat, ein Rückgrat zu zeigen. Aber denkt doch mal an Galilei, der widerrufen musste, oder an Giordano Bruno, der auf dem Scheiterhaufen verbrannt wurde."

„Aber das ist in den von Ihnen genannten Fällen nicht geschehen", meldete sich jetzt eine Studentin zu Wort. Es war Francine, ein aufgewecktes Mädchen mit blonden Locken.

Damit hatte sie natürlich recht. Ich versuchte, es zu erklären.

„Der König, in Goyas Fall, wollte sich wohl selber nicht bloßstellen. In dem Sinne war er klug. Vielleicht hat er auch gewusst: Wer sich vehement gegen eine Sache wehrt, gibt ihr umso mehr Realität. Und dieser königlichen Klugheit verdanken wir die Tatsache, dass wir heute genau wissen, wie die königliche Familie damals aussah, ohne Beschönigung oder – wie heutzutage – ohne Photoshopping."

Die Studenten lachten.

Ich kam auf eine Idee. „Guckt mal, wenn man das Beispiel auf heute überträgt, dann stellt Euch doch mal folgende Situation vor. Ein Journalist erwischt den Vorsitzenden der Vegetarier-Partei dabei, wie dieser gerade in eine Wurst beißt. Der Journalist will den Politiker als Heuchler und Lügner darstellen. Wenn der Politiker jetzt sagt: Entschuldigung, war ein Ausrutscher, ich habe einen Fehler gemacht, dann verläuft das möglicherweise alles im Sande. Versucht er sich aber zu wehren, zu widersprechen, Anwälte zu bemühen, Unterlassungsklagen anzustrengen … dann wird die Öffentlichkeit doch erst recht auf die Sache aufmerksam; man wird ihm unterstellen, dass es noch viel mehr Vergehen gegen sein Parteiprogramm gibt, dass er vielleicht früher mal in einer Metzgerei gearbeitet hat, und am Ende ist er erledigt. Das meine ich, wenn ich sage, dass man mit Widerstand einer Sache unter Umständen mehr Realität gibt, als sie eigentlich hat. Am Ende stellt sich heraus: Die Wurst war aus Tofu!"

Wieder lachten sie. Offenbar gefielen ihnen meine Vergleiche. Ich versuchte, die Lektion auf den Punkt zu bringen. „Eigentlich hat der spanische König in Goya, den er ja auch sehr mochte, schon das Genie erkannt und respektiert. Merkt Euch: Es ist nichts Ehrenrühriges daran, wenn man in seinem Widersacher einen ebenbürtigen Partner erkennt – und das auch anerkennt. Das ist dann wahre königliche Größe. Sie geht immer einher mit einer großen Persönlichkeit. Größe muss man tragen können."

Mit diesem kleinen Vortrag war wohl endgültig das Eis gebrochen, denn von diesem Tag an gab es zwischen den Studenten und uns einen offenen und lockeren Austausch. Sie nannten uns nicht mehr ‚Madame' und ‚Monsieur', sondern bei unseren Namen, und der Unterricht – im theoretischen wie auch im weit umfänglicheren praktischen Teil – war von Vertrauen und gegenseitigem Respekt geprägt.

Julie und Bertrand waren wie ich von einem unglaublichen Gefühl erfüllt: Erleichterung und Stolz auf das, was wir hier an den Start gebracht hatten.

Es ist erstaunlich, wie Dinge, wenn ihre Zeit kommt, in unseren Gedanken an die Oberfläche kommen. So ist es mit der Idee, die François Poulin in mich eingepflanzt hatte. Zunächst hatte ich das als eine nette Anregung betrachtet, nicht mehr. Ich hatte es in eine hintere Ecke meiner Vorhaben geschoben. Jetzt kommt es auf einmal mit Macht wieder und geht in meinem Kopf herum. Ja, ich träume sogar von Reisevorbereitungen. Wieso habe ich das Gefühl, dass diese Reise etwas mit Elinora zu tun haben könnte? Immerhin geht es bei Dijon und der Chartreuse von Champmol im Wesentlichen um einen mittelalterlichen Namensvetter von Alain, um Jean de Marville, der in der Stadt als Bildhauer aktiv war und dortselbst auch eine Werkstatt unterhielt. Weitere Parallelen konnte ich nicht sehen. Was ich zu wissen glaubte war, dass mir Alain – seine Seele – bereits aus einem wesentlich früheren Leben bekannt war. Nun, nicht mir, sondern der Frau, die ich damals gewesen sein musste; der Frau im blauen Kleid auf der Brücke. Aber wer weiß schon, was ich hinter der nächsten Biegung meines Lebensweges noch alles herausfinden werde? Jedenfalls kribbelt es wieder in mir, und ich denke, ich werde es wagen. Ich werde noch einmal auf eine längere Reise gehen.

Die Gelegenheit war günstig. Noch hatten wir die Studenten hier, aber danach, nach den Frühlingsferien, gab es bis zu den Sommerferien für mich nicht viel zu tun. Im Wesentlichen war es an Julie, die Curricula auszuarbeiten und den Unterrichtsplan festzulegen. Ich konnte nicht viel dazu beitragen. Auf der anderen

Seite kam der Mai, die für mich schönste Zeit, um zu reisen. Denn ich wollte es noch einmal selber tun; wollte mich mit meinem kleinen Auto auf die Straße wagen. Leicht gemacht wurde mir diese Entscheidung, nachdem ich im Internet die Zugverbindungen herausgesucht hatte. Die sahen nach unendlichem Stress aus, und so entschied ich, durch diverse Umzüge kreuz und quer durch Europa darin geübt, mich noch einmal ans Steuer zu setzen.

Ich saß gerade in der Küche beim Studium der Landkarte, als Julie hereinkam. „Oh, planst du etwas?" wollte sie wissen, nachdem sie sich einen Apfel genommen und sich zu mir an den Tisch gesetzt hatte.

„Ja. Darüber wollte ich sowieso mit dir reden. Ich will Urlaub beantragen."

„Urlaub beantragen?" Sie lachte. „Das brauchst du doch nicht. Oder willst du schon jetzt wieder fliehen?"

„Nein, natürlich erst, wenn unsere Studenten wieder fleißig in der Schule sitzen. Ich möchte mir ein, zwei Wochen nehmen und nach Dijon fahren. Ich habe da einiges zu besichtigen, und auch auf dem Weg liegt einiges Interessantes … Im Wesentlichen bin ich auf den Spuren von Jean de Marville – Monsieur Poulin hat mir diesen Floh ins Ohr gesetzt."

„Oh, schön! Ich wünschte, ich könnte mit dir kommen." Sie teilte, als sie das sagte, den Apfel mit einem Messer und schob eine Hälfte zu mit herüber. „Kann ich das mit einem Auftrag verbinden?"

„Du nun wieder!" Aber ich lachte und biss in die Apfelhälfte. Kauend brachte ich gerade noch heraus: „Was ist es denn?"

„Na, Fotos … Fotos und andere Dokumente! Und ein Vortrag von dir. Wir machen ein Unterrichtsthema daraus."

„Klar mache ich das … Du bist ja wirklich ganz in deinem Element. An dir ist eine Lehrerin verloren gegangen."

„Naja, nicht ganz. Als Kind wollte ich tatsächlich immer Lehrerin werden. Später habe ich das ja als Dozentin in diversen Hochschulen praktizieren können. Und jetzt … Mein Traum hat sich einfach nur etwas später erfüllt."

Das war richtig, ich erinnerte mich jetzt daran, dass sie neben ihrer eigentlichen künstlerischen Arbeit schon des Öfteren als

Gastdozentin an Kunsthochschulen gearbeitet und damit das Haushaltseinkommen ein wenig aufgebessert hatte.

Als lese sie meine Gedanken, sagte Julie: „Ohne meine Gastdozenturen wäre ich als Künstlerin in gewissen Zeiten ja vollständig auf Bertrands Einkünfte angewiesen gewesen." Sie verspeiste das letzte Stück Apfel, dann schaute sie wieder interessiert auf meine ausgebreitete Landkarte. „Typisch Ariane. Immer noch mit Papier auf Küchentisch arbeitend. Andere machen das am Laptop."

„Du kennst mich. Laptop kann ich auch, aber Papier ist mir vertrauter."

„Nichts für ungut. So, Dijon also ... – ein, zwei Wochen?"

„Nicht ganz, nicht nur Dijon", entgegnete ich. „Erstens will ich mir Zeit lassen, und zweitens mache ich noch einen Umweg. Ich will auf dem Rückweg noch jemanden besuchen."

„Uuuh! Etwas, wovon ich nichts weiß? Heißt er vielleicht François?"

Im ersten Moment wusste ich gar nicht, was sie meinte, doch dann dämmerte es mir. Ich lachte laut los. „Nein, meine Liebe, pfeif die Sensationsjournaille mal schnell zurück. Er ist ein netter Mann, aber er steht nicht zur Debatte. Der, den ich besuchen will, ist auch schon eine Weile tot."

„Och, wie schade!" schmollte Julie gespielt. „Aber ich glaube, dieser François mag dich."

„Ja, außerdem ist er aller Wahrscheinlichkeit nach verheiratet. Und wie du weißt, liebe ich sowieso nur den Einen ..."

Sie stand auf, kam um den Tisch herum und drückte mich. „Tut mir leid, ich wollte dich nicht hinterfragen. Ich weiß ja, dass es für dich nur Alain gibt."

Ich stand schnell auf, erwiderte ihre Umarmung und sagte: „Und jetzt kümmern wir uns erst einmal um das Nächstliegende, denn noch haben wir die Studenten hier."

Ich bin oft in der Natur. Immer wieder bin ich erstaunt, wie häufig sich Strukturen und Muster wiederholen, in der organischen wie auch in der anorganischen Welt. Oft sieht man etwas und meint es zu erkennen, nur um festzustellen, dass es sich um etwas ganz anderes handelt. Und wie im Kleinen, sieht man die selben Strukturen auch im Großen, als sei die gesamte Welt aus einem fraktalen Muster zusammengesetzt, das sich unendlich in den Mikro- wie auch in den Makrokosmos erstreckt. Besonders wer Pilze sammelt, wird immer wieder feststellen, dass die Natur gern Mimikry spielt. Ein Pilz kann sich perfekt tarnen; ein Blatt oder ein Stein kann aber auch einem Pilz täuschend ähnlich sehen. Ein achtlos weggeworfener, flach getretener Pappbecher imitiert wirkungsvoll eine Muschelschale. Erst beim näheren Hinsehen bemerkt man die Verwechslung. Man entdeckt eine Feder – und es ist ein Blatt. Und das vermeintliche Blatt ist in Wirklichkeit eine vom Herbst gerötete Eichel. Die Eichel mag ein Schneckenhaus sein … und so fort. Manchmal scheint es, alles geht ineinander über. Schneckenformen, zum Beispiel, sieht man immer wieder: in Samen, in Steinen … Manchmal sieht man wirkliche leuchtende Edelsteine: Des Nachts, wenn man durch den Garten geht, flammen sie im Licht der Taschenlampe auf. Es sind die Augen von Kater Paul und seinen Freunden. Am hellsten aber leuchten die allerkleinsten Augen: die der Spinnen. Überall im Gras und zwischen den Büschen sieht man ihr bezauberndes Glitzern, heller als Tautropfen. Man muss nur ein wenig anders auf die Dinge sehen, um auf einmal etwas ganz Neues in ihnen zu entdecken.

Es gab in diesem Durchgang während der Frühlingsferien noch eine praktische Übungseinheit, bei der Julie mich um meine Anwesenheit gebeten hatte. Zu diesem Zwecke gingen wir in ein Wäldchen gleich unterhalb des Anwesens, im Gebiet meiner geliebten Schafsterrassen.

Nach zwei grauen, verregneten und sehr dunklen Tagen, die die Studenten wohl oder übel im Atelier und im Haus verbringen mussten, gab es heute einen wolkenlos blauen Himmel. Wir gingen einen Weg entlang, der mir sehr vertraut war. Vor noch gar nicht so langer Zeit, so schien es, war ich hier mit Alain spazieren gegangen. Doch die am Waldsaum dicht stehenden Säulenzypressen waren deutlich gewachsen; eine Stechwinde hatte sich um sie gerankt, sie quasi miteinander verbunden und gleichsam eine undurchdringliche

Wand gebildet. Die jungen Blätter der Ranke, wie auch die des überall anzutreffenden Efeus, glänzten in der Frühlingssonne wie lackiertes Kupfer.

Auf einer Lichtung angekommen, setzten wir uns auf einen Wink Julies hin auf die verfügbaren umgestürzten Baumstämme, während sie ihren Vortrag begann.

„Die dritte Dimension wurde sozusagen von den Malern der Renaissance für die Kunst entdeckt. In dieser Periode jedenfalls tritt erstmals die perspektivische Darstellung als wesentliches Gestaltungsmerkmal auf. Besonders Leonardo hat die Wichtigkeit der Perspektive in seinen Gemälden hervorgehoben. Erinnert euch an die Mona Lisa, oder auch an die Felsengrottenmadonna. Der Höhepunkt der perspektivischen Konstruktion wird wohl in Leonardos Abendmahl erreicht.

Auf einmal erscheint im Hintergrund statt simpler Architektur, geraffter Vorhangstoffe oder Baldachine eine Landschaft, die unseren Blick in sich hineinzieht. Oft dienen auch Fenster oder Loggien hinter den Dargestellten als Mittel, um diese Landschaften ins Bild einzubauen, oder die Personen befinden sich selber in der Natur. Wie auch immer: Diese Landschaften sagen etwas über die Porträtierten aus. Daher wurden die Hintergrunddarstellungen dieser Periode von den Kunsthistorikern auch genauso intensiv diskutiert wie die Porträts selber.

Heute wollen wir unsere ‚Schule des Sehens‘ beginnen. Dazu gehört die Perspektive, aber auch die Farbtonbestimmung. Allerdings kommen wir zu diesen beiden Aspekten etwas später. Die Perspektive lässt sich mit genügend Grundwissen und Geometrie konstruieren, Farbabstimmung lässt sich mit gewissen Hilfsmitteln und Werkzeugen bewältigen – das werden wir alles noch im Einzelnen behandeln. Allein das richtige Sehen mit dem nackten Auge ist durch nichts ersetzbar. Und es ist erlernbar. Denn unser Gehirn neigt dazu, uns etwas vorzugaukeln; das müssen wir wissen. Dann können wir das richtige Schauen trainieren – mit den Augen und mit unserem Gehirn."

Julie schaute in die Runde und sah in interessierte, allerdings auch etwas ratlose Gesichter, denn noch war auch mir nicht ganz klar, wo sie mit ihrer heutigen Lektion eigentlich hinwollte. Offenbar verstand sie die Mienen zu deuten, denn jetzt kam sie auf den Punkt. „Erinnert Ihr euch noch, als Ihr klein wart? Wie habt Ihr denn zum Beispiel ein Gesicht gemalt: Punkt, Punkt, Komma, Strich …"

Offenbar fruchtete dieses Beispiel, denn Francine meldete sich. „Sie meinen die Position der Augen? Klar, als Kinder malt man die Augen immer im oberen Bereich des Gesichts."

Die anderen Jugendlichen nickten dazu.

„Ja, und warum?" fragte Julie.

„Weil …" Ein Junge namens Emile schien nach Worten zu suchen. „Weil man eben denkt, dass sie dort sind."

„Richtig!" bestätigte Julie seine Antwort. „Genauer: Unser Gehirn denkt, dass die Augen dort sind, selbst wenn unsere Augen etwas ganz anderes sehen. Dieser Irrtum passiert beinahe jedem." Sie schaute in die Runde um zu prüfen, ob sie zum nächsten Schlag ausholen konnte. Dann setzte sie fort. „Nun gibt es aber Dinge, die jeder Mensch ein wenig anders sieht. Ein Beispiel dafür ist der berühmte hypothetische Verkehrsunfall, den vier Zeugen aus vier unterschiedlichen Blickwinkeln beobachten und deshalb in vier ganz unterschiedlichen Versionen wiedergeben. Man nennt das subjektive Wahrnehmung. Jeder der vier glaubt, seine Version sei die einzig richtige."

Irgendwie hatte ich das Gefühl, dass ich diesen trockenen Vortrag jetzt auflockern sollte, deshalb fragte ich: „Und, gibt es denn die eine, richtige Version?"

Julie schien beinahe dankbar für diese Frage. „Es gibt eine objektive Wahrheit, aber gleichzeitig hat jeder der Zeugen seine eigene Wahrheit. Übertragen auf die Kunst kann man sagen, dass unabhängig von den wirklichen Gegebenheiten jede Darstellung ihre Berechtigung hat, denn sie ist ja kein Abbild, sondern lediglich eine Interpretation. Dennoch – und damit komme ich zu unserer heutigen Übung – ist es notwendig, dass man, bevor man interpretiert, erst einmal richtig sieht."

„Und wie machen wir das?" trieb ich diese Lektion voran.

„Nun, morgen haben wir ein sehr großes Objekt zu skizzieren. Heute allerdings werden wir eine Studie von einem sehr kleinen

Modell anfertigen. Und da kommst du ins Spiel, Ariane." Endlich kam Julie zum praktischen Teil. „Ihr müsst nämlich wissen, dass Ariane eine sehr gute Beobachterin der Natur ist. Deshalb will sie uns heute etwas über Ameisen erzählen. Bitte, Ariane."

Natürlich hatte ich mich darauf vorbereitet. „Ja, also, ich gehe sehr oft und gerne hier in dieser Landschaft spazieren. Mir ist aufgefallen, dass die kleinen Ameisen, die man überall findet, viel mehr Einfluss auf die Landschaftsgestaltung haben als man auf den ersten Blick wahrnimmt.

Die Ameisen sind sozusagen die Abraumbagger der Natur. Zu verschiedenen Zeiten des Jahres arbeiten sie unermüdlich, um alles Verwertbare aus der Natur in ihre Baue zu schleppen. Dabei säubern sie große Gebiete und formen so Straßen, auf denen sie ihre Güter transportieren. Es entstehen regelrechte Ameisen-Autobahnen – ein, zwei- oder manchmal sogar bis zu sechsspurige Trassen, die deutlich auf dem Waldboden auszumachen sind und in denen sich der Verkehr reibungslos bewegt. So, wie sie die nützlichen Sachen in den Bau transportieren, so schaffen sie alles Nutzlose oder Verbrauchte wieder heraus und bringen es auf säuberlich aufgestapelte Abraumhalden, die sie in einiger Entfernung von ihren Nestern angelegt haben. Das gleiche gilt für ihre toten Artgenossen. Ameisen legen regelrechte Friedhöfe an, um Krankheiten vom Bau fernzuhalten. Auch bringen sie bestimmte aromatische Harze in ihre unterirdischen Baue, um sie zu desinfizieren oder das Klima dort unten zu verbessern.

Die unermüdlichen Lagerarbeiter balancieren samentragende Grasgrannen wie überdimensionale Fackeln vor sich her und in die viel zu eng scheinenden Eingangslöcher. Wo es nötig ist, packen bei einem besonders schweren Samenkorn auch schon mal zwei oder drei Arbeiterinnen an – eine im Vorwärts-, die anderen im Rückwärtsgang. Ich habe schon gesehen, dass ein toter, sehr langer und dicker Regenwurm von je zwölf Ameisen an jeder Seite eine glatte, gerade, mannshohe Mauer hochgeschleppt wurde, was aussah wie ein übergroßer Hundertfüßler mit nur vierundzwanzig Beinen. Ja, ich habe sie schon halbe Vogeleierschalen transportieren gesehen – mit nur vier Arbeiterinnen.

Dort, wo nach all dem Sammeln und Horten die unterirdischen Lager voll sind und die Eingänge verschlossen werden, erinnern nur noch die sauber geräumten und tief ausgetretenen Pfade der Ameisen an die Tätigkeit der vergangenen Tage und Wochen."

„Danke Ariane." Julie wandte sich wieder an die Jugendlichen. „Ihr seht also, Ameisen sind hoch organisierte Lebewesen. Es gibt nicht *die eine* Ameise, es gibt nur den Staat und die Gemeinschaft. Ich möchte, dass Ihr euch heute ganz genau das anschaut, was Ariane hier beschrieben hat, und dass ihr dann versucht, eine Ameisenstudie anzufertigen. Es kann ein Tier sein, oder eine Gruppe von Tieren, die jeweils spezielle ameisentypische Dinge tun. Ich will wissen, wie viel ihr von den Ameisen wahrnehmt und wie viel vom Wesen dieser Tiere Ihr einfangen könnt. Los geht´s."

Die Studenten, die jeder einen Block und Stifte bei sich hatten, schwärmten aus, um zu beobachten und zu skizzieren. Und ich, die ich jetzt nicht mehr gebraucht wurde, schlenderte langsam in Richtung des Anwesens. Als ich mich noch einmal umdrehte, waren unsere Schüler, ein jeder in der von ihm gewählten Ecke der Lichtung, hochkonzentriert und still; aber über ihnen tobte das Stimmengewirr des erwachten Frühlingswaldes.

Am frühen Nachmittag kam eine lebhaft diskutierende Gruppe junger Künstler vom Feldunterricht nach Hause, woran man sehen konnte, dass ihnen der praktische Studien-Vormittag gut gefallen haben musste.

Madame Brunet hatte auf der Terrasse den Tisch gedeckt und trug das Essen auf. Sie gab ihrem Sohn Doudou, als dieser an ihr vorbeiging, einen liebevollen Klaps auf den Hinterkopf, was der mit einem Lächeln beantwortete; allerdings setzte er sich dann ihr gegenüber ans andere Ende der Tafel. Doudou bekam im Haus keine Bevorzugung und hatte im Team seiner Mitstudenten keinerlei Sonderrolle, aber er wahrte auch selber zu seiner Mutter den Abstand, der ihm geboten schien.

Auch Bertrand stieß nun zu uns und setzte sich an den Tisch. Es gab *Soupe au Pistou*, eine südfranzösische Gemüsesuppe, dazu kräftiges Bauernbrot, und als Nachtisch einen Vanillepudding.

„Diese Suppe ist ganz köstlich", lobte Julie die Köchin, die das mit einem Lächeln erwiderte. „Sie füllt den Magen und ist doch nicht so schwer, dass unsere Recken davon müde werden; immerhin haben wir noch eine Auswertung vor uns."

„Was genau macht ihr denn am Nachmittag?" wollte ich wissen.

„Na, wir schauen erst einmal, was jeder unserer Künstler an Skizzen mit nach Hause gebracht hat; dann schauen wir noch auf die Anatomie der Ameise und vergleichen, was wir alles wirklich gesehen oder wo unsere Annahme und die Phantasie die Regie übernommen haben."

„Seit Ihr zuversichtlich?" fragte ich in die Runde.

„Aber klar", kam die Antwort.

Giulio, ein Junge, dessen Eltern aus Italien stammten, zollte mir ein Lob. „Sie haben das sehr gut erklärt, Ariane. Ich wusste wirklich nicht viel über Ameisen."

„Ja", stimmte Francine ein, „ich fand es richtig spannend, sie zu beobachten; besser als Fernsehen."

Alle lachten. Ich war froh, dass wir hier einige Vertreter der menschlichen Rasse gefunden hatten, die man noch für solche Dinge interessierten konnte und die auch mal einen Tag lang auf das ständige Schauen aufs Mobiltelefon verzichten konnten. Das war übrigens Bedingung gewesen: Die Telefone wurden ausgeschaltet im Zimmer gelassen und waren nur in den Pausen und nach dem Unterricht erlaubt.

„Übrigens gibt es noch einen dritten Teil des Prozesses." Julie war mit ihrer Suppe fertig und begann nun, den Pudding zu löffeln.

„Welches Prozesses?" fragte ich.

„Na, den der Ameisenstudie." Nun senkte sie ihre Stimme und flüsterte. „Ich möchte, dass jeder seiner Skizze einen Namen gibt. Normalerweise tut man das bei Studien und Skizzen ja nicht. Aber ich will, dass sie sich damit identifizieren und somit annehmen, was sie skizziert haben und vor allem, wie sie es getan haben."

„Oh, das ist ein raffinierter Trick!" flüsterte ich zurück, um dann, wieder in Normallautstärke zu fragen: „Und, was macht Ihr morgen?"

Julie lachte. „Morgen ist Bertrand mein Opfer. Wir wollen einen Berg studieren und skizzieren und dabei besonders auf Strukturen, Licht und Schatten achten."

„Und was hat Bertrand damit zu tun?" bohrte ich weiter.

Der Angesprochene übernahm die Antwort. „Meine liebe Frau hat sich daran erinnert, dass ich in meiner Jugend – also so vor etwa einhundert Jahren – ein Hobbygeologe war." Mit dieser Bemerkung erntete er allgemeines Gelächter. Dann fuhr er fort. „Ich interessierte mich für die Entstehung von Mineralien und auch von ganzen Gebirgen, und sammelte alle möglichen Steine …"

„Er war sozusagen steinreich", frotzelte Julie, „deshalb habe ich ihn mir auch erwählt." Wieder hatten die beiden die Lacher auf ihrer Seite.

„Aber im Ernst", nahm Bertrand den Faden wieder auf, „Es ist wesentlich, wie ein Berg, ein Gebirge, entsteht: ob es vulkanischen Ursprungs ist oder sich durch das Zusammenschieben von Kontinentalplatten auffaltet wie zum Beispiel die Alpen. Formation und Dichte, Vegetation und Höhe, Baumgrenze … das alles spielt eine große Rolle für die Erscheinungsform, die Farbe, die Struktur …"

„… für den Charakter eines Berges, eines Gebirges. Ich will schauen, ob unsere Eleven das auch so sehen und nicht nur einen toten Steinhaufen skizzieren." Julie setzte den Gedanken ihres Mannes fort.

„Geologie kann spannend sein", gab ich zu. „Auf der Insel, auf der ich viele Jahre lang lebte, musste man es kaum erklären. Der Fels lag offen da wie ein schräg liegendes Sandwich und erzählte sozusagen seine Entstehungsgeschichte, gut sichtbar sogar für Laien. Und wenn man oben auf dem höchsten Berg stand und zu seinen Füßen, in mehr als eineinhalbtausend Metern, fossile Seemuscheln und –schnecken bemerkte, dann staunte man nicht schlecht, dass das alles einmal der Meeresgrund gewesen sein musste."

„Ja, aber wir wollen nicht vorgreifen. Erst einmal sind unsere Ameisen an der Reihe. Willst du mit dabei sein?" Julie schaute mich fragend an.

„Eigentlich gerne, aber ich bin sehr müde und werde mich zuerst ein wenig hinlegen. Fangt ihr mal schon an, und ich komme dann später dazu ..."

Nach dem Essen halfen alle beim Abräumen, und nach einer kleinen Verschnaufpause ging es ins Atelier zur nachmittäglichen Auswertungsrunde. Es begann wirklich Spaß zu machen, diese jungen Menschen in künstlerische Theorie und Praxis einzuführen und dabei selbst noch jede Menge zu lernen. Und da es so weiterging, wurde unser Schnupperkurs zu einem richtigen Erfolg.

Als die Ferien vorbei waren, gab es nichts mehr, was mich von meinen Reiseplänen abhalten konnte. Und wirklich, jetzt freute ich mich richtig darauf, die geplante Tour in die Vergangenheit französischer Kulturgeschichte anzutreten.

Am Abreisetag, zu für mich noch nachtschlafender Zeit – gegen sechs Uhr morgens – machte ich mich auf den Weg. Von Julie und Bertrand hatte ich mich schon am Vorabend verabschiedet.

Zunächst ging es erst einmal nach Carpentras, wo ich mein Auto voll tankte und Proviant für die Fahrt einkaufte, denn ich wollte die knapp fünfhundert Kilometer nach Dijon an einem Tag bewältigen. Immerhin hatte ich schon einmal in einem Tag das gesamte Land von Norden nach Süden durchquert.

Allerdings wählte ich dieses Mal, gemäß meiner eigentlichen Gewohnheit, statt der langweiligen und teuren Autobahn die etwas langsameren, aber auch abwechslungsreicheren Nationalstraßen. Immerhin hatte ich mir ja den gesamten Tag für die Fahrt reserviert, und außerdem trieb mich nichts. Pausen wollte ich in Valence und Lyon einlegen.

Mir fielen die zwei größeren Touren ein, die ich seinerzeit mit Alain unternommen hatte. Die erste kurz nach unserem ersten gemeinsamen Weihnachtsfest, welche für mich abrupt mit einem langen und schmerzhaften Krankheitsschub endete, und unsere zweite, wieder ans Meer, die wesentlich schöner verlief. Beide Reisen hatten uns damals einander noch näher gebracht, als wir es bereits waren. Nun fehlte mir ein solcher angenehmer, geliebter und Sicherheit gebender Reisepartner. Dennoch hatte ich das Gefühl, dass er irgendwie neben mir saß; ja, ich konnte ihn sogar spüren, so deutlich war er bei mir. Manchmal glaubte ich im rechten Augenwinkel sogar etwas wahrzunehmen; ein Schemen, irgendeine Bewegung. Aber wenn ich hinschaute, war der Beifahrersitz natürlich leer. Ich schüttelte den Kopf über meine überbordende und mich zum Narren haltende Phantasie.

In Erinnerung kam mir auch jenes erste Gespräch über Alains Namensvetter; wie er mir die noch jetzt an der Wand seines Wohnraumes hängende Fotografie der Ortschaft Saint-Jean-les-Marville zeigte und mir erklärt hatte, dass der mittelalterliche de Marville von einigen Kunstwissenschaftlern auch für einen Flamen gehalten wurde.

Nun war ich also auf dem Weg in die Bourgogne, die früher als Burgund sozusagen das Zentrum des mittelalterlichen Europa gebildet hatte. So wie wir heute selbstverständlich bei Italien oder Frankreich in Bezug auf den Norden an Industrie und betreffs des Südens an Landwirtschaft denken, so war es zur damaligen Zeit auch mit Burgund. Das schon damals eher landwirtschaftlich geprägte und vor allem Wein produzierende Land grenzte südlich an Flandern. Dieses wiederum bildete mit seinem Zugang zu den nördlichen Häfen das Zentrum für Handel, Gewerbe und Industrie. Wobei Letztere vor allem mit der Herstellung von Tapisserien, der Malerei und der Buchkunst brillierte. Der Region kam zugute, dass sie vom Hundertjährigen Krieg weitestgehend verschont geblieben war.

Beide Regionen befruchteten sich gegenseitig und erlebten so im Mittelalter eine ausgesprochene Blüte in Sachen Gewerbe und Kunst. Vieles war bis heute erhalten; unter anderem, herausragende Beispiele der Buchmalerei. Unter diesen befand sich auch eines der wenigen erhaltenen ‚Kinderbücher' aus dieser Zeit, eine für Philipp den Schönen angefertigte flämische Bilderchronik. Bereits einhundert Jahre zuvor hatte sich in Dijon im Auftrag Philipps des Kühnen eine bedeutende Bildhauerwerkstatt unter Jean de Marvilles Leitung etabliert.

Diesen Gedanken an das wenige über die Region Gelesene nachhängend, fuhr ich – immer an der Rhône entlang – über Valence und Lyon meinem Ziel entgegen. Wie geplant, machte ich an beiden

Orten Halt, um etwas zu essen und mich auszuruhen. Am späten Nachmittag näherte ich mich dann endlich meinem Ziel.

Mittlerweile hatte ich viel Zeit zum Nachdenken gehabt, und ein kleiner Zweifel hatte sich fast unbemerkt eingeschlichen. Je näher ich Dijon kam, umso mehr fragte ich mich, was ich dort eigentlich zu finden hoffte. Als François Poulin mir seinerzeit diesen Vorschlag machte, hörte es sich nach einer guten Idee an. Nun fragte ich mich, welche Verbindung ich zu diesem mittelalterlichen Bildhauer de Marville eigentlich hatte, der sich mit Alain eigentlich nicht viel mehr als die Profession und den Namen teilte.

Da aber ein wirklich schöner, sonniger Abend mich endlich in der Stadt seines Wirkens ankommen sah, verflogen die sicher auch der Müdigkeit geschuldeten Zweifel schnell wieder. Ich wollte die Dinge auf mich zukommen lassen und nicht mehr hinterfragen; lieber meiner Gewohnheit folgend schauen und finden, was hier auf mich wartete.

Schnell fand ich ein Zimmer für die Nacht in einer kleinen, etwas außerhalb gelegenen Pension. Ich kaufte mir eine Flasche Wein, aß auf meinem Zimmer meinen letzten Proviant und fiel danach sofort in einen erschöpften Schlaf.

Am nächsten Morgen, nach dem Frühstück, und nachdem ich mir einen Stadtplan besorgt hatte, ging ich geradewegs zur Chartreuse von Champmol, also zur ehemaligen Kartause beziehungsweise dem, was davon übrig geblieben war. Von dem als Nekropole für die burgundischen Herzöge errichteten Kartäuserkloster waren nur noch zwei originale Teile vor Ort zu besichtigen: der Mosesbrunnen sowie das Portal der Kapelle. Das Innere der jetzigen Kapelle war enttäuschend; man musste sich das ehemalige Aussehen und die Ausstattung mit Kunstwerken, vor allem mit den zwei fürstlichen Grabmalen, mit viel Phantasie vorstellen. Letztere waren durch die Jahrhunderte nur in wenigen Teilen erhalten geblieben und nun, rekonstruiert, im Museum untergebracht. Also blieb die Betrachtung des in einer Art Pavillon untergebrachten Brunnens und des originalen Portals. Es stimmte irgendwie traurig, dass es so viel aus der Zeit der Blüte dieser Kartause nicht mehr gab.

Dann begab ich mich ins Museum in Dijon. Dort waren die prachtvollen Grabmale zu bewundern, natürlich in erster Linie das des Auftraggebers der Grablege-Kapelle, Philipp des Kühnen, und das Doppelgrabmal von Johann Ohnefurcht und dessen Gemahlin Margarethe von Bayern. Die großen schwarzen Platten mit den darauf liegenden Darstellungen der Verstorbenen wurden von einer Art Marmorfries aus einem plastisch dargestellten Trauerzug getragen. Um es in seiner Gänze zu erfassen, trat ich einen Schritt zurück, als ich plötzlich hinter mir eine Stimme hörte: „Schön, nicht wahr?"

Ich drehte mich um. Seitlich hinter mir stand ein Mann mit einer Art Skizzenbuch in der einen und einem Stift in der anderen Hand.

„Ja!" antwortete ich, während ich dem Mann freundlich zunickte.

„Es war nur wenig davon erhalten; die Restauratoren Anfang des neunzehnten Jahrhunderts haben gute Arbeit geleistet. Schauen Sie sich nur die ganz unterschiedlichen Gesichtsausdrücke der vielen Marmorfiguren an!"

„Sie machen Skizzen?" fragte ich mit Blick auf das Buch des Mannes.

„Ja! ... Oh, entschuldigen Sie, dass ich Sie so einfach angesprochen habe. Ich heiße Charlie."

„Charlie ... was für ein ungewöhnlicher Name", sagte ich, während ich nun den Mann genauer betrachtete. Er war etwa Anfang vierzig, mit rötlich-blonden Locken, und sprach mit einem leichten englischen Akzent.

„Meine Eltern liebten Filme mit Charles Chaplin. Charlie steht wirklich in meiner Geburtsurkunde."

„Oh, welche Ehre! Ich heiße Ariane." Ich reichte ihm die Hand. „Sind Sie als Tourist hier oder beruflich?"

„Ja und nein. Beides irgendwie. Von Beruf bin ich Landschaftsarchitekt; die Architektur und Bildhauerei des Mittelalters interessiert mich als Hobby, fließt aber auch in meine Arbeit ein. Und Sie?"

„Ich bin auf der Suche nach Arbeiten von Jean de Marville. Nur bin ich im Moment noch nicht so sehr fündig geworden. Immer wieder lese ich, dass de Marville mit diesen Grabmalen oder auch dem Portal an der ehemaligen Kartause beauftragt wurde und sie wohl auch konzipiert hat, nur ist dann die Ausführung immer durch einen gewissen Claus Sluter gemacht worden. Das verstehe ich nicht."

„Da kann ich Ihnen weiterhelfen. Trinken Sie einen Kaffee mit mir? Es gibt hier eine Brasserie. Ich lade Sie ein."

„Gerne!" erwiderte ich, auch in der Hoffnung, dass meine neue Bekanntschaft ein wenig Licht in das Dunkel bringen konnte.

Langsam gingen wir durch die Räume des Museums und dann über den Hof hinüber zur Brasserie.

Als wir uns setzten, fragte ich: „Sie sind kein Franzose?"

„Nein", lachte er, „Ich bin Engländer, aber ich habe viele Jahre lang hier gelebt. Jetzt lebe ich wieder in London, aber meine Frau kommt aus Paris. Im Moment besucht sie zusammen mit unserem Sohn ihre Mutter, da bin ich für zwei Tage ausgerissen, um Dijon zu sehen."

„Und Sie sind ein Fachmann? Darf ich Ihre Skizzen sehen?"

„Na, sagen wir, ein gebildeter Laie. Die Architektur spielt auch in der Landschaftsgestaltung eine große Rolle, und ich hole mir immer wieder Anregungen aus der bildenden Kunst für meine Planungen."

Wir unterbrachen uns, um Kaffee zu bestellen, dann holte er sein Büchlein aus der Tasche und schlug die letzte Skizze auf. Darauf war eine recht detailgenaue Zeichnung vom Grabmal Philipp des Kühnen, insbesondere die beiden an seinem Kopfende platzierten Engel mit den goldenen Flügeln, sowie eine Skizze der Friesbögen, in denen sich die Figuren des marmornen Trauerzuges befanden. „Das ist einfach so meisterhaft gemacht, dem nähert man sich nicht über die Fotografie. Ich kann die darin enthaltene Meisterschaft besser erspüren, wenn ich mich zwinge, es zu skizzieren", erläuterte Charlie.

„Sehr schön! Darf ich Sie noch etwas fragen?"

„Alles, wenn ich es beantworten kann", erwiderte er. „Was wollen Sie wissen?"

„Wo sind denn nun die Toten; ich meine jene, die im Sarkophag waren? Hat man die auch ins Museum umgesiedelt?"

Charlie lachte. „Nein, das sind Kenotaphe. Sie sind und waren immer leer."

„Aha? Nun … ach so. Xenotaph – ich erinnere mich: *xénos*, der Fremde und *táfos*, das Grab … Ein Grab für einen Fremden?"

Wieder lachte Charlie. „Ariane, Sie haben fünfzig von hundert Punkten! Nicht *xénos*, sondern *kenós*, mit ‚K‘, leer. Ein Leergrab."

Es fiel mir wie Schuppen von den Augen. Ich schlug mir mit der Hand vor die Stirn. „Na klar! Ich mit meinen mangelhaften Kenntnissen des Griechischen, verzeihen Sie!"

„Naja, woher sollten Sie das auch wissen?"

„Immerhin habe ich längere Zeit in Griechenland gelebt. Da ist es schon beschämend, dass es bei mir mit dieser Sprache nicht so weit her ist", sagte ich. „Soll ich Ihnen mal was Lustiges erzählen? Ich wollte einmal einen Holzofen kaufen. Holz heißt auf Griechisch *xýlo*. Im Laden sagte ich, ich wolle einen *foúrnos gia skýlos* – einen Ofen für einen Hund. Erst schaute die Verkäuferin mich entsetzt an, aber Gott sei Dank begriff sie schnell meine Verwechslung – und wir lachten darüber. Der arme Hund!"

Auch Charlie lachte. „Das kann passieren! … So, Sie lebten also in Griechenland? Auch gut für Architektur- und Kunststudien. Und jetzt?"

„Jetzt lebe ich in Südfrankreich, in der Provence. Und im Moment taste ich mich an die Geheimnisse mittelalterlicher Grablegen heran."

„Ja, also um es noch einmal zu erklären: Das Grab war niemals für einen Leichnam vorgesehen, weshalb Sluter ja auch den Kasten sozusagen aufbrechen und die phantastischen Vollfiguren für den Trauerzug schaffen konnte. De Marville war da mehr der Tradition verhaftet gewesen und hätte wohl Halbreliefs gearbeitet."

Der Kaffee kam, und als die Serviererin wieder weg war, fragte ich nach. „Weiß man das denn so genau?"

„Das weiß man schon. De Marville hatte viele Aufträge von Philipp dem Kühnen, kam aber oft über die Planungsphase nicht hinaus, weil immer wieder etwas anderes dazwischenkam oder ihn etwas ablenkte. Da er dann auch sehr bald starb, konnte Sluter die Planungen verwirklichen – mit sehr viel künstlerischer Freiheit. Hatte zum Beispiel de Marville in der Architektur der Kapelle Nischen geplant, in die er die Figuren stellen wollte, so gestaltete Sluter seine

Skulpturen viel größer und stellte sie einfach vor die Nischen. So wurde er der eigentliche ‚Star' der Bildhauerwerkstatt und brachte einen neuen, unkonventionellen Stil in die Bildhauerei."

Irgendwie fand ich das Gesagte, so interessant es war, etwas enttäuschend. „Worin besteht denn nun die große Kunst de Marvilles?" drängelte ich.

„Viele Planungen gehen auf ihn zurück. Er hat an anderen Orten wohl auch Kunstwerke geschaffen, die heute noch besichtigt werden können. Am hiesigen Kapellenportal sind es wohl nur die Baldachine. Jedoch ist nicht alles eindeutig überliefert. Aber ohne Zweifel war er der Meister, der die berühmte Werkstatt in Dijon begründete und viele Schüler ausbildete." Mein Gegenüber rührte nachdenklich in seinem Kaffee. „Übrigens: Wussten Sie, dass es in Frankreich noch einen zeitgenössischen Bildhauer desselben Namens gibt? Offenbar war de Marville bedeutend genug, um einen anderen Künstler dazu anzuregen, diesen Namen als Künstlernamen zu wählen – warum lächeln Sie?"

Ich setzte die Tasse, aus der ich gerade getrunken hatte, ab. „Hat er nicht!"

„Was meinen Sie? Was hat er nicht?"

„Einen Künstlernamen gewählt. Es war sein eigener."

Nun war es an meinem Gesprächspartner, erstaunt zu sein. „Sie wissen von ihm?"

„Ja, Charlie, ich kenne ihn ... kannte ihn. Er starb im letzten Jahr. Er ist der Grund, dass ich hierher kam, um nach seinem Namensvetter zu forschen. Und Sie hier zu treffen hat bewirkt, dass ich Einiges gelernt habe."

Charlie lächelte, als er sagte: „Das Kompliment gebe ich zurück. Und Sie haben mich jetzt doch erstaunt. Ich entschuldige mich bei dem modernen Marville, dass ich ihn fälschlicherweise verdächtigt habe."

„Ja, sehen Sie, so ist das: Nicht immer ist alles, was es zu sein scheint. Das betrifft leere Grabmale genauso wie vermeintliche Künstlernamen."

Der Austausch mit Charlie hatte mir Spaß gemacht und mir die Augen geöffnet für das Wirken der hier ansässig gewesenen mittelalterlichen Kollegen Alains. Denn auch wenn der Schüler de Marvilles, jener Claus Sluter, mit seinen Arbeiten an den Sarkophagen, dem Portal der Karthause und vor allem dem Mosesbrunnen zu großem Ruhm gelangt war, so war vermutlich auch sein Leben wohl kürzer gewesen, als heute normal und damals wünschenswert gewesen wäre; und andere, weniger bekannte, waren ihm aus de Marvilles Werkstatt nachgefolgt. Was bewies, dass die Bildhauerei ein harter Beruf war, der seinen Tribut forderte. Ich lernte, dass man aus dem Leben Sluters, beginnend mit dem nur vermuteten Geburtszeitraum, nur wenig wusste. Von de Marville war wohl nicht einmal ein ungefähres Geburtsjahr bekannt. Unweigerlich musste ich daran denken, dass Alain ja ebenfalls viel zu früh gestorben war.

Ich verabschiedete mich von meiner neuen Bekanntschaft und wünschte ihm noch einen schönen Aufenthalt. Dann streifte ich ein wenig in Dijon herum. In weitere Museen zu gehen, hatte ich keine Lust mehr. Ich war niemals wirklich ein Museumsgänger; es gab mir in der Regel nicht viel, mir Sammlungen wahlweise zusammengeschaffter oder willkürlich ausgewählter Dinge anzuschauen, die oftmals gar nichts mit dem Ort, an dem sie ausgestellt waren, zu tun hatten. Man denke nur an bestimmte Marmorfriese der Akropolis oder andere zum Teil sogar illegal nach Mitteleuropa verschleppte Kunstwerke. Einzig wenn ein Thema mich trieb, besuchte ich Museen oder Gemäldegalerien.

Daher genoss ich lieber das Flair der Stadt, die sich mir in frühlingshafter Wärme und sanftem Sonnenschein präsentierte, und ließ den Abend bei einem guten Mahl in einem der vielen Restaurants ausklingen. Ich war sehr nachdenklich, denn ich wusste wirklich nicht mehr, was ich zu finden gehofft hatte. Die nette Begegnung mit Charlie hatte mich allerdings dafür entschädigt, und so war ich wenigstens schlauer als zuvor, als ich an diesem Abend zurück in mein Gästezimmer kam.

Mir wird immer klarer, warum ich ein solches Befremden empfinde, wenn ich an Jean de Marville denke. Es hat mit Alains Mutter zu tun. Ich erinnere mich, wie er mir erzählte, dass seine

Mutter eine Schwärmerei für den mittelalterlichen Bildhauer Jean de Marville entwickelt und diese Schwärmerei auf ihr Wunschdenken für den eigenen Sohn übertragen hatte. Dabei kann es, wie ich jetzt wusste, nichts mit dem eigentlichen künstlerischen Schaffen de Marvilles zu tun gehabt haben, denn davon war nicht mehr allzu viel zu sehen und schon gar nicht im breiten nationalen Bewusstsein.

Ich ahnte, dass Alains Mutter so gut wie gar nichts über den Künstler gewusst hatte. Und was wusste ich über sie? Ich hatte überhaupt nur zwei oder drei vergilbte Schwarz-Weiß-Fotos von ihr gesehen. Sie war eine elegante, hoch gewachsene, unnahbar scheinende Frau gewesen. Irgendwie sah sie eher wie eine verhinderte Gräfin aus, die wider Willen Mutter geworden war. Alain selber hatte mir von ihrer Distanz und den Problemen zwischen ihm und ihr erzählt. Dennoch hatte sie hochfliegende Pläne für den Sohn, aus ihm einen angesehenen Künstler machen zu wollen. Sollte das ein Ersatz für die Liebe sein, die sie für ihr einziges Kind nicht hatte aufbringen können? Denn nach den Aussagen Alains hatte sie sich seinen Vater ausgesucht, weil er den Namen Marville mitbrachte. Dieser Vater spielte aber im Leben von Mutter und Kind bald keine Rolle mehr. Das Kleinkind wurde – so sagten es die Fotos aus – eher wie ein Mädchen herausgeputzt, weniger wie ein Junge. War da eine Abneigung der Mutter gegen das Geschlecht des Kindes, gegen alles Männliche schlechthin? Und wie passte die Vergötterung eines fernen mittelalterlichen Bildhauers da hinein? War es der romantisch klingende Name, oder dass dieser Künstler gut als Projektionsfläche für verquere Träume geeignet war, weil er sich nicht mehr wehren konnte und große Teile seiner Biographie im Nebel der Geschichte verschwammen?

Immer mehr bedaure ich, dass ich Alain nicht mehr fragen kann, wie all dies zusammenhängt. Und ich kann nur bewundern, wie unverletzt Alain seine Seele aus seiner Kindheit ins Erwachsenenleben herübergerettet hatte, falls meine Eindrücke und Ahnungen über seine Mutter mich nicht trogen.

Ich fragte mich, was es gewesen war, das mich nach Burgund gelockt hatte, zu dem ich bis jetzt keine Verbindung spürte. Bereits am nächsten Morgen verließ ich deshalb die Stadt, in der Jean de Marville für den besten und bekanntesten Teil seines Schaffens gewirkt hatte.

Dessen ständiges Verschieben, das Nicht-zur-Vollendung-Bringen – sei es aus Unlust, künstlerischem Zweifel, Pflichten gegenüber Werkstatt und Mitarbeitern oder auf Grund von anderen Aufträgen durch den Dienstherrn gewesen – erinnerte mich allerdings stark an jenen, den ich nun im Anschluss besuchen wollte. Aber während de Marville mit seinen Projekten und Entwürfen sich innerhalb kulturhistorischer Grenzen bewegte, war jener dafür bekannt, permanent Grenzen zu sprengen und über sich und seine Zeit hinauszuwachsen. Ich war auf dem Weg zu Leonardo.

Da ich mich bereits so weit im Norden befand, musste ich von hier aus nur die westliche Richtung einschlagen, um nach Touraine zu gelangen, an die Loire; dorthin, wo der Künstler und Universalgelehrte Leonardo da Vinci seine letzten Lebensjahre verbracht und seine letzte Ruhe gefunden hatte.

Heutigentags war man es gewohnt, dass viele Kunstwerke entweder durch Entdecker oder Eroberer in die Museen ihrer jeweiligen Länder gelangt waren. Viele waren, wie gesagt, sogar geraubt worden. Die berühmte Mona Lisa allerdings, zusammen mit einigen anderen Gemälden, wurde seinerzeit vom Meister selbst bei seinem Umzug von Italien über die Alpen nach Frankreich gebracht.

Wieder konnte ich gut ausgebaute Nationalstraßen nehmen, um an mein Ziel zu gelangen. Die Strecke war knapp vierhundert Kilometer lang. In Bourges legte ich einen Stopp ein; hier trafen sich viele Straßen aus allen Himmelsrichtungen. Dann setzte ich meine Fahrt fort. Kurz vor Tours musste ich nach rechts abbiegen, um nach einer kurzen Strecke in Amboise anzukommen. Dort hatte ich mir, der Jahreszeit und der Beliebtheit dieses Touristenzieles wegen, schon vor einigen Wochen ein Zimmer gebucht.

Der Ort hatte ein Château aus dem fünfzehnten Jahrhundert; mit der Kapelle des Heiligen Hubert, in der aller Wahrscheinlichkeit nach die sterblichen Überreste Leonardos bestattet waren. Vor allem aber gab es die letzte Wohnstätte des Künstlers zu besichtigen, das kleine

Schlösschen Clos Lucé, welches ihm vom französischen König Franz I. zur Verfügung gestellt wurde. Dort wollte ich zuerst hingehen.

Dieser Ort bezauberte mit einem schönen Garten, in dem das eher filigran wirkende kleine Schloss gelegen war. Auf den Außenflächen gab es Modelle von Leonardos Erfindungen zu bestaunen, so zum Beispiel ein erster Entwurf für einen Helikopter; eine Art riesiger spiralförmiger Schraube, die das Gerät durch die Luft nach oben heben sollte. Im Innern des Hauses konnte man die großen, zum Teil unverputzten Räume besichtigen, die nach Stil der damaligen Zeit ausgestattet waren. Hier verbrachte der Schöpfer der Mona Lisa seine letzten drei Lebensjahre. Man konnte ahnen, dass es schwierig gewesen war, diese Räume im letzten Lebenswinter Leonardos, der lang und streng gewesen sein soll, überhaupt warm zu bekommen, auch wenn es riesige Kamine gab. Es war schwer vorstellbar, dass es schon ein halbes Jahrtausend her gewesen sein soll, dass der Meister hier gelebt hatte und gestorben war, so gegenwärtig und geradezu modern erschien einem dieser Riese der Renaissance.

Nachdem ich das Schlösschen gesehen und die Atmosphäre auf mich hatte wirken lassen, ging ich zum nahe gelegenen Schloss Amboise. Von der Stadt aus, über der es thronte, sah es mit seinen Wehrmauern und -türmen mächtig und massiv aus; wenn man allerdings im Schlosshof stand, erschien einem die ganze Anlage eher leicht und verspielt. Meine Schritte führten mich zunächst zur Chapelle Saint-Hubert. Diese kleine elegante Kapelle war sozusagen auf die Schlossmauer gebaut. Über dem zweitürigen Portal sah man einen wunderschönen Steinfries mit detaillierten Jagdszenen, darüber zwei Schilde mit je drei Fleur-de-Lys, den Wappenlilien des französischen Königshauses; darüber die Darstellung der Madonna, die vom König und der Königin angebetet wird. Das Innere war nicht groß, jedoch beeindruckend. Leonardos Grab mit der großen Marmorplatte, in die ein Bildrelief eingelassen war, befand sich in der Nische links vom Eingang. Um das Grab herum waren wieder stilisierte Lilien dargestellt.

Ob es sich wirklich um die Gebeine Leonardos handelte, die hier bestattet waren, darüber war man sich nicht im Klaren. Das ursprüngliche Grab wurde in Kriegs- und Revolutionswirren zerstört. Irgendwann fand man doch Gebeine und einen Schädel, die zu dem Künstler gehören konnten. Der Schädel, so hieß es, sei sehr groß gewesen; groß genug, um einen genialen Geist wie den von Leonardo da Vinci zu beherbergen. In neuerer Zeit hatte man DNA-Proben genommen und versucht, diese mit möglichen DNA-Spuren des Künstlers zu vergleichen. Zu diesem Zwecke hatte man an seinen Gemälden, in seinen Tagebüchern und generell an von ihm berührten Dingen fieberhaft nach einem Haar, einer Hautschuppe oder Ähnlichem gesucht. Die Ergebnisse dieser Untersuchungen lagen noch nicht vor.

Leonardo hätte das sicher brennend interessiert. Bei diesem Gedanken fiel mir auf, dass er selber ja, trotz aller anatomischen Studien, von Mikrobiologie oder gar Biochemie wenig, wenn überhaupt etwas, gewusst haben konnte. Ganz zu schweigen von Erbinformationen. Ich fragte mich, ob er ahnte oder wusste, dass es krankmachende Keime gab. Oder wie zum Beispiel das Blut den Sauerstoff zu den einzelnen Organen transportierte. War er sich dieser Funktion des Blutes bewusst? Ich wollte dahingehend noch einmal seine Aufzeichnungen und Tagebücher lesen.

Ich hatte das große Glück, in der Kapelle für eine Weile ganz alleine zu sein, und so konnte ich die Atmosphäre auf mich in aller Ruhe wirken lassen. Mich beschlich eine unerklärliche Erregung, so als wäre ich im Beisein eines alten Bekannten. Etwas sehr Warmes, Gewohntes schien mich einzuhüllen; es erinnerte stark an das Gefühl, wenn Alain mir nahe war. Fast konnte ich eine Anwesenheit spüren, so als stehe jemand hinter mir und berührte mich leicht. Aber ich wagte nicht, mich umzudrehen. Und als ich es endlich tat, war ich natürlich immer noch allein.

Nach dieser sehr intensiven Begegnung mit dem Geist Leonardos, der über diesem Ort – mehr als über seinem Schlösschen Clos Lucé – zu schweben schien, ging ich hinüber zum eigentlichen Château d´Amboise, dem Schloss des Königs, der Leonardos Gastgeber und Dienstherr in Frankreich gewesen war. Ich hatte mein Billet schon am Eingang bezahlt und musste es nun nur noch dem freundlichen Herrn am Eingang vorweisen, um in den ebenfalls für ein Schloss recht filigran wirkenden Bau zu gelangen.

Auch innen empfing mich ein eher verspielt-leichtes Interieur mit schlanken Säulen, geschwungenen Decken und Bogengängen. Wohn- und Schlafräume waren geschmackvoll ausgestattet und schreckten nicht mit einer aus anderen Schlössern bekannten Überfrachtung ab. Die Kamine waren elegant verziert, und nirgendwo herrschte ein Mangel an dem alles beherrschenden Symbol der Fleur-de-lys, der stilisierten Lilie.

Man konnte sich vorstellen, dass es weniger bedrückend – wenn nicht gar eine Freude – gewesen sein musste, ein solches Schloss zu bewohnen oder in ihm aufzuwachsen, als es zum Beispiel in alten, dunklen englischen Castles oder in mit Gold und Stuck überfrachteten russischen oder preußischen Palästen vorstellbar war.

Wieder einmal war ich plötzlich ganz alleine in einem der Räume, während ich diesem Gedanken nachhing. Da betrat am gegenüberliegenden Ende eine Frau den Saal. Ich nahm sie aus dem Augenwinkel wahr und wandte mich in ihre Richtung; es war, als zöge sie meinen Blick regelrecht auf sich. Sie sah mich auch direkt an und kam dann langsam aber zielstrebig auf mich zu. Es war beinahe, als hätte sie mich hier erwartet, als wären wir verabredet gewesen. Die Frau war nicht mehr jung, eher älter; aber gleichzeitig gingen von ihr ein Strahlen und eine jugendliche Straffheit aus, die im Gegensatz zu ihrem Alter zu stehen schienen. Sie wirkte seltsam agil, schön, lebendig. Es fühlte sich an, als kenne ich sie schon sehr lange ...

„Hallo", sagte sie unumwunden. „Ist es nicht schön hier?"

„Ja", antwortete ich, wie selbstverständlich, dennoch innerlich verwundert.

„Sind Sie zum ersten Mal hier?" wollte sie wissen.

„Ja. Ich wollte Leonardo besuchen ...“

„Natürlich, den Meister ... Ich heiße Margot", sagte sie und reichte mir unumwunden die Hand.

„Ich heiße Ariane." Damit erwiderte ich ihren Händedruck, der fest war und dennoch eigenartig leicht.

„Oh, die Führerin!" antwortete sie.

„Was meinen Sie?" fragte ich.

„Na, die Führerin aus dem Labyrinth! Ariadne, die mit dem Faden."

Ich war sehr erstaunt. „Sie sind erst der zweite Mensch, der diese gedankliche Verbindung herstellt."

Erst jetzt bemerkte ich um ihren Hals eine Kette und an dieser einen Anhänger in Form der Königslilie; so wie auch die Brosche aussah, welche die von mir vor vielen Jahren skizzierte, geheimnisvolle Elinora trug. Aber noch bevor ich mich über all diese Zufälle richtig wundern konnte, sprach die Frau weiter.

„Ich komme oft hierher, seit sehr vielen Jahren. Ich habe hier viele schöne Zeiten verlebt. Es ist ein guter Ort. Wollen wir gemeinsam weitergehen?" Während sie das sagte, hatte sie sich schon in Bewegung gesetzt, und ich folgte ihr.

Man konnte verstehen, warum jemand immer wieder hier herkommen wollte. Die Räume waren heiter, und automatisch bewegte man sich anders. Es fiel mir zunächst an meiner geheimnisvollen Begleiterin auf, dass sie mehr schritt, beinahe schwebte, als auf gewöhnliche Art zu gehen. Sie hielt sich für ihr Alter sehr aufrecht und trug nichts als ein kleines Buch bei sich, das sie mit einer Hand gegen ihren Oberkörper presste.

Wir gingen schweigend, dennoch fühlte ich mich von der Frau gleichsam gezogen, wie von einem Bann belegt. Als wir alle öffentlichen Räume durchschritten und das Schloss gesehen hatten, fragte sie: „Wollen wir noch etwas trinken?"

„Warum nicht", antwortete ich; begierig, auf diese Weise vielleicht etwas mehr über die geheimnisvolle Fremde zu erfahren.

Um etwas zu sich zu nehmen, musste man die Anlage des Schlosses verlassen und in die umgebende Altstadt gehen. Nicht weit vom Eingang gab es ein kleines Café. Wir setzten uns an einen draußen stehenden Bistrotisch, und ich bestellte mir einen Kaffee. Meine Begleiterin entschied sich für einen Rotwein.

„Ist es dafür nicht ein wenig zu früh?" wollte ich wissen.

Aber sie lächelte nur. „Es gibt Dinge, die gibt man in meinem Alter nicht mehr auf." Die Art, in der sie das sagte, klang sehr bestimmt. „Aber nun zu Ihnen, Ariane. Sie wollten zum Meister?"

„Nennen Sie ihn so?"

„Nun, wie sollte man ihn sonst nennen? Er ist noch heute spürbar. Seine Anwesenheit ist nicht zu leugnen, finden Sie nicht?"

Ich musste ihr zustimmen. „Ja, als ich in der Kapelle war, da spürte ich es."

„Sie sind hellfühlig, nicht wahr?" erstaunte mich Margot ein weiteres Mal.

„Ja, woher wissen Sie ...?"

Aber ich bekam keine Antwort. Die Frau nahm nur wieder lächelnd ihr Glas und trank einen Schluck.

Immerhin, das erklärte es für mich. Meine hellsichtige, hellfühlige Seite musste sie so wahrgenommen haben, wie ich sie sah: Eine alte, weise Seele, gepaart mit Festigkeit und Stärke, in einem alten irdischen, beinahe transparent wirkenden Körper. Obwohl ich wusste, dass mir diese gesamte Begegnung eigentlich unheimlich sein sollte, fühlte ich mich in ihrer Gesellschaft ausgesprochen wohl. Ich lächelte. Sie gab mein Lächeln zurück. Wieder war es, als kannten wir uns schon seit langer Zeit, so vertraut schien sie mir. Wie einst bei Valerie, der alten, hellen Seele.

Nun war es offenbar an ihr, hellsichtig zu sein. „Sie werden finden, was Sie suchen. Sie sind auf einem guten Weg. Er ist noch lange nicht zu Ende. – Danke für die freundliche Begleitung!" Mit diesen Worten ergriff sie ihr Glas und trank es aus.

„Wer sind Sie?" fragte ich.

„Ich sagte es doch, mein Name ist Margot. Ich bin hier so gut wie zuhause."

„Mir ist, als kenne ich Sie", bohrte ich weiter.

„Das beruht auf Gegenseitigkeit", erwiderte sie, weise lächelnd.

Ich musste das freundliche Katz- und Mausspiel unterbrechen, denn ich musste dringend zur Toilette. Ich beeilte mich, denn ich wollte diese Unterhaltung um jeden Preis so schnell wie möglich fortführen. Als ich wiederkam, war meine Gesprächspartnerin jedoch nirgendwo zu sehen. Ich setzte mich wieder an den Tisch, hoffend, dass sie gleich wieder erscheinen würde. So wartete ich ungefähr zehn Minuten. Mittlerweile war mein Kaffee kalt geworden. Ich wollte zahlen, da bemerkte ich auf dem Tisch das Buch, das Margot die ganze Zeit bei sich gehabt hatte. Ich wusste nicht, warum sie plötzlich verschwunden war; das Buch musste sie vergessen haben. Ich griff danach. Es war ein relativ schmales Bändchen, ein kurzer Abriss über die Renaissance. Ich schlug es auf, hoffend, darin einen Hinweis auf dessen Eigentümerin zu finden. Aber es stand auf der ersten Seite, handschriftlich und offenbar in alter Manier mit Tinte geschrieben, nur eine Art Widmung: ‚Pour une bonne amie' – Für eine gute Freundin.

Ich winkte die Kellnerin zu mir heran. „Ich würde gerne zahlen! Und haben Sie die Dame gesehen, die hier mit mir saß?"

Die Kellnerin schaute mich verständnislos an. „Aber Madame, es ist bereits bezahlt!"

„Wie das? Die Dame hat gezahlt?" fragte ich.

„Nein, das Geld lag auf dem Tisch, gleich unter dem Buch, das Sie da haben. Eine Dame habe ich nicht gesehen."

„Wie, Sie haben die Frau nicht gesehen, mit der ich hier saß?" fragte ich konsterniert zurück.

„Nein, Madame, Sie waren alleine. Da war niemand."

Ich schüttelte ungläubig den Kopf. Nun, es war eigenartig, aber vielleicht hatte die Bedienung gerade erst ihre Schicht begonnen. Ich bedankte mich, griff das Buch und ging zurück zum Schloss.

Am Eingang erwies es sich als vorteilhaft, dass ich mein abgerissenes Ticket noch bei mir hatte; so konnte ich den Mann an der Kasse davon überzeugen, dass ich vorhin schon hier war und nun wirklich nur zur Besucherinformation wollte. Dort erklärte ich, dass eine Dame ihr Buch vergessen habe, die wohl sehr oft das Schloss besuchte, und fragte, ob ich es hier lassen könnte. Aber so einfach, wie ich es mir dachte, war mein Ansinnen nicht umzusetzen. Man erklärte mir, dass es hier kein Fundbüro gebe und man die Sachen aus Platzgründen nicht aufbewahren könne. Irgendwie wollte ich das nicht akzeptieren und verlangte, den Leiter dieser Einrichtung zu sprechen. Nach einigem Hin und Her holte man einen Herrn aus einem der Büros, der sich mir vorstellte und dann fragte, was ich wolle.

„Ich möchte dieses von einer Dame vergessene Buch hier abgeben. Sie ist ein häufiger Gast bei Ihnen."

„Ist denn ein Name in dem Buch?" fragte er, eher unwillig.

„Nein, aber sie sagte, sie komme seit sehr vielen Jahren oft und regelmäßig hierher." Ich beschrieb die Frau.

Aber schon während meiner Beschreibung schüttelte der Herr den Kopf. „Solch eine Dame ist mir nicht bekannt." Als er mein ungläubiges Gesicht sah, fügte er hinzu: „Wirklich nicht!" Dann wurde sein Ton etwas freundlicher. „Sehen Sie, Madame, wir hatten hier einmal eine ältere Dame, die kam mehrmals die Woche. Sie lebte in der Altstadt, unterhalb des Schlosses. Aber sie starb vor etwa fünf Jahren. Ansonsten haben wir stetig neue Touristen. An jemanden wie von Ihnen beschrieben kann ich mich wirklich nicht erinnern. Und wie Sie sehen, unser Platz ist wirklich begrenzt." Er wies mit der Hand auf sein kleines Büro, dessen Tür offen stand.

„Nun, schade. Trotzdem danke, Monsieur." Ich nahm das Buch, das ich auf den Tisch in der Mitte des Aufenthaltsraumes gelegt hatte, wieder an mich.

Jetzt lächelte der Mann sogar. „Schauen Sie, es ehrt Sie, Madame. Aber hier würde das Buch nur herumliegen und vergessen werden. Nehmen Sie es mit nach Hause und lesen Sie es."

Notgedrungen musste ich diesen Rat annehmen. Es schien, als hätten sich die Umstände gegen mich verschworen. Auf der anderen Seite hielt ich es auch nicht ganz für unmöglich, dass sie in Wahrheit für mich konspirierten. Was, wenn diese Margot das Buch absichtlich hatte liegen lassen, wenn die Inschrift auf mich gemünzt war? Mittlerweile hielt ich alles für möglich, aber wie immer hielt mich eine gute Portion gesunder Menschenverstand davor zurück, mich von diesem Gedanken völlig mitreißen zu lassen.

Ich bedankte mich bei dem Vorgesetzten des Schlosspersonals und ging wieder in die Stadt. Welch eigenartige, erhebende und doch unerklärliche Begegnung. Was war das gewesen mit dieser Margot?

Am Abend dieses Tages, in meinem Hotelzimmer, vertiefte ich mich tatsächlich in das schmale Büchlein. Wie gesagt, es war eine kurze Abhandlung über die Renaissance, und hier insbesondere aus der Sicht Frankreichs. Dieses Land war ja sozusagen das Bindeglied zwischen dem Norden, Flandern, den Seehafengebieten mit ihrem

Handwerk und Handel, und dem Süden, dem mehr landwirtschaftlichen und von der Sonne geprägten Teil Europas. Aber anhand der Lektüre wurde mir auf einmal klar, wie logisch der Schritt vom kunst- und handwerksreichen Spätmittelalter zur Renaissance war – und wie beinahe übergangslos das alles vor sich ging. Wenn man so will, lebten die Menschen damals in einer ebenso atemberaubenden Zeit wie Alain und ich es für uns selber konstatiert hatten. Wir hatten das Ende des Zweiten Weltkrieges beziehungsweise dessen Auswirkungen auf die unmittelbare Zukunft erfahren, die sechziger Jahre, Emanzipation und Rechte von Frauen, sexuelle und künstlerische Befreiung; Musik, Woodstock und Beatles … Hätten die Menschen in jener Zeit, im Übergang vom Spätmittelalter zur Renaissance, einen ähnlichen Zugang zu Medien und eine von der Alltagsplage befreite Sichtweise gehabt, hätten auch sie bemerkt, in welcher im wahrsten Sinne des Wortes umwerfenden Zeit sie lebten. Leider aber war diese Kenntnis ausschließlich den Reichen und Mächtigen vorbehalten, und natürlich wurde bereits damals die Wahrheit manipuliert und das, was wir heute ‚Fake News' nennen würden, verbreitet. Wer sich dagegen stellte, landete auf dem Scheiterhaufen. Der Scheiterhaufen war der mittelalterliche ‚Shitstorm'. Noch nie war mir das dermaßen klar geworden wie gerade jetzt.

Am Ende dieses Tages, voll von geheimnisvollen Begegnungen und seltsamen Zufällen, war ich müde und ging nach einem Glas Wein ins Bett. Aus Gewohnheit nahm ich das Buch mit, um noch ein wenig darin zu lesen. Offenbar kam es aber nicht dazu; ich musste schnell eingeschlafen sein. Dann, gegen vier Uhr in der Nacht, erwachte ich. Ruckartig war ich hellwach. Ich saß noch so, wie ich eingeschlafen war, mit dem aufgerichteten Kissen im Rücken. Die Nachttischlampe brannte, das Buch hatte ich noch in der Hand.

Und plötzlich traf es mich wie aus heiterem Himmel. Auf einmal war alles da. Wie hatte ich es nur nicht sehen können?

Ich sprang aus dem Bett, weil ich Angst hatte, dass mir wieder so ein Moment geschah: Ich erfuhr etwas, wusste etwas ganz klar, und dann zog in einer tausendstel Sekunde ein Vorhang vor das gerade Gesehene und Gewusste, und ich stand wieder im Dunklen. So nahm ich mein immer mit mir reisendes Tagebuch und begann zu schreiben.

Da ist sie wieder, die Frau, an die ich, seit ich denken kann, eine Erinnerung habe. Die Frau im blauen Kleid, auf der Seinebrücke stehend. So sehr ich noch im Zweifel war, wer ‚meine' Elinora gewesen sein konnte, so sehr drängte sich mir mit fortschreitender Zeit immer mehr das Bild von Eleonore von Kastilien auf. Die Spanier nannten sie auch Eleonore von Österreich, weil sie eigentlich eine Habsburgerin war. Paris hatte mir über sie nicht wirklich Aufschluss gegeben, eher ein Gefühl. Aber wenn es denn stimmte, dass es viele Abzweigungen gab, möglicherweise viele parallele Universen und Lebenswege, warum sollte ich dann nicht in einem meiner Vorleben diese Frau gewesen sein – egal, was sich nun wirklich auf der Brücke ereignet hatte. Mit dem heutigen Tag ist eine weitere Dimension hinzugekommen, die mir bislang nicht bewusst war. Bis jetzt hatte ich mich von einem gut klingenden Vorschlag eines wohlmeinenden Mannes leiten lassen. Ich war nach Dijon gereist, um den Bildhauer de Marville zu finden, hatte aber im Innern nichts gespürt. Beim Lesen über Burgund hatte ich gelernt, dass etwa einhundert Jahre nach de Marville der letzte Herzog von Burgund, Philipp der Schöne, als Kind eine flämische Bilderchronik erhielt. Dieses seltene, heute noch erhaltene Kinderbuch sollte den künftigen Herrscher in der Geschichte seines Landes unterrichten und ihn damit auf seine Aufgaben vorbereiten. Jetzt erst, anhand des von einer Fremden namens Margot zurückgelassenen Buches, wurde mir klar, dass derselbe Philipp kein Geringerer war als der Vater von Eleonore. Als Leonardo hier in Amboise starb, stand er unter dem Schutz des jungen Königs Franz I., Eleonores späteren Ehemannes, und dessen Schwester Marguerite. Bereits zu Leonardos Lebzeiten war eine Heirat Eleonores mit König Franz I. im Gespräch gewesen. Sechs Jahre nach Leonardos Tod und noch fünf Jahre, bevor Eleonore den französischen König wirklich heiratete, trafen sich die beiden zukünftigen Schwägerinnen bereits am Hofe von Eleonores Bruder Karl. Erst ein Jahr später wurden die Heiratspläne konkreter. Im Grunde ging es jedoch nur um politische Ziele, um eine Befriedung der immer wieder auflodernden Fehde zwischen dem Französischen König und Eleonores Bruder, Kaiser Karl V. Und im Zentrum der Auseinandersetzungen stand Karls Interesse, von Franz I. durch die Unterzeichnung des sogenannten ‚Friedens von Madrid' das Herzland Burgund zurückzuerlangen. Dazu allerdings ließ Franz I. sich nicht bewegen.

Eine Enkelin von Franz I. hieß wieder, wie auch seine geliebte Schwester, Marguerite. Sie wuchs hauptsächlich im Château d'Amboise auf, und Alexandre Dumas der Ältere verpasste ihr den Namen, unter dem sie berühmt wurde: Königin Margot.

Und all diese Informationen sind auf einmal da, stehen klar und logisch vor meinem inneren Auge; ins Bewusstsein gebracht durch eine seltsam geheimnisvolle, leuchtende Seele – und ein vermeintlich vergessenes Buch.

Wieder einmal hatte also der sogenannte Zufall zugeschlagen. Langsam musste ich solche Vorkommnisse ja schon gewohnt sein, aber es erstaunte mich immer wieder, wie Dinge, die scheinbar unzusammenhängend waren, plötzlich in einem Punkt kulminierten. Auf einmal schien mir die gesamte Fahrt nach Dijon und dann hierher nach Amboise nur zu diesem einen Zweck stattgefunden zu haben, nämlich dem Aufnehmen des für einige Zeit verloren gewesenen Ariadnefadens, der sich durch mein Leben zog und mich wohl zu Elinora und zur Wahrheit hinter den Bildern und seltsamen Träumen führen sollte.

Ich blieb noch ein paar Tage in Amboise, fuhr an der Loire entlang ein wenig herum und schaute mir die Gegend an. Ich ließ die Landschaft auf mich wirken und las weiter in dem Buch. Abends setzte ich mich in das Café unterhalb des Schlosses und hoffte, dass ich Margot noch einmal dort treffen würde. Die Ruhe, die Tage ohne Ziel und Planung, taten mir gut. Immer wieder, wenn ich die Möglichkeit dazu hatte, schaute ich hinauf zur auf der Schlossbefestigung thronenden Kapelle St. Hubert, in der Leonardo begraben lag. Dieses Bauwerk zog meinen Blick wie magisch an. Es war, als schlüge dort oben immer noch ein edles, großes Herz, und nur ich konnte diesen Herzschlag hören.

Es fiel mir recht schwer, mich von diesem Ort zu lösen, aber schließlich machte ich mich wieder auf den Weg nach Hause. Das hieß, ich fuhr nun eine andere Route Richtung Süden als die, welche ich nach Dijon gewählt hatte. Schließlich befand ich mich jetzt wesentlich weiter westlich. Ich wollte die Strecke, für die man normalerweise ungefähr sieben Stunden benötigt, in drei Etappen fahren und in Bourges und Clermont-Ferrant jeweils einen Stopp einlegen. Schon auf der ersten Teilstrecke kam mir eine Idee. Ich konnte noch einen weiteren Mann besuchen; diesmal einen lebendigen. In Bourges suchte ich mir, da ich ja freiwillig auf ein Mobiltelefon verzichtete, ein öffentliches Telefon und wählte die Nummer der Bronzegießerei von François Poulin. Er war sofort am Apparat.

„Monsieur Poulin, ich bin auf den Weg von Amboise nach Carpentras. Viviers liegt sozusagen auf meinem Weg. Sie sagten, ich solle vorbeikommen, wenn ich meine Reise nach Burgund gemacht habe. Wäre es Ihnen heute recht?"

Mein Gesprächspartner war begeistert. „Aber ja, Ariane, kommen Sie. Wann kann ich Sie erwarten?"

„So in etwa vier Stunden."

„Kommen Sie zur Gießerei. Sie bleiben doch über Nacht? Ich habe ein Gästezimmer, das können Sie haben."

„Abgemacht! Ich sehe Sie dann am Nachmittag." Ich legte auf. Noch einmal hatte ich auf dieser Fahrt ein Ziel, und es machte mich froh, dass ich damit gleich mehrere Fliegen mit einer Klappe schlagen würde. Nach einer kleinen Mahlzeit und einem starken Kaffee ging es weiter.

Den zweiten Halt machte ich so kurz wie möglich, damit ich meine zeitliche Voraussage einhalten konnte. Beinahe pünktlich gelangte ich nach Viviers und fand ohne Schwierigkeiten meinen Weg zu Poulins Gießerei. Er musste gesehen haben, wie ich auf den Hof fuhr, denn als ich ausstieg, kam er mir schon aus der Tür entgegen.

Ich öffnete mein Autofenster.

„Guten Tag, Ariane! Was für eine freudige Überraschung!" empfing er mich.

„Hallo Monsieur Pou …, François", verbesserte ich mich schnell, als ich seine gerunzelten Augenbrauen sah. „Ich hoffe, es passt in Ihren Kalender und macht keine Umstände!"

„Aber nein! Kommen Sie, fahren Sie einfach hinter mir her. Es ist nicht weit bis zu meinem Haus." Mit diesen Worten schloss er die Tür ab und ging zu seinem Wagen.

Ich folgte ihm, und schon etwa vier Minuten später hielten wir vor einem kleinen Haus, das direkt an der Straße gelegen war. Wir stiegen aus, und Monsieur Poulin nahm mir meine Reisetasche ab. Im Gehen sagte er: „Das Gästezimmer liegt hinten im Gartenhaus."

Tatsächlich führte ein schmaler Weg am Haus vorbei in einen dahinter gelegenen Garten, an dessen Ende ein kleines Nebengebäude gelegen war. Poulin schloss die Tür auf. Drinnen befand sich ein Raum mit einem Doppelbett und einem daneben gelegenen Bad.

„Es ist schön hier, das vermutet man gar nicht", bemerkte ich.

Poulin, der gerade meine Tasche auf einem Stuhl abgesetzt hatte, drehte sich zu mir um. „Das haben wir – meine Frau und ich – bis vor fünf Jahren tatsächlich an Gäste vermietet. Sommerfrischler, Urlauber … Jetzt ist es nur noch für gelegentlichen Besuch, wenn meine Tochter mit ihrem Freund kommt, oder mein Sohn mit seiner Frau … Selten genug." Er seufzte.

„Oh, und Ihre Frau? Ich würde sie gerne kennenlernen." Ich zog meine Jacke aus.

„Das wird nicht gehen", erwiderte Poulin. „Sie ist vor vier Jahren gestorben. Ich lebe jetzt alleine hier."

Diese Auskunft machte mich betroffen. „Bitte entschuldigen Sie, das wusste ich nicht …"

Poulin winkte ab. „Das konnten Sie ja auch nicht wissen. Ist schon gut." Er legte zwei Handtücher aus dem Schrank auf das Bett. „Falls Sie sich frischmachen wollen, Ariane. Wollen wir heute Abend essen gehen? Ich fürchte, mein Kühlschrank gibt nicht viel her."

Ich nickte. „Aber nur, wenn Sie mich bezahlen lassen. Immerhin bin ich ja schon Ihr Schlafgast."

„Kommt gar nicht in Frage. Das geht auf mich!" beharrte er.

„Na, also gut. In einer halben Stunde bin ich soweit."

„Toll, ich freue mich drauf. Bis gleich!"

Ich beeilte mich mit der Dusche, denn mein Magen knurrte schon beträchtlich.

Wenig später klopfte ich im Vorderhaus an die Tür. François Poulin hatte sich in Schale geschmissen und begrüßte mich mit einem breiten Lächeln. „Es ist nicht weit. Wir können laufen."

„Gerne!"

Tatsächlich brauchte es nur wenige Minuten zum Restaurant. Es war ein schönes kleines Lokal mit einer guten Speise- und Weinkarte.

Nachdem wir bestellt hatten, entschuldigte ich mich noch einmal für meine Bemerkung über seine Frau, aber er wollte davon nichts wissen. „Das ist doch nicht Ihre Schuld. Ich habe mich mittlerweile an das Leben als Single gewöhnt."

„Woran starb sie denn?"

„Krebs. Es ging relativ schnell."

„Und Sie haben Kinder?" hakte ich nach.

„Ja, zwei. Meine Tochter lebt in Paris, der Sohn ist in Kanada verheiratet."

„Das ist nicht gerade die nächste Ecke!"

„Nein!" Er schüttelte den Kopf. „Er kommt nur selten zu Besuch. Aber glauben Sie nicht, dass meine Tochter wesentlich öfter kommt, nur weil sie in Paris wohnt."

„Naja, das ist wohl ab einem bestimmten Alter immer so. Der Nachwuchs ist erwachsen und lebt sein eigenes Leben."

„Haben Sie Kinder?" fragte Poulin.

„Nein. Ich habe immer sehr unabhängig gelebt."

Unser Wein wurde serviert, und wir stießen an. Während wir auf unser Essen warteten, erzählte ich meinem Gastgeber von meinem Ausflug nach Burgund und Amboise. Ich erzählte ihm auch von der seltsamen Begegnung mit der geheimnisvollen Margot.

Poulin schien das alles zu beeindrucken. „Ich denke, Sie haben für solche Dinge einen Faible, Ariane. Sie sind sehr feinfühlig."

„Wie kommen Sie darauf?" wollte ich wissen.

„Naja, ich habe ja auch Ihre Ansprache zur Enthüllung der Katzenskulptur gehört. Es war sehr gefühlvoll. – Übrigens, dass Sie nicht so viel Konkretes von Jean de Marville gefunden haben, das tut mir leid. Aber bedenken Sie, das Mittelalter liegt ja nun schon einige Zeit zurück. In manchen Dingen sind die für uns heute zugängigen Informationen recht dünn. Tatsache aber ist, dass vieles in Dijon, wenn nicht in der Ausführung, so aber in der Planung und beim architektonischen Rahmen, stark auf de Marvilles Plänen gründet."

Er unterbrach sich, denn das Essen wurde serviert. Während er die Serviette auseinanderfaltete und auf seinem Schoß drapierte, führte er seinen Gedanken zu Ende. „Übrigens, bedenken Sie, im Laufe der Jahrhunderte wurde vieles auch zerstört, zerschlagen, so wie die meisten Teile der beiden Grabmale, die Sie im Museum gesehen haben. Wären die aus Bronze gewesen, wäre das nicht so leicht möglich gewesen. – Bon appétit!" Die letzte Bemerkung hatte er mit einem bübischen Grinsen gemacht.

„Bon appétit!" gab ich zurück und konzentrierte mich auf das wirklich gute Essen und den hervorragend dazu passenden Wein.

Als wir fertig waren, bestellte Monsieur Poulin noch eine Karaffe. Als die Kellnerin nachgeschenkt hatte, wurde mein Gegenüber seltsam nachdenklich und still. Dann schien er sich einen Ruck zu geben.

„Ariane, Sie sind eine bemerkenswerte Frau. Bitte verstehen Sie mich nicht falsch … aber, ich würde Sie gerne näher kennenlernen."

Ich hatte geahnt, dass es irgendwie darauf hinauslaufen würde. So nahm ich all meine Courage zusammen, um von Anfang an keine Hoffnungen zu schüren. „Monsieur Poulin, auch Sie sind ein sehr netter Mann …"

Er wollte etwas sagen, aber ich wehrte das ab, indem ich energisch bat: „Lassen Sie mich bitte weiterreden!"

Er verstummte, und so setzte ich meine Rede fort. „Wie gesagt, ich mag Sie sehr. Sie sind ausgesprochen nett, und ich bin mir sicher, dass Sie in Ihrem Leben noch einmal jemanden finden, der beziehungsweise die Sie glücklich macht. Nur kann ich diese Person niemals sein. Sehen Sie, ich liebe noch immer Alain Marville. Und dabei ist es egal, ob er im Moment unter den Lebenden weilt oder nicht. Und Sie würden es sicher nicht für erstrebenswert halten, sich ständig mit ihm zu messen. Und messen lassen müssten Sie sich, denn auch ich bin nur ein Mensch. Selbst wenn ich auf Ihr wirklich nettes Werben einginge; es wäre da immer der Vergleich. Und am Ende würden Sie Marville hassen und vielleicht auch mich, denn ich kann mich und meine Gefühle nicht ändern. Bitte verstehen Sie das!"

Der Mann hatte meiner Rede die gesamte Zeit aufmerksam zugehört. Dann lächelte er, ein wenig traurig. „Wissen Sie, Ariane, genau dafür mag ich Sie so sehr. Sie sind so kompromisslos ehrlich. Ich akzeptiere natürlich, was Sie sagen. Es tut mir leid, dass Sie einen falschen Eindruck von mir bekommen mussten …"

Das konnte ich so nicht stehen lassen. „Nein, in keinem Fall. Sie haben nichts, gar nichts falsch gemacht, Monsieur Poulin."

Wieder lächelte er. „Das freut mich. Geben Sie mir noch eine Chance? Können wir dann wenigstens befreundet sein? Und bitte, ich bin immer noch François für Sie!"

Diese Bitte war ehrlich gemeint und aufrichtig vorgetragen, das spürte ich. Jetzt musste auch ich lächeln. „Na klar, François. Darauf trinken wir."

„Ja, darauf trinken wir, Ariane. Und auf Ihren Alain. Ich hätte nie gedacht, dass ich das einmal über einen Toten sagen würde, aber irgendwie beneide ich ihn. Er ist ein ausgemachter Glückspilz!"

Ehrlich gesagt, ich war froh, dass sich die Dinge so entwickelt hatten und ich das ohne Zweifel ehrlich gemeinte Ansinnen von Monsieur Poulin in die richtigen Bahnen lenken konnte. Ich hatte es bereits geahnt, dass sich seine Sympathie für mich, seit wir uns das erste Mal begegnet waren, in eine etwas intensivere Richtung entwickelt hatte. Das war schon bei der Akademieeröffnung spürbar gewesen. Er war ein sehr netter Mensch. Mit Sicherheit litt er unter der Einsamkeit und verdiente es, für den Rest seines Lebens eine neue Partnerin zu finden. Aber ich war nicht diese Partnerin. Gerne jedoch wollte ich ihm eine Freundin sein.

Mit diesen Gedanken ging ich im kleinen Gartenhaus zu Bett. Normalerweise schlief ich nicht gut in fremden Betten, aber in dieser Nacht fühlte ich mich auf eine sehr gute Art schläfrig und zufrieden.

Was für eine Nacht. Ich schlafe in Sekundenschnelle ein und sinke tief in eine traumlose Bewusstlosigkeit. Irgendwann gegen Morgen, als es noch dunkel ist, tauche ich dann allmählich wieder auf, wie aus den Tiefen eines Meeres. Erst spüre ich es ganz zart, verhalten; wie ein Wind, ein paar kräuselnde Wellen auf meiner Haut; in meinem Innern ein Erschaudern. Es kommt aus meiner Mitte, es wächst langsam, unaufhaltsam, wie eine Flut. Dann kommt die Welle, mein Körper zittert; ich erlebe ein überwältigendes Gefühl, das in mir entsteht. Ich bin das Epizentrum eines Bebens, dessen seismische Erschütterungen von hier in die Welt gehen. Im Moment der höchsten Extase höre ich ganz deutlich, ganz klar Alains Stimme an meinem Ohr; er sagt: „Vergiss nie, dass ich dich für immer liebe!", und ich spüre seine Arme um mich. Ich bin jetzt hellwach. Langsam verebbt das wunderbare Gefühl und macht einer süßen Erschöpfung Platz. Ich bin mir ganz sicher, ich habe soeben das erlebt, was man nur in den intimsten Momenten in den Armen des Geliebten erleben kann. Aber natürlich befinde ich mich allein in meinem Bett. Und trotzdem weiß ich, dass ich mir das alles nicht eingebildet habe. Mit einem Lächeln schlafe ich wieder ein.

Wahrscheinlich war ich am Morgen auch mit einem Lächeln auf den Lippen erwacht, bevor ich noch lange gedanklich dem Erlebten nachhing. Die Geschehnisse der Nacht verblassten nicht, wie es Träume oft tun; sie standen immer noch klar vor meinen Augen.

Es war zwar albern, aber als Erstes nach dem Aufstehen prüfte ich, ob die Eingangstür wirklich von innen verschlossen gewesen war. Dann setzte ich mich an den Tisch und schrieb die Tagebuchnotiz.

Es war ein sonniger Tag. Ich duschte und ging dann nach vorne zu François' Haus. Ich klopfte an die Hintertür, die beinahe unverzüglich geöffnet wurde. Mein Gastgeber war offenbar dabei, in der gemütlichen Wohnküche, die hinter der Tür lag, ein Frühstück für uns beide vorzubereiten.

„Guten Morgen, haben Sie gut geschlafen?" wollte er wissen.

„Himmlisch!" antwortete ich, während ich dem Kaffeeduft nachschnupperte.

„Der Kaffee ist bereits fertig. Setzen Sie sich!" Er goss mir ein, und ich nahm einen tiefen, genüsslichen Schluck.

„Das musste jetzt sein! Entschuldigung, aber ich konnte nicht warten; ohne Kaffee kommt morgens mein Gehirn nicht in Gang!"

„Das ist in Ordnung", lachte er. „Ich habe vom Nachbarn Eier besorgt, und ein wenig Schinken war auch noch im Kühlschrank. Das Baguette und die Milch werden jeden Morgen geliefert." Während er das sagte, hatte er auch sich selbst Kaffee eingegossen und sich dann zu mir an den Tisch gesetzt.

„François, ich möchte noch einmal auf unser gestriges Gespräch zurückkommen …"

„Bitte Ariane, es ist in Ordnung. Es tut mir leid, dass ich so rübergekommen bin."

„Nein, das meine ich nicht. Sie sind ein wirklich netter Mann, und Sie haben nichts getan, was nicht angemessen war. Ich wollte nur sagen, ich bin froh über unsere Freundschaft. Und ich wollte Ihnen das „Du" anbieten."

Der Gesichtsausdruck meines Gegenübers wechselte von Angespanntheit zu Erleichterung. „Gerne, Ariane … dann werden Sie nun auch nie mehr ,Monsieur Poulin' zu mir sagen? Darauf trinken wir!"

Wir stießen mit unseren Kaffeebechern an.

„Auf das Du!"

„… und die Freundschaft!"

Nach dem Frühstück packte ich meine kleine Reisetasche und ging zum Auto. François begleitete mich.

„Also, du hast hier immer ein Zimmer, wenn du mal wieder vorbeikommen möchtest", gab er mir zum Abschied mit auf den Weg.

„Danke für den schönen Abend und das tolle Frühstück!" Mit diesen Worten drückte ich einen Abschiedskuss auf die Wange meines Gastgebers. „Und: Dasselbe gilt für dich, wenn du mal nach Lagnières kommst. Es gibt dort immer ein Zimmer für dich!"

„Das werde ich sicher nutzen. Immerhin will ich sehen, welche Fortschritte eure Studenten machen!"

Mittlerweile war ich eingestiegen, und François schlug die Fahrertür zu. „Fahre vorsichtig!"

„Adieu!"

Nur eine Stunde später fuhr ich durch das Tor des Anwesens in Lagnières. Empfangen wurde ich vor dem Haus von einem sehr beschäftigten Bertrand, welcher einen Pinsel in der Hand hielt, mit dem er einen der Fensterläden aus dem ersten Stock strich, der quer über zwei alten Stuhllehnen lag.

„Hallo Ariane, willkommen zurück! Du kommst gerade richtig, meine Frau hat das Virus erwischt!"

„Hallo Bertrand, geht es ihr schlecht? Was ist mit ihr?" wollte ich wissen.

Aber er lachte. „Nein, nicht *das* Virus, sondern das andere. Das, welches Männer dazu treibt, Tonnen von Farbe aus der Stadt zu besorgen und Pinsel in die Hand zu nehmen, während drinnen im Haus alles auf den Kopf gestellt wird."

Ich lachte. „Das nennt man Frühjahrsputz, mein Lieber! Und die Läden hatten es seit einiger Zeit nötig."

Bertrand zuckte nur mit den Schultern und wandte sich dann wieder seiner Arbeit zu. Ich ging ins Haus und fand Julie in der Küche. Sie hatte beinahe alle Regale und Schränke ausgeräumt und war gerade am Auswischen. Madame Brunet saß am Tisch und polierte die Kupferpfannen.

„Hallo, hier kommt eine Hilfskraft!" rief ich beim Betreten des Raumes. Madame Brunet nickte mir freundlich zu, während Julie aufsprang und mich mit einem überschwänglichen Kuss auf die Wange begrüßte. „Du kommst uns gerade recht! Wir müssen sowieso eine Pause machen. Madame Brunet, Sie auch. Ich setze Wasser auf!"

„Das kann ich machen." Ich angelte mir den bereits blank geputzten Kessel, füllte ihn mit Wasser und setzte ihn auf, während sich Julie die Hände wusch und Madame Brunet aufstand, um Tassen und Gebäck auf ein Tablett zu stellen.

„Wir gehen auf die Terrasse. Ich rufe Bertrand." Julie verschwand nach draußen, während ich den Kaffee zubereitete.

Wenig später saßen wir am Terrassentisch. Nachdem ich eingeschenkt hatte, erschien Bertrand, um seinen Kaffeebecher in Empfang zu nehmen und sogleich wieder zu verschwinden. „Er will seine Arbeit jetzt nicht unterbrechen. Es ist der letzte der oberen Fensterläden. Du kannst dir nicht denken, wie oft er sich beschwert hat, dass er noch in zehn Jahren davon träumen wird."

„Du musst deinen Mann eben öfter mal loben. Männer brauchen so was, nicht wahr, Madame Brunet?" Ich schaute zu der wie immer recht schweigsamen Frau hinüber.

Diese lächelte und nickte; dann sagte sie doch etwas. „Monsieur Bertrand hat gute Arbeit geleistet, das muss man ihm lassen. Mein Mann kommt morgen und hilft bei den großen Türen vom Erdgeschoss."

„Oh, das ist schön. Dann koche ich morgen für alle. Nach so viel Kultur ist mir danach, mal wieder etwas Praktisches zu tun." Ich fühlte mich schon wieder ganz zu Hause.

„Ja, nun erzähl doch mal!" drang Julie in mich. „Wie war es denn! Was hast du erlebt?"

Während wir Kaffee tranken und Gebäck knabberten, erzählte ich von Dijon, von meiner Begegnung mit Charlie, von meiner Enttäuschung hinsichtlich de Marville; dem Abstecher nach Amboise und dem Besuch an Leonardos letzter Ruhestätte. Auch die seltsame Begegnung mit der mysteriösen Margot erwähnte ich und natürlich meinen Abstecher nach Viviers zu François.

Bei dieser letzten Erwähnung huschte ein Lächeln über Julies Gesicht. „Na, und wie war´s? Ich meine, beim einzigen Lebenden unter den vielen Männern, die du besucht hast, ist es doch sicher etwas lustiger zugegangen."

Ich drohte ihr lächelnd mit dem Finger. „Liebe Julie, du weißt, dass ich nicht auf der Suche bin. Obwohl ... nun ja, François ist ein ausgesprochen netter Mann, der leider sehr früh verwitwet ist. Aber ich habe ihm sehr klar gemacht, dass es für mich nur einen Mann im Leben gibt, den ich liebe, selbst wenn er nicht mehr hier ist."

„Ist ja gut", beschwichtigte Julie, „ich hab´s ja verstanden. Es kommt nichts zwischen Alain und dich; im Leben nicht und auch nicht im Tod."

In diesem Augenblick stand Madame Brunet auf und sagte: „Entschuldigen Sie, ich gehe lieber wieder an meine Arbeit!"

„Aber bitte, entspannen Sie sich noch ein wenig", versuchte Julie, sie davon abzuhalten.

Aber sie lächelte nur etwas verlegen und schüttelte den Kopf. „Ist schon gut, es ist mir lieb, wenn ich das Polieren bald hinter mir habe." Damit entfernte sie sich.

Wir schauten uns beide an und zuckten mit den Schultern. „Sie fühlt sich vielleicht unwohl bei unserem Gespräch", sagte ich. „Ich hatte nie einen großen Zugang zu ihr."

„Ja, sie ist immer sehr still." Julie goss uns beiden noch einen Kaffee ein. „Aber niemals ist sie in schlechter Laune oder unfreundlich. Es muss wohl ihre Art sein. – Aber nun noch einmal: Was hat die Reise dir nun am Ende gebracht?"

„Du wirst lachen: Diese Margot, diese eigenartige Geschichte mit dem Buch; ja, alles, was in Amboise geschah, hat mich angeregt. Ich habe die Idee zu einem Buch, das ich schreiben möchte. Ein Buch über Leonardo."

„Über Leonardo! Das ist ja etwas ganz Unerwartetes. Du fährst weg, um deinen Alain zu suchen und in Dijon zu finden, und nach Hause kommst du mit Leonardo!"

„Nein, liebe Julie, es ist komplizierter. Es gibt eine Verbindung zwischen Alain und mir, und die läuft über Elinora und Charles. Das sind die zwei Leben, die wohl vor unserer jetzigen Existenz stattgefunden haben und an die wir uns zu erinnern schienen. Und Leonardo ist ein Punkt, in dem sich die Linien – ähnlich wie die Perspektivlinien in seinem Abendmahl-Fresko – zu kreuzen scheinen. In Amboise habe ich es deutlich gespürt. Alles hat mit allem zu tun. Und diese Margot war ein Schlüssel, das zu verstehen. Wie alles zusammenhängt, werde ich versuchen, im Schreiben zu ergründen."

Julie schaute mich mit einer Mischung aus Erstaunen und Ungläubigkeit an. „Du bist mir eine komische Heilige. Ich werde nicht richtig schlau aus dir. Du und Alain, ihr hattet da all die Jahre lang dieses Mysterium um euch, in das ihr uns nie richtig hineingelassen habt." Sie stockte, dann machte sie eine abwinkende Bewegung, als sie fortfuhr: „Um es gleich zu sagen, es geht uns nichts an." Und dann, betont leise: „Aber geheimnisvoll ist es, und man macht sich so seine Gedanken."

„Gräme dich nicht, liebe Julie. Wenn ich mal gestorben bin, dann wird man alle nötigen Informationen in meinem Nachlass, meinen Notizen und Tagebüchern, finden."

„Na, ob ich das noch selbst erlebe?" Julie schüttelte den Kopf. Dann stand sie auf und räumte die Tassen aufs Tablett. „Von mir aus, mach es! Der eine malt mit Farben, der andere mit Worten. Solange du nicht vergisst, jetzt erst mal hier im Haus den Pinsel zu schwingen, damit wir in den nächsten Wochen fertig werden ..."

„Lass Bertrand mal die Pinsel schwingen, ich bereite mir jetzt meine Putzbox vor, und dann schwinge ich Lappen und Bürsten ..."

„Auch recht", sagte Julie, „aber was ist eine Putzbox?"

„Ganz einfach: Sie enthält alles, was ich zum Frühjahrsputz brauche. Das wären: ganz viele Lappen, zwei Flaschen Essig, ein Pack Zahnstocher, Wattestäbchen und Abschminktücher, Kernseife und jede Menge Zitronen."

Julie lachte. „Das ist so typisch Du! Bloß keine Chemie verwenden!"

„Das werde ich nicht, versprochen!" sagte ich.

Dann gingen wir zu Madame Brunet in die Küche und machten uns wieder an die Arbeit.

Was geht hier eigentlich vor? Warum empfinde ich ein solches Verlangen, mich schriftstellerisch einem Genie wie Leonardo zu nähern, über den schon so viel geschrieben wurde? Was ist die Faszination an diesem Mann, der seit über fünfhundert Jahren tot ist, und wo liegt die Verbindung zu Alain? Denn genauso wie bei Alain, in dessen Nähe ich stets eine Art kribbelnder Erregung verspürt hatte, geht es mir mit dem großen Renaissance-Künstler. Es zieht mich zu ihm, gedanklich und beinahe wie eine ferne Erinnerung. So sehr ich auch glaube und hoffe, dass die Seele unsterblich ist und sich immer wieder in neuen Formen offenbart, so sehr zweifelt aber ein kleiner Teil in meinem Inneren immer noch, ob es wahr sein kann. Ich wage nicht zu denken, dass sich in Alain die Seelenenergie Leonardos manifestiert hat. Ich spüre auf der menschlichen Ebene viele

Gemeinsamkeiten zwischen den beiden Männern – dem mir so vertrauten Geliebten und dem so fernen Florentiner. Das hatte ich schon gespürt, wenn Bertrand seinen Freund Alain immer ehrfurchtsvoll ‚Meister' genannt hatte. Beide Männer hatten einen offenen Haushalt, ein gebendes Wesen, und lebten bei ihrer Partnerwahl eine innere Freiheit, die nicht unbedingt immer von der Gesellschaft geteilt wurde. Und ich, war ich in einem früheren Leben ein Schüler Leonardos gewesen? Ein Melzi oder gar jemand wie der verschlagene Salai? Oder ist es nur die durch Elinora entstandene Verbindung zu Leonardo, die mich beflügelt? Denn wenn sie ihn auch selber nicht mehr erlebt haben kann, so schätzte sie doch die Tatsache, dass ihr Mann, der König, sich als Mäzen der Künste verstand. Und es ist mehr als wahrscheinlich, dass sie sich mit ihrer Schwägerin Marguerite über deren frühere Begegnung mit dem alternden und sterbenden Künstler ausgetauscht hatte.

Der Rest des Monats Mai und beinahe der gesamte Juni standen im Zeichen der Vorbereitungen auf die Sommersaison, einschließlich von Renovierungsarbeiten, Frühjahrsputz und Auffrischung des Gartens. Julie hatte das Sommercamp zu planen, Unterricht und Aktivitäten vorzubereiten und Gastdozenten einzuladen.

Im Juni dann gab es ein erstes Einführungswochenende, zu dem die Teilnehmer des Sommercamps geladen worden waren. Wie es oft ihre Art war, versäumte Julie es auch diesmal nicht, aus der gegebenen Situation Nektar zu ziehen. In diesem Falle war das die Tatsache meiner stattgefundenen Reise nach Burgund und an die Loire. Geschickt band sie dieses Thema am ersten Tag des Wochenendes in ihr Seminar ein. Und natürlich war ich diejenige, die vortragen durfte.

Ich erzählte den Studenten von meinem etwas enttäuschend gewesenen Besuch in Dijon und von dem wesentlich tiefer gehenden Eindruck, den Amboise und vor allem die vermeintliche Grabstätte Leonardos auf mich gemacht hatte.

Als ich geendet hatte, übernahm Julie die Gesprächsführung, indem sie erst einmal etwas klarstellte. „Wisst ihr, ich wollte nicht gerade mit dem Größten unter den Künstlern beginnen, aber da

Ariane eben nun mal dort war und uns einige Eindrücke geben konnte, dachte ich, wir greifen die Gelegenheit beim Schopf. Ich möchte, dass Ihr bis zum Beginn des Sommercamps ein Essay über Leonardo schreibt – nicht, was man im Internet oder in Büchern über ihn lesen kann. Schreibt über den Menschen; über das, was ihn von anderen Künstlern unterscheidet. Etwa zwei, drei Seiten, nicht weniger, auch nicht viel mehr." Als sie ein allgemeines Nicken sah, fügte sie hinzu: „Noch Fragen?"

„Ja", meldete sich Emile, „stimmt es, dass Leonardo schwul war?"

Etwas hilflos schaute Julie zu mir herüber. Ich musste lächeln und übernahm es, zu antworten. „Ja, zumindest ist bekannt, dass er Männer liebte. Ob er schwul war oder bisexuell, das weiß man nicht so genau. Zumindest hat er wohl eher seine homosexuelle Seite ausgelebt." Unweigerlich musste ich an Alain denken.

Dieser Gedanke wurde durch Giulio unterbrochen. „Warum sollte er nicht auch mit Frauen etwas gehabt haben, wenn er *bi* war?"

Julie wollte etwas sagen, und ich vermutete, dass sie das Gespräch in eine andere Richtung lenken wollte, aber ich kam ihr zuvor. „Das ist eine gute Frage. Ich kann mir Gründe dafür vorstellen. Es könnte mit seiner Geburt zu tun haben. Denn immerhin wurde er nicht nur unehelich geboren; seine Mutter war damals erst sechzehn Jahre alt und eine einfache Magd. Leonardo hatte Glück, denn sein Vater, der Notar war, kümmerte sich um ihn. Allerdings muss er die Mutter vermisst haben. Vielleicht hat er deshalb Frauen nie sexuell berührt." Mit einem Seitenblick auf Julie fügte ich hinzu: „Und vielleicht ist das auch der Grund, warum seine Frauenporträts so zart und lieblich erscheinen, wenn man sie seinen Charakterskizzen und Zeichnungen gegenüberstellt. Ich glaube, auf seine Art hat er die Frauen sogar sehr geliebt."

Mich schauten interessierte Gesichter an. Am interessiertesten schaute Julie. Deshalb setzte ich die elegant eingeschlagene Richtung fort. „Es gibt neben normalen Typenskizzen auch viele Karikaturen von Leonardo; aber ich kenne nur ganz wenige, auf denen Frauen dargestellt sind. Dem gegenüber stehen viele Karikatur-Studien von

Männern. Die gemalten Frauenporträts sind alle von Schönheit und Nobilität geprägt. Und seltsamerweise sind seine Madonnendarstellungen sogar erstaunlich nahbar. Was ich damit meine ist, dass Leonardos Madonnen recht weltlich wirken, manchmal sogar beinahe begehrenswert; junge Mütter mit ihren Kindern, die ihrerseits ebenfalls sehr natürlich und kindlich dargestellt sind. Jedenfalls ist das meine Ansicht." Damit schaute ich wieder zu Julie hinüber, die nun den Faden aufnahm.

„Wir werden auch noch darüber sprechen, dass Leonardo sich beim Porträtieren von dem in der Renaissance vorherrschenden Profilbild gelöst hat und seine Porträtierten lieber so darstellte, dass sie einen ansahen beziehungsweise eher von vorne gezeigt wurden."

„So wie die Mona Lisa!" bemerkte Michelle, eines der drei Mädchen.

„Ja, oder im Halbprofil, wie die Cecilia Gallerani", warf ich ein. „Sie wendet ihr Gesicht vom Betrachter weg, während sie das Hermelin in ihrem Schoß zu streicheln scheint, das ja bei weitem kein Haustier ist, sondern …" Weiter kam ich nicht, denn Julie unterbrach mich.

„Das wäre doch ein Thema für euch: herauszufinden, welche Symbolik in diesem weißen Hermelin steckt. Denn es ist kein Zufall, dass die Dame mit gerade diesem Tier dargestellt wurde. Und bevor Ariane euch alles schon jetzt verrät, könntet ihr selber forschen. Ich bin gespannt auf eure Erkenntnisse und Deutungen."

Da hatte Julie noch einmal einen ordentlichen Bogen hinbekommen von der Sexualität eines Künstlers hin zu einem gediegenen Forschungsauftrag für ihre Studenten.

Ich war auf die Sommersaison einschließlich der angekündigten Gastdozenten jetzt wirklich gespannt.

Und schneller als gedacht verflog die Zeit bis zum Beginn des Sommercamps.

Das heißt, ein Camp in dem Sinne war es schon, nur nicht mit Zelten. Bertrand hatte vier Caravan-Camper besorgt, die in den letzten Wochen aufgearbeitet und im Garten aufgestellt worden waren. Das war notwendig, weil die Gästezimmer im Haus nicht ausreichten; aber auch, um wirklich eine Art Camper-Atmosphäre herzustellen. Am Tag vor der Eröffnung konnte man Bertrand und Julie schon beim Frühstück die Aufregung anmerken. Am Nachmittag sollte der erste Gastdozent eintreffen, am nächsten Morgen die Studenten.

„Was habt ihr zur Eröffnung vor, und wer ist der geheimnisvolle Dozent?" wollte ich wissen.

„Oh, habe ich das dir nicht erzählt?" Julie schien ehrlich erstaunt. „Meine Liebe, wir haben in den letzten Wochen sehr wenig geredet und sehr viel gearbeitet. Und wenn ich dich in den letzten Tagen mal was fragen wollte, dann bist du immer gleich weggelaufen, weil dir noch etwas einfiel, was zu tun war." Ich beobachtete Julies Reaktion auf meine Worte und lachte sie an, als sie sich gerade rechtfertigen wollte. „Ist ja gut! Also: Wer ist es?"

„Oh, es ist Jacques, ein Freund von uns ... und Musiker."

„Musiker? Ich dachte, du wolltest in die bildenden Künste einführen." Ich war etwas erstaunt.

„Ja, das will ich auch. Aber wie alles im Leben haben auch diese ihre Grundlagen. Und wir wollen mit Jacques´ Hilfe über die Untermalung sprechen."

„Oh!" war erst einmal alles, was ich dazu sagen konnte.

„Ja, ich habe vor, unseren Studenten Musikstücke vorzuspielen. Sie sollen, jeder für sich, bei Hören nur einem Instrument folgen und versuchen herauszufinden, wie dieses Instrument sozusagen die Hauptmelodie unterlegt und sie somit untermalt. Wir machen das sowohl mit einem klassischen als auch mit einem Popmusikstück."

„Du willst über Arrangements sprechen", entgegnete ich.

„Ja ..., nein ..., also Jacques wird darüber sprechen. Wir wollen herausarbeiten, dass sich beide Künste – die des Darstellens und die des Komponierens – sehr ähnlich sind. Dass es Klangfarben gibt; Harmonien, Kontrapunkte, Motive, Untermalungen und Akzentuierungen; helle und dunkle Töne ..."

„Sehr interessant. Das deckt sich mit meinen Hörerfahrungen. Du weißt ja, dass ich synästhetisch bin, dass ich die Dinge etwas anders wahrnehme. Synästhetiker sehen, schmecken, hören anders, oft multidimensional."

„Ja. Ich weiß, dass es das gibt. Es betrifft einen gewissen Prozentsatz aller Menschen. Die kriegen es gratis. Der Rest muss es trainieren, genau hinzuschauen oder hinzuhören."

Ich nickte. „Ja; Bilder sind wie Musik. Gute Musik ist nicht flach. Sie hangelt nicht um die Tonleiter herum – sie geht in die Tiefe. So wie ein technisch-farblich gut aufgebautes Bild. Mir fällt es oft gar nicht mehr auf, aber ich sehe automatisch Bilder, wenn ich Musik höre. Für mich ist nicht nur die Zahl Sieben grün und männlich, für mich sind Geigen immer gelb."

„Das ist faszinierend", sagte Julie. „Siehst du nur Farben?"

Ich schüttelte den Kopf. „Nein, auch Räume. Es gibt da in einem Musikstück einen Doppelakkord, in dem könnte ich wohnen. Er erscheint mir wir ein himmlischer Raum. So stelle ich mir das Paradies vor."

„Hm! Ich wünschte, ich könnte das mal erleben. Aber egal, zurück zur Lektion. Die Schüler sollen zum Beispiel die Klangfarbe der Geigen, Trommeln oder Posaunen erkennen und ihre Melodie sozusagen heraussehen, heraushören, filtern."

„Ich verstehe!" Dann fragte ich noch mal nach. „Und dieser Jacques, der erläutert nur, oder spielt er auch?"

Bertrand, der sich bis jetzt nicht in unser Gespräch eingemischt hatte, lachte. „Oh, du wirst ihn spielen hören. Wir machen hier doch keinen trockenen Unterricht. Jacques ist ein Gitarrist; er ist klassisch ausgebildet und spielt sowohl Klassik wie auch moderne Stücke. Wir haben ihn im letzten Winter auf einem der Konzerte kennen gelernt, wo er mit seinem Ensemble auftrat."

Ich erhob mich vom Tisch. „Na, da bin ich ja noch mehr gespannt, als ich es bis jetzt war. Aber bei allen Klangfarben, vergesst nicht: Alle Kunst, sei es Literatur, Musik, Gemälde, Skulpturen – alle transportieren nicht nur Information und Erkenntnis, sie transportieren vor allem Schwingung. Manchmal, sehr oft sogar, öffnen sie Türen zu höheren Frequenzen."

Julie lachte. „Ach du, weise Frau!"

„Ja, man darf die Spiritualität nie aus den Augen verlieren", neckte ich sie. „Und bitte, sagt mir Bescheid, wenn die große Leonardo-Essay-Auswertung stattfindet. Ich möchte nämlich wirklich hören, was unseren jungen Nachwuchskünstlern so zu dem Thema durch den Kopf gegangen ist."

„Na klar!" rief mir Julie hinterher. „Und vergiss nicht, ab morgen essen wir alle gemeinsam jeweils um acht Uhr morgens Frühstück und um ein Uhr zu Mittag. Madame Brunet wird hier sein; die Abendessen gestalten unsere Schützlinge – natürlich mit unserer Hilfe!"

Für das leibliche Wohl war also bestens gesorgt. Na, dann konnte es ja losgehen!

Um mich herum ist Freude und Aufbruchstimmung. Und ich tue mit, als wäre in mir der gleiche Enthusiasmus. Und irgendwie ist es ja auch so – zumindest tagsüber, wenn ich in das Geschehen um mich herum eingebunden bin. Dazu im krassen Gegensatz steht im Moment mein Inneres. Nicht, dass ich mich nicht für Julie und Bertrand und das gesamte Projekt freue. Aber irgendwie sollte ich im Moment auch selber, ganz aus mir heraus, glücklich sein. Es ist Sommer, es geht mir relativ gut, es ist warm und licht und genau so, wie ich es liebe. Und doch bin ich mir irgendwie fremd. Ich rede weise über Schwingungen, dabei scheint mir meine eigene Spiritualität zu großen Teilen abhanden gekommen zu sein. Ich spüre sie nur noch wie von weitem, wie hinter Glas. Ich forsche dem nach, gehe in mich. Ich finde heraus, dass es mir nicht mehr so gut geht, seit ich von der Fahrt zurück bin. Eigentlich, seit ich diesen so erotischen Traum hatte, der gar keiner war. Es war eher ein Erleben, und dann hatte ich Alains Stimme neben mir gehört. Seitdem hatte ich insgeheim immer wieder gehofft, es würde noch einmal geschehen. Das – oder auch nur eine Berührung, wie sie mir ja auch schon früher so deutlich spürbar passiert war. Selbst auf die Berührung hätte ich verzichtet, wenn ich nur Alain neben mir gespürt, seine Stimme noch einmal gehört hätte. Aber nichts davon geschah, so sehr ich mich auch danach sehnte. Trotzdem ich mich deutlich erinnern kann, dass alles sich sehr real angefühlt hatte, kommen mir nun Zweifel daran, ob es überhaupt stattgefunden hat.

Ich lebe nun schon so lange mit der Erinnerung an Elinora und Charles, und mittlerweile nun auch mit der Erinnerung an Alain, den ich so sehr vermisse und der nun in diese andere Welt eingetreten ist, in die ich ihm noch nicht folgen kann. Ich bin gezwungen, den unendlichen Reigen von Leben und Tod zu akzeptieren, denn ohne ihn gäbe es keine Entwicklung, keine Erneuerung. Bis vor kurzer Zeit war dieses Wissen ständig in mir; nun fühle ich mich wie abgenabelt von allem. Irgendetwas fehlt mir, es ist eine Einsamkeit in mir, die mich lähmt. Ich fühle mich betrogen um etwas, auf das ich glaube, einen Anspruch zu haben. Wie hatte ich Julie geneckt? Man darf die Spiritualität nicht aus den Augen verlieren. Genau das aber ist mir im Moment geschehen ...

Mit dieser für mich so ungewöhnlichen Gefühlslage ging ich in den eigentlich mit viel Vorfreude herbeigesehnten ersten Sommer unserer neu gegründeten Akademie. Die Studenten trafen ein, der Musiker traf ein; Julie war wie immer aufgeregt, Bertrand stand wie ein zusätzliches Rückgrat hinter ihr und Madame Brunet blühte in ihrer Funktion als Haushaltsvorstand und Köchin geradezu auf. Es war, als bewegten sich alle in konzentrischen Kreisen, wie Elektronen um einen Atomkern; man konnte das Pulsieren und die Energie, die aus dieser Situation entstanden, beinahe greifen. Einzig ich fühlte mich wenig angezogen von all dem Treiben, das mich nicht wirklich im Inneren berührte, und ich begann mich zu fragen, ob ich langsam in eine Depression abglitt.

Ich hatte Julie gebeten, mich bis auf weiteres nicht in die Aktivitäten des Unterrichts einzubeziehen, und schützte zur Begründung ungewöhnlich starke Gelenkschmerzen vor. Lediglich der Auswertung des Leonardo-Projektes wollte ich beiwohnen. Es interessierte mich, auch wenn ich im Moment sogar mein Projekt, ein Buch über den Künstler schreiben zu wollen, auf Eis gelegt hatte.

Seltsamerweise schien ausgerechnet Madame Brunet meine innere Traurigkeit wahrzunehmen, denn ganz entgegen ihrer sonstigen Art lächelte und nickte sie mir bei alltäglichen Begegnungen viel öfter als gewöhnlich zu, und dann lud sie mich an einem Nachmittag zu sich in die Küche ein, um mit ihr einen Kaffee zu trinken. Ich tat das gerne; es lenkte mich ab und brachte mich dieser trotz all ihrer Zurückhaltung immer sympathisch wirkenden Frau näher.

Bei dieser Gelegenheit kamen wir auf Doudou zu sprechen. „Ihr Sohn scheint glücklich zu sein, nur ist er auch immer noch sehr still."

„Ja", sagte sie, „er war immer anders als seine eher lauten Geschwister. Aber er ist gerne hier."

„Ich bin sicher, er wird erfolgreich seinen Weg gehen." Ich nippte an dem heißen Kaffee, den sie mir gerade auf den Tisch gestellt hatte, während ich Möhren schnitt. Dann kam mir eine Idee. „Wissen Sie, ich müsste mal wieder Thérèse besuchen. Haben Sie sie in letzter Zeit gesehen?"

„Oh ja, Madame, ich gehe gelegentlich vorbei und erzähle ihr von unseren Fortschritten. Es scheint ihr gut zu gehen."

„Das ist schön. Sagen Sie mir doch einfach mal, wenn sie hingehen, und ich begleite Sie."

Madame Brunet lächelte, und ich fand, es wirkte viel offener als in all den Jahren, seit ich sie kannte.

„Sie fühlen sich wohl hier bei uns?" wagte ich einen Vorstoß.

„Ja, ich habe mich immer sehr wohl hier gefühlt. Jetzt ist es ein großes Geschenk, dass ich hier meine Arbeit habe, nachdem die Kinder alle groß sind." Und etwas leiser fügte sie hinzu: „Es war nicht immer leicht, wissen Sie, aber wir haben es geschafft. Mein Mann und ich sind sehr glücklich mit unserem Leben." Dann schien sie etwas zu zögern, bevor sie fortfuhr. „Madame Ariane, verzeihen Sie, dass ich so direkt bin. Aber ich weiß, dass Sie noch trauern. Das braucht Zeit. Die Dinge werden auch wieder besser."

Mit dieser Bemerkung überraschte mich die Frau einigermaßen. Wie man immer sagt, stille Wasser sind oft tief. In diesem Falle hatte Madame Brunet gerade einen unerwarteten Tiefgang an Beobachtungsgabe gezeigt. Mir war nicht bewusst, dass es für meine Umwelt so sichtbar sein könnte, in welchem Zustand ich mich innerlich befand.

„Ich weiß, Madame Brunet, man erwartet oft mehr von sich, als man gefühlsmäßig verarbeiten kann. Es wird schon."

Sie lächelte. Dann schien sie sich auf etwas zu besinnen. „Am Donnerstagabend gibt es ein Konzert. Ich backe mit den Studenten Snacks und mache eine Früchtebowle. Sie kommen doch?"

Julie hatte mich schon zu dem Hauskonzert eingeladen, welches natürlich von unserem Gastdozenten Jacques gegeben werden sollte, bevor er sich wieder verabschieden würde, aber ich hatte mich nicht recht zu irgendwelchen Geselligkeiten hingezogen gefühlt und es offen gelassen, ob ich teilnehmen wollte. Nun stand Madame Brunet lächelnd vor mir und schien auf eine Antwort zu bestehen.

„Ja, gut, ich werde da sein. Und ich kann auch in der Küche helfen!" Das war, was ich mich sagen hörte, und nur innerlich schüttelte ich meinen Kopf über mich selbst. Aber auf der anderen Seite: Warum nicht?

Offenbar war Madame Brunet auch die Einzige, der meine innere Verfassung aufgefallen war, denn alle anderen waren mit den vielen Dingen um Haus und Unterricht beschäftigt. Am Nachmittag vor dem Abschiedskonzert unseres Gitarristen fand ich mich in der Küche ein und half, die Snacks für den Abend vorzubereiten. Mein Beitrag dazu waren herzhafte Muffins mit getrockneten Tomaten, Spinat und Mozzarella sowie zwei Bleche Knabbergebäck aus Olivenölteig mit Lorbeersalz.

Gegen sieben Uhr, als es schon ein wenig kühler und angenehmer geworden war, fanden sich alle auf der Wiese ein, neben dem kleinen Teich, wo ein Buffet aufgebaut und Stühle aufgestellt worden waren. Als Jacques auf seiner Gitarre zu spielen begann, legte sich ein Zauber über den Garten und die gesamte Landschaft.

Ich hatte – wie konnte es anders sein – etwas abseits auf meinem Tagesbett Platz genommen, das für mich noch immer das Herzstück des Gartens war. Hier hatten Alain und ich schöne Stunden verlebt, hier war er in meinen Armen gestorben. Und jetzt erinnerten mich die Gitarrenklänge an den Abend eines fernen Tages, als wir in ein benachbartes Dorf gefahren waren, um in einer kleinen Taverne einer Band zuzuhören; zwei Gitarristen und einer Sängerin. Auch damals hatte die Musik mich sehr berührt.

Jacques spielte eine Mischung aus Klassik und modernen Stücken, was offenbar bei seinen Zuhörern, jung und älter, gut ankam. Es gab viel Applaus und man konnte sehen, dass unsere Studenten den Abend genauso genossen wie Julie und Bertrand und auch Madame Brunet.

Allerdings schien ich nicht die Einzige zu sein, die an diesem Abend nicht hundertprozentig fröhlich sein konnte. Beim Beobachten unserer Studenten hatte ich bemerkt, dass der junge Giulio irgendwie niedergedrückt wirkte, was sonst so gar nicht seine Art war. Er lächelte heute kaum und saß etwas abseits.

Als die Musik geendet hatte und sich alle hungrig und durstig über das Buffet hermachten, holte ich mir ein paar Kleinigkeiten und setzte mich dann neben den Jungen.

„Du solltest die hier mal probieren", sagte ich zu ihm, auf eine meiner Spinatkreationen verweisend, „die habe ich gemacht. Die sind beinahe italienisch: Tomaten sind drin und auch Mozzarella."

Giulio lächelte. „Danke, ich probiere sie später!"

„Ist etwas mit dir, du wirkst etwas traurig", wagte ich nun doch zu fragen, „kann ich irgendwie helfen?"

„Nein. Es ist nur ... wegen Bruno."

„Bruno? Wer ist das, ein Freund?"

Jetzt lachte Giulio. „Nein, Bruno ist ein Hund. Der Hund meines Onkels."

„Und, was ist mit ihm?"

„Ach", seufzte der Junge, „mein Onkel ist vor zwei Wochen gestorben. Keiner weiß, was mit Bruno geschehen soll. Meine Eltern haben ihn zu uns genommen, aber jetzt sagen sie, wir können ihn nicht behalten. Es ist zu wenig Zeit für einen Hund. Sie wollen ihn ins Heim geben."

„Das ist schade, offenbar magst du ihn sehr!"

Giulio nickte und holte sein Mobiltelefon aus der Hosentasche. Nach einigem Suchen fand er ein Foto und zeigte es mir. Auf dem Bild war ein sehr hübscher Golden Retriever zu sehen, mit lieben Augen und einem schönen rotbraunen Fell. „Und es geht wirklich nicht?" fragte ich.

„Nein. Sehen Sie, Madame Ariane, ich gehe zur Schule, und meine Eltern haben das Restaurant. Besonders im Sommer kommen sie zu nichts anderem." Bedauernd zuckte er mit den Schultern. „Im Moment ist Bruno hinter dem Lokal angebunden, und immer wenn jemand mal fünf Minuten Zeit hat, geht er mit ihm um den Block. Aber meine Eltern sagen, das ist keine Lösung."

Jetzt fiel mir wieder ein, dass Giulios Eltern eine italienische Taverne in Carpentras besaßen. Unter diesen Umständen würde es tatsächlich besser für den Hund sein, wenn er über ein Tierheim an jemanden mit mehr Zeit vermittelt werden würde.

Ich versuchte, das dem Jungen klarzumachen. „Glaub mir, es ist sicher besser so, wie deine Eltern es vorhaben. Wenn der Hund einen solchen Verlust erlebt hat, dann braucht er wieder jemanden, der sich mit viel Zeit um ihn kümmern kann."

Giulio seufzte, stand auf und bedankte sich bei mir für den Rat, der ihm allerdings nicht gefallen konnte. Dann ging er hinüber zu seinen Freunden und ließ mich, auch nicht freudiger als vorher, zurück.

Obwohl schon wieder beinahe Halbmond war, gab es an diesem Abend einen herrlichen, romantischen Mondaufgang. Unweigerlich fiel mir ‚Wanderers Nachtlied' ein, auch wenn kein *Nebel wunderbar* aufstieg, sondern der Himmel klar und kristallen war. Und der Mond, bevor er sich sehen ließ, schickte sein geheimnisvolles, beschützendes Licht vorneweg in den Himmel.

Am nächsten Morgen erwischte mich Julie noch vor dem Frühstück in der Küche beim Teetrinken. Sie schien wie immer gut gelaunt. „Und, wie geht es dir?" wollte sie wissen.

„Gut!" war meine knappe Antwort. „Und, ist es dir gelungen, den Studenten anhand der Musik die künstlerische Untermalung nahezubringen?"

„Ja, es war ein Erfolg. Sie haben begriffen, dass das Hauptmotiv auf anderen Motiven aufbaut, oft auch auf Kontrapunkten. Jacques hat mir dabei sehr geholfen. Nur in einer Sache bin ich an meine Grenzen geraten."

„So? Worum ging es denn?"

Nun setzte sich Julie doch zu mir. „Als mich einer meiner Schüler fragte, wo denn bei einer Skulptur die Untermalung sei. Darauf konnte ich keine Antwort geben."

Wir schauten uns beide an. Jetzt fehlte Alains Expertise. Ich wollte sie aber trösten. „Du kannst nicht alles wissen, meine Liebe. Man muss sich nicht schämen, das zuzugeben."

„Du hast recht, und wir werden dieser Frage auch nachgehen. Ich bin ja für alle Anregungen dankbar. Das ist auch wirklich eine sehr spezielle Frage. Was mich viel mehr erschreckt ist manchmal, was unsere Kinder an Allgemeinwissen alles *nicht* in der Schule gelehrt bekommen." Damit wollte sie wieder aufstehen, besann sich aber noch auf etwas anderes. „Übrigens, ich habe dich gestern mit Giulio reden gesehen. Der Junge scheint mir etwas bedrückt zu sein."

„Ich habe ihn gefragt. Es hängt mit einem Hund zusammen, den die Familie nicht behalten kann und ins Heim geben will."

„Ein Hund?"

„Ja, ein wirklich schöner Kerl. Giulio hat mir ein Foto gezeigt. Bruno – der Braune – heißt er, und er hat dem verstorbenen Onkel gehört."

„Oh! Ja, das erklärt es." Julie erhob sich wieder und ging in Richtung des Sommerraumes, wo der Frühstückstisch gedeckt war. Dann drehte sie sich noch einmal um. „Sag mal, wäre das nicht was für dich? Ein Hund würde gut zu dir passen!"

„Ich? Nein. Meine Zeit für Haustiere ist vorbei. Ich habe anderes vor."

„Was denn? Ach, dein Leonardo-Buch! Wie weit bist du denn damit?"

„Noch gar nicht", wiegelte ich ab. „Ich bin ja noch im Anfangsstadium!"

„Du sprichst von deinem Projekt wie über eine Schwangerschaft!"

„So ähnlich ist es ja auch", bestätigte ich ihren Eindruck.

„Na, dann kann ja ein Hund noch gar nicht stören!" beharrte sie.

„Doch, beim Denken!"

„Du bist manchmal trotzig wie ein Kind", sagte Julie.

Das traf mich nicht sehr. Alain hatte gerade das an mir geliebt, dass ich im Herzen so kindlich war. Mein Blick blieb an Alains Morgenkaffeetasse hängen, die wie immer im Regal stand. Aber Julie, die schon wieder aus der Küche geeilt war, konnte mein Seufzen nicht mehr hören.

Am nächsten Tag, einem sonnigen Sonnabend, hatte ich mir zur Zerstreuung einen Einkaufsbummel in Carpentras verordnet. Es war warm, aber noch nicht zu heiß für den Sommer, und so fuhr ich nach dem Frühstück los. Ich hatte nichts Spezielles im Sinn. Ein paar Medikamente – natürlich Naturheilmittel – standen auf meiner Einkaufsliste, sowie einige Lebensmittel, die es nur in der Stadt gab, und eine neue Tankfüllung. Als alles erledigt war, hatte ich noch ein weiteres Ziel.

An diesem Tag gab es in der Stadt auch einen Trödelmarkt. Ich war noch niemals dort gewesen und beschloss, es heute zu tun. Früher, in meiner Jugend, hatte ich Trödelmärkte geliebt. Man suchte immer noch etwas, um sich das Leben einzurichten, es schöner zu machen. Aber mit meinen vielen Umzügen großen Ausmaßes und mit zunehmendem Alter war ich unversehens in die Phase des Wieder-Loslassens geraten. Oft, wenn mir etwas gefiel, fragte ich mich, ob es noch Sinn machte, sich so etwas anzuschaffen. Man wusste, man hatte genug; oft kam das Gefühl auf, man würde nicht lange genug leben, um all das noch gebührlich zu nutzen oder auszukosten. Das war auch mit den wundervollen Gläsern so gewesen, die mir Alain einst gekauft hatte: Perigord-Gläser mit unterschiedlichem Design. Ich hatte seitdem nur zwei Sets benutzt: das mit der Fleur-de-lys, das mir so vertraut war, und das mit der napoleonischen Biene. Die anderen zwei Sätze Wein- und Wassergläser waren noch in ihren Kartons. Vielleicht sollte man versuchen, sie hier auf dem Markt weiterzuverkaufen?

Mit diesen Gedanken schlenderte ich die Marktstände entlang, die auf einem breiten Mittelstreifen einer mit hohen Platanen bestandenen Straße aufgebaut waren. Es gab wunderbare alte Möbelstücke, Kristallleuchter, Spiegel und jede Menge schönen Schnickschnack.

Als ich alles gesehen hatte und auf die Uhr schaute, war es bereits nach vierzehn Uhr. Ich war hungrig, durstig und ein wenig müde; ein Kaffee und eine Kleinigkeit zu Essen wäre jetzt gut. Ich schaute mich um, denn in diesem Teil von Carpentras kannte ich mich nicht sehr gut aus. Der Trödelmarkt war etwas abseits der großen Einkaufsstraßen gelegen. Aber in einiger Entfernung erkannte ich ein Restaurant.

Als ich näher kam und den Namen des Restaurants las, traute ich allerdings meinen Augen nicht. Über der Tür prangte groß der Name:

PANE & VINO
RISTORANTE ITALIANO

Ich war wie vom Schlag getroffen: Was für ein Zufall! Das musste – soweit konnte ich mich erinnern – das Restaurant von Giulios Eltern sein. Welches im Unterbewusstsein gespeicherte Wissen oder Wollen hatte mich hierher verschlagen?

Nun ja, ich war immer noch hungrig, und so öffnete ich die Eingangstür und trat ein. Innen empfing mich ein geschmackvoll eingerichteter Gastraum, der nichts Kitschiges und nichts Touristenhaftes an sich hatte. Er strahlte eine eher unterschwellige Eleganz und Ruhe aus.

Und richtig, der Herr, welcher mich nun begrüßte, war mir bekannt: Es war der Besitzer und der Vater unseres Studenten.

„Buona giornata, Signora ... oh, Madame Ariane, Sie? Ist etwas mit unserem Sohn?"

Aber ich winkte sofort ab, mir erst jetzt bewusst werdend, dass mein Erscheinen etwas Verwirrung erzeugen konnte. „Nein, Signore Grassi, ich war einfach nur in der Gegend – beim Trödelmarkt."

„Oh, wie schön, dass Sie unser Ristorante besuchen! Was kann ich Ihnen bringen?"

Ich setzte mich an den Tisch, auf den der erfreute Wirt wies, und dachte kurz nach. „Einen Salat hätte ich gerne, etwas Brot. Haben Sie Caprese?"

„Aber natürlich, Signora Ariane. Dazu ein Glas Wein?"

„Nein, ich muss noch fahren. Nur ein Wasser, bitte. Und danach vielleicht einen einfachen schwarzen Kaffee."

„Gerne!"

Nach einigen Augenblicken schon servierte ein freundlicher Kellner mein Wasser, und wenig später kam der Salat mit einem Korb voll frischem Weißbrot und zusätzlich einem Schälchen Oliven. Ich genoss das kleine aber sehr gute Mahl und die Atmosphäre in dem noch spärlich besuchten Restaurant. Sicher würde es erst gegen Abend richtig voll werden. Als Signore Grassi persönlich den Kaffee servierte, sprach ich ihn darauf an.

„Ja, Sie haben recht, es wird erst gegen Abend voll, besonders an den Sonnabenden. Da gehen die Leute am Tag in Ruhe einkaufen und vielleicht in ein Café. Abends dann geht man in ein Restaurant wie unseres."

„Also läuft es gut?" fragte ich.

„Oh ja, wir können über zuwenig Arbeit nicht klagen", erwiderte er.

Da fiel mir etwas ein. „Ich habe neulich mit Giulio über Ihren Hund gesprochen. Er war traurig darüber, dass er ins Heim musste."

„Ja leider, Signora, das ist nicht leicht. Sehen Sie, diese Woche habe ich es nicht geschafft. Aber bevor das Sommercamp nächstes Wochenende zu Ende ist, werde ich den Hund ins Heim bringen. Am Montag, da haben wir Ruhetag. Dann ist er weg, wenn Giulio wiederkommt."

„Ach, so haben Sie ihn also noch?" fragte ich erstaunt.

„Ja, ja! Das war gar nicht so leicht, auch meine Frau wollte sich nicht von dem Tier trennen. Immerhin hat Bruno meinem Schwager, ihrem Bruder, gehört. Aber wir haben wirklich keine Zeit für den Hund. Das ist ihm gegenüber nicht gerecht."

„Und wo ist er jetzt?"

„Nun, im Garten hinter dem Ristorante, da ist er angebunden. Ich nehme ihn morgens mit hierher, und dann muss einer mit ihm noch mal am Tage gehen, und abends nehmen wir ihn mit nach Hause. Das ist eine große Belastung."

„Sagen Sie, könnte ich ihn mir denn mal ansehen, jetzt wo ich schon hier bin?"

„Sì, con piacere ... sehr gerne!"

Während Signore Grassis Antwort noch nicht ganz ausgesprochen war, fragte ich mich bereits, was mich hier eigentlich ritt. Hatte ich nicht genügend Erfahrungen? Wusste ich nicht, das dieser Satz *Ich kann ihn/sie/es mir ja mal ansehen ...* – außer im Falle unbelebter Dinge, wie zum Beispiel Möbelstücke – immer schon eine vorweggenommene Entscheidung darstellte? Und doch glaubte ich selber fest daran, dass ich immer noch die Wahl hatte.

Mit dieser Selbstlüge im Herzen folgte ich dem Wirt in seinen kleinen Hof hinter dem Gebäude.

Dort waren ein Gebüsch und daneben eine Hundehütte, aber zunächst sah ich keinen Hund. Erst bei näherem Hinsehen, nachdem ich der an der Hütte festgemachten Kette folgte, entdeckte ich Bruno. Er hatte sich unter den Busch zurückgezogen und nur seine Schnauze war sichtbar. Man konnte erkennen, dass er zaghaft mit dem Schwanz wedelte, aber sehr sicher war er sich wohl nicht in dieser Situation. Ich sprach ihn an, „Hallo, Brauner!" und trat einen Schritt näher. Bruno knurrte. Da fiel mir ein, dass ich ja immer Katzen- und Hundeleckerlis in der Handtasche hatte. Ich kramte herum, bis ich das Gesuchte fand. Bruno wirkte interessiert und kroch ein ganz klein wenig näher an mich heran. Ich hielt ihm die Delikatesse mit ausgestreckter Hand entgegen, aber er traute sich nicht, es zu nehmen. Erst als ich es ihm hinwarf, fraß er es. Der Schwanz wedelte nun schon ein wenig freudiger. Das dritte Leckerli nahm er mir schon vorsichtig aus der Hand ab, von da an waren wir wohl Freunde. Vorsichtig streichelte ich das Tier, das zwischen Scheu und Verlangen hin und herschwankte.

Er gefiel mir. Er war schön, ein goldzimtfarbener Retriever; er schien klug zu sein und hatte wache, liebe Augen. Ich wusste sofort, dass er Alain außerordentlich gut gefallen hätte. *Warum eigentlich sollte ich ihm nicht eine Chance geben ...* ertappte ich mich beim Denken.

Signore Grassi wurde in die Küche gerufen, und ich folgte ihm zurück ins Restaurant. Fünf Minuten später war er wieder an meinem Tisch. „Wollen Sie noch etwas, Signora? Ein Dessert?"

„Nein, aber wissen Sie, ich würde es gerne mit Bruno versuchen. Was würde Sie davon halten? Wir haben doch in Lagnières viel Platz."

„Oh Signora Ariane, sind Sie sicher? Das wäre *fantastico*!"

„Erst zum Testen! Er muss sich einfügen in unser Leben. Er muss auch mal alleine im Haus bleiben können. Und nicht weglaufen ..."

„Sie werden es nicht bereuen, Signora. Bruno ist lieb, er braucht eben nur jemanden, der für ihn da sein kann."

„Das wird er haben! Ich hatte einige Hunde in meinem Leben. Bei mir sind Hunde immer Teil der Familie gewesen!"

„Das muss er ahnen", sagte der Wirt, „er scheint Sie zu mögen. Und Sie haben offenbar keine Angst vor Hunden."

„Nein. Man muss Tieren nicht mit Angst begegnen, sondern mit Wissen, Autorität und Liebe. – Kann ich ihn am Montag abholen? Ich müsste erst alles vorbereiten!"

„Aber natürlich!" Signore Grassi war wirklich sichtbar glücklich. „Und Ihr Essen, alles, geht aufs Haus!"

„Das ist nicht nötig!"

„Doch, doch. Warten Sie, bis ich es meiner Frau erzähle. Sie wird ebenfalls hocherfreut sein."

„Gut, aber sagen Sie Giulio noch nichts, falls er Sie anrufen sollte. Ich will ihn damit überraschen." Ich erhob mich und nahm meine Tasche. „Also, ich bin dann am Montag gegen zehn Uhr hier. Ist das in Ordnung?"

„Ja, sicher. Vielen Dank, Signora Ariane."

Nachdem wir uns voneinander verabschiedet hatten, ging ich zurück zu dem in einiger Entfernung geparkten Auto. Auf dem Weg dorthin fühlte ich mich wie benommen. War das alles gerade tatsächlich geschehen? Hatte ich mich wirklich verpflichtet, noch einmal einen jungen Hund in mein Leben zu holen? Ich konnte es nicht glauben.

Die ganze Heimfahrt hindurch beherrschten mich zwei mächtige Gefühle: eine innere Aufgeregtheit – und enorme Zweifel, eine meiner Ungewissheit geschuldete Angst.

Die Angst verstärkt sich noch. Habe ich mich wieder einmal hinreißen lassen, wie schon so oft in früheren Jahren? Es passiert mir ja nicht zum ersten Mal, dass ich mich Hals über Kopf in eine Partnerschaft mit einem Tier stürze. Es ist immer gut gegangen. Und wenn ich ehrlich bin, dann habe ich jedes Mal vorher diese Beklemmungen, diese Angst, diese Zweifel gehabt. Allerdings ist jetzt auch vieles anders. Ich bin nicht mehr die Jüngste. Schaffe ich das, einen jungen Hund noch einmal ein ganzes Leben lang zu begleiten? Wird er mich anbinden, behindern?

Und dann ist er ein Rüde. Ich hatte immer Hündinnen. Komme ich, trotz meiner gesundheitlichen Einschränkungen, mit seinen Bedürfnissen und seinem jugendlichen Bewegungsdrang zurecht? Auf der anderen Seite spüre ich, wie ich mich freue. Irgendwie war mir der Sinn des Lebens abhanden gekommen; mit Alain war mir der Partner verloren gegangen. Julie und Bertrand haben ihre Kunstakademie, ich stehe nur am Rand der ganzen Sache. Aber jetzt kommt noch einmal etwas in mein Leben. Alain würde den Hund lieben, dessen bin ich mir sicher. Der einzige Weg ist, es einfach anzugehen.

So kam Bruno in unser Leben. Am liebsten hätte ich ihn, zwecks besserer Beschreibung seiner Fellfarbe und in Anlehnung an mein Lieblingsgewürz, Cannello – etwa: ‚Der Zimtfarbene‘ – genannt. Aber er reagierte auf seinen gewohnten Namen, und warum sollte er ihn auch nicht behalten. So blieb er der ‚Braune‘. Jedoch sprach ich seinen Namen nicht französisch, sondern italienisch aus, um seine Herkunft zu ehren.

Zunächst jedoch musste der neue Hausgenosse erst einmal um- und einziehen. Zu diesem Zweck hatte ich mir für den kommenden Montag Bertrand ausgeliehen, denn ich wollte das Wagnis, einen fremden Hund im Auto zu befördern, nicht alleine unternehmen. Unnötig zu sagen, dass Bertrand zu vollkommenem Stillschweigen verpflichtet wurde, auch wenn er selber bis zur Umsetzung unseres Vorhabens noch gar nicht wissen konnte, worum es eigentlich ging.

Der Sonntag verging in Gedanken zwischen Zweifeln und Zuversicht, wobei letztere die Oberhand gewann, vor allem, weil ich natürlich im Geiste schon die nötigen Besorgungen plante. Ich war sehr aufgeregt, was sich auch in meinen Träumen in der Nacht zum schicksalhaften Montag zeigte. In ihnen lief ich nervös in Geschäften herum und hatte immer noch etwas zu kaufen vergessen. Mehrmals wachte ich auf, was ansonsten gar nicht meinem Schlafverhalten entsprach. Gegen vier Uhr morgens war es wieder soweit. Ich musste diesen Zyklus durchbrechen. Ich ging hinunter in die Küche und holte mir ein Glas Milch. Danach setzte ich mich aufrecht ins Bett und trank das kühle Getränk in langsamen Schlucken. Dann löschte ich das Licht und legte mich wieder hin. Der Zauber wirkte: Ich musste sofort eingeschlafen sein.

Und dann träumte ich, sehr intensiv und lebendig. Es war Alain, der vor mir stand. Um uns war eine große Ruhe. Er lächelte mich an, wie nur er es konnte, und sprach dann zu mir. ‚Ariane, warum bist du so nervös? Es ist alles gut. Gehe deinen Weg. Das Tier wird dir gut tun. Es wird dir Lebenszeit schenken …'

Als ich, völlig ausgeruht und erfrischt, aufwachte, klangen diese Worte in mir nach, als seien sie eben erst gesprochen worden. Unwillkürlich schaute ich mich um, denn der Traum war absolut realistisch gewesen. Aber natürlich war ich allein.

Wenn es denn so war, dass der Hund mir meine nächtlichen Geister näher brachte, dann sollte er mir doppelt willkommen sein.

Schnell hatte ich mich für das bevorstehende Abenteuer fertiggemacht, denn schon um acht Uhr stand Bertrand bereit. Es war gerade noch Zeit für einen schnellen Kaffee im Stehen, bei dem mir Julie Gesellschaft leistete.

„Was macht ihr denn so zeitig in Carpentras?" wollte sie wissen.

„Wichtige Besorgungen", antwortete ich knapp.

„Vergisst du auch nicht, dass ich dich heute Nachmittag brauche?"

„Eben deshalb fahren wir so früh!" Natürlich hatte ich nicht vergessen, dass ich später am Tage von ihr dazu verdammt worden war, für eine Porträtstudie Modell zu sitzen. Noch ahnte sie nicht, dass es nicht *mein* Porträt war, das die Studenten heute zeichnen würden, sondern das eines Überraschungsgastes. Sofern dieser mitspielte ...

Eine gute halbe Stunde später waren Bertrand und ich in Carpentras. Zunächst suchten wir eine Tierhandlung auf. Leine und Ausgehgeschirr, Fressnapf, Trinknapf, Futter und ein Schlafkörbchen waren schnell gefunden. Bertrand schwante jetzt natürlich etwas, spätestens als ich vorsorglich eine Decke über die Rücksitze des Wagens breitete, aber er hielt sich mit Kommentaren zurück. Pünktlich um zehn Uhr erreichten wir das Restaurant von Signore Grassi.

Erst jetzt sagte Bertrand, der offenbar von Julie über Giulios Kummer informiert worden war: „Na, ich nehme an, einer unserer Studenten wird wohl heute sehr glücklich sein!"

Als Antwort lächelte ich nur und ging hinein. Drinnen erwarteten mich schon Giulios Eltern. Sie boten uns Kaffee an, aber wir wollten uns nicht aufhalten.

Als wir hinters Haus kamen, hatte ich für Bruno schon eine Leckerei in der Hand, sodass er gar keine Zeit hatte, zu knurren oder irgendwie Angst zu bekommen. Der Trick wirkte. Schwanzwedelnd ließ er sich von der Kette an die Leine nehmen und folgte uns mit erstaunlicher Selbstverständlichkeit zum Auto. Man merkte, dass das Autofahren ihm nicht fremd war. Schnell, um eventuellen Abschiedsschmerz besonders bei Signora Grassi in Grenzen zu halten, ließen wir Bruno auf dem Rücksitz Platz nehmen.

„Sie können ihn jederzeit bei uns besuchen!" sagte ich zu der Frau, die sich eine Träne aus dem Augenwinkel wischte.

„Danke! Wir sind sicher, er wird es sehr gut bei Ihnen haben!" übernahm ihr Mann die Verabschiedung.

Dann waren wir schon auf dem Weg nach Lagnières.

„Na, da hat ja Julie doch noch mit ihrem Vorschlag gesiegt!" meinte Bertrand.

„Vielleicht war es auch die Vorsehung", hielt ich dagegen.

Ich schaute mich nach Bruno um. Er saß auf dem Rücksitz und schaute etwas aufgeregt zur Heckscheibe hinaus. Wusste er, dass es in ein neues Leben ging? Jedenfalls schien er nicht sehr besorgt, eher neugierig. Wenn es darum ging, wer von uns nervöser war, dann hätte ich dieses Mal wohl eindeutig das Rennen gemacht.

Da Julie mit ihrer Truppe irgendwo in der Natur unterwegs war, gelang es uns, Bruno und seine neuen Besitztümer unbemerkt ins Haus zu bringen. Der Hund hatte erst einmal zu tun, sein neues Zuhause intensiv zu erschnüffeln. Immer wieder kam er dabei zu mir, wie um sich rückzuversichern, dass das alles in Ordnung war. Zunächst brachten wir alles hoch in mein Schlafzimmer, um nichts von dem neuen Bewohner preiszugeben. Dann ging ich mit Bruno in den Garten, um ihn auch dort alle Gerüche aufnehmen zu lassen. Nach etwa einer halben Stunde Generalinspektion gab ich ihm schließlich in der Küche eine Kleinigkeit zu Fressen. Dann brachte ich ihn nach oben in mein Zimmer, wo er sich allerdings erst einmal neben das ihm völlig unbekannte Schlafkörbchen legte. Ich schloss die Tür und hoffte, dass wir hier keinen Kläffer oder gar einen Türkratzer hatten.

Die Porträtmalerei war für vierzehn Uhr angesetzt. Ich wollte die Spannung steigern und ließ Julie und ihre Schüler, die sich bereits alle im Atelier eingefunden hatten, etwas warten. Kurz bevor ich annahm, dass sie jetzt nach mir suchen gehen würde, nahm ich Bruno an die Leine und ging hinüber. Ich war keine Sekunde zu früh, denn gerade, als ich von außen die Tür öffnete, wollte Julie dies von innen tun und tatsächlich schauen, wo ich blieb. Statt meiner schob sich nun aber ein aufgeregter Hund an ihr vorbei in den Raum. Augenblicklich wurde es still; dann gab es ein großes Hallo, begleitet von Giulios Ausruf „Bruno!", kräftigem Schwanzwedeln und einer bewegenden Begrüßungsszene.

Der Hund freute sich so sehr, seinen Freund wiederzusehen, und Giulio war ganz außer sich. Auch die anderen drängten sich jetzt um das Tier und den Jungen, und jeder wollte ihn streicheln.

Julie lächelte zufrieden. Dann bedeutete sie der aufgeregten Gruppe sich wieder zu setzen und fragte: „Was hast du uns denn hier für eine Überraschung mitgebracht?"

„Das ist Bruno. Wenn Giulio, von dessen Familie er kommt, damit einverstanden ist, wird Bruno unser neuer Hausgenosse und

Akademiehund." Giulio nickte heftig, als ich das sagte. „Gut, und außerdem wird er heute Modell sitzen."

„Aber er wird doch nicht stillsitzen!" bemerkte Emile.

„Da hast du recht. Ursprünglich sollte ich ja Modell sitzen. Aber ihr denkt doch nicht im Ernst, dass ich die ganze Zeit still sitze?"

Alle lachten.

„Also im Ernst", setzte ich meine Gedanken fort, „es muss doch auch eine Disziplin in der Kunst sein, etwas zu skizzieren, das sich bewegt. Auch in der Natur ist etwas selten wirklich immer unbewegt und still. Jede Landschaft verändert sich; das Licht, das Wetter. Was also sagt eure Meisterin zu diesem Vorschlag?" Damit wandte ich mich an Julie.

„Okay, für heute bist du raus. Wir porträtieren Bruno. Aber aufgeschoben ist nicht aufgehoben! Beim nächsten Kurs bist du dran, und dann wird stillgesessen." Sie drohte mir verschmitzt mit dem Finger.

„Gut! Und heute bin ich ja sowieso hier, um neben unserem Modell zu sitzen. Immerhin ist er neu hier, und so kann ich beobachten, wie er sich verhält."

Der Hund schien zu verstehen, was von ihm verlangt wurde. Offenbar war er ein durch und durch geselliges und angstfreies Tier. Als er sah, dass ich mich setzte, legte er sich auf eine Decke, die ich mitgebracht und nun vor meinen Füßen auf den Boden gelegt hatte. Zur Not hatte ich ein paar Nascereien einstecken, um ihn zu fokussieren, aber es sollte sich als nicht nötig erweisen. Bruno war ein Naturtalent. Er legte elegant eine Pfote über die andere und bettete seinen Kopf darauf. Dann beobachtete er abwechselnd die einzelnen jungen Künstler, wie sie versuchten, ihn zu skizzieren, um später ein Porträt anzufertigen. Gelegentlich schaute er zu mir auf, um sich zu vergewissern, dass ich noch da war, dann legte er seinen Kopf wieder auf die Pfoten.

Ich war sehr angenehm überrascht von diesem Verhalten. Am Ende des Tages, nach etwa eineinhalbstündigem Modellsitzen, einem Spaziergang in der grundstücksnahen Umgebung und seiner ersten richtigen Mahlzeit an seinem künftigen Fressplatz in der

Küche, waren meine Bedenken, ob ich in Sachen Bruno das Richtige getan hatte, schon kaum mehr vorhanden.

Bruno fügt sich in unseren Haushalt ein, als wüsste er, dass es seine Chance ist, das Tierheim und eine ungewisse Zukunft zu vermeiden. Und augenblicklich scheint sich vieles in mir, in meinem Fühlen, zu wandeln. Als habe er den Schlüssel zu etwas, das ich brauche. Ist es Zuwendung?

Tatsache ist, dass ich schon in der ersten Nacht, in der der Hund im Haus schläft, so intensiv träume wie lange nicht mehr. Es ist wie ein ganzer, vielschichtiger Film. Ganz deutlich sehe ich Alain. Er hat einen schmalen Kramladen am Rande eines Marktplatzes. Er besitzt einen kleinen braunen Hund, der Bruno in keiner Weise ähnlich ist, und trägt einen abgenutzten braunen Filzmantel. Überhaupt wirkt er viel älter, als ich ihn je kannte. In meinem Traum sitzt er regelmäßig auf einer Bank vor seinem Geschäft, manchmal in Gesellschaft von mehr oder weniger schillernden Figuren des öffentlichen Marktlebens, die ich nie vorher sah. Ich setze mich neben ihn, lege meinen Kopf an seine Schulter und spüre seine Wärme, während ich den Hund zu unseren Füßen kraule.

Mit einem Glücksgefühl wache ich auf und trage Alain noch den ganzen Tag lang mit mir herum. Beim Nachdenken über diesen so realistischen Traum wird mir einiges klar: Bruno kam nicht durch Zufall in mein Leben. Dieser Hund, der sich so natürlich in unser aller Alltag einschmiegt, scheint ein Anker zu sein; einer, der mich nun wirklich für den Rest meines Lebens, zumindest aber für das nächste Jahrzehnt, hier in Lagnières halten wird. Es war mir bis jetzt nicht so klar, wie offen diese Frage innerlich noch war. Nun scheint sie plötzlich entschieden. Mir wird auch bewusst, Bruno ist keine Reinkarnation meiner früheren Hündin Dakota, so sehr ich mir das auch gewünscht hätte. Aber ich bin mir sicher, dass sie ihn zu mir geschickt hat. Und vielleicht sitzt jetzt irgendwo in einer anderen Realität Alain auf einer Bank, mit meiner Hündin Dakota zu Füßen, und träumt davon, dass eine geliebte Frau ihren Kopf an seine Schulter lehnt.

Gegen Ende unseres Sommercamps kam der Tag der Auswertung des Leonardo-Essays der Studenten. Da ich offenbar zur Leonardo-Expertin im Haus avanciert und irgendwie ja auch der Grund für die gestellte Thematik gewesen war, hatte ich die Ehre, dieses Seminar leiten zu dürfen.

Ich hatte die Arbeiten gelesen und mir auf deren Grundlage ein Konzept erarbeitet. Denn immerhin war ich keine Spezialistin, und auf Grund der Ereignisse der letzten Wochen hatte ich auch keinerlei Gelegenheit gehabt, mich in Sachen meines Buchprojekts in irgendeiner Weise in die Materie einzulesen. So vertraute ich auf das, was mir im Leben stets weitergeholfen hat: Mein Bauchgefühl und das Wenige, das ich wirklich wusste.

Erst einmal musste ich Kritik loswerden, deshalb begann ich mit der schlechten Nachricht: „Also, meine Lieben, wenn ich mir das Ganze anschaue, dann stelle ich fest, dass etwa die Hälfte der Gruppe nicht unbedingt in die Bücher geschaut, sondern mehr oder weniger auf diverse Internet-Enzyklopädien vertraut hat."

Hier senkten sich einige Köpfe. Ertappt!

„Auf der anderen Seite", setzte ich fort, „haben alle sich Mühe gegeben. Aber wirklich nur eine von euch hat das Bild der Dame mit dem Hermelin beinahe bis in alle Tiefen ausgelotet."

Man konnte sehen, dass die Klasse sich fragte, wer wohl das gemeinte Mädchen war.

„Nun denn. Ihr habt recht gut die Rolle der Porträtmalerei in der entsprechenden Zeitperiode beschrieben. Auch die Tendenz weg vom Profil, die ja von Leonardo bedeutend vorangetrieben wurde, habt ihr dargestellt. Aber nicht nur das. In jener Zeit, in der ja auch viele Allegorien gemalt wurden, blühte die Verwendung von Symbolen. Bilder dienten so der Kommunikation, der Beförderung von Informationen und Meinungen. In gewisser Weise konnte man in einem Bild lesen wie in einem Buch. Das war besonders für jene wichtig, die nicht lesen konnten.

Erinnern wir uns: Auf dem Bild der Dame mit dem Hermelin ist Cecilia Gallerani dargestellt. Das Hermelin ist kein Streicheltier, es ist ein wildes, unzähmbares kleines Raubtier. Und wofür, Francine, steht es?"

Das angesprochene Mädchen antwortete: „Für den Adel."

„Richtig. Hochgestellte Menschen und Könige trugen Hermelinmäntel. Cecilia hatte intimen Kontakt mit dem Adel; deswegen hat sie das Hermelin auf ihrem Schoß. Wer war der Adelige?" Wieder schaute ich auf Francine.

„Ludovico Sforza, auch ,Il Moro' genannt."

„Genau. Das Hermelin war übrigens auch Ludovicos Wappentier. Sie war seine Geliebte; und sicher konnte sie ihn, wie das Bild suggeriert, für einen kurzen Moment halten. Aber zähmen ließ er sich nicht. Während sie ein Kind von ihm erwartete, heiratete er noch vor dessen Geburt eine andere. Später nahm er sich eine neue Geliebte, von der wir ebenfalls glauben, dass sie von Leonardo porträtiert wurde: Lucrezia Crivelli. Wie heißt das Gemälde und was fällt uns auf?"

Francine, die auch das in ihrem Essay beschrieben hatte, antwortete: „Es heißt ,La Belle Ferronière', und ich meine, die Lucrezia ähnelt der Cecilia sehr."

Mittlerweile hatte ich Kopien beider Porträts vor den Jugendlichen aufgebaut, sodass sie einen direkten Vergleich hatten.

„Woran mag das liegen?" fragte ich und ließ meinen Blick jetzt über die Klasse schweifen, um auch die anderen zur Diskussion einzuladen.

Doudou meldete sich. „Die Mode war dieselbe, die Haare ... und sicher mochte der Herzog diese Art von Frauen."

„Genau! Und noch etwas fällt auf. Denkt mal an die Titel der Bilder."

„Sie sagen nicht, wer dargestellt wurde", meinte Emile.

„Genau. Die eine ist die ,Dame mit dem Hermelin', die andere die Dame mit dem ,schönen Stirnband'."

Die Studenten nickten.

„Gut. So wie die Leute damals, so müsst auch ihr bei thematischen Essays noch viel mehr in den Bildern lesen und in die Tiefe gehen. Vieles ist auch gar nicht so ganz klar. So könnte die Dame mit dem Stirnband auch eine Geliebte König Franz I. gewesen sein. Wie dem auch sei: Beide Damen sind nach der Mode der Zeit gekleidet und geschmückt. – Ansonsten sind eure Arbeiten gut geschrieben und werden, gemeinsam mit Euren künstlerischen Werken, in der Ausstellung im Sommerraum ausliegen."

Nun übernahm Julie wieder die Leitung. „Die Ausstellung wird am Sonntagnachmittag, im Rahmen unseres Abschlusstreffens, eröffnet und den ganze Sommer lang zu besichtigen sein. Außerdem werden wir im Sommerraum eine Kiste aufstellen, in die ihr alle bis dahin eure Meinung über unsere ersten Camp-Wochen hineinwerfen könnt – auf kleinen Zetteln und natürlich, wenn ihr mögt, anonym. Also: Kritik, aber auch Lob, sind willkommen. Ideen und Verbesserungsvorschläge auch."

So ging unser erster Lehrdurchgang nach zweieinhalb Wochen zu Ende. Alle – Teilnehmer, Eltern und, soweit möglich, Mitwirkende – fanden sich im Sommerraum zur Eröffnung der Ausstellung, zu Kaffee, Tee und Kuchen und einem von Julie gezogenen Fazit zusammen. Selbst Bruno, der sich in den wenigen Tagen hervorragend eingelebt hatte, war dabei. Ich wollte ihn testen: Wie reagierte er auf Fremde, auf viele Menschen, und letztlich: Wie reagierte er, wenn er seine ehemalige Familie wiedersah?

Nun, er reagierte wunderbar. Er nahm mit Freude die Streicheleinheiten von Giulio und seinen Eltern entgegen, um sich dann wieder wie selbstverständlich mir zuzuwenden und damit anzuzeigen, zu wem er jetzt gehörte.

Die Besucher konnten nun die angefertigten Arbeiten der Studenten begutachten; sowohl Bilder als auch kleinere Tonskulpturen und natürlich die ausgelegten Leonardo-Essays. Einige der Bruno-Porträts waren wirklich ganz toll geworden. An anderen musste wohl noch gearbeitet werden.

Heiterkeit löste das Vorlesen des Zettelkasten-Inhalts aus. Kritik gab es eigentlich gar nicht. Es hatte allen gefallen. Besonders gelobt wurde das Essen, was Madame Brunet sehr freute. Sicherlich war es Giulios Handschrift, die ich zu erkennen glaubte, mit der auf einem Zettel geschrieben worden war, was ihm besonders gefallen habe: Dass Bruno nun zur Akademie gehöre.

Für die nun noch vor den Schülern liegenden Ferienwochen gab Julie ihnen eine Hausarbeit mit auf den Weg: Anlegen eines

Skizzenbuches. Jeder sollte sich, so oft wie möglich, immer wieder im Alltag die Zeit für kurze, möglichst präzise Skizzen nehmen und so Auge und Hand trainieren. Für den Herbstdurchgang wurde in Aussicht gestellt, dass die Klasse die Bronzegießerei von François besuchen würde. Und angedroht wurde das aufgeschobene Porträt von mir, was zumindest auf Seiten des Modells nur begrenzt Freude auslöste.

So ging eine gut zusammengewachsene Gruppe junger Künstler ebenso gut gelaunt in die Sommerferien.

Bruno und ich wuchsen ebenfalls immer besser zum Team zusammen. Er wusste sich zu benehmen; einige Eigenheiten trieb ich ihm schnell aus, anderes brachte ich ihm bei. Zum Beispiel lernte er schnell zu verstehen, dass sowohl Paul als auch gelegentlich andere im Garten auftauchende Katzen zu akzeptieren und daher nicht zu jagen waren. Nach ein paar Versuchen und entsprechenden Zurechtweisungen begriff Bruno das schnell.

Tagsüber blieb er immer in meiner Nähe, aber noch wagte ich nicht, ihn unbeaufsichtigt und völlig frei im Garten herumlaufen zu lassen. Wenn wir ausgingen, war er sowieso – wie auch alle meine vorherigen Hunde – grundsätzlich an der Leine. Bruno konnte seinem Bewegungsdrang im Garten nachgehen, wenn das Tor geschlossen und damit sicher war, dass er nicht weglaufen konnte. Seine Fressecke hatte er in der Küche, im Wohnraum stand ein Körbchen für den Tag, und nachts schlief er oben in meinem Zimmer in einem Hundebett. Angenehm war, dass Bruno nie versuchte, irgendwo heraufzuspringen. Er saß höchstens manchmal neben dem Bett und beobachtete mich, besonders wenn er meinte, dass es nun Zeit zum Aufstehen sei.

Zweimal am Tag gingen wir jeweils eine halbe Stunde spazieren, was meinen Kreislauf ordentlich auf Trab brachte. Diese Touren halfen mir auch beim Nachdenken: Wenn ich klar im Körper war, wurde ich auch klar im Kopf. Auch erwies sich Bruno als sehr pflegeleicht, wenn es darum ging, dass ich einmal nicht selber mit ihm auf Tour gehen konnte. Zwar wohl etwas unwillig, aber im Ganzen problemlos ließ er sich auch einmal von Julie oder Bertrand ausführen, war aber stets erfreut, mich wiederzusehen. Allgemein konnte man sagen, dass jeder im Haus ihn und seine charmante Hundeart schnell ins Herz geschlossen hatte.

Die täglichen Spaziergänge hatten noch einen anderen Effekt: Ich sah wieder Ecken des Dorfes und der Umgebung, in denen ich lange Zeit nicht mehr gewesen war. Plötzlich nahm ich den Zauber früher Morgen oder später Abende wieder wahr. Ich genoss tiefe, mit von Wildrosen durchwachsenen Hecken gesäumte Hohlwege und weite Blicke übers Land. Ich erlebte wieder Dinge, die mir abhanden gekommen waren; kleine Details, die einem oft entgehen, wenn man sich beinahe ausschließlich in geschlossenen Räumen und in den eigenen Gedankenwelten bewegt. So wie beispielsweise ein kurzer, zauberhafter Regen aus einem beinahe wolkenlosen Himmel – ein weichwarmer Sommerschauer im goldenen Abendlicht. Die rot untergehende Sonne ließ das mit Tropfen glänzende Fell des Hundes intensiv leuchten.

Spätestens ab jetzt begann eine Art Ablösung, so etwas wie ein wirklich ,eigenes' Leben für mich in Lagnières. Von nun an war es Julies Akademie, waren es Julies Studenten und Projekte, nicht mehr ,unsere'. Mit Bruno war, so seltsam es klang, eine Art Privatleben zurückgekommen; eine Routine, etwas sehr Familiäres. Und damit hatte ich auch meine innere Balance wiedergefunden, von der mir jetzt erst richtig klar wurde, wie sehr sie mir in den vergangenen Monaten abhanden gekommen war. Der Hund brachte mir die Spiritualität zurück.

Den Rest des Sommers, oder besser: seinen noch vor uns liegenden Hauptteil, wollten wir alle nach Herzen genießen und uns von der anstrengenden Arbeit des Frühjahrs und des ersten Studiendurchgangs erholen. Nebenbei plante Julie schon für den Herbstkursus und die im Winter vorgesehenen Aktivitäten, und sie widmete sich endlich auch wieder ihrer eigenen künstlerischen Arbeit. Bertrand fand wieder einmal Zeit zum Lesen und hatte auch in Haus und Garten immer genügend zu tun. Über den Sommer kam Madame Brunet nur zweimal in der Woche, je einen halben Tag;

aber auch sie schien glücklich über die Ruhephase, die ihr Raum für anderes gab.

Ich für meinen Teil konnte mich nun, neben meinen vielen geliebten Streifzügen durch die Natur mit Bruno, den Recherchen für mein geplantes Buch hingeben, von dem mir immer noch nicht ganz klar war, warum es mich innerlich so sehr dazu drängte. Aber warum nicht: Ich liebte es zu schreiben, und die besten Ideen waren mir schon immer bei Spaziergängen in der Natur gekommen. Und wenn man das Angenehme mit anderen angenehmen Dingen verbinden konnte …

Für den Buchstoff jedenfalls spann ich schon die Fäden. Bald würde ich beginnen zu weben.

Ich sitze in der Sommerwärme auf dem Gartenbett und versuche, mich zu konzentrieren. Neben mir liegt Bruno im Gras, immer aufmerksam die Augen und Ohren bewegend, auch wenn er zu ruhen scheint. Bei jedem, auch nur geringen, Laut hebt er sofort den Kopf, dreht die Ohren in die Richtung des Geräuschs. Dann schaut er regelmäßig mich an und prüft, ob auch ich alarmiert bin. Wenn er sieht, dass ich nicht reagiere, legt er seinen Kopf wieder auf die Pfoten.

Mir fällt der Traum ein, den ich vor vielen Jahren hatte. In ihm lag ich mit Alain hier auf dem Tagesbett im Garten; neben uns ein Hund, der in dieser Phantasie wohl Alain gehörte, ein Husky.

Während ich über den fernen Traum nachsinne, streichelt meine linke Hand unbewusst über den leeren Platz neben mir; jener Stelle, auf der Alain so oft mit mir Mittagsschlaf hielt … jene Stelle, wo wir Abschied nahmen. Für einen kurzen Moment zieht sich eine Schlinge fest um mein Herz, aber sie löst sich schnell, als ich plötzlich merke, dass Bruno neben mir aufgestanden ist und nun seine kalte Schnauze auffordernd oder auch tröstend in meine rechte Hand schiebt.

Es war Oktober geworden; im Garten wuchsen Herbst-Himbeeren. Über der abendlichen Landschaft lag nun bereits das für diese Jahreszeit so typische milde Winterlicht, das einen für den Abschied vom Sommer und die frühe Dunkelheit entschädigen zu

118

wollen schien. Im Kontrast dazu färbte die untergehende Sonne die wilden dunklen Wolken mit einer fast unwirklichen goldenen Glut, die auf die Berge zurückzustrahlen schien, und zwischen diesen Wolken schien ein unschuldig hellblaues Firmament, das in der schnell einsetzenden Abenddämmerung aus sich heraus zu strahlen begann. Auch die Wände der Häuser und der Gartenmauern strahlten. Wenn es dann dunkel wurde, standen die Silhouetten der Bäume schwarz vor einem seidig blauen Himmelshintergrund.

Die Luft duftete nach dem letzten Jasmin und den in der Nachbarschaft immer noch blühenden Engelstrompeten. Zum ersten Mal in diesem Jahr saß ich im warmen Herbstabendwind auf der Schaukel, die wir unterm Feigenbaum aufgehängt hatten. Im daneben liegenden abendlichen Olivenhain zirpte noch eine wie beschwipst klingende Oktobergrille.

Ich genoss diese Zugabe an wirklich schönen Tagen und ging viel mit Bruno vor die Tür. Er liebte unsere Streifzüge genauso wie ich und erschnüffelte so manchen herbstlichen Imbiss. Das morgendliche Glitzern der Spinnwebfäden ließ an Elfen und geheimnisvoll wirkende Naturgeister denken. Für eine geraume Zeit kamen wir fast jeden Tag mit einer Tüte voll Waldpilzen zurück, die immer für mindestens eine Portion ausreichten.

Außerdem konnte ich nun ernsthaft an meine Recherchen für mein Buch gehen. Ich begann, ein Exposé zu entwerfen und mich in das, was ich schreiben wollte, hineinzufühlen. Endlich arbeitete ich an einem eigenen Buch. Und auch wenn es niemals veröffentlicht werden würde, es begann mir großen Spaß zu machen.

Es war auch die Zeit für den Herbstdurchgang an unserer Akademie; dieses Mal war er nur eine Woche lang und bestand im Wesentlichen aus dem Auswerten der Skizzenbücher, der schon für den Sommer geplant gewesenen Porträtstudie sowie einem Ausflug nach Viviers zur Bronzegießerei.

An dem betreffenden Tag hatten wir zwar keinen strahlend blauen Himmel, und es war auch etwas frisch, aber es blieb trocken. Unsere sieben Studenten teilten wir auf drei Fahrzeuge auf; ich hatte Doudou und Giulio in meinem kleinen Auto, die beide im vergangenen Sommer Freunde geworden waren. Julie fuhr mit den drei Mädchen, und Bertrand hatte die restlichen zwei Jungen in seinem Wagen. Bruno, der das Wiedersehen mit Giulio freudig genossen hatte, blieb in der Obhut von Madame Brunet.

Es dauerte wie immer etwa eine Stunde bis zu François' kleinem Betrieb, und freudig empfing er uns.

In den nächsten Stunden hatten wir die Möglichkeit, in die Techniken der Abformung und des Gießvorgangs eingeweiht zu werden. Der Termin war so gelegt worden, dass wir – aus gebührendem Abstand – das Ausgießen einer vorher angefertigten Form für eine kleinere Skulptur vor Ort miterleben konnten. An einem bereits gegossenen Objekt demonstrierte François' Mitarbeiter die Nachbearbeitung und erklärte auch Techniken der Patinierung. Unsere Studenten waren genauso erstaunt wie ich, wie vieler Schritte es bedurfte und wie viel Zeit es kostete, vom Modell zur fertigen Bronzeskulptur zu gelangen.

Der Aufenthalt in der überwarmen Werkstatt und der interessante Vortrag hatte uns alle erschöpft und müde gemacht. So nahmen wir uns eine halbe Stunde Zeit, gemeinsam in der frischen Luft einen Spaziergang zu unternehmen, bevor wir in eine nahe gelegene Gaststätte fuhren, wo wir gemeinsam mit François unser Essen einnehmen wollten.

Als das Essen vorbei war, tranken die anderen noch einen Kaffee. Für mich war es dafür zu spät, und so ging ich vor die Tür, um vor der Rückfahrt noch einmal Luft zu schnappen. Draußen traf ich François, der offenbar auch gerade etwas Sauerstoff tanken wollte.

„Ach Ariane, es ist so schade, dass ihr heute schon wieder fahren müsst. Ich hätte dich gerne zum Abendessen eingeladen."

„Nein, heute könnte ich nichts mehr essen." Ich zuckte bedauernd mit den Schultern. „Und leider müssen wir bald wieder los ... Aber das Abendessen können wir ja nachholen!"

„Wie geht's dir denn sonst so?" wollte er wissen.

„Eigentlich gut. Ich hatte einen kleinen Durchhänger nach der Reise im Mai." In diesem Augenblick fiel mir etwas ein, und ich ergänzte: „Übrigens habe ich jetzt wieder jemanden an meiner Seite!"

François schienen bei dieser Eröffnung förmlich die Gesichtszüge zu entgleisen. „Was meinst du?"

„Nun, einen Partner. Er ist noch recht jung und hat auch so seine Ansprüche. Damit hält er mich ziemlich auf Trab." Ich musste mich beherrschen, um das sehr ernsthaft zu sagen. François schüttelte ungläubig mit dem Kopf. „Also, damit verblüffst du mich jetzt ..."

Ich setzte noch einen drauf. „Er heißt übrigens Bruno" – ich sprach den Namen französisch aus – „und ich bin mir sicher, du würdest ihn auch mögen. Er ist außerordentlich gutaussehend!"

„Ariane, wirklich, ich hätte gedacht, dich ein wenig besser zu kennen. Als ich im Frühjahr um dich warb, hattest du mir glaubhaft versichert, dass es außer deinem Alain niemanden anderen in deinem Leben geben kann – und nun das? Ich verstehe es nicht!" Ich entdeckte nun Spuren von Verärgerung in meinem Gegenüber.

Ich wollte den armen Mann nicht weiter quälen. „François, glaube mir, du würdest sicher nicht mit Bruno tauschen wollen. Ich kann mir nicht vorstellen, dass du dich von mir an Halsband und Leine herumführen lassen würdest!"

Aber François' enttäuschte Verwunderung war so sehr auf die Möglichkeit eines neuen Mannes an meiner Seite fixiert, dass es einige Sekunden dauerte, bis er begriff, dass ich nicht über seltsame erotische Praktiken sprach, sondern über einen Vierbeiner. Dann, als der Groschen fiel, ließ mein Freund ein befreites Lachen hören. Er sah mich an, drohte mir mit dem Finger und sagte nur „Danke!"

„Danke?"

„Danke, dass du meinen tiefen Glauben an dich nicht beschädigt hast! Für einen Moment lang hatte ich wirklich geglaubt, du bist verrückt geworden."

„Hättest du mir das zugetraut?"

„Eigentlich? Nein! – So, nun rück' mal raus, wie sieht er aus, der neue ‚Mann' an deiner Seite?"

„Na, wie ich sagte: sehr, sehr schön!" Ich holte ein Foto von Bruno aus der Tasche und zeigte es ihm.

„Okay, genehmigt! Der darf von mir aus das Leben mit dir teilen!" François umarmte mich freundschaftlich und auch irgendwie erleichtert.

„Es tut mir leid, dass ich dich auf den Arm genommen habe", sagte ich, „und ich will es wieder gutmachen. Was hältst du davon, uns zum Festessen am Weihnachtsfeiertag zu besuchen?"

„Gerne!"

Damit hatten wir ein neues Ziel ins Auge gefasst. François schien jetzt ehrlich erleichtert.

Als wir uns wenig später dann alle von ihm verabschiedeten, rief er mir noch nach: „Die Naschereien für Bruno bringe ich dann mit!"

Es gibt Nächte, die kann man nicht beschreiben – man muss sie erleben. Dunkel – und doch hell. Ein roter Saum im Westen. Palmen und Häuser gestochen scharf wie Scherenschnitte. Glasklare Luft. Der einsame Stern am Himmel. Licht und Duft.

Die Tage sind ungewöhnlich klar und immer noch ungewöhnlich satt mit Sonne – ruhiges, warmes Herbstwetter. Plötzlich wird mir aber bewusst, dass eine Eigenheit der Provence hier nicht zu finden ist: Lavendelfelder.

Diese Pflanze ist so typisch für die südfranzösische Landschaft wie Säulenzypressen für die italienische Toskana oder Ziehbrunnen für die ungarische Puszta. Aber um Lagnières herum haben wir keine Lavendelfelder. Hier dominieren Weiden und Weinreben.

Warum habe ich niemals mit Alain darüber gesprochen? Er hätte es mir erklären können. Hätte mir seine Version davon geben können, warum es ausgerechnet in unserer Gegend keine solchen duftenden Felder gibt. So wie er mir seine Idee davon erklärte, warum der alte Friedhof am Ende des Hohlweges aufgegeben und im Ort ein neuer eingerichtet wurde.

Könnte ich doch nur diese Unterhaltung führen. Dann würde ich ihm von meiner Beobachtung berichten, nämlich dass die Farbe dennoch vorhanden ist. Das ist eine meiner neueren Entdeckungen; gerade jetzt, wo ich zu einer bestimmten Zeit am Abend oft mit Bruno spazieren gehe. Es gibt dann nämlich, bei klarem Himmel, ein zartes lavendelfarbenes Licht. Vielleicht verstrahlen die Felder überall

um uns herum nicht nur ihren Duft, sondern auch ihre Farbe in die
Luft über der Provence, damit es uns noch weit über die
Lavendelernte hinaus an klaren Herbstabenden erfreuen und an ihre
Existenz erinnern soll.

Heiliger Abend. Der zweite ohne Alain. Wieder einmal war es soweit. Ich dachte zurück an mein allererstes Weihnachtsfest hier im Haus, an die immensen Vorbereitungen und daran, dass Thérèse mich damals in die Geheimnisse des französischen Weihnachtsessens einführte. Besonders die Aufzählung all der Desserts hatte mich beeindruckt. ‚Winterbirnen und Fougasse ...‘, hörte ich sie in meiner Erinnerung sagen und mir vorhalten, ‚Madame, Sie picken ja nur daran herum wie ein Huhn!‘ Damals war der alte Schäfer Elias noch am Leben, und die Haushälterin hatte ihm, genauso wie der Familie Brunet, einige Leckereien für das Weihnachtsfest zukommen lassen. Nun war es an uns, diese Tradition in irgendeiner Weise fortzuführen.

Da Thérèse auch dieses Weihnachten wieder bei ihren Kindern in der Stadt verbrachte, hatten Madame Brunet und ich sie einige Tage vorher besucht, ihr einige selbst gemachte Köstlichkeiten und ein paar Flaschen Wein gebracht und uns lange mit ihr unterhalten. Noch immer war sie sehr fit, sowohl körperlich als auch im Kopf. Sie konnte sich an alles erinnern und erzählte lebhaft von den vielen schönen Festen im Hause Marville, die sie mit gestaltet hatte, vor allem von denjenigen, die vor meiner Zeit stattgefunden hatten.

Am Nachmittag des Heiligabends wollte François anreisen und für zwei Nächte bleiben. Für diesen mehr der Familie vorbehaltenen Abend kochten Bertrand und Julie, und am nächsten Tag, der traditionell mit Freunden verbracht wurde, würden Madame Brunet und ich die Küche in unserer Gewalt haben. Also hatte ich heute frei und konnte in Ruhe auf unseren Gast warten.

François traf etwa gegen halb vier ein. Gemeinsam mit dem Hund begrüßte ich ihn und zeigte ihm zunächst sein Gästezimmer, das er ja schon bei der Akademieeinweihung bewohnt hatte. Schnell hatte er sich frisch gemacht und kam dann nach unten.

„Bist du hungrig?" fragte ich ihn.

„Nein, ich habe noch keinen Hunger, und ich werde mir den Appetit fürs Abendessen aufheben", antwortete er.

Draußen war es noch hell. Wie um mich unserer vorbehaltlosen Freundschaft zu versichern, schlug er vor: „Wollen wir deinen Mann besuchen?" und, als ich zögerte: „Ich würde gerne auch die Katzenskulptur sehen und schauen, ob und wie sie in dem knappen Jahr gealtert ist."

„Wie meinst du das? Ob sie sich verfärbt hat? Sie kann doch nicht sehr gealtert sein in der kurzen Zeit!"

„Meinst du?"

„Ich gehe nur selten hin", entgegnete ich.

„Na, dann lass uns einfach nachschauen. Der Spaziergang vor dem Essen wird uns beiden gut tun."

Der Vorschlag wurde angenommen, und so befanden wir uns bald auf dem Weg zum Friedhof.

François war in seinem ganzen Wesen außergewöhnlich locker. Aufgeregt erzählte er mir, dass sein Sohn ihn Anfang Dezember unerwarteterweise besucht hätte; zwar ohne seine Frau, die lange Flugreisen überhaupt nicht mochte, aber er blieb zur Freude des Vaters doch für etwas mehr als eine Woche. Dann habe er noch etwas in Paris zu erledigen gehabt, um sich dann wieder auf den weiten Weg nach Kanada zu machen.

Als wir unser Ziel erreichten, begann die Sonne gerade hinter den Horizont zu rutschen. Die den Friedhof nach hinten hin abschließenden Bäume wirkten wie eine Kathedrale; schwarz und filigran standen sie gegen den sich rötlich verfärbenden Himmel.

Wir standen vor Alains Grab, auf dem die Katzenstatue Wache hielt.

„Und, hat sie sich?" fragte ich.

„Hat sie sich was?" fragte François zurück.

„Na, verändert?"

„Du hattest recht. Ich wollte dich nur nach draußen locken. So schnell verändert sich diese Bronze nicht."

„Toller Trick, mich aus dem Haus zu kriegen!" sagte ich, nur gespielt verärgert.

„Naja, so ganz abwegig ist es nicht. Unbehandelte Bronze oxidiert im Freien wirklich recht schnell. Mit künstlicher Patina wird dieser Prozess weitgehend aufgehalten. Aber die Schutzschicht auf der Statuette muss schon ab und an erneuert werden."

„Ach ja, das hast du ja schon bei unserer Besichtigung mit den Studenten vorgetragen, und ich habe es nicht vergessen. Was ich allerdings vergessen habe ist, für welche Patinierung ich mich damals bei Vertragsabschluss entschieden hatte."

„Nur die Beste", entgegnete François.

Dann verfielen wir in Schweigen und hingen für einen Moment, hier am Grab von Alain, unseren Gedanken nach.

Ich erinnerte mich plötzlich ganz deutlich an jenen ersten Heiligabend, an dem ich mit ihm eine Kirche besucht hatte, in dem eine Krippe mit den typischen provenzalischen Figuren, den Santons, aufgebaut war. Damals hatte ich lange mit Alain in der ansonsten menschenleeren Kirche gestanden, mein Gesicht an seiner Schulter, und hatte wohl zum ersten Mal körperlich die Anziehung zwischen uns empfunden, die sich vorher immer nur in Blicken und flüchtigen Berührungen ausgedrückt hatte. Wie sehr wünschte ich mir diesen Moment mit Alain jetzt zurück. In mir war ein wehes Ziehen, eine schmerzende Sehnsucht.

Ich konnte mich im Augenblick nicht anders retten, als mich nun meinem Begleiter zuzuwenden und meinen Kopf an dessen Schulter zu verbergen; hauptsächlich, damit er meine Tränen nicht sah. François seinerseits zögerte erst, nahm mich dann aber in seine Arme. Diese Umarmung war von keinem erotischen Gefühl oder gar Liebe geprägt; es war eher geschwisterlich. Das war ein großer wunder Punkt, etwas ewig Vermisstes, in meinem Leben. Immer hatte ich mich nach einem Bruder gesehnt, den ich nicht hatte, und nach einem Vater, der so gut wie nie da war – nach jemandem, der mich einfach in die Arme genommen hätte. So fühlte ich im Moment für François.

Der musste es wohl auch so verstanden haben, denn er strich ganz leicht über meinen Rücken und sagte nur: „Ich weiß, wie sich das anfühlt, ich habe es ja auch erlebt."

Ich kramte ein Taschentuch aus meiner Manteltasche, wischte mir über die Augen und versuchte es wegzulächeln. „Verzeih, normalerweise bewegt es mich hier auf dem Friedhof nicht so sehr. Da war nur eine Erinnerung …"

Langsam setzten wir uns wieder in Bewegung, und noch ein wenig schniefend erzählte ich von jenem nun fernen Heiligen Abend.

„Alain zeigte mir damals vor der Kirche auch eine seiner Skulpturen, *Isabeau und die kleinen armen Seelen.*"

„Oh, die", sagte François, „die ist auch bei uns gegossen worden. Das war doch ein Brunnen, nicht wahr? Ich war damals noch nicht dabei, aber später habe ich tatsächlich die Schutzschicht an den Figuren erneuert."

„Na so ein Zufall! Ich würde gerne wissen, welche Werke ihr sonst noch für ihn angefertigt habt."

„Den Wunsch kann ich dir sicher erfüllen. Ich werde mal in den Archiven kramen. Das wäre übrigens ein Grund für dich, mal wieder nach Viviers zu kommen."

„Gerne", entgegnete ich, während ich mich wieder gefangen hatte.

„Ich nehme an, die Religion stellt nicht wirklich einen Trost für dich dar", fragte François vorsichtig nach.

„Absolut nicht", antwortete ich. „Die Wiesen sind mein Gebetsteppich und meine Meditationsmatte, die Wälder meine Kathedralen. Ich betrachte lieber Alains *Isabeau* vor der Kirche als den leidenden Jesus am Kreuz im Religionstempel. Mein Trost sind die Erinnerungen und meine Freunde – Freunde wie du."

Wir machten uns auf den Rückweg. Langsam kam Hunger auf und eine Vorfreude auf Kaminwärme und ein gutes Essen. Und auch sicher nach einem süßen, verwöhnenden, tröstenden Dessert. Denn nun wurde es wirklich kalt und dunkel.

Am nächsten Tag übernahmen es Julie und Bertrand, unserem Gast von den Erfahrungen der ersten Kursdurchgänge zu berichten und ihm die mittlerweile ständige, ständig wechselnde Ausstellung im Sommerraum sowie alle anderen Arbeitsergebnisse zu zeigen. Währenddessen war ich mit Madame Brunet in der Küche beschäftigt. Immerhin mussten wir ein Mahl für sieben Leute kochen, wobei wir auf Mengen, wie sie noch zu Thérèses Zeiten üblich waren, verzichteten. Aber wieder wurden eine *Bûche de Noël* sowie eine kleine Auswahl von süßen Speisen angefertigt; es gab einen Braten mit vielerlei Beilagen und einen guten Wein.

Natürlich waren auch Madame und Monsieur Brunet nebst Doudou zum Essen geladen, und es wurde ein schöner Nachmittag und Abend.

Ich überließ es Julie, die Gastgeberin zu spielen. Die Gespräche kreisten um das Erreichte, um Pläne für die Zukunft, aber auch um Doudous im nächsten Jahr beginnende Architekturstudium; um das Wetter, die Weinlese und viele andere Themen.

Unsere Gäste fühlten sich alle sehr wohl, und wieder einmal hatte ich das Gefühl von Familie. Unfassbar, dass es uns gelungen war, mit unserer Freundschaft diesen Zusammenhalt aufzubauen und zu bewahren, auch wenn einer unter uns so schmerzlich fehlte.

Dass dies so war, konnte man beinahe greifen, denn immer wieder fiel sein Name, und so saß Alain dann doch auch mit am Tisch.

Am zweiten Weihnachtstag, der ja hier in Frankreich – im Gegensatz zu vielen anderen Ländern – kein Feiertag mehr war, wollte François gegen Mittag wieder abreisen. Wir tranken unseren Morgenkaffee im Sommerraum, der zwar wie immer um diese Jahreszeit ein wenig klamm war, dessen große verglaste Türen aber an diesem schönen sonnigen Tag jede Menge Licht einließen. Bruno, der seinen Morgenspaziergang und sein Frühstück schon hinter sich hatte, machte es sich auf einem kleinen Teppich zu unseren Füßen bequem.

„Danke, Ariane, für die Einladung und dass tolle Essen. Ich habe es sehr genossen." François stellte seine Tasse, aus der er gerade getrunken hatte, auf den Beistelltisch.

„Gerne. Und das Lob fürs Essen gebe ich an Madame Brunet weiter."

„Bitte! Dies war ein wirklich schönes Weihnachtsfest für mich. Erst der unerwartete Besuch meines Sohnes, dann diese Einladung von euch ..."

„Sag mal, das mit deinem Sohn, ist da alles in Ordnung? Ich meine, dass die Frau zuhause bleibt, wenn der Ehemann den Vater in Frankreich besucht ... da kommt man doch für gewöhnlich mit."

François lachte. „Nein, nein, keine Sorge. Alles ist okay. Um ehrlich zu sein, habe ich da eine Vermutung. Möglicherweise ist etwas Kleines unterwegs." Und als er sah, dass ich zur Frage ansetzen wollte, kam er mir zuvor: „Nein, gesagt hat er nichts, aber ich weiß, dass sie es seit einiger Zeit probieren. Möglicherweise ist etwas im Busch, und sie wollten nichts riskieren. Wir werden sehen, ob er mir demnächst ankündigt, dass ich endlich Opa werde."

„Das wünsche ich dir", sagte ich und erhob wie zum Toast meine Kaffeetasse.

„Es gibt noch etwas Neues zu vermelden. Ich habe da jemanden kennengelernt." Als er das sagte, studierte mein Gegenüber sehr genau meine Reaktion.

„Aber das ist ja toll. Warum hast du sie denn nicht gleich mitgebracht?" Ich war ehrlich glücklich über diese Enthüllung.

„So weit ist es noch nicht! Wir sind erst ganz am Anfang. Es könnte etwas werden ... aber das müssen wir erst einmal herausfinden. Jedenfalls war es schon lange geplant, dass sie das Fest bei ihrem Sohn und der Schwiegertochter verbringt. Im neuen Jahr sehen wir weiter."

„Wie auch immer, auf jeden Fall drücke ich dir ganz fest die Daumen. Du hast es verdient, eine nette Partnerin zu finden."

„Naja, du weißt ja, wer erste Wahl gewesen wäre." François lächelte, als er das sagte. „Ich will auf dieses Thema nicht mehr eingehen ... immerhin bist du eine Frau, die Männer an ihrer Seite hatte und hat, denen ich nicht das Wasser reichen kann ... beziehungsweise den Trinknapf." Bei diesen Worten langte er hinunter zu Bruno und kraulte ihm den Bauch, den dieser ihm genussvoll präsentierte.

Ich lachte. „Du wirst mir doch nicht wirklich auf Tote oder auf Hunde eifersüchtig werden! Pass auf, dass *ich* nicht eifersüchtig werde. Deine hoffentlich Auserwählte wird einen Mann bekommen, der sicher jedem das Wasser reichen kann. Sollte ich sie hoffentlich bald kennenlernen, werde ich ihr das auch sagen."

Nun ließ François von Bruno ab, nahm meine Hand und küsste sie. „Danke, Ariane! Wenn eine es versteht, einen alten Mann wieder aufzumuntern und zu verjüngen, dann bist du das!"

Nach diesem Gespräch hatte ich ein gutes Gefühl. Ich hatte in François einen guten Freund gefunden, und er schien auf dem richtigen Weg in eine neue Partnerschaft zu sein.

Als ich ihm wenig später bei der Ausfahrt aus dem Anwesen hinterherwinkte, dachte ich: ‚Was für gute Aussichten für das kommende Jahr!‘

Das Jahr geht aus. Es ist windstill, sonnig und strahlend schön. Blauer Himmel, absolute Ruhe, Frieden. Kein Laut. Himmel wie Samt. Auch am Abend ist dieser Samt übers gesamte Firmament gespannt, vom Mondlicht leise erleuchtet.

Ich falle in einen tiefen Schlaf und träume. Meine Seele verlässt im Schlaf den Körper, geht auf Wanderschaft ... und findet den Einen.

Ich spüre ein allumfassendes Glücksgefühl, absolutes Eins-Sein. Wieder sind es seine Worte, die in mir klingen und nachhallen ...

‚Liebes, vergiss niemals in deinem ganz alltäglichen Leben: Du magst es nicht immer gleich erkennen, aber zu allen Zeiten ist da ein Engel bei dir, so wie auch immer ein blauer Himmel über den Wolken ist und immer sich irgendwo eine Blüte gerade öffnet. Vergiss nie, dass ich dich liebe; dass wir uns einander gegeben haben – Fetzen von Glück, um die Zeit zu stoppen und um die Angst zu besiegen‘.

Das neue Jahr entwickelte sich. Ich hatte die ersten, wieder einmal schmerzerfüllten Wochen mit viel Nachdenken und ein wenig Schreiben verbracht. Für die große Kreativität musste ich auf wärmere, hellere, schmerzfreiere Zeiten hoffen.

Aber nun war der Februar vorbei. Endlich war es ein bisschen frühlingshafter geworden. Zwar waren die Bergspitzen noch weiß gepudert, aber unten im Tal grüßte uns der Mandelblütenschnee, den uns die früh blühenden Bäume regelmäßig Ende Februar bis

Anfang März bescherten. Auch die Knospen des Lorbeers öffneten sich bereits. Schon hatten wir auch wieder eine große Sonne am frühen Abendhimmel, die einen glauben machen wollte, dass es den ganzen vergangenen Winter nie gegeben hatte. Es machte wieder Spaß, hinauszugehen und die Natur mit ihren Farben wahrzunehmen.

Erst seitdem der Hund bei uns lebte merkte ich, wie wenig von den Veränderungen und Entwicklungen im Dorf ich in den letzten zwei, drei Jahren mitbekommen hatte. Seit ich keine ausgedehnten Spaziergänge mit Alain mehr unternehmen konnte, war ich viele Wege nicht mehr gegangen. Das war mir schon im letzten Sommer und Herbst aufgefallen. Dann, über Winter, war nicht viel passiert. Nun aber, mit der neuen Jahreszeit und den wärmer werdenden Temperaturen, gab es verstärkte Aktivitäten in Lagnières.

In den letzten Jahren waren einige der älteren Bewohner des Dorfes gestorben. Einige der Häuser standen nun leer. Es war nur eine Frage der Zeit, wann diese Häuser verkauft und von neuen Besitzern bezogen wurden. Etwas abseits der Hauptstraße betraf es gleich zwei Grundstücke. In dem einen hatte sich eine Familie aus der Stadt heimisch gemacht, und auf dem angrenzenden unbebauten Land stand seit Neuestem eine Art Wohnwagen. Leider war es keiner von der herrlich bunten Art, wie sie hier in der Provence typisch waren für die sogenannten ‚Zigeunerwagen'. Er sah eher aus wie ein etwas größerer Bauarbeiterwagen, und er benötigte dringend Reparatur und Farbe. Der Besitzer hingegen war nirgends auszumachen.

Weiter unten auf den kleinen bewaldeten Terrassen und den sie verbindenden Wiesen traf man keinen Menschen. Unter einer Baumgruppe, in deren Ästen sich dicke Polster aus heruntergefallenen Kiefernnadeln gebildet hatten, stoppten wir für einen Moment. Der Hund inspizierte gemäß seiner täglichen Gewohnheit die Pflanzenbüschel und trockenen Asthaufen, um eventuell sich darin versteckende Eidechsen aufzuscheuchen, aber dafür war es natürlich noch viel zu früh. Also wandte er sich den frischen Grasspitzen zu, die er wie eine vom Winter ausgehungerte Kuh abweidete. Gelegentlich zog er, wie ein erfahrener Wein-

Sommelier, die verschiedenen Aromen der Natur genüsslich durch die weite Landschaft seiner Geruchsrezeptoren. Manchmal beneidete ich Bruno um seine mir verborgen bleibende Wahrnehmungswelt, und ich versuchte, mir seine Duft-Landkarte vorzustellen.

Ich hob den Kopf und sah genau vor mir, in Höhe meines Gesichts und kaum mehr als fünfzehn Zentimeter entfernt, ein Rotkehlchen, das uns interessiert studierte und überhaupt keine Scheu zu haben schien. Jetzt hob Bruno ebenfalls seinen Kopf und lauschte; auch ich lauschte. Aus dem Gebüsch zu unseren Füßen hörte man ein leises Knispern, wahrscheinlich doch eine Eidechse, geweckt von der frühen Wärme, die irgendetwas fraß. Mir wurde bewusst, wie viel mir ohne diese Momente in der Natur entgehen würde.

Auch am nächsten Tag waren wir wieder in dieser Gegend unterwegs. Es war in der Nacht feucht gewesen, und die Sonne hatte noch nicht Gelegenheit gehabt, die Feuchtigkeit aufzulecken. Die Ameisen hatten auf den Wiesen aus loser, krümeliger Erde hunderte von kleinen Hügelchen aufgeschichtet. Dort fanden wir auch ein paar Büschel ausgerissener Schafwolle. Mit Taudiamanten besetzt, sahen sie aus wie Feenvlies. Bruno konzentrierte sich allerdings mehr auf den interessanten Geruch, der von diesen Fundstücken ausging. Dann kamen wir an der Rotkehlchenstelle vorbei, und da war es wieder. Es saß keine fünfzig Zentimeter von uns entfernt, und ich konnte deutlich ein gezwitschertes Lied vernehmen. Es klang verhalten, wie von weiter her, aber wenn man genau hinsah, bewegten sich die roten Federn über der kleinen Kehle. Ein Ständchen ganz für uns alleine, gesungen von einem sehr vertrauensvollen, wunderschönen Sänger. Bald würde er wieder weiter in den Norden fliegen. War das sein Abschiedslied?

Aber er begegnete uns noch ein paar Mal, so an einem der nächsten Tage, an dem es schon so warm war, dass die Wildblumen auf den Weiden wie ein Teppich aussahen und über diesem Teppich ein ungeheuer lautes, kollektives Summen zu hören war – Tausende oder gar Millionen Bienen und Hummeln schwebten knapp über den frisch geöffneten Blütenkelchen.

Unser Sänger saß derweil wieder in seinem Geäst am Waldrand und beobachtete uns. Als ich mit ihm – zit, zit, zit – sprach, da antwortete er sogar.

Dann, eines Tages, war er weg, und nur noch das krächzende Necken der Eichelhäher hoch in den Baumwipfeln war zu hören.

Es war in diesem Jahr ein früher und warmer Frühling gewesen, sodass bereits Ende April das erste Heu eingefahren werden konnte. Die Bauern arbeiteten schnell, um das wertvolle Futter noch vor dem gemeinhin im beginnenden Mai einsetzenden Gewitterregen trocken zu bergen.

Mittlerweile hatten die Ameisen breite, blitzblank gesäuberte Straßen geschaffen. Nun dienten diese Trassen dazu, in einem nicht enden wollenden Strom Brauchbares in die Bauten und Abfall heraus und weit weg zu transportieren. Die jetzt emsig umwimmelten Eingänge würden bei den ersten Regentropfen wieder wasserdicht verschlossen sein, und das Volk konnte den Regen und auch einen Trockensommer mit genügend Nahrungsvorrat unter der Erde verbringen.

Aber noch war es nicht soweit für die zu erwartenden Gewitter. Die Sonne stand am Himmel wie eine mächtige Verheißung. Wohin man trat, verbreitete die unauffällige wilde Minze einen zarten Duft. Zimtgold schimmernde Libellen, junge Gottesanbeterinnen und als Grashalme getarnte Stabschrecken bewohnten jetzt die Wiesen. Und in den Baumgruppen hörte man an den Vormittagen das laute Krächzen eines ganzen Horstes von übermütigen Eichelhähern; Jährlingen, die den Rausch des ersten Frühlings spürten.

An einem dieser schon wieder recht warmen Frühlingstage bekam ich unerwartete Gesellschaft. Als ich mit Bruno die Terrassen zu den Weingärten herunter lief, kam mir Doudou entgegen. In seinen Ohren hatte er die Lautsprecherstöpsel seines Mobiltelefons. Als er mich sah, nahm er sie sofort heraus und stellte sein Telefon aus, um mich zu begrüßen.

„Hallo, Madame Ariane, wie geht es Ihnen?"

„Hallo Doudou, ich habe dich lange nicht gesehen. Mir geht's gut, und dir?"

„Ach, so so!"

„Kannst du denn das, gleichzeitig spazieren gehen und Musik hören?" Ich deutete auf das Telefon in seiner Hand.

„Ja, klar."

„Naja, heute muss ja jeder extra beschallt werden. Was die Natur zu bieten hat, reicht wohl nicht mehr!"

„Ich mach´ das nicht so oft. Zuhause mag meine Mutter es nicht. Naja, und im Praktikum ist es ja eh verboten."

„Richtig so! Ich weiß, du hältst mich und deine Mutter sicher für altmodisch. Wir können uns noch an Zeiten erinnern, als ein Telefon eine Seltenheit war. Heute werden durch Telefon und Internet Tonnen von Informationen ausgetauscht, deren Wahrheitswert oft relativ gering ist. Das kann zum Problem werden." Dann fügte ich versöhnlich hinzu: „Aber Musik hören ist schon okay!"

Doudou packte sein Telefon zurück in die Hosentasche und kraulte Bruno. „Kann ich ein bisschen mitkommen?"

„Na klar! Willst du?" Ich gab ihm Brunos Leine. Dann fragte ich: „Wie geht es denn so mit dem Praktikum?"

„Ist schon interessant, aber ich kann es kaum erwarten, dass das Studium anfängt", erwiderte er, während wir weitergingen.

„Das Jahr zieht sich, nicht wahr?"

Der Junge nickte. „Es ist verlorene Zeit. Ich wäre jetzt schon im zweiten Semester!"

Ich schaute Doudou von der Seite an. „Wenn ich du wäre, würde ich das nicht als Verlust, sondern als Chance auffassen. Wer weiß denn, wozu das extra Jahr Wartezeit gut ist?"

Doudou schien, nach seiner Mimik zu urteilen, nicht überzeugt. Deshalb legte ich nach. „Siehst du, diese Dinge begreift man erst später im Leben. Aber manchmal sind solche Verzögerungen die besten Sachen, die passieren können, denn sie sorgen für Klarheit. Du hast jetzt durch die Kurse und dein praktisches Jahr einen Einblick in die Realität, was dich auf kommende Entscheidungen viel besser vorbereitet. Generell gilt: Was geschieht, geschieht nicht dir, sondern *für* dich. Und dass es geschieht zeigt, dass es geschehen sollte und musste. Das wird einem oft erst in der Rückschau klar."

Der Junge lächelte. „Ich werde versuchen, mich daran zu erinnern."

Mittlerweile hatten wir die Terrassen hinter uns gelassen und standen vor einer noch ungemähten Wiese, der ich ein paar Wildblumen für einen Strauß entwenden wollte.

„Wollen Sie da reingehen, ins hohe Gras?" Doudou sah mich mit weit aufgerissenen Augen an.

„Ja, wieso?" fragte ich.

„Nun, wenn Sie da reingehen, könnten da Schlangen sein!"

„Die könnten da auch sein, wenn ich nicht reingehe!" lachte ich.

„Ja, aber sie könnten beißen", ließ er sich nicht abwimmeln, „Sie haben immerhin nur Sandalen an."

„Das stimmt, Doudou. Danke, dass du mich so besorgt beschützt. Ich werde Stiefel anziehen gehen."

Mit ein wenig Verwunderung und viel Freude nahm ich die Fürsorge wahr, die aus Doudous Besorgnis sprach – etwas, das man heutigentags für ausgestorben halten konnte. „Alte Schule" hätte man dazu sagen können, wäre dies nicht so ein antiquierter Begriff gewesen aus einer Zeit, die nun wirklich nicht mehr zur Welt eines jungen Mannes wie Doudou gehörte ...

Traum und Reflektion. Den einen habe ich an einem warmen Nachmittag auf meinem Gartenbett, noch bevor das Anwesen wieder den Studenten gehören würde. Im Traum bin ich wieder im Garten meiner Großmutter. Meine Spielecke unter dem Nussbaum ist noch erkennbar; mein kleines Beet, die Wege. Dort, wo in der Realität nur unser Wellensittich begraben war, sind in meinem Traum mehrere Tiergräber. Zwischen den Pflanzen und Blättern sehe ich kleine Grabsteine mit Fotos der Haustiere darauf. Gleich als erstes das einer rot getigerten Katze, die ich aber nicht kenne. – Plötzlich finde ich eine Kiste. Darin sind Sachen aus meiner Kindheit, kleine Kostbarkeiten: Stanniolpapier, Zeitungsausschnitte, Schmuckstücke, kleine Büchlein, Bildchen ... Es werden immer mehr. Ich kann kaum erwarten, sie mir alle anzusehen – da wache ich leider auf. Aber das Gefühl des Traumes bleibt bei mir. Es ist ein Traum voller glücklicher Gefühle.

Ich schaue mich um. Im Gras neben mir ruht der Hund. Ich bin fast schmerzfrei. Ein warmer, blauer Tag; sonniges Glück – Sonnenglück, Sommerglück, Hundeglück, Lebensglück ... Freude und Licht. Auch nachts wache ich plötzlich auf, ohne Panik, ganz ruhig. An der Wand, gegenüber dem Fenster, ist ein Lichtfleck. Ich habe ihn dort noch nie gesehen. Ist es eine Reflektion durch die geschlossene Gardine? Beim nächsten Hinsehen verändert sich das Licht, verhält sich wie eine Lichtquelle und sendet eine an Intensität zunehmende, weiße Helligkeit aus. Ich betrachte das unerklärliche Schauspiel staunend. Nach einer ganzen Weile wird der Fleck wieder so, wie er am Beginn war, wie eine Reflektion. Was habe ich da gesehen?

Zwischen diesen beiden Wahrnehmungen dieses Tages, zwischen den beiden Gefühlen, besteht eine seltsame, mir unerklärliche Verwobenheit.

Es gibt Tage, da ist von Anfang an der Wurm drin. Vom frühen Morgen an passieren einem jede Menge misslicher Dinge, und man kann nur hoffen, dass sich diese Kette den Tag verderbender Ereignisse nicht wie ein Regenwurm auseinander ziehen und unendlich werden kann. Dies war solch ein Tag.

Eigentlich hatte es schon am Vortag begonnen. Mein Weisheitszahn hatte sich am Nachmittag unerwarteterweise gemeldet. Das kam alle paar Jahre einmal vor und war kein Grund zur Sorge. Ich hatte alle meine Weisheitszähne noch, und nur der unten rechts erinnerte mich so alle drei, vier Jahre mal an diesen Umstand. Dann zog und schmerzte es für ein, zwei Tage, und danach war es wieder gut. So war es nun auch wieder, nur dass ich mich dieses Mal auch sonst nicht so toll fühlte und beschloss, entgegen meiner Art eine Schmerztablette zu nehmen und zeitig ins Bett zu gehen. An diesem Abend ließ ich Bruno nur für fünf Minuten in den Garten, anstatt mit ihm ausgiebig spazieren zu gehen, aber das musste eben heute mal reichen. So dachte ich.

Am nächsten Morgen erwachte ich, etwas benommen von der Tablette, durch das ungeduldigen Stupsen von Brunos Nase. Der

Zahnschmerz war nur noch dumpf spürbar, und ich war in einer etwas mürrischen Verfassung.

„Bruno, was ist denn – du musst warten, ich muss mich erst anziehen", sagte ich, während ich recht unwillig aufstand. Alles ging heute etwas langsamer als gewöhnlich von statten; mein Zahnputzbecher fiel mir aus der Hand, meine Haare saßen irgendwie gar nicht, und ich entschloss mich, den Hund erst einmal wieder in den Garten zu lassen. Ein Morgenkaffee sollte es für mich richten.

Leider war es da schon zu spät. Als ich in den Sommerraum kam, in dem die Türen zum Garten noch verschlossen waren, saß ein seltsam bedrückter Bruno, der mich mit flehenden, verzweifelten Augen ansah … und dann roch ich es auch schon. Das arme Tier, das sich wohl am Vorabend beim kurzen Gartentrip nicht mehr hatte erleichtern können, hatte dem natürlichen Drang nicht mehr standhalten können und innen vor die geschlossene Verandatür einen großen Haufen gesetzt. Nun schaute er mich mit schuldigen Augen an, als erwarte er, jeden Moment von mir gezüchtigt zu werden. Ich wusste nicht, ob ich heulen oder lachen sollte, denn mir fiel auf, dass das Produkt von Brunos Bedrängnis fast exakt so aussah wie ein großes Schokoladenherz.

Noch bevor ich in eine falsche Reaktion nach dem Muster „Ach, du Armer …" verfallen konnte, riss ich mich zusammen. Mit indifferenter Miene und ohne Hektik öffnete ich die Tür einen Spalt, holte eine Schaufel und Papiertücher und entfernte das Malheur. Ich schaute ihn weder an, noch sprach ich mit ihm. Mit einem Spray neutralisierte ich den Geruch. Mittlerweile verfolgte er mit fragend-unsicherem Blick jeden meiner Handgriffe. Dann ging ich mit Bruno in den Garten. Als er dort sein erstes kleines Geschäft verrichtet hatte, lobte ich ihn dafür und erklärte ihm dann, dass er das allerdings nicht im Haus machen darf, dass ich seine Notlage aber verstehe. Das mochte albern klingen, aber ich war überzeugt, dass er es zwar nicht inhaltlich, aber intuitiv verstand.

Was ich ihm allerdings nicht erklären konnte war, dass es sich wieder einmal bewahrheitet hatte: Den Fehler macht in aller Regel nicht das Tier, sondern der Mensch. Hätte ich ihm abends seinen Spaziergang gegönnt, bei dem er sich ja auch immer erst nach etwa zehn Minuten von seinen Ausscheidungen lösen konnte, wäre das Missgeschick nicht passiert. Und ganz innerlich, mehr für mich als für ihn gedacht, entschuldigte ich mich bei Bruno dafür und gelobte, dass es nicht mehr vorkommen sollte.

Die ganze Sache hatte allerdings ein Gutes: Nun war der Hund ja leer, und ich konnte erst einmal meinen wohlverdienten Morgenkaffee trinken. Dann machten wir uns auf den Weg zur morgendlichen Hunderunde.

Normalerweise gingen wir für unsere Tour entweder durch das Dorf oder aber hinunter in die bewaldeten Terrassen. Heute allerdings wollte ich Bruno als Entschuldigung für das gestern Versäumte beides bieten; erst durch den Ort und dann in die Natur.

Ehe ich es richtig registriert hatte, waren wir vor dem Grundstück angekommen, auf dem neuerdings eine Familie aus der Stadt zugange war. Bruno schnüffelte interessiert die das Grundstück umgebende Mauer ab; dann zog er mich übermütig fort. Er hatte ja keine großen Geschäfte mehr zu verrichten und wollte nur noch toben und Gerüchen folgen. Als wir einige Meter weiter gegangen waren, hörte ich hinter mir eine schrille Stimme.

„He, bleiben Sie stehen! Machen Sie das sofort weg!"

Ich drehte mich um und sah, wie eine Frau aufgeregt aus dem Tor des Anwesens gelaufen und nun hinter mir her kam. Sie schien sehr erregt und wiederholte: „Machen Sie das sofort weg, Madame!"

Ich blieb stehen und fragte nur: „Was denn?"

Die Frau, die mittlerweile bei mir angelangt war, fuchtelte mit ihren Händen vor meinem Gesicht herum. „Na, was Ihr Hund da gemacht hat an meinem Tor!"

„Aber mein Hund hat nichts gemacht. Er hat nur geschnüffelt!"

„Ich habe es genau gesehen! Und dann sind Sie weggelaufen!"

Die Frau konnte sich vor Hysterie kaum beherrschen. Ich schüttelte den Kopf. Ich konnte ihr ja nicht gut sagen, auf welche Weise sich Bruno an diesem Morgen seiner Last entledigt hatte und dass da jetzt nichts mehr war, was er hätte ‚machen' können. Also sagte ich ihr wahrheitsgemäß, dass ich in solchen Fällen die Verschmutzung immer einsammle und zuhause entsorge.

„Womit denn?" kreischte die Frau.

Ich öffnete meine Umhängetasche und zeigte ihr zwei Plastetüten mit Papiertaschentüchern. Aber das überzeugte sie nicht. „Ich habe es aber gesehen", bestand sie auf ihrer Meinung.

„Dann zeigen Sie es mir. Übrigens, ich heiße Ariane!" Aber die Frau ging gar nicht auf meine beschwichtigende Art ein. Ich folgte ihr, innerlich kopfschüttelnd und mich fragend, was heute sonst noch passieren würde. Dann standen wir vor einem recht alten Hundehaufen.

„Das?" Ich lachte. „Das, gute Frau, ist mindestens zwei Tage alt!" Ich holte ein Papiertaschentuch aus dem Beutel, nahm den Hundehaufen auf und hielt ihn ihr vors Gesicht. Angeekelt verfolgte sie mein Tun.

Langsam begann die Sache, mir Spaß zu machen. „Schauen Sie, es ist außen schon ganz trocken, und man kann Käfer in der Masse sehen. Das ist nicht heute entstanden."

Dann ging ich damit zu einem auf der anderen Straßenseite befindlichen Müllbehälter und warf es hinein. „Mit mir haben Sie wirklich die Falsche erwischt!" rief ich zu ihr herüber.

„Aber ich habe Sie doch gesehen!" meinte sie, nun etwas ruhiger werdend.

„Ja, aber hinter der Mauer sehen Sie eben nur mich. Die unbegleiteten Hunde, Streuner, die nicht mit ihrem Besitzer an der Leine spazieren gehen, die sehen Sie eben nicht. Und die sind es, die ihre Einfahrt verschmutzen."

„Naja, dann ...", sagte sie und ging resigniert in Richtung ihres Hauses. Ich hatte den Eindruck, es frustrierte sie, mich nicht überführt zu haben.

Kopfschüttelnd ging ich weiter, als ich eine andere Stimme hörte.

„Regen Sie sich nicht auf, das sind Städter!"

Ich schaute in die Richtung, aus der das kam, und entdeckte auf den Stufen zu dem im Nachbargrundstück geparkten Bauwagen eine Frau, die nun zu mir herüberwinkte. Ich ging das Stück zu ihrem Grundstück zurück.

„Das war großes Kino!" begrüßte sie mich lachend, schüttelte mir die Hand und sagte dann: „Ich bin Celia!"

„Angenehm, Ariane! Ich freue mich, dass es Ihnen gefallen hat."

„Und wer ist das?" fragte die Frau und beugte sich zu Bruno hinunter, um ihm das Ohr zu kraulen.

„Das ist Bruno!"

Ich betrachtete die Fremde. Sie war etwa in meinem Alter, vielleicht ein paar Jahre jünger, schlank und mit relativ kurzen, graublonden Haaren. Sie hatte ein offenes, freundliches Gesicht.

„Wohnen Sie hier?" wollte ich wissen.

„Ja, ich bin erst vor ein paar Tagen hier eingezogen. Ich will den Wagen ausbauen und bewohnbar machen; im Moment habe ich noch ein Zimmer in Carpentras. Aber ab diesem Sommer will ich versuchen, hier zu wohnen. Wollen Sie einen Kaffee?" Während sie mich das fragte; war sie schon dabei; nach drinnen zu gehen, aber ich verneinte. „Nicht im Moment. Ich schulde dem jungen Herrn hier einen längeren Spaziergang. Und ich muss auch meine Nerven etwas beruhigen."

„Dann kommen Sie heute Nachmittag! Da haben Sie doch Zeit, oder?"

„Ja, gerne! Wenn es dann auch Tee sein darf."

„Abgemacht! Ich freue mich!"

Ich freute mich auch. Ich hatte an diesem Tag eh nichts anderes vor, und neue Bekanntschaften interessierten mich immer.

Mit diesem Ausblick auf den Nachmittag hoffte ich, dass für jetzt meine Unglückssträhne zu Ende war und dass mir zur Abwechslung an diesem Tage auch noch angenehme Dinge geschehen könnten.

Pünktlich zur Teezeit am Nachmittag stellte ich mich bei meiner neuen Bekanntschaft ein. Sie schien schon auf mich gewartet zu haben. Sie saß im Sonnenschein vor ihrem Wagen und erhob sich, als sie mich mit Bruno kommen sah, um kurz hineinzugehen. Dann begrüßte sie mich.

„Hallo, da sind Sie ja. Ich habe nur kurz Wasser aufgesetzt. Tee, sagten Sie?"

„Ja, gerne", antwortete ich und setzte mich auf den freien Stuhl. Bruno legte sich zu meinen Füßen ins Gras.

„Trinken Sie lieber schwarzen oder Kräutertee?" wollte meine Gastgeberin wissen.

„Gerne Kräutertee!"

Sie stellte ein paar Plätzchen auf den kleinen Gartentisch und ging dann noch einmal in ihren Wagen.

„Haben Sie dort drinnen Strom?" fragte ich ihr hinterher.

„Nein, hier gibt es nur Campinggas." Sie wirtschaftete etwa eine Minute lang laut herum, um dann mit einer Teekanne und zwei Tassen zu erscheinen. „Strom habe ich nur im Schuppen." Nachdem sie das Mitgebrachte abgesetzt hatte, deutete sie in Richtung hinter den Wagen, wo ich jetzt tatsächlich einen kleinen Schuppen erkennen konnte.

„Das ist alles an Baulichkeit, was es hier gibt", erläuterte sie mir. „Ich muss mir den Wagen erst zurechtwerkeln; isolieren, Strom legen, Wasser … Ich habe das Grundstück nur gepachtet und hätte eh kein Geld, mir ein Haus zu bauen. Aber das ist okay." Dann endlich setzte sie sich mit einem Lächeln. „Und Sie?"

„Ich lebe auf dem Marville-Anwesen am Ende der Straße. Da wo die Kunstschule ist."

„Ah …", sie hob deutlich ihre Stimme, als sie das sagte, „die Eliteschule im Ort!"

Ich lachte. „Nein, da haben Sie einen völlig falschen Eindruck. Das Gegenteil ist der Fall. Es geht um die Förderung von jungen Talenten, deren Familien nicht das nötige Geld haben, um ihre Kinder auf Kurse und Akademien zu schicken."

Mittlerweile war der Tee gezogen, und die Frau goss uns ein. „Oh, da entschuldige ich mich. Ich hatte davon gehört, dass ein Arzt und seine künstlerisch arbeitende Ehefrau dieses Haus leiten …"

„Ja, das tun sie, und sie sind sehr einfache, nette, bodenständige Leute … Entschuldigen Sie, aber ich habe Ihren Namen vergessen."

„Celia. Ja, … und Sie waren Adriana?"

„Ariane. Sind Sie von hier?"

„Ich? Ursprünglich komme ich aus der Normandie, aus der Nähe von Cherbourg. Aber die letzten zehn Jahre oder so habe ich in Spanien gelebt. Eines Mannes wegen … Naja!" Sie machte eine wegwerfende Geste. „Die spanischen Männer, heißblütig und untreu. Das Kapitel ist abgehakt … Sprechen wir lieber von … Wollen wir nicht ,Du' sagen? ,Sie' klingt so förmlich."

Ich zögerte. „Nun, … warum nicht …"

„Gut." Sie sprang auf. „Irgendwo habe ich noch etwas Wein. Den trinken wir jetzt auf unsere Bekanntschaft." Noch bevor ich etwas sagen konnte, war sie schon wieder im Bauwagen verschwunden; ein Wirbelwind. Sie wirkte dadurch viel jünger, als sie eigentlich war. Eine Minute später war sie zurück. „Du trinkst doch Wein?" Und als sie meinen zögerlichen Gesichtsausdruck sah, setzte sie hinzu: „Komm, heute ist ein Feiertag. Normalerweise trinke ich auch nichts vor dem Abend, und auch dann nur in Maßen. Aber ich freue mich über unser Treffen. Eine Freundin kann ich gut gebrauchen, bei *den* Nachbarn!" Damit deutete sie hinüber zum Grundstück der hysterischen Frau von heute morgen. Dann reichte sie mir ein einfaches, halbvoll mit Weißwein gefülltes Wasserglas. „Nichts Besonderes; der ist von einem der Weinbauern hier. *À votre santé!*"

Wir tranken, und in Erinnerung an das morgendliche Vorkommnis musste ich jetzt lachen. „Sowas ist mir noch nie passiert!"

Auch Celia lachte. „Also, wie du ihr die Hundesch … also, ich meine, den Hundehaufen vor die Nase gehalten hast, das war einfach ganz große Klasse!"

„Naja", relativierte ich, „ich möchte eigentlich mit allen Nachbarn Frieden haben. Nehmen wir es von ihrer Seite als eine Art Nervosität, als eine Unsicherheit. Das sind Städter, die sind neu hier. Die haben noch nie einen Hund gehabt und keine Erfahrung." Ich stockte kurz, bevor ich fortfuhr. „Und jetzt erzähle ich dir den Teil der Geschichte, den du noch nicht kennst …"

Dann erzählte ich ihr von unserem ganz frühen Morgenereignis und warum ich mir so sicher sein konnte, dass Bruno keinesfalls der Übeltäter gewesen sein konnte. Celia fand die ganze Geschichte einfach köstlich.

Dann fragte sie ganz unvermittelt: „Sag mal, wenn du da in dem Haus von der Kunstschule wohnst, dann kanntest du doch sicher auch den Bildhauer, der dort gelebt hat?"

„Ja, natürlich! Er ist ... er war mein Partner, mein Mann." Ich ertappte mich, wie ich selber nun jenen Ausdruck für Alain verwendete, den ich zuvor aus François' Mund gehört hatte.

„Oh! Alle Achtung! Was für ein schöner Mann!"

„Woher weißt du das?" fragte ich erstaunt.

„Na, ich habe Fotos von ihm gesehen, in der Zeitung."

„In welcher Zeitung?"

„Drüben im Schuppen, in den alten Zeitungen! Weißt du das nicht? Die Lokalzeitungen haben davon berichtet, als er gestorben war ..."

Es war mir weder damals noch heute in den Sinn gekommen, dass die Meldung vom Tod Alains auch Einzug in die Presse gefunden hatte. Ja, unsere Akademie war bei ihrer Einweihung eine Notiz wert gewesen, jedoch ohne irgendein Foto. Lediglich der Name Marville wurde in diesem Zusammenhang genannt und dass es sich um den kürzlich verstorbenen Bildhauer aus Lagnières handelte.

Das war übrigens etwas, was nach Julies Willen in diesem Jahr anders werden sollte. Sie wollte die ständige Ausstellung im Anwesen und damit die Erfolge der Akademie mit Hilfe einer groß angelegten Pressekampagne an die breitere Öffentlichkeit bringen.

Als Celia mir allerdings nun diese Enthüllung machte, muss ich ehrlich bestürzt ausgesehen haben. Sie schaute ganz erschrocken und sagte dann: „Du wusstest das nicht ... Soll ich sie holen? Die alten Zeitungen müssten noch da sein."

„Ja, bitte!"

Sie ging zum Schuppen und kam wenig später mit einem kleinen Zeitungsstapel zurück. „Hier!"

Mittlerweile hatte ich mich wieder gefangen. „Kann ich noch etwas Wein haben?" fragte ich, während ich in den Zeitungen vom vorvorigen Jahr nach jenen suchte, welche nach Alains Tod im August erschienen waren. Während Celia nachschenkte, wurde ich schnell fündig. Es handelte sich um zwei verschiedene Meldungen; eine Kurzmeldung mit einem kleinen Foto und dann, einen Tag später, ein größerer Artikel mit einem schönen großen, etwas jugendlicheren Foto von Alain und der Abbildung eines seiner Werke. Aufgeregt las ich mir die Artikel durch.

Celia schien mich dabei aufmerksam beobachtet zu haben. Als ich geendet hatte, hörte ich sie sagen: „Wow! Das bedarf keiner Erklärung, dein Gesicht spricht Bände! *Den* Mann hast du wirklich geliebt!"

Ich fühlte mich ein wenig verlegen. „Kann ich die haben?" fragte ich, die beiden Zeitungen in meiner Hand.

„Na klar, Ariane. Mensch, kann es sein, es gibt noch Männer, die man so lieben kann? Da hast du aber ein ausgesprochen seltenes Exemplar gehabt."

Ich nahm mein Glas. „Darauf trinken wir. Danke, Celia! Und ja, er war wirklich etwas ganz Besonderes! Und ich vermisse ihn sehr."

Wir stießen noch einmal an.

Ich wusste noch nicht, wohin mich diese neue Bekanntschaft führen sollte. Aber wenn sie ehrlich gemeint war, dann würde ich Celia sicher eines Tages mehr von Alain erzählen.

In der auf diesen seltsamen Tag folgenden Nacht erlebe ich etwas ganz Außergewöhnliches. Ich kann nur sehr schlecht schlafen, wache immer wieder auf, liege wach. Ich denke an Alain; es zieht in meinem Innern mehr, als ich es je vorher gespürt habe. Ich gleite in einen sehr flachen Schlaf. Gegen drei Uhr morgens werde ich erneut wach; der stetige spitze Schrei irgendeines Tieres lockt mich ans offene Fenster. Ich schiebe die Gardine ein wenig zur Seite; sie liegt locker an meinem Arm. So stehe ich im Dunkeln und schaue, lausche in die anderweitig absolut stille Nacht. Plötzlich, ohne dass es einen Luftzug oder irgendetwas dergleichen gibt, bewegt sich die Gardine mit großer Wucht; ich spüre deutlich, wie etwas oder jemand sie mit Kraft gegen meinen Arm drückt. Es erschreckt mich so sehr, dass ich ins Bett zurückgehe. Dort liege ich etwa zehn Minuten, lausche, schaue. Kein Lüftchen regt sich. Spielt mir meine Phantasie einen Streich? Erneut stehe ich auf, gehe wieder ans Fenster. Einige Sekunden, vielleicht eine Minute lang passiert nichts. Dann erlebe ich dasselbe wie zuvor. Irgendetwas presst die Gardine kraftvoll gegen meinen Körper; wie um mich wieder ins Bett zu zwingen. Dort bleibe ich nun auch für den Rest der Nacht. Wer oder was es war, das mich nicht am Fenster haben wollte, kann ich mir nicht erklären. Aber seltsamerweise schlafe ich jetzt ganz ruhig ein und erwache erst am nächsten Morgen, mit einer großen Verwunderung.

Bevor wir's uns versahen, war der zweite Akademiesommer angebrochen. Bis dahin hatte ich mich noch einige Male mit Celia getroffen; wir hatten ein paar gute Gespräche gehabt und festgestellt, dass wir uns in vielerlei Hinsicht verstanden. Zu den meisten Dingen hatten wir ähnliche Meinungen oder Erfahrungen. Ich machte es jetzt zu meiner Gewohnheit, beinahe jeden Morgen auf der Tour mit Bruno bei ihr vorbeizuschauen; nicht ohne die Nachbarin so oft wie möglich freundlich zu grüßen und demonstrativ eine leere oder volle Tüte für Hundehinterlassenschaften sichtbar mit mir zu führen. Ich denke, die Botschaft war angekommen.

Beim kurzen morgendlichen Hallo tauschten Celia und ich uns über unsere diversen Tagespläne aus und konnten uns zu einem gemeinsamen Spaziergang, einem abendlichen Treffen oder auch für notwendige Hilfe bei ihren umfangreichen Reparaturarbeiten verabreden. Auch Bertrand hatte seinen Anteil daran, denn als begeisterter aber unausgelasteter Hobbyhandwerker gab er ihr so manchen Rat und ab und zu auch eine helfende Hand. Und ich gab ihr meine überzähligen, nicht genutzten zwei Sätze Perigord-Gläser, die mir Alain einst gekauft hatte, worüber sie sich sehr freute.

Das diesjährige Sommercamp markierte auch das nahende Ende des Aussetzerjahres für Doudou. Er nahm noch teil, würde aber ab September endlich sein Studium der Architektur in Lyon aufnehmen – etwas, auf das er so sehnlich wartete.

Ziel dieses Sommercamps sollte es sein, das Porträtmalen weiter zu vervollkommnen und aus den in den letzten Durchgängen entstandenen Porträtstudien – in diesem Fall sowohl von Bruno als auch von mir – nun Farbporträts anzufertigen. Eine Wahl gab es nicht: Jeder musste sowohl eine Version in Öl und eine in Aquarell von jeweils einem von uns beiden anfertigen. Somit stand fest, dass es am Ende mindestens sieben Porträts von Bruno und genauso viele von mir geben würde. Ich war mir nicht mehr sicher, ob ich dann den Sommer- beziehungsweise Ausstellungsraum überhaupt noch betreten wollte.

Julie hatte für das erste theoretische Seminar ein Thema ausgewählt, welches unmittelbar mit dem Porträt einherging: das weite Feld der Symmetrie. Da es mich auch interessierte, saß ich ebenfalls im Atelier, als sie ihren Vortrag hielt. Denn ich glaubte, in den Regeln der zeichnerischen Symmetrie auch Regeln der Symmetrie beim Schreiben zu entdecken. Im Kern hörte es sich bei Julie so an:

„Symmetrie kann etwas sehr Angenehmes für das Auge sein. Jedoch existiert sie in der Natur außerordentlich selten. Bei Schneeflocken vielleicht ... Aber schon beim Gesicht, das uns vermeintlich symmetrisch vorkommt, hört es auf. Kein Gesicht ist absolut symmetrisch.

Tatsache ist, dass absolut symmetrische Darstellungen in der Kunst langweilig wirken, weil in ihnen keine Spannung aufgebaut werden kann.

Auch eine Hand ist nicht symmetrisch. Das bietet viele Vorteile. Gerade bei unsymmetrischen Dingen fällt es nicht auf, wenn man bestimmte Details weglässt. Man kennt das von Comicfiguren, die in vielen Fällen statt fünf nur vier Finger haben. Das Auge empfindet auch eine gut gezeichnete Hand mit nur drei Fingern und Daumen als vollständig. Selbst wenn man realistisch zeichnet oder malt: Manchmal sieht man eben nicht alle Finger; es kommt auf die Handhaltung an ...“

Ich kannte das. Gerade schrieb ich an einem Porträt über Leonardos Haushalt: Mir war aufgefallen, dass auch ich nicht alle Glieder dieses recht umfangreichen Haushalts detailliert darstellen musste, um ein ziemlich realistisches Bild herzustellen. Immerhin scharten sich um den Meister nicht nur seine Schüler, sondern auch einige Helfer, eine Köchin, eine Magd und dann und wann ein aus der Gosse geretteter Straßenjunge. Man musste nicht alle beschreiben – eher den einen mehr, den anderen weniger – um doch ein lebendiges Gesamtbild zu bekommen.

Hier zeigte sich einmal mehr, wie sehr die einzelnen Sparten der Kunst sich doch in ihren Techniken durchaus ähnelten. Das hatte Julie auch mit ihrem Exkurs in die Musik bewiesen. Ich nahm mir vor, ihr nach dem Sommercamp den betreffenden Teil meines Manuskripts vorzulesen und sie um ihre Meinung zu fragen.

Jetzt aber standen die Studenten im Vordergrund, die die große Aufgabe hatten, mich sowie einen wunderschönen Hund zu porträtieren und dabei alles das mit hineinzuarbeiten, was sie über Symmetrie, Perspektive, Untermalung, richtiges Sehen, Licht und Schatten bereits gelernt hatten. Keine leichte Aufgabe, wie ich meinte. Und gespannt war ich jetzt auch: auf die Ergebnisse, vor allem aber darauf, welches Modell ihnen leichter fallen würde …

Es gab eine Unterhaltung, die ich schon seit langem hatte führen wollen, und nun ergab sich endlich eine Gelegenheit. Doudou saß in der Mittagspause alleine im Garten hinter dem Haus und las in einem Buch. Ich ging zu ihm.

„Na, wie geht es dir heute?"

Er schaute erstaunt auf. „Gut, Madame Ariane." Er lächelte und klappte das Buch zu. Ich schielte auf den Titel; natürlich war es über Skulpturen. „Und wie geht es Ihnen?" fragte er höflich.

„Auch gut. Es ist ein schöner Tag." Ich blinzelte in die Sonne und setzte mich neben dem jungen Mann auf einen Stuhl. „Ich wollte dich etwas fragen, eigentlich schon länger."

Er schaute mich erwartungsvoll an.

Ich fasste mir ein Herz. „Weißt du, ich erlebe dich hier als einen sehr fokussierten jungen Menschen, der gar nicht mehr dem sehr scheuen Jungen mit dem Eierkorb ähnelt, der du warst, als ich dich kennenlernte."

Er lächelte. „Meinen Sie, dass ich scheu war? Nun, vielleicht schien es so." Einen Moment lang unterbrach er sich und dachte nach, dann fuhr er fort. „Meine Eltern sagen immer, ich sei aus der Art geschlagen. Meine Geschwister interessieren sich gar nicht für die schönen Künste. Ich war der Einzige, von Anfang an …"

„Das kann vorkommen, besonders bei den sogenannten Nesthäkchen. Aber genau darauf will ich hinaus. Du bist doch sicher nicht auf den Namen Doudou getauft. Das ist doch ein Kosename für einen kleinen Jungen. Wie heißt du eigentlich wirklich?"

„Ach, das meinen Sie? Ja, mein richtiger Name auf der Geburtsurkunde ist *Jean-Antoine*. Auch wieder so eine Besonderheit, denn meine Geschwister haben alle keine Doppelnamen. So kennen sie mich auch auf meiner Schule. Aber in der Familie nennen mich alle *Doudou*, und ich habe mich daran gewöhnt. Sie können mich ruhig auch weiterhin *Doudou* nennen." Er grinste, als er hinzufügte: „Und mittlerweile habe ich vor Ihnen auch keine Angst mehr."

Diese Bemerkung erstaunte mich. „Was, du hast Angst vor mir gehabt?"

Er schüttelte den Kopf. „Nein, so meinte ich es nicht. Nur, als Sie kamen, waren Sie für mich eine Fremde. Ich wusste nicht, was ich von Ihnen halten sollte. Erst später merkte ich, dass Sie sehr nett sind."

„Das möchte ich hoffen!" sagte ich erleichtert.

„Wissen Sie, meine Mutter wollte eigentlich nie, dass ich die Eier zu Monsieur Alain bringe. Einer meiner Geschwister sollte das tun. Vielleicht hatte sie Angst, ich würde sie zerbrechen. Aber es fand sich niemand, der das tun wollte, und so blieb es doch an mir hängen. Ich tat es gerne, denn Thérèse steckte mir immer etwas zu. Sie war wie eine gute Großmutter für mich."

„Ja, sie mochte dich sehr", bestätigte ich.

„Naja, und dann hatte Maman mir eingeschärft, Monsieur Alain niemals anzusprechen, sollte ich ihn auf dem Anwesen treffen. Sie meinte, er habe zu arbeiten und könne nicht durch ein Kind gestört werden."

„Ich glaube nicht, dass er das so empfunden hätte", warf ich ein.

„Aber Sie kennen meine Mutter nicht. Schon immer war, was sie sagt, Gesetz – und ich folgte natürlich. Das heißt, heimlich schlich ich mich doch zum Atelier, und wenn Monsieur darin arbeitete, beobachtete ich ihn oft dabei. Er hat mich nicht gesehen, aber Thérèse und auch ihr Mann haben mich dabei erwischt – und mich nicht verraten. Die waren toll." Er zögerte kurz. „Und dann kamen Sie, und ich musste meine Gewohnheit erst einmal aufgeben, denn ich wusste nicht, wie Sie reagieren würden."

Ich lachte. „Du hättest mir ruhig vertrauen können."

„Das weiß ich jetzt auch. Es tut mir leid, dass ich Monsieur Alain nur durch das Fenster beobachten konnte. Ich hätte ihn gerne dies oder das gefragt."

„Ja, das tut mir auch leid, Doudou. Aber trotzdem wirst du sicher ein guter Künstler. Du hast es in dir, und ich glaube, das hätte auch Alain so gesehen. Und sicher wäre auch ihm aufgefallen, dass dein Name geradezu den Künstler in dir herausfordert. Immerhin trugen viele große Männer diesen Vornamen. Alain machte sich viel Gedanken um Namen ... er meinte, *Nomen* sei *Omen*. Es ist schade, dass Ihr euch darüber nicht austauschen konntet."

Ich stand auf, denn nun kamen zwei andere Studenten zu uns herüber. Wahrscheinlich war die Pause zu Ende. Daher zwinkerte ich dem jungen Mann freundlich zu und ging langsam, nachdenklich, ins Haus.

Ich kann mir nicht vorstellen, dass es Alain irgendetwas ausgemacht hätte, wenn ein zehnjähriger Junge Interesse an seiner Art Kunst bekundet hätte. Ich erinnere mich einer Unterhaltung mit ihm, in der ich ihn nach dem Wunsch nach Kindern gefragt hatte. Damals sagte er, er sei nicht dafür gemacht gewesen. Auch das Lehren lag ihm nach seiner eigenen Aussage nicht. Und doch konnte ich ihn mir als guten Lehrmeister, als eine gute, väterliche Figur, einen Mentor vorstellen. Wenn er mich und die ihn umgebenden Menschen mit seiner freundlichen, offenen Art gewinnen konnte, warum hätte es bei einem wissbegierigen Kind anders sein sollen? Im Grunde war Alain selber ein Kind gewesen – noch bis ins hohe Alter unternehmungslustig, spitzbübisch – kindlich. Hatte er nicht selber gesagt, dass, wer die Jugend in sich nicht zerstöre, nicht alt werde? – Wie seltsam, dass diese kleine Konversation mit Doudou mir wieder ein beinahe gegenwärtiges Bild von Alain zauberte; so, als sei er eben erst mit mir im Garten gewesen und hätte dem Gespräch interessiert, lächelnd, gelauscht ...

Der August dieses Jahres brachte uns allen wiederum eine erholsame Zeit. Julie und Bertrand spannten nach den Mühen des Frühjahrs mit seinen Renovierungs- und Verschönerungsarbeiten sowie vom wiederum erfolgreich verlaufenen Sommercamp aus. Es gab ja auch eine Reihe von notwendigen Arbeiten hinter den Kulissen: Jährlich musste der Brandschutz sowie Erste Hilfe bei Notfällen gewährleistet sein, es gab Verwaltungs- und Finanzkram, Fördermittelabrechnungen und Öffentlichkeitsarbeit sowie die gesamte inhaltliche Organisation.

Ich hatte mich weitgehend aus allen Aktivitäten herausgehalten und sah nun der Eröffnung der diesjährigen Herbstausstellung, mit den Ergebnissen der Porträtstudien im Sommerraum, mit Spannung entgegen. Julie hatte aus Fehlern gelernt: Unmittelbar nach dem Sommercamp, im heißen Juli und August, machte eine Ausstellung wenig Sinn. Die Leute wollten nicht in sengender Hitze nach Lagnières kommen, um sich Bilder junger Studenten anzuschauen. Sie wollten ans Meer, um sich zu erfrischen und Sonne zu tanken. So wurde dieses Ereignis auf den Beginn des Herbstkurses verlegt, wenn die Tage wieder kürzer und kälter wurden und das Interesse der Leute sich wieder mehr der Kultur zuwandte.

So hatte ich viel Zeit, die ich wegen der Hitze weniger mit Schreiben verbrachte als geplant. Schon das Berühren der Tastatur löste Schwitzattacken aus, und so beschäftigte ich mich mehr oder weniger damit, mich am Tage auszuruhen und in den kühleren Zeiten am Morgen und Abend mit Bruno die Landschaft zu durchstöbern. Außerdem hatte ich ja nun eine neue Freundschaft zu pflegen, und deshalb schaute ich oft bei Celia vorbei, um ihr bei diversen Arbeiten an ihrem Bauwagen zur Hand zu gehen, was sehr oft von Pausen und Gesprächen unterbrochen wurde. So hatte ich die Chance, sie besser kennenzulernen.

Manchmal kam sie sogar mit Bruno und mir auf eine Hunderunde mit. Es machte Spaß, mit ihr zu schwatzen und auch zu lachen. Gemeinsam sahen wir noch viel mehr als ich alleine, wenn ich mit Bruno ging und, mehr oder weniger in Gedanken versunken, den Boden zu meinen Füßen studierte. Mit ihr sah ich öfter nach oben. So, als wir eines Abends das Wetter über den Bergen beobachteten, wo sich etwas zusammenzubrauen drohte, während der übrige Himmel wolkenlos und strahlend blau war. Plötzlich schob sich eine riesige Wolke mit der grauen Unter- und einer leuchtend weißen Oberseite über den Berg, um dort relativ unbewegt zu verweilen. Die Form erinnerte an ein auf dem Rücken liegendes, gigantisches Schwein, mit abgespreizten Hinter- und Vorderbeinen sowie neugierig gereckten Ohren. Das heißt, Celia sah es zuerst und wies mich darauf hin. Dann sah ich es auch. Wir mussten so laut lachen, dass Bruno erschrocken zu uns aufsah.

An einem Morgen im frühen September war ich mit Celia nach Carpentras gefahren. Sie hatte Post von ihrem Appartement zu holen, zur Bank zu gehen und Besorgungen zu machen. Wie immer gab es in der Bank eine lange Schlange, und Celia bat mich, für sie anzustehen, während sie noch etwas anderes erledigte. Ich reihte mich ein; vor mir waren fünf weitere Kunden. Der direkt vor mir stehende Herr trat einen Schritt zurück und wäre mir beinahe auf den Fuß getreten. Er drehte sich um und entschuldigte sich, doch dann stockte er.
"Ich glaube, ich kenne Sie, Madame!"
Auch er kam mir irgendwie bekannt vor, und eine Sekunde später fiel es mir auch ein: „Inspektor Lagarde!"
„Den Inspektor können Sie weglassen, jetzt ist es nur noch Monsieur Lagarde." Er drückte mir die Hand. „Und Sie sind, wenn ich mich richtig erinnere, Madame Ariane!"
„Richtig. Sie sind nicht mehr bei der Polizei?"
„Pensioniert. Und Sie besuchen unsere schöne Stadt mal wieder?"
„Nein", erwiderte ich, „Ich lebe hier … also, in Lagnières. Freunde von mir haben auf Marvilles Anwesen eine Kunstakademie ins Leben gerufen. Kommen Sie doch mal, ab Herbst haben wir eine Ausstellung dort." Ich holte aus meiner Tasche eines der von Julie gestalteten Werbeblätter, von denen ich immer einige bei mir hatte.
Der ehemalige Inspektor nahm das Blatt. „Oh ja, ich las, dass Monsieur Marville verstorben ist. Sehr traurig! Aber ja, ich komme gerne einmal. Meine Frau wird es sehr interessieren."
In die Reihe der Wartenden kam Bewegung, und wir rückten einen Platz weiter vor.

Dann fragte Lagarde: „So sind Sie also nicht, wie geplant, nach Paris weitergereist?"

Ich lächelte, denn ich erinnerte mich noch gut daran, wie dringlich mich der Inspektor damals in Richtung meines ursprünglichen Reiseziels Paris komplimentieren wollte, nachdem der Verursacher von Alains Unfall gefunden und identifiziert worden war. Lagarde schaute mich fragend an.

„Doch, ich bin nach Paris gefahren, nachdem Alain Marville gestorben war. Aber was ich gesucht hatte, war nicht dort. Ich hatte es längst hier gefunden!"

Während ich das sagte, hatte sich Celia zu uns gesellt und daher den letzten Satz mitgehört. Lagarde deutete auch meiner Freundin gegenüber einen Gruß an und sagte dann: „Na, dann will ich Sie nicht länger aufhalten."

„Es war gut, Sie wiederzusehen!" antwortete ich.

„Ebenfalls. Au revoir, Madame!"

Und dann war er auch schon dran, und meine Begleiterin konnte erst einmal nur fragend gucken.

Eine Viertelstunde später landeten wir – wie sollte es anders sein – im Café. Celia warf die Post, die sie noch aus ihrem Briefkasten geholt hatte, achtlos auf den Tisch und fragte dann interessiert, wer der Mann in der Bank gewesen sei.

Ich erzählte ihr von dem damaligen Unfall, meiner Begegnung mit dem Inspektor, seiner etwas umständlichen Art zu reden, der Gegenüberstellung in der Polizeistation und wie seinerzeit alles mit Alain angefangen hatte. Celia hörte wie stets, wenn ich ihr von Erlebtem berichtete, interessiert zu.

„Mensch, ich beneide dich. Ich habe niemals Glück mit Männern gehabt." Das war ihre Reaktion, als ich geendet hatte.

„Aber du hast doch auch ein tolles Leben gehabt. Dein Leben in Spanien war sicher genau so interessant wie meins in Griechenland."

Aber diesen Einwand ließ sie nicht gelten. „Weißt du, wenn mein damaliger Partner, Antonio, mitgespielt hätte, dann vielleicht … Ich war nur eine dumme Pute, die alles machte, um diesem Heißblüter zu gefallen." Sie nippte an dem Kaffee, der mittlerweile auf dem Tisch stand. Ich griff ebenfalls zur Tasse; dabei streifte mein Blick kurz die Anschrift auf dem zuoberst liegenden Brief des Poststapels. Seltsamerweise stand dort aber als Adressat der Vorname Alice.

Celia hatte meinen etwas erstaunten Blick bemerkt und lachte nun laut. „Ha, jetzt hast du mich ertappt!"

Es war mir peinlich. „Celia, ich wollte nicht spionieren. Es fiel mir nur ins Auge, dass da ein anderer Name steht ..."

„Das macht doch nichts. Es *ist* mein Name. Nun, mein eigentlicher! Meine Eltern nannten mich Alice. Ich hasste diesen Namen! Als ich Antonios wegen nach Spanien zog, nannte ich mich um. Aus A-li-ce wurde, Silben rückwärts gesprochen, Ce-li-a. So einfach ist das!" Sie biss nun in das Croissant, das sie sich beim Betreten des Cafés zusammen mit unseren Getränken bestellt hatte.

„Ach so, du bist also inkognito unterwegs!"

„Weißt du, *Celia* schien mir viel besser nach Spanien zu passen. Außerdem bin ich ein großer Fan der kubanischen Sängerin Celia Cruz. Nun trage ich ihren Namen. Wo steht denn, dass man alles akzeptieren muss, was einem von oben aufgedrückt wird?"

Ich fand, mit dieser Betrachtungsweise hatte sie recht.

„Und dieser Antonio ...?" drängte ich sie, ein wenig mehr von sich preiszugeben.

„Ach der! Am Anfang war es die heißeste Liebe meines Lebens. Wir kamen in der Siestazeit manchmal gar nicht mehr aus unseren Betten. Weißt du, wir lebten in der Nähe von Málaga. Traumhaft! Ich wollte immer in den Süden, und nun hatte ich ihn: den Süden und den Mann dazu. Naja, in der Sonne blättert der Lack aber eben auch sehr schnell ab. Ich habe es erst gar nicht mitgeschnitten, was für ein Macho er war. Er konnte sich niemals aus Rücksicht auf mich zurücknehmen. Immer musste es nach seiner Nase gehen." Sie hielt kurz inne, um noch ein Wasser zu bestellen. Dann sprach sie weiter. „Also, Empathie, Sympathie, Rücksicht? Fehlanzeige! Du sagst doch einem stolzen Spanier als Frau nicht, was er tun oder lassen soll ... Es war ihm einfach nicht möglich, sich in meine Lage zu versetzen."

Hier unterbrach ich sie. „Meinst du nicht, dass man das nicht verallgemeinern sollte?" Celia schaute skeptisch. Ich fuhr fort. „Du hast doch solche Typen in jeder Nation. Heißblütig, okay, das sind die Südländer, und oft Machos. Das habe ich auch in Griechenland gesehen und erlebt. Da waren Typen, wenn man denen als Frau etwas sagen wollte, benahmen sie sich, als habe man ihnen ins Gemächt gegriffen. Es gibt aber doch überall Menschen – und übrigens auch *Menschinnen* –, die sich nicht in die Situation anderer hineinversetzen können. Ich nenne das immer ‚in den Schuhen eines anderen herumlaufen'. Und es gibt überall auch gute Typen ...“

„Mag sein, Ariane; ich habe sie nur niemals in meinem Leben gefunden, diese guten Typen. Naja, jedenfalls meinte Antonio, er habe das Recht, sich voll zu entfalten, was er der Frau an seiner Seite niemals zugestanden hätte. Als diese Entfaltung dann Namen wie Maria oder Juana trug und ich das herausfand, da platzte mir der Kragen. Ich habe ihn rausgeschmissen. Das Problem war nur: Es war *sein* Appartement, und ich war es, die gehen musste.“

„Was hast du dann gemacht?“ wollte ich wissen.

„Ich habe gekellnert, um mir ein Zimmer leisten und den Flug zurück nach Frankreich bezahlen zu können. Gut war, dass die Sommersaison gerade anfing. Da konnte ich gut Geld verdienen. Ja, und dann kam ich nach fünf Jahren zurück.“

„Bist du wieder zurück nach Cherbourg gegangen?“

„Nein, ich hab´ da niemanden mehr. Ich hatte zwar mit den Männern abgeschlossen. Aber der Süden hatte es mir angetan. Das wollte ich nicht aufgeben. So kam ich über einige kleinere Umwege nach Carpentras. Und dann fand ich das Grundstück in Lagnières ... und dich!“

„Ja, dank Bruno und dem, was er *nicht* getan hatte ...“

Wir lachten.

Celia wurde allerdings gleich wieder ein wenig traurig, als sie sagte: „Ich hatte noch nie wirklich Glück mit Männern, und ich glaube nicht, dass sich das noch einmal ändert. Weißt du, Celia Cruz hat mal ein Lied gesungen – mein Lieblingslied –, das hieß ‚Te Busco – ich suche dich‘, da heißt es: ‚Meine Sterne antworten nicht, ... das Glück kam nicht mit mir‘. Das ist wie auf mich geschrieben.“

Ich versuchte sie aufzumuntern. „Das ist keineswegs sicher. Ich habe Alain auch erst spät gefunden und nicht wirklich lange haben dürfen. Siehst du, wir alle haben Dinge hinter uns, die wir am liebsten vergessen möchten. Aber vor diesem Hintergrund werden wir auch befähigt, das Andere zu erkennen, das Richtige, das Gute."

Celia zuckte mit den Schultern. „Naja, aber man wird auch nicht jünger. Ich fühle mich, als gehörte ich schon bald zum alten Eisen."

„Quatsch! Altes Eisen wird wieder wertvoll! Und immerhin bist du auch noch ein paar Tage jünger als ich … Sieh mal, das Glück des Lichts kann nur empfinden und wertschätzen, wer auch die Dunkelheit kennt. Warte es einfach mal ab …"

Jetzt schaute sie mir direkt ins Gesicht. „Dein Wort in Gottes Ohr! – Sag mal, wie war er eigentlich wirklich, dein Alain?"

„Oh Celia, wie soll ich das beschreiben? Alain war ein ganz besonderer Mann; nobel, tief fühlend und voller Liebe. Du kannst die Männer schwer an ihm messen, aber es gibt sie, diese Guten, Warmen, Empathischen. Schau dir doch nur Bertrand an, auch er ist so ein Exemplar. Es gibt Hoffnung für dich!"

„Darauf lass uns dieses heilige Wasser trinken, und dann ab nach Hause!" Und als sie das sagte, da lachte sie schon wieder.

Am späten Abend dieses Tages saß ich noch lange auf dem Metallbett im Garten und träumte mit offenen Augen in die wolkenlose Nacht. Ich dachte über den Tag nach und auch über das Gespräch mit Celia, das sich im Auto auf dem Weg nach Hause noch fortgesetzt hatte.

Ich hatte versucht, noch etwas mehr über ihr Leben in Spanien herauszufinden.

,Das muss doch, abgesehen von den persönlichen Erfahrungen, eine gute Zeit gewesen sein, in Málaga zu leben', hatte ich sie gefragt.

,Man könnte das meinen, aber es war in Wirklichkeit sehr hart', antwortete sie. ,Die Sommer waren extrem heiß, die Winter harsch … nicht wirklich sehr kalt, aber ungemütlich.'

Und dann erzählte sie mir, dass sie es hier in Südfrankreich alles als viel sanfter empfinde, ohne Ecken und Kanten. Und sie schwärmte von dem besonderen, weichen, hellen Licht, das hier einzigartig war und schon von Malern wie van Gogh geschätzt worden war.

154

Ihr Urteil war: ‚Das Wetter, das Leben in Spanien war kompromisslos, so wie die Männer … zumindest jene, die ich kennengelernt hatte.'

Da konnte ich ihr nur zustimmen. Nicht nur die Sommer, alle Jahreszeiten im Süden waren wesentlich härter; besonders die Übergänge, beispielsweise vom Tag zur Nacht. Auch wenn ich den Norden überhaupt nicht gemocht hatte, so hatte er doch bestimmte Vorteile gehabt, was das Licht betraf. Zumindest im Sommer, um die Mittsommerwende herum. Da hatte das Licht bei Nacht plötzlich eine nahezu arktische Qualität. Die Abenddämmerung ging beinahe nahtlos in die Morgendämmerung über. Hier im Süden hingegen fehlten längere Dämmerungsphasen, und besonders im Sommer ging die Sonne gewöhnlich schnell – und auch um die Sonnenwende herum weit vor Mitternacht – unter.

Ich wollte bei dieser Gelegenheit aber noch etwas anderes loswerden.

‚Málaga, das ist doch nicht weit weg von Granada. Das wäre einer der wenigen Orte, die ich in diesem Leben noch gerne besuchen würde: die Alhambra.'

Sie hatte daraufhin aber gelacht und mir dann etwas erzählt, das ich nicht gewusst hatte: ‚Da kannst du nicht einfach hingehen und dir das anschauen. Die Besucherzahl ist begrenzt, und du musst Monate vorher schon ein Ticket besorgt haben, damit du dann an einem bestimmten Tag dort Eintritt hast.'

So hatte ich mir das nicht vorgestellt. Aber wenn man nachdachte, wurde es klar. Offenbar war das Interesse an diesem herausragenden Beispiel unseres Weltkulturerbes so groß, dass man es einfach vor den Besuchermassen schützen musste. Schade: Keine Chance, nach Granada zu ziehen und dort die Nachmittage regelmäßig in einem der schönen Höfe der Alhambra beim Plätschern der Brunnen zu verträumen …

Nun schüttelte ich den Kopf. Was war ich doch, trotz meines Alters, immer noch für eine romantische Träumerin; ganz so, wie ich es in meiner Kindheit gewesen war.

Ich stand auf. Mittlerweile hatte sich die zunehmende Halbmondsichel, die im unendlich dunklen Sternenhimmel wie ein

Boot dahinsegelte, dem Horizont genähert. Es war sehr spät geworden.

Als ich die beleuchtete Terrassentür erreichte, tanzte etwas um meinen Kopf herum und landete dann auf meiner Hand. Es war ein Federgeistchen, einer jener kleinen gefiederten Nachtfalter, die an kleine Engel erinnerten und die man oft um diese Jahreszeit herum sah, tagsüber jedoch mehr oder weniger inaktiv im Blattwerk bestimmter Bäume sitzend.

Ich pustete es sanft fort und löschte dann schnell das Licht, damit der Hausgecko keine Chance hatte, das zarte Tier zu fangen und zu fressen. Und auch, damit ich mir die federleichte Stimmung, in der ich zu Bett ging, nicht zerstörte.

Freunde. Freundschaften. Das Blut des Lebens – mehr noch, vielleicht, als Liebe. Immer hatte ich Glück gehabt, hatte Wegbegleiter gefunden, die ehrlich waren und auf die man sich verlassen konnte, so wie man sich auch auf mich hatte verlassen können. Wir wären füreinander durchs Feuer gegangen, wenn es nötig gewesen wäre. Darunter waren einige gewachsene Freundschaften gewesen und auch solche, die erst spät entstanden waren – so wie es jetzt auch mit Celia ist. Entscheidend ist die Tiefe, nicht die Dauer. Manche Freundschaften sind vorbei; Zeit und Raum oder aber das Leben selber haben sich dazwischengedrängt. Andere dauern an, flammen immer wieder zu bestimmten Zeiten auf, wenn es notwendig ist – man kann sich immer noch aufeinander verlassen. Einige Freunde gibt es nicht mehr. Es ist ein ständiges Kommen, Bleiben, Gehen. Ohne Freundschaft ist auch die leidenschaftlichste Liebe nichts wert; das hatte ich bei Alain gelernt. Die Freundschaft ist etwas frei Gewähltes, das macht sie zu einem der größten Schätze, den wir haben und den wir pflegen und behüten müssen.

Als die Tage gegen Herbst wieder deutlich angenehmer wurden und die Nächte wieder zum Durchschlafen geeignet waren, nahm ich die Arbeit am Manuskript meines Buches wieder auf. Passend dazu nahm Julie diese neu erwachte literarische Aktivität zum Anlass, auch meine selbst auferlegte Zurückhaltung in Sachen Unterricht für aufgehoben zu erklären, und so hatte sie mich gebeten, für den Herbstkursus einen Leitfaden für ein Seminar zu erarbeiten. Inhalt sollte der Anspruch eines Künstlers an sich selber sein. Sehr theoretisch, fand ich, aber da ich mich sowieso gerade mit dem Innenleben eines Künstlers beschäftigte, passte das Thema irgendwie zu dem, was ich ohnehin tat.

Ob sie allerdings mit meiner Art, die Dinge zu betrachten, einverstanden sein würde, stand auf einem anderen Blatt. Offenbar vertraute sie mir, und die Folgen waren eben Berufsrisiko. Was schadete es den Studenten, wenn sie unterschiedliche Standpunkte zu den einzelnen Problemen vermittelt bekamen? Da unsere Akademie zwar eine gute künstlerische Allgemeinbildung und Förderung vermittelte, aber keinen strengen universitären Regeln unterworfen war, waren wir frei in unseren Methoden. Unsere Studenten waren glücklich damit, deren Eltern offenbar auch, und bei den wirklichen Universitäten erarbeiteten wir uns mit der Marville-Stiftung und Julies unermüdlicher Öffentlichkeitsarbeit langsam aber stetig einen guten Ruf. Ansonsten genossen wir, was wir da machten; und was wollte man mehr?

Vorbereitung für eine Unterrichtsstunde. Der Künstler und sein eigener Anspruch. Was sagt man da? Natürlich sollte man in jeder Lebenslage – nicht nur als Künstler – Ziele haben und diese auch anstreben. Gleichzeitig aber muss man wissen, dass sich das Morgen nicht wirklich planen, die Zukunft nicht festlegen lässt. Ein amerikanischer Journalist hat einmal gesagt (und John Lennon hat dieses Zitat bekannt gemacht), dass Leben das ist, was stattfindet, während man etwas anderes plant. Darum ist es gut, sich Spielräume zuzugestehen, um nicht am eigenen Anspruch, oder gar am nicht erfüllbaren Perfektionismus, zu zerbrechen. Da es kein Morgen, sondern immer nur ein Jetzt gibt, tut man besonders in der Kunst gut daran, die Dinge fließen zu lassen, damit sie sich aus sich selber heraus entwickeln können. Mit der Zeit bekommt man ein Gefühl dafür, eine Art ‚Erfahrungsgefühl'. Das lässt sich – wie der Name sagt – nicht lernen, sondern nur erfahren. Dinge können prinzipiell gar nicht falsch laufen. Sie können nur entweder den Weg gehen, den ich mir vorstelle – oder einen anderen.

Deshalb gilt: Seid offen. Denkt nicht an das Ziel. Lasst fließen. Beginn und Ende einer Reise sind keine fixen Punkte

Kontrolle: Wenn ihr wirkliche Kontrolle wollt, gebt alle Kontrolle auf. Lasst das Leben die Kontrolle übernehmen; das tut es sowieso.

Fehler: Was sind Fehler? Geht an diese Frage einmal anders heran. Es geht nicht um Versagen; Fehler sind beziehungsweise eröffnen Möglichkeiten.

Kritik: Selbstkritik oder Kritik von außen. Ihr solltet sie in Erwägung ziehen, aber nicht unbedingt der an euch geübten Kritik wegen alles über Bord werfen. Hier kommen wir auf ein etwas schwammiges Terrain:

Die Meinung. Sie heißt so, weil sie meine Ansicht ist, nicht seine oder deine. Dann hieße sie ja Seinung oder Deinung. (Hier erwartete ich gelöstes Lachen.) Kann ich eine Meinung ändern? Ja, gewiss, aber nur meine. Also: Ändere deine eigene Meinung, nicht die eines Anderen. Jeder muss das für sich selber tun.

Das bringt uns zur Überzeugung. Man kann jemanden von etwas überzeugen; möglicherweise ändert er oder sie dann seine oder ihre Meinung.

All diese Ausführungen hören sich vielleicht erst einmal sehr unorthodox an. Aber die Dinge so zu betrachten, kann man trainieren. Als Preis winkt eine gesteigerte innere Ruhe und Gelassenheit. Und alles, was in Ruhe und innerer Ausgeglichenheit resultiert, kann nicht gänzlich falsch sein. Ende!

Ja, und dann war sie da: die Eröffnung der Ausstellung zum Abschluss des Herbstkurses. Im Sommerraum hingen jeweils sieben Variationen von Darstellungen des Akademiehundes sowie meiner Person. Bruno hatte den ersten Platz bei den Aquarellen gemacht; immerhin sechs von sieben seiner Porträts waren in dieser Technik gemalt. Bei mir überwog dementsprechend die Öltechnik. Offenbar hatten unsere Studenten das Gefühl gehabt, mich nur mit der schweren Ölfarbe einfangen zu können, die gleichzeitig aber auch Fehler vergab und immer wieder korrigiert werden konnte. Bruno hingegen war der Star der ‚begrenzten Farbpalette': Eine Mischung aus Siena und Umbra, ein wenig Schwarz, Grün und Crimson, ganz viel Wasser – mehr hatte es nicht gebraucht, um den Hund mit Leichtigkeit und Phantasie auf das schwere Aquarellpapier zu bannen.

Alle Eltern waren wieder da; auch Celia hatte ich zur Vernissage eingeladen, und natürlich war Bruno dieses Mal Ehrengast. Er schien es sehr zu genießen, so viel Beachtung zu bekommen und von so vielen Leuten gestreichelt zu werden, am liebsten natürlich von seinen ehemaligen Besitzern.

„Na, die sind doch toll!" rief Celia aus, als sie die mehr oder weniger ähnlichen Porträts sah. „Also, ich erkenne dich. Vor allem auf diesem hier ..." Dabei deutete sie auf ein Aquarell, das den Hund zeigte.

„Ich werde dir helfen, mich zu foppen!" drohte ich ihr lächelnd.

„Nein, aber ehrlich, die sind wirklich nicht schlecht", sagte sie jetzt ernsthaft. „Ich wünschte, ich könnte so gut malen.

„Ehrlich: ich auch! Und weißt du, es ist gar nicht so schlimm, wie ich dachte. Ich sehe es eher abstrakt, so als handele es sich nicht um mich, sondern um irgendein Modell."

„Richtig so. Wollen wir uns irgendwo hinsetzen? Mir tun die Füße weh."

„Klar", entgegnete ich. Ich hatte ganz vergessen, dass meine Freundin mal wieder den ganzen Tag lang an ihrem Wagen gewerkelt hatte, um ihn wintertauglich zu machen. Wir holten uns von dem aufgebauten Buffet ein paar kleine Leckereien, nahmen uns jeder ein frisches Glas Wein, und dann zogen wir uns in den Wohnraum zurück.

Nachdem wir uns gestärkt hatten, schnitt Celia dieses Thema auch an. „Bis Ende des Monats muss ich eine weitreichende Entscheidung treffen, nämlich, ob ich noch ein weiteres Jahr mein Appartement in Carpentras behalte oder es kündige und in den Bauwagen ziehe."

„Und was, denkst du, wirst du tun?" Ich wusste ja, dass über den Sommer bis in den Herbst hinein alle möglichen Arbeiten an Celias Bauwagen gemacht worden waren: Isolation, neue Fenster, Einbau eines kleinen Ofens. Es waren ein gemütlicher Wohnraum mit Kochecke und Schlafkoje entstanden; mit der Toilette noch draußen im Schuppen. Aber die praktische Eignungsprüfung, besonders im Winter, stand noch aus.

Celia wiegte ihren Kopf hin und her. „Eigentlich möchte ich schon diesen Winter dort einziehen. Aber was, wenn es schief geht und ich dort mit Kälte und Nässe nicht klarkomme?"

„Und diese Entscheidung musst du jetzt fällen?"

„Ja, der Mietvertrag läuft immer für ein Jahr. Wenn ich zum Ende des Jahres kündigen will, muss ich das acht Wochen vorher schriftlich erklären."

Celia hatte den Sommer hindurch vier Tage in der Woche an den Nachmittagen und Abenden in einem Restaurant gearbeitet, um sich ihren Lebensunterhalt zu verdienen. Jetzt hatte sie eine Lebensversicherung ausgezahlt bekommen.

„Es ist zwar nicht soviel, wie mir damals, bei Vertragsabschluss, in Aussicht gestellt worden war. Aber es ist genug, dass ich gut über den Winter und die nächsten ein, zwei Jahre komme, mein kleines altes Auto unterhalten und meine Lebensmittel bezahlen kann. Natürlich hoffe ich auch nächstes Jahr auf einen Saisonjob, aber das ist eben nicht sicher. Deshalb würde ich eigentlich gerne die zusätzlichen Mietkosten sparen ..."

Das war ein einleuchtendes Argument. Ich wollte darüber nachdenken und sagte es ihr. „Lass uns doch morgen noch mal darüber reden. Heute habe ich den Kopf nicht frei. Vielleicht fällt uns etwas ein ..."

Celia erhob sich nun. „Danke, liebe Ariane, mir reicht es schon, dass ich mich ab und an bei dir ausweinen kann. Ich kann heute nach den zwei Gläsern Wein auch nicht mehr klar denken. Wir werden einfach sehen ..."

Ich begleitete Celia in den Garten und brachte sie zum Tor. „Mach dir keine Sorgen, wir lauschen morgen mal in uns hinein ..." Damit umarmte ich die Freundin, die diese Umarmung erwiderte.

„Also dann, bis morgen früh ..."

Langsam und nachdenklich schlenderte ich durch den Garten zurück zum Haus. Auch die Besucher machten sich mittlerweile auf den Heimweg; einige begegneten mir und verabschiedeten sich herzlich. Bruno war von Julie im Garten angebunden worden, weil das Tor offen stand und wir kein Risiko eingehen wollten. Ich band ihn los, was dieser schwanzwedelnd quittierte, und ging noch einmal eine kleine Hunderunde mit ihm.

Die Luft war frisch und klar, und da war es auch wieder: dieses zartlilafarbene Lavendellicht, das für mich so eine Art Sinnbild geworden war; eine Erinnerung, dass der Lavendel seine Zeichen zu uns sendet, auch wenn wir weder den gleichen Raum noch dieselbe Zeit mit ihm teilen. So wie auch die Seelen unserer geliebten Menschen, auch wenn sie nicht räumlich bei uns sind oder nicht in derselben Zeit.

Ich dachte darüber nach, wie wohl Alain diesen Tag erlebt hätte. Sicher wäre er sehr zufrieden gewesen. Seine Stiftung und die Akademie hatten einen guten Weg eingeschlagen. Jetzt kam die Winterruhe am Ende des zweiten erfolgreichen Jahres.

Und dann hatte ich eine Idee ...

Es war November geworden. Pünktlich zum 31. Oktober hatte Celia ihr Appartement in Carpentras gekündigt und bereitete sich nun auf den Einzug in ihren Wohnwagen vor.

Die Lösung für ihre Angst, für den Fall dass sie oder die Wasserversorgung – oder beide – in hartem Winterwetter einfrieren würden, war einfach gewesen. Immerhin hatten wir mehrere Gästezimmer, die zwar vom zeitigen Frühjahr bis in den Herbst hinein gebraucht wurden, im Winter aber leer standen. Lediglich ein Zimmer wurde gebraucht, sollte François uns besuchen. Also sprach ich mit Bertrand und Julie, und mit deren Zustimmung bot ich Celia an, im Notfall bei uns unterkommen zu können. Damit war der Weg frei in ihr neues Leben hier in Lagnières, wo sie ihren ersten Winter erleben würde. Immerhin war sie im Moment zwar joblos, aber eben nicht ohne die notwendigen finanziellen Mittel. Und für das nächste Jahr würde sich zeigen, ob sie wieder einen Aushilfsposten im Restaurant oder gar etwas Besseres würde finden können.

Da sie nicht sehr viel besaß, ließ sich der Umzug mit unseren beiden kleinen Autos in zwei Touren bewältigen. Es machte Spaß mit ihr, weil wir die Arbeit immer wieder durch Gespräche unterbrachen und uns gegenseitig aus unseren jeweiligen Leben erzählten. Die Abende verbrachten wir, uns ausruhend, bei dem einen oder anderen Glas Wein, und im Ganzen schob das meine Gedanken an die nahende dunkle Jahreszeit in den Hintergrund, was mir angenehm war.

An einem dieser Aus- beziehungsweise Einräum- und Sortierabende stellte Celia mir unvermittelt eine Frage.

„Sag mal, worum geht es eigentlich genau in deinem Roman? Es sind doch schon so viele Bücher über Leonardo da Vinci geschrieben worden."

„Ach, weißt du, Leonardo war am Anfang eigentlich nur ein Aufhänger gewesen. Aber mir kam diese Idee tatsächlich, als ich in Amboise war, und es entwickelte sich dann danach in meiner Phantasie und nahm konkrete Züge an. Und es hat auch etwas mit meiner Suche nach Elinora zu tun."

Ich hatte Celia schon in groben Zügen von Elinora erzählt; davon, dass ich glaubte, in ihrer Form schon einmal gelebt und dabei auch Alain in der Form von Charles getroffen zu haben. Celia nahm mich ernst, auch wenn sie vielleicht meine Beinahe-Gewissheit nicht ganz teilte. Aber das konnte ich akzeptieren.

Weil ich ihren fragenden Blick sah, fuhr ich fort. „Also, ich will Leonardos Tod nachgehen, genauer: der Nacht bevor er starb. Siehst du, aus der Reflexzonentherapie wissen wir doch, dass sich der gesamte Körper, seine Organe, Knochen, Nerven et cetera, in Akkupressurpunkten auf den Fußsohlen abbilden. Genauso denke ich, dass sich ein ganzes Menschenleben in der Stunde, Minute oder gar Sekunde des Todes noch einmal vollständig abbildet – vielleicht auch in der Sekunde danach, wer weiß?"

Ich sah Celia an, sie nickte mit dem Kopf, und so setzte ich meine Gedanken fort. „Wir haben doch oft den Spruch gehört, das Leben sei viel zu kurz. Wenn man jung ist, lächelt man darüber, aber irgendwann kommt der Punkt, von dem ab man es glaubt … und dann auch weiß. Du drehst dich einmal um, und schon bist du vierzig. Noch mal … und du bist sechzig. Wo ist die Zeit hin?"

Wieder nickte Celia. „Das stimmt. Aber ich sehe immer noch nicht den Bezug zu Leonardo."

„Warte. Leonardo muss es doch auch so gegangen sein. Man könnte jeden nehmen … aber gerade jemand, der so voll von Ideen war, so viel verwirklichen wollte, und dem eigentlich so wenig wirklich gelungen ist … Das fasziniert mich. Auch bei Alain habe ich dieses große Bedauern gespürt; dieses Gefühl, nicht einen Bruchteil des Gewollten erreicht zu haben. Wobei es bei Alain sicher weniger das Künstlerische war, mehr das Persönliche. Damit muss und möchte ich mich auseinandersetzen."

„Langsam beginne ich zu verstehen …", sagte Celia ein wenig zögerlich, während sie mir und dann sich selber noch einmal nachschenkte.

Währenddessen fiel mir noch ein Argument ein. „Es interessiert mich auch aus der Sicht von Elinora. Auch wenn sie selber dem Meister nie begegnet war; ihr späterer Ehemann nahm ihn für sich in Anspruch. Er beharrte ja dann später auch darauf, den letzten Atem Leonardos empfangen zu haben."

„Oh! Hat er das?"

„Nein, hat er natürlich nicht. Er war gar nicht zugegen. Es war einer dieser *Publicitytricks*. Das nutze ich für mich nun aus. Denn ich möchte, wenn schon nicht Elinora, so doch seine Schwester Marguerite an Leonardos Seite setzen. Das wäre nicht nur denkbar, vor allem wäre das fair."

„Du bist mir eine! Posthumer Feminismus!" rief Celia aus. Das nächste sagte sie allerdings eher nachdenklich und mit Vorsicht in der Stimme. „Weißt du, ich habe deinen Alain ja nicht gekannt, aber er scheint mir als Mann diesem Leonardo nicht ganz unähnlich gewesen zu sein." Sie blickte mich an, um zu prüfen, wie das Gesagte bei mir ankam. Als ich lächelte, fuhr sie fort. „Nach allem, was du mir erzählt hast: Seine Sensibilität, seine Sanftheit … die Güte und das Gebende … das habe ich nicht nur von dir gehört; das haben mir auch Bertrand und Julie erzählt. Es ist sehr schade, dass ich so einen Menschen verpasst habe."

Nun, was sollte ich zu einer solchen Einschätzung sagen? Ich konnte dazu eigentlich nur zustimmend nicken.

Aber soviel ich auch Zeit mit Celia verbrachte und sie auf andere Gedanken brachte: Als sie mit dem Einrichten ihres Winterquartiers fertig war, und mit zunehmend kürzeren Tagen, begann sie offenbar an einer Art Trübsinn zu leiden. Ich kannte das aus meinen eigenen jüngeren Jahren. Ich erkannte das Muster: Mit schwindendem Licht schwindet auch die Lebenslust, und man macht sich so seine dunklen, tiefschürfenden Gedanken – eine Jahreszeitendepression.

Eines Abends, sicher auch schon unter dem Eindruck eines Glases Rotwein, kam sie auf ein altbekanntes Thema zu sprechen: den Tod. Ich hatte solche Gespräche des Öfteren mit Alain geführt, daher hatte ich sozusagen schon Übung im Umgang mit dieser Art Melancholie.

„Ach weißt du, manchmal denke ich, wir sind in einem Karussell, das sich immer schneller dreht", sagte Celia mehr in ihr Glas hinein als zu mir. Doch dann schaute sie mich an. „Ich bin neunundfünfzig; nächstes Jahr habe ich sechzigsten Geburtstag – ich bin alt!"

„Na höre mal, was soll ich denn sagen? Ich gehe ja dann wohl straff auf die siebzig zu!"

„Ach du! Du bist ein richtiges Mädchen, du wirst nicht alt."

„Ich wünschte, mein Körper wüsste das auch!" Ich schüttelte den Kopf. Auch wenn ich in diesem unverhohlenen Kompliment wiedererkannte, was Alain so oft von mir gesagt und an mir geliebt hatte: Für mich war *sie* nun das große Mädchen: blond, kurzes Haar, Sommersprossen, immer drahtig und aktiv ... und in keiner Weise ihr Alter preisgebend.

Celia unterbrach meine Gedanken. „Sag mal, wie gehst du mit dem Tod um? Ich meine, du hast ja nun deinen Mann, deinen Geliebten verloren. Nun ja, das habe ich auch, aber er ist eben nicht gestorben. Er war ein Ar... naja, du weißt schon. Es war kein Verlust im eigentlichen Sinne."

„Es war ein Verlust von Illusionen, das schon!" Ich legte die Hand übers Glas, weil Celia mir gerade nachschenken wollte. „Du solltest auch nicht soviel trinken."

Schulterzuckend stellte sie die angebrochene Flasche weg. „Also, wie kann man den Tod ertragen? Ich habe mich immer gefragt, warum wir so vieles im Leben lernen müssen, was wir niemals brauchen, aber für das einzige im Leben, das wir alle tun müssen – das Sterben – bekommt man keinerlei Information."

„Eine ganz ähnliche Diskussion hatte ich vor einigen Jahren mit Alain. Weißt du, es ist gar nichts ‚Morbides' daran, sich mit diesem Teil des Lebens – dem Sterben und dem Tod – genauso zu befassen wie mit anderen Lebensabschnitten. Denn auch dies ist ein lebendiger Teil des Lebens."

„Und zu welchen Ergebnissen seid ihr damals gekommen?"

„Meine Meinung ist: Wir überbewerten das Leben in demselben Maße, wie wir den Tod ablehnen. Vielleicht sind das Drama und der Schrecken, den wir dem Tod anheften, das, was uns hindert, ihn als in Wirklichkeit leicht und annehmbar wahrzunehmen. Ich stelle ihn mir vor als einen Liebhaber, der mir hilft, in eine bedeutungsvolle Leichtigkeit aufzusteigen – ähnlich wie im Schlaf."

„Schön wär's!" Celia seufzte. „Es gibt aber keinen Beweis."

„Das hat auch Alain seinerzeit gequält. In einem aber waren wir uns einig. Alles was unsterblich ist, hindert uns am Leben. Krebs zum Beispiel, oder auch die Unsterblichkeit selbst. Kannst du dir einen ewigen Sommer vorstellen, einen ewig währenden Tag? Brauchen wir nicht immer wieder Raum für neue Dinge? Und benötigen wir nicht den Widerspruch, damit wir die Dinge erst begreifen? Wer könnte schon beweisen, dass der Tod ein ewiger Winter, eine unvergängliche Nacht ist? Man hat schon anderes gehört, immer wieder in der Geschichte; von Menschen, die bereits einmal über die Schwelle getreten und dann doch zurückgekommen sind ..."

„Ja, das stimmt schon, aber es ist schwer vorstellbar."

„Man muss schon eine Portion Vorschussvertrauen in die Dinge mitbringen. Mich stimmen zum Beispiel auch die neuesten Entdeckungen der Quantenphysik hoffnungsvoll. Das nimmt einem natürlich trotzdem nicht die Trauer."

„Das denke ich auch. Was betrauert man eigentlich? Ich denke manchmal, dass die Menschen in den meisten Fällen nicht den Verstorbenen betrauern, sondern sich selbst, weil sie nun alleine sind."

Ich nickte. „Das sehe ich ganz genauso. Sie trauern nicht, sie bedauern sich. Und das macht einen großen Unterschied. Echte

Trauer ist der Preis für echte Liebe. Wer das eine will, muss das andere akzeptieren."

„Wie kommst du nur, trotz aller Trauer, zu einer solchen positiven Sichtweise?"

„Es bleibt einem ja nichts anderes übrig. Alles Gute ist vergänglich ... alles Schlechte allerdings auch."

„Na, toller Trost!" Meine liebe Freundin konnte wirklich ganz unvermittelt sehr trotzig klingen.

„Naja, ganz so schlimm ist es, glaube ich, nicht. Irgendwie geht auch alles irgendwie weiter, nur auf einer anderen Ebene."

Celia schien skeptisch. „Ich wünschte, ich könnte auch so zuversichtlich sein. Du bist mir da weit voraus."

„Eigentlich nicht. Die Entdeckung – oder besser: Vermutung – dass der Tod nicht das Ende von allem und unser Leben nicht das Einzige ist, stellt nicht das Ergebnis, sondern den Anfang eines Findungsweges dar. Eines Tages werden wir es ja wissen ..."

„Ja, um es gleich wieder zu vergessen, sollte man je wieder geboren werden", schmollte sie nun wie ein kleines Kind.

Ich lachte. „Celia, denke doch mal logisch: Die Sonne geht nie für immer unter. Alles ist zyklisch. Das ist die Natur des Universums. Da wir ein Teil des Universums sind, ist es auch unsere Natur." Dann legte ich meine Hand auf ihre. „Nichts ist unendlich. Nichts! Das Leben nicht und letztendlich auch nicht der Tod ..."

Ich wurde nachdenklich. Wieder einmal kam in mir ein Erstaunen hoch darüber, wie lange ich schon lebte, und gleichzeitig, wie kurz doch ein Leben wirklich war.

Wie gut, dass ich wieder jemanden in meinem Leben hatte, eine gute Freundin, mit der man ungefiltert über solche tiefgreifenden Fragen philosophieren konnte.

Unser Gespräch wirkt noch lange in mir nach. Vor dem Einschlafen bitte ich meine geistigen Begleiter, mir im Traum Einsichten zu senden. Ich hatte ja in den letzten Jahrzehnten fleißig an solchen Techniken gearbeitet und trainiert, meditiert und mich in Mantren geübt. Es half nicht immer, um Hilfe zu bitten, aber manchmal schon. Allerdings: Auf solch ein spontanes Ergebnis war ich nicht vorbereitet. Noch im Halbwach-Zustand öffnet sich mir ein Blick wie in eine andere Dimension, in eine Art Sphäre, die in Tausenden Tönen von Rot explodiert. Aus einer unerhörten Tiefe kommen immer neue, intensiv leuchtende Rot- und Goldtöne auf mich zu, die mich umfangen. Dann löst sich aus all dem eine weiß leuchtende Kugel, ein strahlender ‚Orb‘, der auf mich zuschwebt. Danach schlafe ich glücklich und gelöst ein.

Ähnlich geheimnisvoll verläuft das Aufwachen am nächsten Morgen. Gedankensplitter zerreißen immer wieder meine Wahrnehmung. Zehntelsekunden! Es beginnt mit einem vermeintlichen Wissen um ‚reale‘ Dinge. Dann verschwimmt das Wissen plötzlich und schnell. Zwischendurch träume ich immer wieder und habe das Gefühl, mir soll etwas gezeigt oder klargemacht werden. Ich sehe rote Strukturen, wie Blasen, und dazwischen ein unheimlich weißes, unheimlich helles, schönes Licht …

Als ich wieder auftauche, merke ich, dass was immer ich ‚wusste‘ nicht im Hier und Jetzt liegt. Was es war, habe ich längst vergessen. Dass es wahr war, weiß ich allerdings auch nachträglich ganz genau.

Einmal mehr hatte sich das Jahreskarussell mit erschreckender Geschwindigkeit gedreht, und erstaunt stellte man fest, dass es in vielen Fenstern bereits wieder Adventsbeleuchtung gab. Dieses Weihnachten würde ein wenig anders verlaufen, als allgemein bei uns üblich.

Während des Sommers hatte ich in einem lockeren telefonischen Kontakt mit François gestanden und wusste daher, dass sich seine neue Beziehung positiv entwickelt hatte. Daher freute ich mich auch darauf, als er zusagte, uns gemeinsam mit der neuen Partnerin an Heiligabend zu besuchen. Sie wollten eine Nacht bleiben und dann zum ersten Feiertag ihre Kinder in einer etwa zwei Autostunden von uns entfernten Stadt besuchen. Daher hatten wir kurzerhand das große Weihnachtsessen auf den Heiligen Abend und den mehr privaten Teil auf den ersten Feiertag gelegt. Thérèse war sowieso wieder über die gesamten Festtage bei ihren Kindern in der Stadt, und Madame Brunet hatte sich in den vergangenen Wochen nicht wohl gefühlt, weshalb sie auch angekündigt hatte, lieber zuhause bleiben und sich auskurieren zu wollen.

Mit Celia hatte ich kurzen Prozess gemacht und sie – obwohl temperaturmäßig keine Notwendigkeit bestand – übers Fest bei uns einquartiert. Seit ich sie kannte, hatte ich festgestellt, dass sie nicht ein so unbeschwertes Gemüt hatte, wie man auf den ersten Blick hin vermuten konnte. So sehr sie auch im Alltag vor Energie, Ideen und Lebenslust sprühte, so litt sie wohl unter der von mir schon früher bemerkten jahreszeitlichen Depression; einem Hang zur Traurigkeit an trüben, kalten Tagen. Dem wollte ich entgegenwirken.

Allerdings bekamen wir schon vor dem Fest lieben Besuch. Giulio war schon seit langem Doudous bester Freund. Er verbrachte das Wochenende vor Weihnachten hier bei ihm in Lagnières. Natürlich stand im Rahmen dieses Aufenthalts auch ein ausgiebiger Besuch bei Bruno auf dem Programm. Entsprechend genoss unser Herr Hund die unerwartete Aufmerksamkeit. Er ließ sich mit den mitgebrachten Leckereien verwöhnen, die ich allerdings schnell rationieren musste, und alle drei gingen auf einen langen Streifzug durch die uns umgebende Landschaft, was mich beinahe einen ganzen Tag lang auf angenehme Weise von meinen Pflichten entband.

François und seine Partnerin trafen am Nachmittag des vierundzwanzigsten Dezembers ein. Da wir uns tatsächlich so lange nicht gesehen hatten, war die Begrüßung außerordentlich herzlich. Seine neue Begleiterin stellte er als Irène vor. Sie schien eine freundliche, offene Frau zu sein.

Zunächst einmal tranken wir alle einen Kaffee und unterhielten uns über das vergangene Jahr und das Erreichte in Sachen Kunstschule. Besonders stolz war Julie darauf, dass ihre Bemühungen nun auch über die engen Grenzen Lagnières hinaus Anerkennung in den Medien gefunden hatten. Man hatte allerdings, so schätzte Julie es selbstkritisch ein, die Macht des Wortes unterschätzt. Es gab einige Leute, die sich an dem Namen ,Akademie' gestört hatten. Akademie, das schien ein Begriff aus dem feststehenden Universum der Etablierten zu sein. Natürlich wurden aus unseren Studenten keine akademischen Kunst-Absolventen. Allerdings versprachen wir uns schon, dass mit entsprechender

Grundausbildung auch für finanziell weniger bemittelte Schüler eine gehobene künstlerische Ausbildung an Universitäten erreichbar sein könnte, sobald sich der Name unserer Förderung selber etabliert haben würde.

Die ‚Akademie', als solches um 387 vor Christus von Platon in Athen gegründet und zwanzig Jahre lang von Aristoteles besucht, war während der Hellenistischen Periode eine eher skeptische, forschende Schule. Der römische Diktator Sulla zerstörte sie vollends im Jahr 86 v.Chr. Auf Platons *Akademeía* geht der neuzeitliche Begriff für wissenschaftliche oder künstlerische Hochschulen sowie für Gelehrtenvereinigungen zurück.

Natürlich konnten wir nicht mit akademisch abschließenden Hochschulen konkurrieren; jedoch erfuhren unsere Teilnehmer mit jedem Jahr eine steigende Reputation und eine größere Chance, um sich an diversen Universitäten und in Studiengängen einzuschreiben. Die ausstellungsoffenen Wochenenden ließen die Leute zwar nicht unser Grundstück überrennen, aber es war schon zu bemerken, dass es jetzt wesentlich mehr Interessenten für unsere Arbeit und die Werke der Studenten gab. Somit konnten wir durchaus einen Erfolg konstatieren.

Beim gemeinsamen Abendessen kamen wir im Gespräch auf die Bildgießerei zu sprechen.

„Da müssen Sie doch eigentlich ganz beruhigt sein", meinte Celia, an François gerichtet, „So was ist doch relativ krisenfest. Ich meine, diese alte Kunstfertigkeit wird doch sicher nicht so bald von der modernen Technik übernommen werden können."

„Das schon", entgegnete dieser. „Aber es ist auch eine kostspielige Sache. Und in Zeiten, wo ein Künstler – wie eh und je – in der Regel zu kämpfen hat, sich mit seinen Einnahmen über Wasser zu halten, und Gemeinden nicht mehr so viel Geld für Kunst und Plastiken ausgeben, ist es auch eine Art Luxus. Im Zweifelsfall gehen Brot und Butter vor Bronzeguss. Wenn der Magen leer ist, kauft man sich keine Perlenkette."

„Schöner Vergleich", mischte ich mich in das Gespräch ein. „Aber man muss doch auch sagen, dass viele öffentliche Gelder für irgendwelche sinnlosen Dinge ausgegeben werden. Da kann das Geld doch gar nicht so knapp sein."

François lachte. „Da hast du es! Wenn sie es für Quatsch ausgeben, geht es für die wirklich guten oder wichtigen Dinge verloren. Und außerdem herrscht in der Kunstwelt ja nun der größte denkbare Klüngel. Man kann noch so gut sein: Wenn man keinen Namen hat, und dazu weder Mittel noch einen Mäzen, dann hat man schlechte Karten."

„Die Frage ist doch wohl einfach, ob es für euch noch genug zu tun gibt, dass es sich lohnt, die Gießerei zu betreiben." Damit meldete sich Bertrand zu Wort.

„Ich würde sagen, es ist schwer. Wir haben ja nun schon in den letzten Jahren Personal reduziert. Bis zu meiner Rente wird es wohl noch gehen, vielleicht auch etwas länger. Aber meinem Sohn oder Enkel würde ich es nicht mehr empfehlen, in dieses Handwerk einzusteigen."

Diese Bemerkung erinnerte mich an etwas, deshalb sagte ich jetzt: „Herzlichen Glückwunsch übrigens!" Und als mich der unverständige Blick der anderen traf, setzte ich hinzu: „Na, beinahe hätte ich es vergessen; erst als du das Wort sagtest, fiel es mir ein: Glückwunsch zur Enkelin!" Damit erhob ich mein Glas.

„Ach das!" Jetzt strahlte François. „Ja, das war das Highlight dieses Jahres."

Alle prosteten ihm jetzt zu.

„Weißt du noch, voriges Weihnachten hattest du es nur vermutet", sagte ich, „wann ist sie denn genau geboren?"

„Am achtundzwanzigsten Juli. Ja, du hast recht. Damals hatte ich so eine Ahnung. Und jetzt ist die Kleine schon fünf Monate alt. Na, und Ende März werden wir sie zum ersten Mal treffen." François lächelte seine Partnerin an.

„Oh, ihr fliegt hin? Wie schön!" Ich freute mich sehr für die beiden, besonders natürlich für François. „Haben Sie auch schon Enkel?" wandte ich mich an Irène.

„Nein, die jungen Leute lassen sich ja heute Zeit damit. Mein Sohn ist bereits fünfunddreißig, seine Frau vier Jahre jünger. Aber heute geht es erst einmal um die Karriere. Trotzdem gebe ich die Hoffnung nicht auf."

Julie erhob sich und fragte, ob alle Kaffee wollten, was rundherum bejaht wurde. Währenddessen räumte ich den Tisch ab und erhielt dabei Hilfe von Irène.

Als wir das Geschirr in die Küche gebracht hatten, und während Julie den Kaffee zubereitete, sagte ich: „*Irène*, das kommt aus dem Griechischen. Es heißt Frieden." Die Angesprochene schaute mich an, während ich weitersprach. „Wissen Sie, mein Mann … mein Partner Alain glaubte immer daran, dass Namen irgendwie ein Programm enthalten. Für François wünsche ich mir sehr, dass er mit Ihnen seinen Frieden findet und seine Zufriedenheit."

„Das hast du schön gesagt!" bemerkte Julie.

Irène lächelte einfach. „Ich danke Ihnen für den Vorschuss an Vertrauen. Ich finde Sie alle sehr nett. François hat mir viel von Ihnen allen, seinen neuen Freunden, erzählt und nicht zuviel versprochen."

Celia, die gerade mit den Kaffeetassen auf einem Tablett an uns vorbeiging, hatte dazu den passenden Celia-Kommentar: „Dann lasst uns doch einfach alle ‚Du' sagen; das ist doch so unter Freunden."

Das war ein guter Vorschlag.

„Puh, wie schade, dass ich nicht schon vor zwei Jahren hier gewesen bin!" Mit diesem Ausruf ließ sich Celia, die Kaffeetasse in der Hand, auf die Couch im Wohnzimmer fallen.

Es war der erste Feiertag, und wir hatten angesichts eines weiteren großen Essens beschlossen, unser Frühstück nur in flüssiger Form einzunehmen – Celia in Gestalt ihres notorischen Kaffees, ich in Form meines Kräutertees.

Als auch ich saß, fragte ich: „Wie meist du das?"

„Na, wenn ich das richtig verstanden habe, war dieser phantastische Mann damals noch zu haben!"

„Du meinst François? Ja, er suchte damals eine neue Partnerin. Aber …" – ich zögerte – „… ich glaube, er hatte schon damals sein Auge auf jemanden anderen geworfen."

„Auf wen denn?" Celia schaute mir ins vielleicht ein wenig zu verschmitzt grinsende Gesicht. „Nein! Sag nicht, dass du das warst. Du kriegst wohl alle gutaussehenden Männer?"

„Schuldig im Sinne der Anklage. Aber das kam für mich nicht in Frage."

„Ach so, ich vergaß: dein Alain! Also weißt du, einmal ist keinmal. Ich jedenfalls hätte ihn nicht von der Bettkante geschubst."

„Das habe ich auch nicht, Celia. Ich habe es gar nicht erst dazu kommen lassen, dass er auf diese Bettkante geraten konnte. Wir haben uns darüber ausgesprochen und sind nun gute Freunde geworden."

„Hach!" seufzte meine Freundin und schaute wehmütig in ihre Tasse, als könne sie im Kaffeesatz die Zukunft lesen.

Ich beobachtete sie belustigt. „Da fällt mir auf: Dann sind in deiner Meinung ja doch nicht alle Männer so schlimm."

Nun schaute sie mich mit großen Augen an und schien zu überlegen, bevor sie ihr Argument vortrug. „Das liegt an der Geographie!" Auf mein erstaunt fragendes Gesicht hin erläuterte sie ihre These. „Sieh mal, ich bin aus der Umgebung von Cherbourg, dein Alain war aus Burgund, und seinem Typus und seiner Aussprache nach scheint mir François ebenfalls eher aus dem Norden zu stammen. Siehst du? Es sind alles *Wahl-Provenceler*, *Wahl-Occitanier*, der Engländer würde sagen: *blow-ins*; keine südländischen Heißblüter. Vielleicht liegt mir der nordische Typ einfach besser."

Ich musste über Celias abenteuerliche Wortschöpfungen lachen, aber natürlich hatte sie recht, was die Abstammung der genannten Herren betraf.

Sie war doch nicht ganz so für das unabhängige Leben geschaffen, wie sie gerne vorgab. Das gab sie nun auch zu. „Weißt du, ein wenig Wärme und Kuscheln in den kalten Winternächten wäre schon ganz schön."

„Na, sieh es doch mal positiv: Jetzt weißt du, dass es auch noch Männer gibt, die dich vom Typ her ansprechen. Und das Meer ist groß und voll von Fischen ... wie der Engländer auch gerne sagt."

Sie schaute mich an. „Du meinst, andere Großmütter haben auch noch nette – und vor allem freie – Söhne?"

„Genau!" Wir lachten, stießen zur Besiegelung dieses weisen Spruchs noch einmal mit unseren Tassen an und tranken die letzten Schlucke. Dann machten wir uns an die Vorbereitungen für den Feiertagsbraten.

Bruno weckt mich neuerdings nicht mehr nur morgens mit sanftem Stupsen. Als ich abends mit dem Buch in der Hand im Bett sitzend eingeschlafen bin, weckt er mich mit einem selbstbewussten Schnauzenstups gegen den Arm und fordert mich mit entschiedenem Blick auf, nun endlich das Licht zu löschen und ordentlich zu schlafen. Erst dann legt auch er sich neben meinem Bett zur Ruhe.

Überhaupt haben der Hund und ich uns mittlerweile vollständig akklimatisiert. Bruno akzeptiert mich als seinen Alphamenschen. Und nicht nur das. Zwischen uns ist eine Beziehung gewachsen. Er verfolgt alles, was ich sage und tue, selbst wenn seine Augen geschlossen sind. Seine Sinne sind hellwach. Oft kommt er einfach zu mir, legt seine Schnauze auf meinen Schoß, schaut mich mit verträumten Augen an und entspannt sich dann so sehr, dass sein Körper auf den Boden gleitet und er bewegungslos das Streicheln meiner Hände genießt. Wir verstehen uns nicht nur mit Worten, sondern auch mit Gesten. Wir sind völlig miteinander, beieinander angekommen.

Die Zeit flog immer schneller dahin. Nach nunmehr weit über zwei Jahren hatte sich in unserem Leben eine Routine eingestellt, die sich zwischen Winter und ‚Akademie'saison, zwischen Kursen und Ausstellungen, Aktivitäten und Auszeiten bewegte.

Es war Ende März geworden. Mein E-Mail-Postfach füllte sich mit Fotos aus dem fernen Kanada, die einen glücklichen François mit seiner Enkeltochter, deren Eltern und Irène zeigten.

Celia musste sich nicht mehr vor eventuellen Frosteinbrüchen fürchten und konnte getrost wieder Pläne für weitere Ausbau- und Verbesserungsarbeiten an ihrem Wagen machen. Und sie suchte nun auch wieder einen Job für die Sommersaison.

Auch für jemanden anderen hatte sich die Wohnsituation verändert. Bertrand hatte mit meiner Hilfe an den ersten trockenen Tagen für Bruno einen großen, sicheren und schattigen Gartenzwinger errichtet. Auch wenn er in meiner Begleitung nun schon frei im Garten herumtollen konnte, war es gut, diesen sicheren Außenraum für ihn zu haben. So konnte ich ihn ohne Sorge, er könnte weglaufen, auch einmal für ein paar Stunden unbeaufsichtigt draußen lassen.

Auf den Wiesen war auch schon wieder Aktivität. Die Ameisen hatten, wie immer um diese Zeit, ihren Frühjahrsputz gemacht, das Unterste zuoberst gekehrt und hunderte kleiner, krümeliger Hügel errichtet. Die ausgeräumten Sandkrümel erinnerten in Struktur und Farbe an löslichen Kaffee. Zwischen den Halmen waren die Trichternetze der kleinen Grasspinnen ausgespannt. Jeweils in der Mitte sah man ein Loch, in dem die Spinne auf Beute wartete. Diese mit tausenden funkelnden Taudiamanten besetzten Netze muteten an wie Mini-Marktstände, die sagen wollten: Seht her! Meiner ist der schönste, am prächtigsten funkelnde Stand! Tritt ein, ich habe dich zum Fressen gern!

Die Natur umgab uns mit einer Vielfalt an Gerüchen. Besonders in den kleinen Wäldchen zwischen den Terrassen unterhalb des Anwesens fiel es auf. Die Ursache dieser Geruchsexplosionen konnte ich allerdings nicht ausmachen. Wahrscheinlich war es abhängig davon, wo man hintrat und welche Kräuter die Füße berührten. Hier grüßte ein weicher, warmer Vanillegeruch, dort duftete es unvermittelt nach Curry oder wilder Minze.

Bruno ging, wie in dieser Jahreszeit üblich, seiner Leidenschaft nach: Eidechsen auflauern. Er inspizierte jeden Busch, schnüffelte interessiert. Wenn er eine Witterung aufgenommen hatte, erstarrte er zur Salzsäule und wartete bewegungslos und mit hochgestellten Ohren, dass sich irgendetwas bewegte. Wenn es ihm zu lange dauerte, pochte er mit der Pfote auf die Erde oder das Gehölz. Er klopfte sprichwörtlich auf den Busch. Eigentlich verhielt er sich mit diesem Verhaltensmuster eher wie ein *Pointer* als wie ein *Retriever*. Kam die Eidechse dann aus ihrem Versteck hervor, versuchte er sie zu fangen. Letzteres verhinderte ich allerdings. Wir wollten ja jeden, der mit uns den Frühling genoss, auch leben lassen!

Bei jedem Hundespaziergang sann ich über den Fortgang meines Romans nach. Wenn ich in der Landschaft spazieren ging, konnte ich mich regelrecht darin verlieren. In meinen Taschen steckten dutzende kleiner Zettelchen und einige Stifte, mit deren Hilfe ich mir Stichworte notierte. Es half mir beim Merken meiner Ideen, besonders wenn diese Dinge ,über die Hand' gingen. Manchmal kam ich mit einem ganzen Kapitel nach Hause, manchmal nur mit einem Satz oder einer prägnanten Formulierung.

Eigentlich war es schon viel zu warm für die Jahreszeit. Die frühen Mandelbäume hatten bereits gut sichtbare, graupelzige Früchte angesetzt. Das Wetter hatte sich in den vergangenen Jahren drastisch verändert. Noch immer schien diese Welt außerhalb unserer fragilen Mauern auf den Abgrund zuzutaumeln.

War es so gedacht? Sollte alles zu Bruch gehen, damit auf den Trümmern der Vergangenheit etwas Neues wachsen konnte?

Diese Gedanken beschäftigten mich zunehmend. Es hatte eine gewisse Ironie zu denken, dass das gute am Alter war, dass man die uns bevorstehenden Zeiten vielleicht nicht mehr würde erleben müssen. Alain war schon gegangen, wir würden folgen. Bertrand und Julie hatten keine Kinder, auch Celia nicht. Für mich galt das ebenfalls. Aber da waren unsere Schüler; Doudou, François' Enkeltochter, so viele ...

Ich schüttelte resigniert den Kopf. Wie weit hatten wir es gebracht? Nicht sehr weit. Noch vor wenigen Jahrzehnten hatte ich mit aller Kraft um politische Veränderungen gekämpft; jetzt bestand mein Umweltengagement darin, Müll zu vermeiden und mit dem Korb einkaufen zu gehen. Lachhaft, dass ausgerechnet dieser Korb bei vielen Leuten in den Läden Ausrufe der Bewunderung hervorrief. Waren wir nicht alle vor noch nicht allzu langer Zeit mit Körben, Netzen und Stoffbeuteln einkaufen gegangen, als sei es das Selbstverständlichste auf der Welt gewesen? Warum musste das Fahrrad immer wieder, mühsam, neu erfunden werden? Wo blieb die Fähigkeit der Menschheit zum Lernen aus Erfahrungen?

175

Zum ersten Mal fühlte ich mich trotz des heraufkommenden Frühlings alt und ein wenig müde.

Aber dieses Gefühl verging auch wieder mit fortschreitendem Frühjahr. Jeden Morgen, nach Möglichkeit noch vor der einsetzenden Tageshitze, machte ich mit Bruno meine Runden über die Wiesen und die bewaldeten Terrassen. Wenn wir von diesen Unternehmungen nach Hause kamen, musste er erst einmal durchgebürstet werden, denn er brachte den halben Wald mit nach Hause. Alles klammerte sich ans Fell: Fruchtstände, Samen, sogar raffiniert behaarte Blätter.

An einem dieser Vormittage ließ ich Bruno, da es sehr heiß zu werden drohte, zuhause im schattigen Auslaufgehege. Ich wollte wieder einmal meiner Freundin bei einigen Arbeiten zur Hand gehen.

Als Celia mich zum Wagen kommen sah, rief sie mich schnell herein. „Schau doch mal, was da an meinem Fenster sitzt. So etwas habe ich noch nie gesehen. Es sieht aus wie ein Mini-Dinosaurier!"

„Ein Dinosaurier?" fragte ich ungläubig.

„Naja, mini eben ... hier!" Damit wies sie auf ihr Fliegenfenster, auf dem von außen ein Insekt saß, das Flügel und einen sehr langen Hals besaß und das ich sofort erkannte. „Das ist ein *Otternköpfchen*", sagte ich.

„Ein Otternköpfchen? Was ist denn das!"

„Ja, so nennt man eine Art aus dieser Familie. Es ist eigentlich eine Kamelhalsfliege. Ich kann mich erinnern, dass ich mich auch sehr gewundert habe, als ich dieses Insekt das erste Mal sah."

„Was es nicht alles gibt!" meinte Celia.

„Eigentlich ist es noch viel zu früh dafür. Sie kommen eher erst ab Mai vor. Naja, die Klimaerwärmung macht's wohl möglich. Übrigens, sie sind gut für deinen Garten, sie fressen unter anderem Blattläuse, wie es auch die *coccinelles*, die Ladybugs, tun."

„Sag mal, wieso heißen die im Englischen eigentlich *Ladybug* oder *Ladybird*? Was hat der Käfer mit einer Lady zu tun?"

Ich musste lachen. „Nein, nicht die Lady im üblichen Sinn ist gemeint, sondern die Jungfrau Maria. Deshalb heißt er im Deutschen ja auch *Marienkäfer*. Übrigens, da wo ich aufwuchs nannte man ihn

Mutschekiepchen. Im Englischen ist die Jungfrau Maria *Our Lady*, im Französischen wäre es *Notre Dame*, obwohl hier dieser Käfer, *coccinelle*, auch *bête à bon Dieu* – etwa: Tier des guten Gottes – genannt wird."

„Ey, das habe ich nicht gewusst. Aber was du sagst macht Sinn."

„Übrigens, in der Provence bedeutet das Landen eines dieser Käfer auf einem Mann, das seine baldige Heirat zu erwarten ist. Ungeduldige Frauen setzen sich einen Marienkäfer auf den Finger und zählen die Sekunden, bis er abfliegt. Das sind dann die Jahre, die sie noch bis zu ihrer Hochzeit warten müssen."

Celia reagierte belustigt. „Na, da muss ich mir mal einen solchen Käfer suchen. Kaffee?"

„Nein, ich hatte schon." Ich setzte mich auf einen Stuhl. „Übrigens habe ich noch was für dich: Was ist ein *Schneckenkönig*? A) eine Märchenfigur, B) eine Schnecke, die ‚andersrum' ist oder C) ein Werkzeug zum Schneiden von Innengewinden?"

„Kriege ich eine Million, wenn ich die Antwort weiß?" Celia hatte sich eine Tasse Kaffee eingeschenkt, dann setzte sie sich auch. „Ich weiß es nicht. Warte mal: Märchenfigur – wüsste ich. Schnecke andersrum? Sind die nicht Hermaphroditen, also beides? Ich kann mir keine schwule Schnecke vorstellen. Also bleibt nur der Gewindeschneider ..."

„Falsch! Es ist tatsächlich die Schnecke. Normalerweise sind die Häuser von Weinbergschnecken rechtsgewunden. Ganz wenige, eine auf einhunderttausend oder so, sind linksgewunden, und die nennt man Schneckenkönige. Hat also nichts mit schwul zu tun; mit Sex wohl schon eher, denn für diese Tiere ist es kompliziert mit der Kompatibilität. Die passen mit den ‚Normalen' nicht zusammen."

„Die Armen! Also, was man bei dir noch alles lernen kann..."

Ich wehrte ab. „Nein, das ist nicht auf meinem Mist gewachsen, das habe ich von Julie. Das haben unsere Studenten unter der Thematik ‚Natur beobachten' im Unterricht gehabt. Ist auch für etwas gut." Ich stand auf. „Aber wenn wir heute so weitermachen, kommen wir nicht zum Arbeiten, also ran jetzt!"

„Sklaventreiberin!" murrte Celia. Aber sie lachte.

Ich freue mich auf den Sommer. Ich muss mich auf den Ansturm des Lichts vorbereiten, das man nur glücklich überlebt mit klarem Verstand. Der Gegenbeweis wäre van Gogh. Man kann an dem Licht des Südens und an den atemlosen Sommern wirklich irre werden. Manchmal ähnelt diese Landschaft mit ihren eigenartig geformten Mittelmeerkiefern in der heißen Sonnenglut mehr der afrikanischen Savanne.

Aber noch ist es nicht soweit. Noch gibt es zuweilen ruppigwindige, aber doch auch schon ahnungsvolle Frühlingsnächte; Frische an den Abenden und Klarheit an den Tagen. Das alles drückt sich in meiner gesteigerten Kreativität aus. Es ist diese enorme Kraft, die plötzlich und unerwartet aus meiner Mitte zu kommen scheint und von der ich doch weiß, wie abhängig sie von Jahreszeit und Wetter ist. Es ist trotzdem immer wie ein kleines Wunder, so wie man es fast für unmöglich hält, wenn sich nach einem langen frostigen Winter die ersten Schneeglöckchen durch die dünne Eiskruste schmelzen. Alles kommt wieder. Und ich empfinde, was ich in der kalten Jahreszeit schon als verloren angesehen habe: ein wirkliches mediterranes Gefühl von Leichtigkeit, ein Luxus sondergleichen, wie ich ihn bisher nur einmal empfunden hatte: in den Jahren bei und mit Alain.

Dieser Sommer hatte von Anfang an diesen Zauber. Trotz der immensen Wärme gingen Bruno und ich auf immer längere Streifzüge, was im Wesentlichen von ihm ausging. Dieser Hund verhandelte mir zunehmend neue, zusätzliche Umwege ab. Er tat das durch geschicktes Herumschnüffeln, Ziehen in andere Richtungen; manchmal sogar durch offenen Sitzstreik oder, wenn es ihm ganz ernst war, durch Hinlegen und einen tiefen Blick in meine Augen. Aufstehen und Weitergehen wurden dann von ihm nur in die durch ihn gewählte Richtung vollzogen. Dabei gewann ich immer mehr den Eindruck, dass er mich besser kannte und besser wusste, was gut für mich war, als ich selber. Wir waren mittlerweile eine Symbiose eingegangen, verstanden uns beinahe wortlos und ‚lasen' einander anhand von Gesten und Stimmungen. Es war beinahe so, wie es zwischen Alain und mir gewesen war.

Man sagt, Hunde leben im Hier und Jetzt. Nun, sie leben sicherlich im Moment, aber in welchem? Bruno konnte sich, wie viele seiner Artgenossen, gut erinnern; zum Beispiel an das Loch im Gras, in das vor Tagen eine Eidechse geflüchtet war. Und er konnte planen; zum Beispiel immer wieder das Loch aufzusuchen, in der Hoffnung, diese Eidechse immer noch zu erwischen. Wenn er dann, angespannt und lauschend, vor diesem Loch stand, dann war er sicher im Jetzt, aber nicht im Hier. Hunde haben ihre eigene Welt, wenn sie träumen, nachdenken oder planen. Und ohne dass wir es immer gleich wahrnehmen, schauen sie uns in die Seele.

Über diese Dinge kam ich an einem dieser Sommertage mit Celia ins Gespräch. Ich war nach einem langen Hundespaziergang an ihrem frisch gestrichenen Bauwagen vorbeigekommen und wurde mir bewusst, dass heute Sonntag war. Sonntags hatte sie frei. In diesem Jahr hatte sie nämlich eine weitaus angenehmere Arbeit gefunden als die der letzten Jahre in diversen Restaurants und Bistros. Sie arbeitete jetzt sechs Tage in der Woche im touristischen Informationsbüro von Carpentras. Im Umgang mit Touristen kannte ich mich, noch von meiner aktiven Zeit her, aus. So konnte ich ihr einige Tipps geben und ihr sogar ein kleines Büchlein an die Hand geben, das ich einmal vor vielen Jahren über die schönen und auch anstrengenden Erfahrungen aus meinem langen Reiseleiterleben geschrieben hatte. Aber heute, an ihrem freien Tag, ging es mehr um unsere tierischen Freunde, die es uns nicht halb so schwer machten mit ihren Ansprüchen.

„Du weißt ja, ich bin wirklich kein Mensch für Tiere", sagte sie, während sie mir ein Glas Limonade eingoss. „Aber ..." Weiter kam sie nicht, denn in diesem Moment erhob sich Bruno, der neben meinem Stuhl gelegen hatte, um zu ihr zu gehen und sich direkt vor ihre Füße zu legen.

„Ich glaube, er erhebt gerade Einspruch!" lachte ich.

„Hm, naja, was ich sagen wollte ...", Celia stieg vorsichtig über Bruno hinweg, der sich mittlerweile auf den Rücken gedreht und seinen Bauch dargeboten hatte, „... also, ich bin ihm schon sehr dankbar, diesem verrückten Hund. Ohne ihn wären wir nicht zusammengekommen – jedenfalls nicht so schnell!" Damit reichte sie mir mein Glas.

Bruno sah, dass er auf diese Weise nichts erreichen konnte und kam wieder zurück zu mir, wo er noch einmal das gleiche Schauspiel vollführte. Ich lachte, als ich sagte: „In einem Hund steckt zwar immer ein Wolf, aber auch eine Schmusekatze – und nicht selten eine Diva!" Dann beugte ich mich hinunter und kraulte ihn am Bauch. Das Fell des Hundes strömte einen intensiven Duft von Kräutern aus.

Celia setzte sich ebenfalls und führte ihre Gedanken zu Ende. „Ich könnte es nicht verkraften, mich an jemanden zu gewöhnen, der dann nach so wenigen Jahren stirbt."

„Also Celia, das ist wirklich kein Argument. Auch ein geliebter Mensch kann nach wenigen Jahren sterben." Ich sah zu ihr hinüber und konnte erkennen, dass ihr die Bemerkung schon leid tat, weil sie nicht an Alain gedacht hatte. Deshalb kam ich schnell wieder auf Haustiere zu sprechen. „Weißt du, es gibt viele Menschen, die sagen, sie würden sich keine Tiere anschaffen, weil die ja sterben würden. Aber das würden diese Tiere auch, wenn sie sich diese nicht anschaffen würden. Siehst du, wie unlogisch das ist?"

„Naja, aber der Schmerz ..."

„Damit muss man leben. Der Schmerz des Tieres wird nicht gemindert durch das Nicht-haben-wollen oder das Nicht-wissen. Das Tier ist in der Regel, so wie Bruno es war, bereits geboren. Wenn man es zu sich nimmt, kann das sein Leben in der Regel nur glücklicher machen."

„So habe ich das noch nie betrachtet", gab Celia zu.

„So ist es aber. Man geht einen gegenseitigen Vertrag ein. Okay, es macht Arbeit, es kann mit Schmerz verbunden sein, aber man bekommt so unheimlich viel zurück. Tiere sind wie Spiegel. Sie sehen dich als das, was du bist. Ich glaube auch ... weißt du, in den meisten menschlichen Beziehungen verblasst die Liebe nach einer Weile. Im Gegensatz dazu verblasst wohl die Liebe zu einem Tier niemals."

„Ich glaube aber nicht, dass deine Liebe zu deinem Alain je verblasst wäre." Jetzt kam Celia selber wieder auf das Thema zurück.

„Das weiß ich nicht. Sicher nicht. Oft geschieht das, wenn man zu jung zusammenkommt, mit den falschen Vorstellungen. Wir hingegen waren reif, erwachsen. Tatsache ist aber auch, dass der Tod eines geliebten Menschen – und eines geliebten Tieres – die Liebe konserviert und oftmals wie durch ein Brennglas noch viel größer erscheinen lässt."

„Du machst aber auch überhaupt keine Unterschiede zwischen Menschen und Tieren." Celia schüttelte den Kopf.

„Das ist nicht ganz falsch beobachtet", sagte ich diplomatisch. „Ich finde, wir wissen noch viel zu wenig über unsere Mitgeschöpfe. Das drückt sich auch in der Sprache aus. Warum haben wir tierspezifische Begriffe, wie *fressen* für essen, *Lauscher* für Ohren, *Lichter* für Augen … dieses ganze Jagdgeschwafel? Ich denke, es ist eine Methode, um Distanz zu schaffen. Um die Andersartigkeit, auch Niederrangigkeit des Tieres hervorzuheben, damit es uns leichter fällt, sie zu benutzen, sie auszubeuten und zu töten."

„Eine steile Theorie!" Celia pfiff leise durch die Zähne, wie um dem Gesagten mehr Gewicht zu verleihen.

„Na, was wäre denn dran, wenn wir einfach sagen würden: ‚Was möchtest du essen, Bruno? Möchtest du Wasser trinken? Kann ich dich an der Lippe kraulen?' Warum muss es *fressen, saufen* und *Lefze* heißen? Was mich besonders stört: Im Englischen heißt ein Wurf junger Katzen oder Ferkel ‚litter'. Das ist aber auch ein Begriff für Müll, Abfall."

„Ich verstehe schon, was du meinst. Sprache kann verräterisch sein. Nicht umsonst wurde ja immer in der Geschichte auch mit Sprache manipuliert und ideologisiert. – Möchtest du noch?" Damit deutete Celia auf mein mittlerweile leeres Glas.

„Nein, lass mal. Ich muss mit dem jungen Herrn jetzt nach Hause, dort wartet sein Essen. Wir sind heute spät dran!"

„Na dann, lass dir dein *Mahl* und deinen *Drink* schmecken!" sagte Celia, die sich nun doch zum angesprochenen Hund herunterbeugte und ihm die *Flanke* … nein, ich glaube: die *Seite* kraulte.

Der Sommer gab mir unbeschreiblich schöne Tage. Es war die Zeit der hohen Sonne im Juni, aber das Gefühl hielt bis weit in den August an. Die Tage waren voll puren Glücks; Sonne, Wärme, leichter Schlaf an den Nachmittagen, Licht im Haus … ein gutes Arbeiten und stimmige, froh machende Gedanken. Selbst an den späten Abenden, schon fast im Dunkeln, flammte der Himmel regelmäßig in tiefen Feuerfarben auf.

Oft saß ich lange in der nicht wirklich kühler werdenden Nacht auf dem Gartenbett, oder ich stand in meinem Zimmer am Fenster und beobachtete den Tanz der halbtransparenten Fledermausflügel um die Straßenlaterne, die man von hier aus über die Gartenmauer hinweg sehen konnte. Sie flogen geräuschlos; das einzig Hörbare war das leise, beinahe zwitschernde Zirpen der nächtlichen Grillen und eine leichte Bewegung der Gardinen in der durch das Gazefenster eindringenden Nachtluft. In einer dieser hell-warmen Nächte auf der Höhe des Sommers ging ich spät noch einmal vor die Tür. Ein Katzenpärchen jagte sich fauchend und schreiend über die Mauer und durch den Garten. Dann nahm mich der Kater verblüfft wahr und erschrak, während die Katze erfolgreich das Weite suchte.

Es folgte eine Reihe warmer, nach wilder Kamille duftender Nächte. Mitten im Sommer bekam man Lust auf Kamillentee, schöne Musik, gute Bücher … und einen Hund neben sich.

Ich fragte mich, warum man diesen Zustand der Leichtigkeit nicht für sich bewahren konnte; warum es so schwer war, irgendetwas davon in den Herbst oder gar den Winter, in die dunkleren Zeiten, zu retten. Vielleicht musste man dazu wirklich Buddhist oder so etwas sein? Vielleicht bedurfte es wirklich langer Jahre intensiven Studiums und Meditierens, um zu solch einer Grundhaltung im Leben zu kommen? Ich stellte mir vor, ein solcher Mensch müsste sein wie das Wasser: Es ist durchsichtig, aber es kann in allen drei Aggregatzuständen existieren und in allen Farben schillern. Im Spektrum des Lichts aber addieren sich alle Farben zu Weiß. Das Wasser nährt und erfrischt, ohne dies zu beabsichtigen. Es liegt einfach in seiner Natur. Es denkt nicht nach; es will keinen Ruhm dafür, keinen Dank. Es ist simpel: Wasser. Nur wenn man dem Leben erlaubt, zu fließen wie Wasser, dann würde man – irgendwann –

selber zum Fluss. Im Grunde war es ganz einfach. Aber dieses Einfache zu erreichen, war so unendlich schwer.

Diese Gedanken begleiteten mich häufig ins Bett, in meine Träume. Es gab da auch immer dieses Gefühl, dass etwas Wichtiges fehlte. Natürlich fehlte er mir, um all das mit ihm zu teilen.

Und doch war er ja irgendwie da; manchmal hörte ich es ganz deutlich und spürte es auch: ein Ausatmen. Dann wieder etwas wie eine leise Berührung. So wie damals, ganz am Anfang, nachdem ich wieder hierher gekommen war; die Hände, die mich im Bett von hinten berührt hatten. Wieder einmal geschah es: Zweimal spürte ich von hinten eine Hand, die in meine Mitte strebte. Doch natürlich war wieder niemand da ... jedenfalls nicht für die Augen sichtbar. Ich stand auf und öffnete das Fenster. Kein Laut. Nichts. Absolute Stille. Dieser Zauber dauerte nur wenige Minuten. Dann begannen die Hähne im Tal zu krähen, die Vögel zwitscherten, und die Zikaden setzten ein.

Ich erinnere mich an unsere erste Nacht – nein, nicht wirklich die erste Nacht. Aber nachdem wir unendlich viele Nächte, Schlaf und Zärtlichkeiten geteilt hatten, war es nach vielen Jahren das erste Mal gewesen, dass auch die letzte Schranke gefallen war. Wir hatten uns, wie so oft schon zuvor, stundenlang liebkost. Jede unserer Regungen, jedes Zittern der Haut, jeder Tropfen durch unsere Adern gepumptes Blut schienen wir zu spüren. Und mit jeder kleinsten Bewegung unserer Körper fiel ein Körnchen Erregung aus dem oberen Uhrglas ins untere; langsam, stetig einen Berg von Sandkörnern bauend, der still und geduldig auf den ihn erlösenden, alles hinwegfegenden Sturm zu warten schien. Und dann kam er, langsam und mächtig, und blies den Sand hinweg, schien uns unsterblich zu machen – für eine Sekunde. Und unzertrennlich für den Rest der Ewigkeit.

Das alles liegt nun in der Vergangenheit, aber mir ist es immer noch, als sei es gerade eben erst gewesen. Besonders in den Nächten, diesen ruhelosen Sommernächten, in denen der Schlaf nur mühsam kommt und sich die Gedanken ihren Weg bahnen wie ein Fluss durch trockenen Sand: erst ein kleines Rinnsal, werden sie schnell stärker; gehen über in einen fiebrig flachen Traum, in dem ich wieder die Frau von damals bin und in dem ich Alain neben mir spüre. Als ich erwache, ist es immer noch dunkle, heiße Sommernacht. Aber mein Gesicht ist nass von den Tränen des Glücks und der Trauer.

Bevor man es richtig begreifen konnte, hatte sich wieder ein Sommer geneigt. Nur die Bräune der Haut auf Füßen und Armen gab Auskunft darüber, dass endlos scheinende Sonnenwochen hinter uns lagen. Auch der unvermeidlich näher kommende Herbst ließ sich, zumindest in seiner frühen Phase, nicht lumpen. Für mich setzten sich die ausgiebigen Spaziergänge mit dem Hund fort. Zwischenzeitlich, während der wirklich extrem heißen ‚Hundstage‘, hatten wir diese auf das Notwendigste beschränkt. Bruno verbrachte dann fast den gesamten Tag in seinem Zwinger, wo er dem alten Teppich, den ich für ihn darin ausgelegt hatte, Konkurrenz machte: Oft lag er selber wie ein altes Stück Teppich auf der Seite, und nur am ruhigen auf und ab seines Brustkorbs konnte man feststellen, dass er noch lebte. Nun aber waren die Tage wieder etwas frischer, und so war auch unsere Unternehmungslust wieder erwacht.

Wenn wir jetzt durch die noch sommertrockenen Wiesen liefen, stiegen Duftwolken vom Oregano auf. Speere von vertrockneten Golddisteln bohrten sich in meine Waden und blieben in der Haut stecken.

Am Tagesausklang entwickelte das zarte, beinahe lavendelfarbene Abendlicht der Provence wieder seine unvermutete Kraft. Es brachte die Landschaft, die Berge und die an deren Fuß liegenden Häuser zum Leuchten; ja, beinahe zum Schweben. Über all dem stand, wie in einem romantischen Gemälde, der junge Mond.

Julie bereitete bereits wieder einen Herbstkursus vor. Mittlerweile hatten wir uns nach einer anderen Haushaltshilfe umsehen müssen. Madame Brunet ging es nicht gut, und sie hatte offiziell ihre Stellung zur Verfügung gestellt. Von Kündigung wollten wir allerdings nichts wissen; wir sahen sie mittlerweile als Teil des Haushalts und der Familie an und wollten glauben, dass sie wiederkehren würde. In meinem Inneren jedoch hatte ich kein gutes Gefühl.

Ich versuchte allerdings, diese Gedanken wegzuwischen. Mir war bewusst, dass es nicht die Dinge selber waren, die uns bewegten, sondern unsere Gedanken über diese Dinge; dass wir uns gewissermaßen mit dem, was wir nur zu wissen glaubten, unsere Realität schafften, lange bevor wir wirklich ,wussten'. Unser Ego ist ein Akteur, der unermüdlich immer neue Wahrnehmungen schafft, um sich selber zu bestätigen – denn das Ego ist eitel, aber auch ängstlich um seinen Selbsterhalt bemüht.

Eines Morgens, als ich gerade zum Morgentee in die Küche ging, kam mir Bertrand entgegen. „Hallo Ariane, guten Morgen! Ich glaube, meine Frau hat einen Anschlag auf dich vor!"

Damit verließ er pfeifend den Raum und ließ mich mit Vermutungen zurück, die sich wenig später bestätigten, als Julie hereinwirbelte.

„Na, soll ich raten?" fragte ich.

„Was meinst du?" fragte sie zurück.

„Na, was für einen Anschlag du auf mich vorhast."

„Oh, Bertrand hat es durchsickern lassen? Es geht um den Herbstdurchgang in zwei Wochen. Würdest du mir etwas zu einem Seminarthema schreiben?"

„Dachte ich es mir doch. Worum soll es gehen?"

Jetzt setzte sie sich zu mir. „Eines jener Themen, die du immer so einzigartig alltagsphilosophisch zu beleuchten weißt."

„Soll deine gehobene Schmeichelei mich willig stimmen?" Als ich das sagte, drohte ich ihr lächelnd mit dem Finger.

„Höre zu: Das Thema ist ,Anspruch, Ruhm und Luxus'."

„Na, das ist ja wirklich etwas, womit sich jeder bildende Künstler auseinandersetzen muss: Der hohe Anspruch, der weltweite Ruhm und der sich daraus ergebende maßlose Luxus."

„Eben! Das meine ich! Niemand kann so gut wie du über falsche und wahre Ideale referieren."

Den letzten Satz hatte Bertrand mitgehört, der gerade wieder in die Küche gekommen war, und daher mischte er sich jetzt in unser Gespräch. „Was sie meint ist, dass du ihnen die Flausen austreiben sollst, ohne ihnen die Ideale zu nehmen."

„Aha! Du willst von mir die Quadratur des Kreises! Kannst du haben. Dann müssen wir aber auch über das Ego reden. Und über grundsätzliche Begriffe."

„Als da sind?" Julie schaute mich jetzt interessiert an.

„Luxus, was ist das eigentlich? Sie sollten versuchen, es zu definieren. Nicht Geld sollte als Luxus gelten, sondern Zeit. Nicht Besitz, sondern Raum zum Entfalten. Ich glaube, Zeit und Raum für sich selber sind – neben sauberem Trinkwasser – ein Luxusgut geworden. Reichtum hat mit Geld und Besitz vordergründig nichts zu tun …"

„Das sage mal jemandem, der die Miete nicht bezahlen kann", warf Bertrand ein.

„So meine ich es aber nicht! Was ich vermitteln will: Ich darf niemandem einen Übergriff auf meine inneren Werte, mein Befinden und meine Zeit erlauben. Ich will auch darüber reden, wie unser Denken und Fühlen unsere Sicht beeinflusst. Wenn sich jemand unterprivilegiert fühlt, wenn er oder sie weniger hat als der andere; weniger Geld, weniger Ruhm, weniger Anerkennung … Die Schüler sollen begreifen, dass die Akzeptanz – in der Welt, aber auch speziell auf dem Kunstmarkt – nur sehr selten etwas mit der Wirklichkeit oder beispielsweise der Qualität des Kunstwerks zu tun hat." Ich schaute von Julie zu Bertrand. „Erinnert euch doch an unser Gespräch mit Alain über das blaue Quadrat. Etwas, das jeder einigermaßen begabte Mensch herstellen kann, ist in der Lage, auf dem Kunstmarkt Millionen zu erzielen, wenn der ‚richtige' Name dahintersteht …"

„… oder ein Elefant es gemalt hat!" ergänzte Bertrand.

„Ich sehe, du erinnerst dich", bemerkte ich.

„Wie könnte ich unsere vielen Diskussionen über Elefanten im Allgemeinen und blaue Quadrate im Besonderen vergessen", neckte Bertrand.

Ich ließ mich durch diesen Einschub nicht beirren. „Ja, und hier kommen wir zum Thema ‚Koryphäen' – große Namen. Wer solche ‚großen' Menschen überschätzt, macht sich selber klein. Wer Besitz überschätzt, bringt Gier in die Welt. Wer Renommee überschätzt, bringt Konkurrenzdenken in die Welt."

186

„Ziemlich radikal. Konkurrenz belebt doch das Geschäft." Julie schien nicht überzeugt von meinen Thesen.

„Darüber sollten wir diskutieren. Ich bin da ja auch nicht ganz fertig mit dem Nachdenken. Fakt ist, dass es zum Beispiel zwischen Leonardo und Michelangelo eine Konkurrenz gab. Ich persönlich kann aber nicht erkennen, dass diese irgendetwas Positives hervorgebracht hätte, was nicht auch ohne sie entstanden wäre. Alain hatte übrigens auch seine Meinung zu dem Thema. Wir haben einmal eine Diskussion darüber geführt." Ich erinnerte mich an unser Gespräch von damals, auf unserer ersten gemeinsamen Tour an die See; genau über dieses Thema. „Alain sagte damals sinngemäß, dass er sich nicht mit dem, was er erreicht hatte, oder was die Kritiker darüber gesagt haben, identifiziert hat. Und dass Egoismus und Konkurrenz nach seiner Meinung eher ausschließe und einenge."

„Um das zu erkennen, muss man aber schon eine gewisse Reife und Erfahrung haben", gab Bertrand zu bedenken.

„Sicher", sagte Julie, „aber es kann ja nicht verkehrt sein, wenn man das Samenkörnchen fürs spätere Lernen und Erfahren schon in jungen Jahren in die Erde legt. Und dafür scheint mir Ariane sehr gut geeignet zu sein."

„Danke der Ehre!" sagte ich. „Ich setze mich gleich mal hin und protokolliere unser heutiges Gespräch, das spart mir einiges an Arbeit."

Julie winkte mir zu, als gebe sie mir dazu ihren Segen. „Weißt du, ich denke, wir geben unseren Schülern nicht nur eine künstlerische Ausbildung, sondern vor allem Denkanstöße für ihr weiteres Leben." Dann hielt sie kurz inne, bevor sie fortfuhr. „Und vergiss nicht: Wir haben eine neue Klasse von Studenten, auch wenn wir sie amtlicherseits nicht mehr so nennen dürfen …"

„Das werde ich nicht vergessen. Immerhin sind unsere ersten Küken schon längst flügge, um den guten Ruf dieses Hauses in die Welt zu tragen."

Als ich das sagte, ging über die Gesichter von Julie und Bertrand ein breites, zufriedenes Grinsen.

Natürlich waren es nicht mehr die Schüler der ersten beiden Jahre, die bei uns die diesjährigen Kurse belegten. So wie Doudou, der jetzt endlich Architektur studierte, hatten auch fast alle anderen eine berufliche Ausbildung begonnen. Giulio hatte sich für Gebrauchs- und Werbegrafik entschieden, und Francine war ausbildungsseitig in Richtung Informatik und Programmierung gegangen. Wir waren stolz darauf, dass in ihren Lebensläufen und Bewerbungen auch immer unsere Einrichtung auftauchte, und wir hofften, dass das hier Erlebte und Gelernte sich in vielen praktischen Aspekten ihres Lebensweges positiv niederschlug.

In diesem Herbst hatten wir nur sechs Schüler, obwohl wir bis zu maximal acht jungen Leuten einen Platz bieten konnten. Julie war dennoch zufrieden damit.

An dem Tag, als ich meine Gedanken zu dem gewünschten Thema vor der Klasse vortrug, waren nur fünf junge Leute anwesend. Einer von ihnen war allerdings ein vertrautes Gesicht: Marc, unser damals Jüngster, der schon beim ersten Durchgang dabei gewesen war. Er hatte seine Schule abgeschlossen und musste nun, ähnlich wie seinerzeit Doudou, ein Wartejahr hinter sich bringen. Andere nutzten diese Art von erzwungener Pause, um ein Jahr lang ins Ausland zu gehen, aber Marc hatte wohl die Idee gefallen, es Doudou gleichzutun. Er absolvierte ein Berufspraktikum, und in den Ferien blieb er unseren Förderklassen treu.

Der Schüler, der fehlte, war André. Er war ein netter Junge, der wohl zu Hause einige Schwierigkeiten hatte. Wie ich aus knappen Bemerkungen Julies erfahren hatte, wurde er offenbar von seinen Eltern in seinem Kunstinteresse nicht recht ernst genommen. Es ging mehr oder weniger auf seine eigene Initiative zurück, dass er an unserem Seminar teilnahm; und ich spürte, dass es wohl eine Flucht sein konnte vor der Beengtheit der häuslichen Vorurteile.

Als ich mit meinem Vortrag fertig war und das Atelier verließ, fand ich André hinter dem Haus, auf dem Tagesbett sitzend. Ich ging auf ihn zu und fragte, wie es ihm gehe. Er schaute auf und sagte, er sei in Ordnung. Am Morgen sei ihm schlecht gewesen, aber nun fühle er sich besser. „Entschuldigen Sie, Madame Ariane, ich hätte gerne Ihren Vortrag gehört", sagte er dann, „worum ging es denn?

„Ach, es ging um echte und falsche Ziele und Ansprüche. – Aber es ist erst mal wichtiger, dass es dir wieder besser geht."

„Ich habe mich hier einfach hingesetzt, ist das okay?"

„Das ist überhaupt nicht okay. Das hier ist das ‚Alain-Marville-Gedenkbett', das ist heilig ..."

Sofort sprang der Junge wie von der Tarantel gestochen auf, aber ich drückte ihn mit einem Lachen zurück auf die Sitzfläche. „Ich habe Spaß gemacht. Aber genau darum ging es in meinem Vortrag: um Realitäten und Ideen, Vorstellungen."

„Das begreife ich nicht!" sagte André.

Jetzt setzte ich mich zu ihm auf das wahrlich geschichtsträchtige Bett, dessen Bedeutung der junge Mann aber nicht kennen konnte.

„Ich erkläre dir das an einem Beispiel, magst du?"

Er nickte.

„Also: Nach einer Sommerolympiade wurden die beim Einlauf ins Stadion von den Läufern benutzten Fackeln versteigert. Die Preise waren sehr unterschiedlich. Die Fackel, die von einem bestimmten Fußballstar getragen wurde, erzielte deutlich mehr Gewinn als eine beliebige andere. Das heißt, Leute sind bereit, für eine bloße Idee, also im Grunde nur für eine Annahme, einen hohen Preis zu zahlen, die mit dem Wert des Gegenstandes nichts zu tun hat. Daher nennt man das auch den ‚ideellen' Wert. Man muss wissen, dass der Wert einer Sache immer von der subjektiven Sichtweise einer Person abhängt. Verschiedene Menschen haben verschiedene Sichtweisen."

„Meine Eltern sind so. Sie verstehen mich nicht. Für sie ist Kunst herausgeschmissenes Geld ... und verschwendete Zeit."

„Und für dich?"

„Mir ist sie sehr wichtig. Ich habe schon als kleines Kind gerne gezeichnet und gemalt. Meinem Vater ist das relativ egal, er versteht es eben nicht. Aber meine Mutter ist wirklich dagegen. Ich glaube, sie denkt, ich wäre zu weichlich oder so ..."

Ich schaute dem Jungen ins Gesicht. „Und, denkst du das auch?"

„Nein. Ich mag eben nur nicht Fahrrad fahren oder Fußball spielen." Er schaute auf den Rasen vor seinen Füßen.

„Sieh es doch mal so: Deine Eltern sind ja auch mal Kinder gewesen. Sie sind von ihren Eltern erzogen worden. Sie können dir nur das geben, was sie selber bekommen haben. Was erwarten sie denn von dir: Erfolg? Glauben sie, dass du in der Kunst keinen Erfolg haben wirst?"

„Ich weiß nicht. Ich denke eher, ich passe nicht in ihre Regeln."

„Ach weißt du, Regeln sind immer von Menschen gemacht. Daher sind sie oft subjektiv und beliebig. Wenn sie für dich keinen Sinn machen, musst du dich ihnen nicht unterordnen, solange du damit niemandem schadest und auch kein Recht brichst. Allen Dingen, die wir sehen, geben wir selber eine Bedeutung – abhängig davon, was wir glauben, was wir erfahren haben oder was wir fürchten. Das tust du auch. Du solltest tolerieren, dass ein Regelwerk für jemanden anderen sehr wichtig sein kann. Oftmals helfen Regeln, die eigene Unsicherheit zu verbergen."

„Bei Ihnen klingt das so einfach."

Ich schüttelte den Kopf. „Nein, es ist nicht einfach, das weiß ich. Aber irgendwann wirst du dich freischwimmen müssen. Alles was du siehst, alles was du erfährst, kommt aus dir. Nichts, was wir wirklich suchen, kommt von außen. Was helfen dir die Erwartungen und Erfahrungen anderer, wenn sie in dir keine Resonanz erzeugen? Suche nicht die Akzeptanz, die Anerkennung anderer, übrigens auch nicht den Erfolg. Wenn diese Dinge kommen, ist es schön. Sie aber zur Bedingung für dein Tun zu machen, wäre nicht richtig. Der wahre Künstler schafft seine Werke, weil er es muss."

„Das weiß ich. Es geht mir nicht um Erfolg. Aber ich will natürlich etwas tun, was mir Spaß macht." André sah mich an um zu prüfen, wie dieses in seiner Familie wohl verpönte Wort auf mich wirkte.

„Das ist doch gut! Spaß ist wichtiger als Ruhm. Es gibt Dinge, auch Gegenstände, bei denen es einem schon beim bloßen Umgang mit ihnen gut geht ... Man sollte sie sich leisten als einen wirklichen Luxus, der aus dem Gefühl heraus entsteht, nicht aus dem ihnen von der Welt zugemessenen Wert. Übrigens: Erfolg kann genauso problematisch sein wie Misserfolg. Es hängt immer davon ab, wie man ‚Erfolg' für sich definiert ... wie *du* es für *dich* definierst."

Der junge Mann straffte sich und sah mich sehr ernsthaft an, dann brach es aus ihm heraus: „Ich wünschte, Sie wären meine Mutter!"

Ich lachte. „Das wäre einfach und bequem, nicht? Aber es würde dich nicht weiterbringen."

Er schaute mich verständnislos an. Deshalb ergänzte ich: „Du *musst* die Mutter haben, die du hast, um an ihr zu wachsen. Um sich an ihr zu reiben und im Konflikt dich selber zu finden."

Er seufzte. „Das Leben kann ganz schön kompliziert sein!"

„Ja", entgegnete ich, „besonders zwischen Müttern und Söhnen." Einen Moment lang schwieg ich, dann setzte ich hinzu: „Das hat übrigens auch ein anderer Sohn erfahren müssen, nämlich der, nach dem das ,*Alain-Marville-Gedenkbett*' gerade eben durch mich benannt wurde. Ich weiß von Monsieur Marville, dass er so seine diversen Kämpfe mit der Mutter auszutragen hatte. Wenn sie ehrlich sind, werden dir das viele Söhne – und auch Töchter – erzählen. Du bist also in guter Gesellschaft."

Jetzt lächelte der Junge mich an. So hatte nun auch André noch eine – ganz private – Vorlesung erhalten, von der ich hoffte, dass sie ihm weiterhelfen würde.

Dualität: die Macht der Konfrontation, Notwendigkeit der Gegensätze. Es bedarf einiger Lebenserfahrung um zu wissen, dass dies nicht ein vermeidbares Ärgernis, sondern eine lebenswichtige Voraussetzung ist. Wie könnte man das Helle kennen ohne die Dunkelheit, wie würde man das Gute vom Bösen unterscheiden? Schon den alten Philosophen war das bewusst. Bereits Platon wusste, dass der Schatten nicht ohne das Licht sein kann. Er wusste aber auch, wenn man sein berühmtes Gleichnis von der Höhle nimmt, dass man die Effekte zwischen beiden falsch interpretieren und dadurch auf gedankliche Irrwege geführt werden konnte. Aber aus Fehlern, auch aus Denkfehlern, lernen wir. Wo bliebe denn jegliche Entwicklung, wenn es nichts gäbe, woran man sich abarbeiten könnte? Wenn ich an mein eigenes Leben zurückdenke, dann verdanke ich das meiste in meinem Lernprozess nicht den Schmeichlern, sondern jenen, die mich herausgefordert haben; auch denen, die ich nicht leiden konnte oder gar hasste. Denn je größer der Druck, umso größer gerät der Gegendruck. In die richtigen Bahnen

gelenkt, kann das nur zu einer Entwicklung führen. Und in der Rückschau muss man seinen ‚Feinden‘ sogar danken.
Nur, Andrés Eltern sind nicht seine Feinde. Sie sind die, die ihn weiterbringen. Wer weiß, ob er bei uns, in unserer Schule, auf meinem Tagesbett gelandet wäre, ohne den Druck seines Elternhauses. Nun muss er lernen, die Sichtweise seiner Eltern zu tolerieren – und selbstbewusst seinen eigenen Weg zu gehen. Mit allen Fehlern und Irrwegen, die dazugehören. Aber ohne jeglichen Groll gegen die, die ihn nicht verstehen und seine Arbeit nicht anerkennen wollen oder können – sondern mit Liebe für diese Menschen.
Das muss ich ihm morgen früh unbedingt noch sagen.

Es musste ein Gesetz geben, wonach alles nach Ausgleich strebt. Als müsse jede Freude im Leben, jede Leichtigkeit, am Ende bezahlt werden. So war es auch jetzt. Die hellen, sonnigen Tage waren endgültig vorbei, und mein inneres Fühlen folgte den äußerlichen Zeichen der Natur.

Auch von Madame Brunet hörten wir nichts Neues. Einstweilen hatten wir jemand anderen gefunden; eine Frau aus dem Dorf, die Madame Brunets Arbeit übernahm. Auch wenn sie das gewissenhaft tat, machte uns die gesamte Situation nicht glücklich.

All dies beeinflusste mich mehr als erwartet in meiner Arbeit. Normalerweise saß ich jeden Tag an meinem Manuskript, um wenigstens in kleinen Schritten voranzukommen. Aber im Moment wollte mir nichts gelingen. So verbrachte ich oft eher grübelnd als schreibend meine Zeit an meinem Schreibplatz.

Selbst Bruno schien das zu bemerken. Etwa alle zehn Minuten stand er von seinem Körbchen auf, kam zu mir herüber, lehnte sich hingebungsvoll gegen den kleinen, niedrigen Tisch und legte seinen Kopf seitlich auf die Arbeitsplatte. Dabei schloss er die Augen und schien ganz in sich versunken. Wenn ich allerdings den Laptop zuklappte, war er hellwach. Das war sein Signal, dass ich mich nun mit ihm beschäftigen würde. Und das kam in diesen Tagen immer häufiger vor.

Er liebte es hinauszugehen, wann immer es möglich war. Also schnappte ich mir seine Leine sowie, in Erwartung später Pilzfunde, einen kleinen Korb. Dann ging ich mit ihm in die Wiesen. Es gab in diesem Jahr keine klar-goldenen Herbsttage. Es war grau und neblig, zwar feucht, aber eigentlich schon nicht mehr warm genug, um noch Pilze hervorzubringen. Dennoch fand ich ein paar versprengte Exemplare.

Auffallend war, dass die Luft in den kleinen Wäldchen und auf den Terrassen unterhalb des Anwesens beinahe wie Säulen in der Landschaft stand. Man konnte meinen, man betrat verschiedene, recht unterschiedlich temperierte, Räume: Auf einer der Terrassenstufen schien es beinahe warm zu sein; dann, beim Übergang, traf man plötzlich und ganz unvermittelt auf eine Art statische Kälte. Schon stand auch, wie ein negatives Vorzeichen, die schmale Mondsichel am gerade verblassenden Abendhimmel.

Über Berge und Hügel brachten Wolkenwalzen immer mehr Feuchtigkeit in die Täler. Aus denen wiederum, wie eine Antwort, stieg neuer Nebel auf. Darüber stand die gerade untergehende Sonne, die noch schnell so manchen kupfergoldenen Schein, wie ein rasch vergängliches Kerzenlicht, in einzelne Fenster der an den Berg geschmiegten Häuser stellte.

Dann wurde es dunkel. Also gingen wir zurück ins Haus, um bei einem viel zu kleinen, dennoch seltsam befriedigenden Pilzmenü und einem großen Pott dampfenden Tees den Tag ausklingen zu lassen.

Dies alles und die Olivenholzscheite, die im Feuer orange-gelb-rot brannten, sowie die Hundeschnauze auf meinem Schoß, brachten dann doch noch Farbe und ein wenig Versöhnung in meine Seele.

Dieses Mal sollte das seit Jahren mehr oder weniger ähnlich verlaufende Weihnachtsfest ganz anders verbracht werden.

Julie und Bertrand hatten schon seit einiger Zeit den Wunsch gehabt, noch einmal in ihrem Leben eine größere Urlaubsreise zu machen. Ihre etwas abstruse Idee war herauszufinden, wie es sich anfühlte, den Heiligabend mit einem Cocktail in der Hand und, nur leicht bekleidet in einem Liegestuhl liegend, an einem sonnigen Strand zu verbringen.

Mit Verweis auf Celia und François, die mir ja als Gesellschaft für das Fest blieben, ermutigte ich sie, sich diesen Wunsch zu erfüllen.

Wenige Tage vor Weihnachten, noch bevor meine Mitbewohner die Koffer packten, besuchte uns Doudou, der die Ferientage bei seinen Eltern in Lagnières verbrachte und uns auch Grüße von Giulio bestellte. Dieser war übers Fest mit den Eltern bei der Großfamilie in Italien. Madame Brunet ging es unterdessen weiterhin nicht besser; im Gespräch zwischen Doudou und Bertrand fiel das Wort ‚Chemotherapie'. Ich ging nicht näher darauf ein, aber weil ich die Bedrückung in dem jungen Mann deutlich spürte, lenkte ich das Gespräch auf sein Studium der Architektur. Und wirklich, während er von seinen Erfahrungen der ersten Semester berichtete, hellte sich seine Laune deutlich auf.

Dann kam der Tag der Abreise meiner beiden Hausgenossen, die sich allerdings noch mehrmals danach erkundigten, ob es wirklich in Ordnung war, sich einfach so aus dem Staub zu machen. Ich versicherte ihnen, dies sei der Fall, und wünschte ihnen ein so frohes wie exotisches Fest. Der Name des Ortes, an dem sie dieses verbringen wollten, klang jedenfalls danach, auch wenn ich ihn schon fünf Minuten später wieder vergessen hatte.

Was ich ihnen nicht erzählte war die Tatsache, dass ich dieses Jahr auch François *nicht* treffen würde. Wie immer hatten wir natürlich telefonisch Kontakt gehalten. Da er mit Irène und deren Familie bei sich in Viviers feierte und auch seine Tochter aus Paris dazu anreiste, hatte er Celia und mich kurzerhand dorthin eingeladen. Allerdings war ein turbulentes Familienfest das Letzte, was ich in diesem Jahr brauchte. So schob ich einfach meine Krankheit vor und sagte, nachdem ich mich darüber mit Celia ausgetauscht hatte, ab. Aber was hieß, ich *schob* die Krankheit vor: Es ging mir ja wirklich nicht gut; wie immer war es ein schmerzhafter Winter. Nur nahm ich das, weil ich es so sehr gewohnt war, gar nicht mehr als so außergewöhnlich wahr.

Celia, die wieder einmal die letzten Dezember- und ersten Januarwochen bei uns wohnte, war es nur recht, dass wir es uns mit

194

uns selber, einem guten Wein, einigen interessanten Büchern, schöner Musik und vielen Gesprächen gemütlich machten.

Natürlich klingelte am Tag vor Heiligabend das Telefon, und ein besorgter François erkundigte sich nach meiner dem Vernehmen nach so geschundenen Gesundheit.

„Ich hätte dich gerne hier gehabt", sagte er. „Du hättest meine Tochter kennenlernen können."

„François, bitte versteh´ mich richtig. Ich habe meine Freundin Celia hier, und ich möchte einfach im Moment nicht unter vielen Menschen sein. Das hängt überhaupt nicht mit dir zusammen."

„Dann können wir also gar nichts für euch tun?"

„Doch! Feiert schön, denkt an uns, redet gut über uns … und besucht uns, wenn es wieder wärmer und freundlicher wird."

„Das tun wir auf jeden Fall …" In François´ Stimme lag Bedauern.

Ein Bedauern, das Celia allerdings teilte, nachdem ich ihr von dem Telefonat berichtet hatte. Es bezog sich allerdings einzig auf die von ihr immer noch betrauerte, verpasste Chance mit dem Mann aus Viviers. Darüber allerdings musste ich, trotz meiner ansonsten nicht gerade hochfliegenden Stimmung, herzlich lachen.

Am nächsten Tag läutete es am aus Vorsichtsgründen abgeschlossenen Tor. Ein Kurier brachte im Auftrag von François sechs Flaschen guten Weins, je zwei Flaschen Rot-, Weiß- und Roséwein. Und auf einer Karte zu diesem unerwarteten Geschenk stand geschrieben: „ … damit Ihr in Gedanken mit uns anstoßen könnt!"

Diesem Wunsch folgten wir gerne!

Wieder ein intensiver Traum, aber einer, der nach dem Aufwachen nur meine trübe Stimmung fördert: Ich lebe in einem riesigen Haus, in dessen einem Teil, abgeschieden von allen anderen, Alain lebt. Ich kann ihn nur aus dem Fenster heraus sehen: erst im Garten, später mit Fremden auf der Straße, bei einer Art Vernissage. Er sieht sehr distanziert aus und wirkt unnahbar. Nur kurz sehe ich sein Gesicht: Es ist nicht wirklich er, es ist mehr so wie eine Projektion. Aber vom Gefühl her ist er es doch. Jeden Tag sehe ich ihn draußen, immer in der selben gefühlten Unnahbarkeit. Niemals

schaut er zu mir herüber; ja, er wird nicht einmal wissen, dass es
mich überhaupt gibt. Aber einmal, als es fast schon unerträglich ist,
schaffe ich es doch, ihm nahe zu kommen. Irgendwie kann ich aus
dem Haus und in seine Nähe gelangen. Wider Erwarten lässt er mich
sogar an sich heran – physisch und seelisch. Dieser Moment fordert
meine Gefühle heraus; Alain nimmt meine Hand, küsst sie ... und
wendet sich wieder ab. Es bleibt ein einmaliges Ereignis. Ab jetzt ist
er wieder für sich; so hoffnungslos, unendlich unerreichbar weit weg.

In der Rückschau verriet mir mein Tagebuch, welches ich von Zeit
zu Zeit immer mal wieder las, dass ich mit wachsendem Alter mein
Leben mehr und mehr in Zyklen wahrnahm. So wie ich die
Jahreszeiten beobachtete, so beobachtete ich mich zunehmend
selbst im Rahmen von Frühling, Sommer, Herbst und Winter. Es
hatte sicher auch mit meinen gesundheitlichen Problemen zu tun: So
wie bei den Mondphasen, empfand ich das Frühjahr als voller
werdend, weil alles Positive zunahm, während die Schmerzen
wichen. Mein Vollmond war der hohe Sommer; dann ging es hinab in
die im Englischen so treffend ‚fall‘ genannte Periode, bis im Winter
beinahe alles Positive erstarb; es wurde Neumond.

Für mich persönlich war die erste Stunde nach dem
morgendlichen Erwachen regelmäßig die schlimmste Zeit. Eingehüllt
in eine Wolke aus multiplen Schmerzen, gesellte sich zuverlässig eine
Depression dazu, die so irreal wie bedrückend war. Man hätte
durchaus davon sprechen können, dass ich in diesen ersten
Momenten des Tages von einer massiven Lebensmüdigkeit geplagt
wurde. Aber hier half mein Verstand: Ich wusste, dass diese
Stimmung nicht anhalten würde; dass ich, nach dem Aufstehen,
wieder in meine gewohnten Bahnen und in meine Lust an den
Vorhaben des Tages finden würde. Und nun hatte ich ja einen
starken Verbündeten: Bruno, der beim ersten Anzeichen des
Aufwachens an meinem Bett stand und mir schon einen riesigen Teil
meiner negativen Gedanken einfach abnahm und mit dem Schwanz
wegwedelte.

Und es war ja auch nicht exklusiv *mein* Problem. Auch in der
Welt gab es keine Ruhe. Die Dinge wurden immer verworrener,

unverständlicher, chaotischer. Sei es in der großen Politik, in der Gesellschaft, in der Natur ... und das Schlimmste war, dass das menschliche Leiden in der Welt nicht abnahm; ja, man hatte sogar den Eindruck, das Gegenteil war der Fall.

Nun hatte sich ein neues Jahr auf den Weg gemacht. Ich sah im wahrsten Sinne des Wortes wieder Licht am Ende des Tunnels und wollte meine Stimmungsschwankungen nicht hinnehmen. Die Zeiten zwangen von außen zu Kreativität und Improvisation, innerlich zu Öffnung und Vertiefung. Es musste einen Sinn, eine Bedeutung in all dem Terror in unserer Welt geben, selbst wenn er Menschen geschah, die es nicht verdienten. Vielleicht aber geschah es genau jenen, die so fortgeschritten in ihrer Entwicklung waren, dass sie denen, die den Terror verübten, auf lange Sicht ein Lehrer sein konnten? Wer weiß. Ich glaubte, jede Seele erlitt nur das, was sie auch verarbeiten und an dem sie wachsen konnte.

Deshalb zwang auch ich mich zur Öffnung. Ich verordnete mir eine tägliche Meditation; nach der Hunderunde, aber noch vor dem Frühstück. Dazu ging ich, wenn es möglich war, an einen stillen Ort. Jemand hatte einmal gesagt, dass Vergnügen dazu da sei, einen leeren Raum zu füllen; Freude aber sei eine Form des absoluten Seins. Stille war für mich schon immer eine absolute Freude. Viele fürchteten Stille und Schweigen als Leere, aber wer offen war für die Stille, der konnte erfahren, dass sie eine ungeheure Fülle enthielt: Die Fülle aller Möglichkeiten.

So sehr sich das auch zu widersprechen schien, es bedurfte starker Willenskraft und Disziplin, diese Leichtigkeit des Seins täglich immer wieder zu erfahren. Man musste sich Zeit nehmen; andere, scheinbar wichtige Dinge, wegschieben. Man musste still werden, sich öffnen. Das Ego musste ausgeschaltet werden. Unerwünschte Gedanken, die kamen, musste man freundlich anschauen und dann wieder wegschicken.

Das Leben fließt – wie Wasser. In der Meditation musste ich werden wie das Wasser. Am Anfang jedoch war es schwere Arbeit. Es gab leichtere Wege in die Entspannung: in der Gruppe, mit Hilfe von Trommeln oder geführten Meditationen. Am besten allerdings meditierte es sich für mich durch simples Tun oder Sein ... Alleine und ohne Hilfsmittel war es immer etwas schwerer. Aber am Ende lohnte es sich. Ich kam zunehmend leichter in das Gefühl einer tiefen Entspannung.

Nach einigen Wochen waren meine Morgen wieder viel leichter und heller geworden.

Wenn ich mit Bruno nun morgens in den Frühlingswiesen spazieren ging, sammelte ich die für diese Jahreszeit eigentlich viel zu frühen Boviste. Die schon sehr stabile Wärme und der ständige Regen hatten dafür gesorgt, dass mein Frühstückstisch nun beinahe jeden Tag durch eine kleine Portion dieser Pilze bereichert werden konnte. Sie schossen geradezu zwischen den Grasbüscheln aus dem Boden; blendend weiß strahlten sie mir aus dem Grün entgegen wie verirrte Schneebälle. So jung und frisch waren sie essbar; später würden sie sich in zähe, immer dunkler werdende Gummibälle und schließlich in Staub verwandeln. Bis zu zwanzig Exemplare brachte ich jeden Morgen nach Hause. Sie mit klein geschnittener Zwiebel in ein wenig Butter anzubraten und zu verspeisen war ein Vergnügen, das mir alleine vorbehalten blieb, da meine Mitbewohner eher argwöhnisch auf meine Leidenschaft für alles Wildwachsende schauten.

„Ich kann sie nicht verstehen. Wovor haben die Leute denn Angst?" Das fragte Celia bei einem meiner morgendlichen Besuche in ihrem Wohnwagen, als ich ihr davon erzählte. Sie bereitete mir gerade einen selbst gesammelten und getrockneten Tee zu. „Ich meine, ich bin zwar auch kein Pilzfreund, aber meine Tees …"

„… sind wunderbar! So kenne ich es von meiner Großmutter." Ich nahm ihr die dampfende Teetasse ab und stellte sie zum Abkühlen auf den Tisch. „Ich sehe es so: Lass sie es doch *nicht verstehen* und über uns Kräuterhexen den Kopf schütteln. Lass sie ihre verarbeiteten Produkte aus dem Supermarkt konsumieren. Auf diese Weise haben wir mehr …"

Celia nickte. „Aber, meine Liebe, es ist doch genug für alle da!"

„Ja, auch für Bruno." Ich langte zu dem zu meinen Füßen liegenden Hund herunter und kraulte ihn. „Neuerdings frisst er wieder Gras wie eine Kuh. Es würde mich nicht wundern, wenn er eines Tages Milch gibt!"

Jetzt lachten wir beide. Dann sagte Celia: „Ich finds gut, dass du mich heute noch mal extra nach dem Frühstück mit ihm besuchst, denn ab übermorgen arbeite ich wieder."

„Oh, ist es wieder soweit? Die Zeit rast!"

Celia hatte ihren saisonalen Job in der Tourismus-Information wieder angeboten bekommen, was zwar unsere gemeinsame Zeit in den warmen Monaten einschränkte, aber mir auch die Möglichkeit gab, wieder verstärkt an meinem lange liegen gebliebenen Manuskript zu arbeiten.

„Ja, den ganzen Winter lang denkt man, die Kälte geht nie vorbei, und bevor du dich versiehst, ist es April", sinnierte ich. „Auch die Blätter der Cyclamen verwittern schon wieder."

„Also, ich finde es immer süß, wie du Zeitangaben mit Naturbeobachtungen kombinierst. Was genau heißt: *Die Blätter der Cyclamen verwittern schon wieder?*"

Ich versuchte, es Celia zu erklären. „Wenn der Sommer vorbei ist, kommen die kleinen wilden Alpenveilchen; aber eben nur die Blüten. Dann erst, im neuen Jahr, wenn sie nicht mehr blühen, entwickeln sich die prächtigen, mit ihren verschiedenen Mustern an Kaleidoskope erinnernden, Blätter. Und wenn der Frühling in den Sommer übergeht, sind auch diese verwittert."

„Was du so alles wahrnimmst!" sagte Celia und probierte, ob man den Tee schon trinken konnte. Ich tat es ihr gleich.

„Weißt du, wenn ich mit Bruno gehe, dann habe ich Zeit, mir die Wiesen genau zu betrachten. Sie sind für mich wie Jahreszeitenuhren. Ich weiß genau, wann die Ameisen aus ihren Bauen kommen oder wann sie sie wieder schließen, wann die Grasspinnen ihre Netze spinnen oder wann verschiedene Kräuter blühen. Die Wiesen hier sind denen in Griechenland sehr ähnlich. Es gibt nur einen Unterschied ..." Ich nahm einen weiteren Schluck des köstlichen Tees.

„Und der wäre?"

„In Griechenland, auf unserer Insel, konntest du auf Wiesen und Feldern – egal wie hoch sie lagen – Fossilien finden. Das kam daher, dass die gesamte Insel vor Millionen von Jahren mal Meeresboden gewesen war."

„Faszinierend."

„Ja, und manchmal musste man es sich wirklich vor Augen führen, dass die Muschel, deren Schale man gerade auf der Schafweide gefunden hatte, vor Millionen von Jahren tief im Meer gelebt hatte."

„Unvorstellbar!"

Wir tranken unseren Tee aus, und dann musste ich mich auch schon beeilen. Draußen hatte sich der sonnige Vormittag unmerklich bezogen, und es drohte bald zu regnen.

Es war gerade noch Zeit genug, eine kleine Extrarunde mit Bruno zu drehen, damit er dann bis zum Abend nicht mehr raus musste.

Immer wieder muss ich mich selber dazu anhalten, still zu werden, zu meditieren; die schönen Dinge zu sehen und dem Negativen keinen Raum zu geben. Die Hauptaufgabe besteht darin, Geschichten aufzulösen; und bei Gott, es gibt eine Menge Geschichten, die wir im Laufe eines Lebens von anderen erzählt bekommen – und die wir uns auch selber weismachen. Jede Geschichte führt aber vom Eigentlichen fort. Das Eigentliche ist in der Mitte, wie bei einem Rad. Auch ein Rad dreht sich immer um seine Mitte herum. Die Wahrheit liegt in dem einen Punkt, im Zentrum, der einzigen Singularität; unausweichlich wie der Ereignishorizont bei einem schwarzen Loch. Aufgabe der Meditation ist es, diese Mitte zu werden, sich von allen Geschichten zu befreien, die uns davon wegführen. Denn wo eigentlich nichts existiert, kann man auch nichts verlieren.

Der Meister leitet den Schüler durch sein Beispiel, durch sein pures Sein. Vielleicht sieht er, hört er, spürt er; aber er reagiert nicht, er agiert auch nicht. Er nimmt sich zurück aus dem Physischen ins reine Beobachten. Er ist ganz einfach still. Er ist. Die Mitte.

Friede ist, wer man ist – ohne Geschichte.

Von Glück als solches konnte man angesichts des Anlasses nicht reden, aber wir waren trotzdem froh, dass wir auch in diesem Jahr die Haushaltshelferin, die uns wegen Madame Brunets Krankheit schon im letzten Jahr ausgeholfen hatte, wieder gewinnen konnten. Das schloss seit dem zeitigen Frühjahr regelmäßig zweimal wöchentlich eine Grundreinigung sowie für die Dauer der Lehrgänge die tägliche Essensversorgung und Betreuung der Schüler und Gäste ein. Bei der betreffenden Frau handelte es sich um Madame Pauline, eine Schwägerin unseres Weinbauers Auguste. Sie war etwa vier, fünf Jahre älter als Doudous Mutter. Da ihr die Brunet'sche Zurückhaltung fehlte, trat sie wesentlich entschiedener als diese auf, war aber auf der anderen Seite auch mütterlicher zu unseren Studenten. Also hatten wir mit ihr doch einen Glücksgriff gemacht, denn alles in allem passte sie zu uns.

Auch unser Hund bekam einen neuen Job. Eines Abends, als wir von unserer Tour nach Hause kamen, saß ein junges Kätzchen vor dem Tor, als habe es auf uns gewartet. Und es schien sich vorgenommen zu haben, bei uns einzuziehen. Eine Katzenmutter war nirgends zu sehen, und es war deutlich, dass das noch sehr kleine Tier seit einiger Zeit nicht gefressen hatte. Außerdem war eines seiner Augen stark entzündet, und es war voller Flöhe.

Sofort setzte bei mir der Erste-Hilfe-Modus ein. Noch bevor Bruno seine Idee zum Thema verwirklichen konnte, hatte ich ihn erst einmal ins Haus gebracht. Dann kam das seinerzeit bei Kater Paul probierte und bewährte Notprogramm: Füttern mit der Spritze, Tränken, den Bauch massieren, Ausscheidungen abwarten; dann Entflohen, Augenbehandlung und Antibiotika. Das Kätzchen war ebenfalls ein kleiner Kater, und er hatte offenbar verstanden, dass er das goldene Los gezogen hatte. Ich ließ es darauf ankommen und ihn, da er andererseits schon groß genug dafür war, im Garten übernachten. Am nächsten Morgen, wie auch an den darauf folgenden Tagen, war er stets wieder da. Er konnte selbständig fressen, und das Auge wurde schon nach wenigen Tagen besser.

Bruno hatte seinerseits einen Narren an dem neuen Bewohner gefressen. Bei jedem Miauen unseres Zöglings schaute er besorgt nach dem Katzenkind, und nachdem ich mich vergewissert hatte, dass er ihm nichts tat, erlaubte ich ihm mehr und mehr den Kontakt. Was sich daraus entwickelte, war eine echte fürsorgliche

Freundschaft. Hund und Katze benahmen sich wie Vater und Sohn; und schon bald lagen sie im Garten, im Hundezwinger und bei jeder sich ergebenden Gelegenheit; aneinander geschmiegt oder sich gegenseitig beschnüffelnd – und in jeder Hinsicht mit sich und der Welt zufrieden. Wer war ich, dieses ungewöhnliche Liebesverhältnis zu hinterfragen? Hier hatten sich zwei gefunden.

Der Sommer kam mit großen Schritten, und es mussten wieder neue Seminare vorbereitet werden. Ein erneutes Sommercamp stand bevor.

Ich freute mich, als Doudou uns in seinen Semesterferien besuchte. Er fragte, ob er an einigen der Seminare als Gast teilnehmen konnte, was wir natürlich sehr gerne sahen. Immerhin konnte er unsere Studenten ermutigen und zeigen, was aus ihnen in ein paar Jahren werden konnte. Wir hofften, dass er berichten würde, wie ihm die Teilnahme an unseren Camps bei seinem Werdegang geholfen hatte.

Leider gab es auch einen großen Wermutstropfen. Das wurde mir klar, als ich mit Doudou über sein weiteres Studium sprach.

„Wie lange hast du denn Semesterferien?" wollte ich wissen.

„Eigentlich geht es im September wieder los."

„Wieso *eigentlich*?" bohrte ich nach.

„Weil ich ein Semester aussetzen werde, denke ich." Als er das sagte, klang er etwas unsicher. Ich muss etwas konsterniert geguckt haben, denn schnell setzte er hinzu: „Es ist wegen Maman."

Natürlich, ich hatte das Thema vermieden, aber nun kam er selber darauf zu sprechen.

„Ist es so schlimm?" fragte ich.

Er zuckte mit den Schultern. „Wir wissen es nicht. Sie ist in Behandlung. Aber ich glaube, es ist besser, wenn ich erst einmal zuhause bleibe …"

„Ach Doudou …" Ich wusste nicht, was ich sagen sollte. Ich konnte die Angst spüren, die den sympathischen jungen Mann geradezu auszufüllen schien. Es ist so schwer, in solchen Situationen auch nur annähernd etwas Helfendes zu sagen, also schwieg ich eine

Weile mit ihm. Dann sagte ich: „Du weißt, dass du hier immer Freunde und Hilfe hast."

Doudou nickte.

Mir kam eine Idee: „Weißt du was? Ich glaube, deine Entscheidung ist richtig. Und zwischenzeitlich kann man ja jetzt eh nur warten und hoffen ... Wie wäre es, wenn du unseren neuen Schülern ein paar Einblicke in die Architektur gibst? Würdest du mir dabei helfen, einen Vortrag auszuarbeiten, in dem es um die Verwendung von Kunstelementen in der Architektur geht? Ich habe da nicht so viel Ahnung ..."

Er lächelte ein bisschen verlegen. „Gerne ..."

Auch wenn es sich hier um etwas handelte, das ich mir gerade ausgedacht hatte, um den Jungen irgendwie auf andere Gedanken zu bringen, gefiel mir die Idee zunehmend. Sie würde drei Fliegen mit einer Klappe schlagen: Doudou hätte eine Aufgabe, Julie bekäme ein unerwartetes Angebot für ein Seminar und ich wäre danach möglicherweise von weiteren Aufgabenstellungen ihrerseits befreit.

Es klang nach einem guten Plan.

Am Ende kam heraus, dass das Eine zum Anderen führte. Die Unterrichtsstunde, welche ich mit Doudous Hilfe vorbereitete, war ein voller Erfolg. Und wie bei jeder Dynamik, so hatte sich auch hier das Ergebnis vom ursprünglich anvisierten Ziel entfernt – mit Erfolg. Beide waren wir erstaunt, wohin es uns führte. Architektur nicht nur als Element der Kunst, sondern auch als Ausdruck von Ideologien und gesellschaftlichen Idealen ...

Weltanschauungen, Ideologien und Doktrinen sind Gedankenkonstruktionen. Schau dir an, aus welchem Material sie gemacht sind, und du wirst wissen, ob es sich gut darin leben lässt. Am Ende lebt ja jeder in dem Haus, auf dem kleinen Planeten, in der Welt, die er sich selber baut. Gefährlich ist es immer, wenn andere gezwungen werden sollen, ebenfalls und gegen ihre Überzeugung darin zu leben. Das haben Despoten, Absolutisten und ganze Religionen uns vorgemacht. Natürlich gibt es allgemeine Grundlagen des Zusammenlebens, die friedliches Auskommen und Gerechtigkeit garantieren sollen. Aber alle darüber hinausgehende Ideologie wird am Ende immer scheitern. Das gilt für Gesellschaften, aber auch für die Architektur. Warum empfinden wir bestimmte Bauweisen als angenehm, andere als eher abstoßend; und das beinahe durch alle Kulturen hinweg und ungeachtet des eigenen Hintergrundes? Warum wird eine Stadt wie Florenz, ein griechischer Tempel oder die Architektur des Jugendstils als stimmig empfunden, während die Bauweise der Mayas einschüchtert oder jene der Nazis bedrückend wirkt? Und welche Rolle spielt der Einsatz von Kunst, wie Malerei, Mosaik und Skulptur, dabei?

Und wieder einmal geht es um das große Thema: Sehen! Bestimmt das Bewusstsein die Wahrnehmung des Seins? Was sehen wir, und wie empfinden wir das Gesehene? Inwieweit spielt das eigene Denken, die eigene Erwartung, eine Rolle dabei, wie wir Architektur, Kunst ... letztlich die Welt sehen und wahrnehmen? Ein weites Feld.

„Ariane, dies hier ist für Sie von meiner Maman, ich soll es Ihnen sofort geben." Doudou reichte mir einen kleinen weißen Briefumschlag. Ich öffnete ihn. Die Nachricht war kurz: ‚Madame Ariane, könnten Sie mich bitte besuchen? Heute Nachmittag wäre gut, wenn es Ihnen recht ist. Oder zu einem Ihnen angenehmen Zeitpunkt. Madeleine Brunet '

Ich hatte heute nichts vor, und so sagte ich Doudou, dass es mir gegen drei Uhr am Nachmittag passen würde.

Bis zu diesem Besuch, für den ich den Grund nicht wusste, hatte ich einige Stunden Zeit, um mir Gedanken zu machen. Natürlich gingen mir alle möglichen Fragen durch den Kopf. Seit ich sie, vor vielen Jahren, zum ersten Mal getroffen hatte, erlebte ich diese Frau immer als sehr zurückhaltend und beinahe in sich gekehrt. Warum wollte Madame Brunet plötzlich mit mir reden? Worüber?

Tatsache war, dass ihre Krankheit wohl fortgeschritten war. Man hatte die letzte Chemotherapie im Hospital noch beendet und sie dann nach Hause entlassen, was kein gutes Omen war.

Wenige Minuten vor fünfzehn Uhr stand ich, nicht weiser als zuvor, an der Tür zum Haus der Familie Brunet. Auf mein Klopfen hin öffnete mir Doudous ältere Schwester, die mich begrüßte und in die

Küche führte. Dort waren Monsieur Brunet und Doudou. Letzterer nickte mir bloß zu; der Familienvater stand auf und gab mir die Hand. Man konnte bei allen dreien eine große Anspannung spüren. „Möchten Sie eine Tasse Kaffee, Madame?" fragte Monsieur Brunet, aber ich verneinte dankend.

Dann brachte mich die Tochter ins Obergeschoss. Vater und Sohn blieben in der Küche zurück.

Ich betrat das Schlafzimmer, in dem Madame Brunet im Bett lag. Ich hatte sie seit einigen Wochen nicht mehr gesehen und erschrak fast, denn sie hatte stark abgenommen und sah blass aus.

Als sie mich sah, setzte sie sich im Bett auf und gab mir zur Begrüßung die Hand. Auch dieser Handschlag verriet die körperliche Schwäche der Frau. Mit einer Handbewegung wies sie auf einen am Bett stehenden Stuhl; dann bat sie die Tochter, uns alleine zu lassen.

„Es ist schön, dass Sie kommen konnten, Madame Ariane", begann sie das Gespräch.

„Ich mache das gerne; insbesondere, weil Sie mich darum gebeten haben. Eigentlich muss ich mich entschuldigen dafür, nicht schon vorher von mir aus daran gedacht zu haben. Aber wir wussten alle nicht, ob es Ihnen überhaupt recht gewesen wäre ..."

Madame Brunet winkte ab und versuchte zu lächeln. „Es ist schon gut. Sehen Sie, wenn man eine Chemo bekommt, dann steht einem nicht der Sinn nach Besuch."

„Trotzdem, ich schäme mich ein wenig dafür, dass wir uns so lange nicht gesehen haben. Übrigens soll ich auch von den Arneauds herzlich grüßen."

„Wissen Sie, dass ich das immer an Ihnen geschätzt habe?"

„Was?" wollte ich wissen.

„Dass Sie ehrlich sind; zu anderen und zu sich selber. Sie hatten immer den Mut das auszusprechen, was Sie dachten – auch über sich selber. Auch wenn Sie einen Fehler gemacht hatten oder mit sich nicht zufrieden waren."

„Oh, Madame Brunet, das ist kein Verdienst. In dieser Zeit kann einen das sogar als Schwäche ausgelegt werden, wenn man es nicht versteht, seine Maske zu wahren."

Sie setzte sich noch ein wenig mehr auf, und ich richtete ein Kissen in ihrem Rücken.

„Bitte Madame, behalten Sie diese Schwäche. Sie sind ein gutes Vorbild. Es ist kein Wunder, dass Doudou Sie sehr schätzt."

Das Gesagte erstaunte mich ein wenig, vor allem aus dem Mund dieser Frau. Sie erschien mir sehr klar in ihrem Urteil. Zwischen uns entstand eine kleine Pause des Schweigens, aber Madame Brunet brach auch diese kurze Sprachlosigkeit zwischen uns, indem sie zum eigentlichen Thema zu kommen schien.

„Das ist auch der Grund, weshalb ich Sie hierher gebeten habe. Sie mögen mich stets als zurückhaltend wahrgenommen haben, aber ich habe mittlerweile ein großes Vertrauen in Sie. Deshalb will ich ... muss ich Ihnen etwas Wichtiges anvertrauen. Sonst würde es mit mir sterben ..." Meine abwehrende Geste wischte sie sofort weg: „Nein, lassen Sie mich ganz offen sein. Ich weiß es, und Sie werden es akzeptieren. Und auch, dass ich einem Gefühl folge, das mir sagt, dass es das Richtige ist, was ich jetzt tue."

„Madame Brunet, ich werde Ihnen, wo ich kann, helfen", erwiderte ich „aber bitte, bleiben Sie optimistisch."

Sie ging darauf nicht ein. „Bitte, hören Sie nur zu. Ich bin nicht gläubig genug, einen Priester hierher zu bitten, um mich zu erleichtern. Deshalb habe ich Sie gebeten ... obwohl ich manchmal schon gedacht habe, dass Sie sowieso alles wüssten ..."

„Ich habe keine Ahnung, wovon Sie reden."

„Nun, als Sie ins Haus von Monsieur Marville kamen, da hieß es, Sie seien hellsichtig und legten auch die Karten. Ich glaubte, Sie würden auch mein Geheimnis ‚sehen'."

„Oh, da sitzen Sie einem weit verbreiteten Irrtum auf. Auch jemand, der hellsichtig oder hellfühlig ist, spioniert, wenn er oder sie es ernst meint, nicht im Leben anderer herum. Sehr selten, wenn es wirklich notwendig ist, lässt sich das Schicksal unaufgefordert in die Karten schauen. Also, Madame Brunet ..."

„Nennen Sie mich bitte Madeleine!" Die Frau lächelte mich nun an, offenbar sichtlich erleichtert.

„Und Sie nennen mich bitte Ariane", entgegnete ich.

Und dann erzählte sie mir endlich ihre Geschichte, die ich hier mit meinen eigenen Worten wiederzugeben versuche.

„Es war vor langer Zeit, vor vier- oder fünfundzwanzig Jahren. Mein Mann und ich waren glücklich verheiratet. Wir hatten unsere drei Kinder und waren in einer stabilen finanziellen Lage. Alles schien in eine gute Zukunft zu führen. Doch dann verlor mein Mann seine Arbeit. Von einem Tag zum anderen machte der kleine Baubetrieb, in dem er seit seinem sechzehnten Lebensjahr beschäftigt gewesen war, einfach dicht. Am Anfang hatten wir noch Hoffnung, dass er bald etwas anderes finden würde. Aber diese Hoffnung machte schnell der Realität Platz, dass er in seinem Alter und mit seiner Qualifikation nur einer von vielen Arbeitssuchenden war. In dieser Zeit begann er, deutlich mehr zu trinken als nur das gewöhnliche Glas Rotwein zum Abendessen oder die paar Gläser mit den Freunden beim wöchentlichen Treffen in der Dorfkneipe.

Ich suchte mir selber eine Arbeitsstelle, und mit Hilfe von Thérèse wurde ich fündig: Ich bekam meine Anstellung bei Monsieur Marville. Es besserte unser Einkommen ein wenig auf, denn die Unterstützung war nicht genug, und der Alkoholkonsum meines Mannes kostete ja auch. Nicht dass Sie mich falsch verstehen, er war kein rauher Trinker. Er wurde nie gewalttätig oder so, eher traurig und depressiv. Aber damit zog er die gesamte Familie in die Depression. Oft, wenn er nüchtern war, redete ich auf ihn ein, und er wollte es auch beenden. Aber spätestens, wenn er wieder einmal umnebelt aus der Kneipe nach Hause kam, zerfielen alle meine Hoffnungen. Unnötig zu sagen, dass auch unser Eheleben sehr unter diesen Dingen litt – Sie verstehen, was ich meine.

Das ging etwa zwei Jahre lang so. Meine einzige Flucht aus dem Elend waren die Stunden, in denen ich arbeitete – damals, als ja auch Monsieur Alains Partner, Monsieur Didier, noch lebte, war das dreimal in der Woche. Und dann starb Monsieur Didier, und auch in Marvilles Haus zog die Traurigkeit ein.

Monsieur Alain zog sich völlig zurück. Er arbeitete nicht mehr, und wir sahen ihn tage-, ja manchmal wochenlang nicht. Er verbrachte diese Zeit allein in seinem Zimmer. Man wusste manchmal gar nicht mehr, ob er noch lebte. Die Trauer hatte ihn übermannt.

Ich selber hatte mich so gut wie entschieden, wenigstens in meiner Ehe aufzuräumen. Ich wollte meinen Mann vor ein Ultimatum stellen, dass ich ihn verlassen würde, wenn er sich nicht sofort nach einer Therapie umsehen und mit dem Trinken aufhören würde.

Zu dieser Zeit geschah es, dass ich wieder einmal in Marvilles Haus arbeitete, obwohl sich Thérèse und ich oft fragten, warum wir das immer noch mit solcher Gleichmut taten; denn wie gesagt, der Hausherr war niemals zu sehen. An diesem Nachmittag – Thérèse war schon nach Hause gegangen, und auch ich war im Gehen begriffen – ging ich noch einmal in den großen Wohnraum, weil ich dort etwas liegengelassen hatte. Er schien wie immer leer, und so erschrak ich mich beinahe zu Tode, als aus der Ecke mit dem großen Lehnstuhl auf einmal ein herzzerreißendes Stöhnen und dann ein Weinen erklang. Es war Monsieur Alain, den ich dort nicht vermutet und auch nicht wahrgenommen hatte, und er hatte offenbar auch mich nicht hereinkommen gehört. Da stand ich also, in Gegenwart dieses von Trauer überwältigten, weinenden Mannes, der zusammengesunken, das Gesicht in den Armen verborgen, in seinem Stuhl saß. Erst wollte ich mich leise und unbemerkt entfernen, aber dann überkam mich eine Welle des Mitgefühls. Ich trat an den schluchzenden Monsieur Alain heran und berührte ihn ganz leicht an der Schulter. Anstatt zu erschrecken, griff er nach meiner Hand und zog sie wie einen Rettungsring zu sich heran. Im nächsten Moment nahm ich ihn, eher unbewusst einem Instinkt folgend, in meine Arme. Er klammerte sich an mich wie ein Ertrinkender; ich glaube, er hat gar nicht richtig gewusst, wer ich war oder was geschah, ich war einfach der erste Mensch seit langem, der ihn in den Arm nahm und nicht mehr losließ. Ich blieb den ganzen Nachmittag bei ihm, ihn haltend und tröstend. Er schien meine ganze Zuwendung aufzusaugen ... wie ein Schwamm. Alles geschah wie in einem Nebel. Ich kann nicht einmal mehr sagen, wie es geschah, aber ... nun, es blieb im Laufe dieser Stunden nicht nur beim Halten ... Sie müssen verstehen, alles fühlte sich in diesem Moment so richtig an. Sowohl er als auch ich brauchten uns, um uns zu berühren und festzuhalten, zu trösten und den Schmerz des anderen irgendwie zu lindern.

Als ich nach diesem Erlebnis nach Hause kam, lag mein Mann wieder einmal lallend im Bett. Meinen Kindern erklärte ich, Monsieur Marville sei es nicht gut gegangen und ich hätte daher länger bleiben müssen.

Etwa sechs Wochen nach diesem – wirklich einmaligen – Vorgang stellte ich fest, dass ich mit Doudou schwanger war. Es konnte nicht von meinem Mann sein, denn wir hatten in der fraglichen Zeit nicht ... na, Sie wissen schon. Was sollte ich tun? Andererseits wusste mein Mann überhaupt nicht mehr, wann wir das letzte Mal zusammengewesen waren.

Seltsamerweise hatte ich zu keiner Sekunde den Gedanken, das Kind nicht zu bekommen. Im Gegenteil: Ich sah eine Chance. Wenn ich meinem Mann sagen würde, dass ich noch einmal ein Kind erwartete, dann würde das meine Forderung an ihn, endlich etwas zu tun, nur unterstützen. Und notfalls wollte ich das Kind dann eben alleine großziehen. Es war wie ein lang ersehnter Lichtblick in meinem Leben.

Eigentlich hätte ich mich schuldig fühlen sollen, aber das Schicksal meinte es gut mit mir. Als ich meinem Mann von der Schwangerschaft erzählte, änderte das alles. Er glaubte, es sei von ihm. Sehen Sie, wir haben Kinder immer geliebt und waren gerne Eltern, und die Aussicht auf einen ‚Nachzügler‘, sowie mein Ultimatum, riss auch meinen Mann aus seiner Lethargie. Endlich bewegte sich etwas!

Es war nicht leicht, aber gemeinsam schafften wir es. Unsere großen Kinder zogen mit an einem Strang. Der Vater sagte sich vom Alkohol los und wurde beinahe wieder ganz der alte, und unser Glückskind Doudou wurde geboren.

Er war von Anfang an anders als seine Geschwister. Aber da mein Mann selber eins von sieben Kindern gewesen war, die unterschiedlicher nicht hätten sein können, hielt er es für einen ‚Nachzügler-Effekt‘. Er meinte, dass mit wachsendem Alter der Eltern sich auch deren Gene verändern könnten. Und obwohl er Doudou in seinem von Anfang an stark ausgeprägten künstlerischen Interesse oft nicht recht folgen konnte, liebte er ihn, denn er sah dieses Kind als seine Rettung. Er selber machte eine Umschulung und fand dann sehr bald auch – mit Hilfe einiger Freunde – eine neue Anstellung.

Das einzige, was mich noch bedrohte, war die Wahrheit. Ich hielt mein Glück für zu vollkommen, als dass es halten konnte. Daher verbot ich Doudou, mit Monsieur Alain auch nur in den leisesten Kontakt zu treten. Ich wollte nicht, dass Ahnungen und Rückschlüsse aufkamen. Selber arbeitete ich nur noch einmal die Woche im Haus, und ich hielt mich sehr zurück.

Und dann kamen Sie, Madame … Ariane. Und nach einigen Jahren guten Lebens kam in mir wieder die Angst hoch, dass mein Geheimnis auffliegen könnte.

Nun, das ist nicht geschehen. Und ich weiß nicht, warum ich es jetzt nicht in mein Grab nehme. Aber dieses Geheimnis war wie ein Schatz, den ich über zwanzig Jahre lang gehütet habe; und jetzt, wo Monsieur Alain tot ist und auch ich bald dorthin gehen werde, wollte ich den Schatz weitergeben. Vielleicht als eine Erklärung; vielleicht, um mich am Ende doch zu erleichtern … Ich weiß es nicht. Ich weiß nur, dass ich Ihnen, Ariane, mittlerweile vertraue, mit diesem Wissen umzugehen. Und irgendwie war ich es Ihnen auch schuldig, denn ich habe gespürt, wie sehr Sie und Monsieur Alain sich geliebt haben. Und das hat mich – ehrlich! – sehr glücklich gemacht.“

Das war Madeleine Brunets Geschichte.

Als ich, nach dieser unerwarteten Reise in die Vergangenheit, wieder auf der Straße vor dem Brunet´schen Haus stand, hatte sich alles – das kleine Dorf Lagnières, das Abendlicht, meine Erinnerungen, meine Gefühle – verändert. Langsam, sehr langsam, ging ich nach Hause.

Kaum jemand, der ehrlich und tief liebt, wird sich auf Dauer in seiner Phantasie dem Gedanken entziehen können, wie es wäre, mit dem geliebten Menschen ein Kind zu zeugen; unabhängig davon, ob die Lebensplanung oder aber die gegebenen biologischen Voraussetzungen diese Idee zuließen. Der Gedanke, dass im höchsten und intimsten Augenblick, den man mit einem anderen Menschen teilt, ein neues Leben entstehen kann, ist ein fester Bestandteil unserer Psyche und meldet sich in uns gegen jeden rationalen Einwand.

Ich glaube zu wissen, dass es in Alain gegen Ende seines Lebens ein Bedauern gab. Es bezog sich darauf, dass wir uns erst spät kennen- und lieben gelernt hatten; aber ich denke, dass auch die Tatsache, kein Kind gehabt zu haben, niemanden zu hinterlassen, ihn am Ende doch geschmerzt hat. Auch das Wissen, dass alles so geschieht wie es geschehen soll, änderte daran nichts. Es gab da einen Blick, den ich aufgefangen hatte, als unser Ziehkater Paul noch klein war und ich ihn sozusagen an meinem Busen aufzog, ihn fütterte und warm hielt. Und die eine oder andere Bemerkung war im Laufe von Alains letzten Lebensjahren gefallen.

Und nun gibt es einen Sohn; jemanden, der Alains Gene weiterträgt. Mich stimmt nicht traurig, dass es eine andere Frau als ich war, die Alains Kind ins Leben gebracht hat; es geschah lange bevor ich ihn traf. Aber es stimmt mich traurig, dass keiner von den beiden es je wissen wird. Denn so sehr der junge Mann auch ein Recht darauf hätte, von seiner Herkunft zu wissen, so würde es höchstwahrscheinlich nichts Gutes hervorbringen. Das Vertrauen zur sterbenden Mutter würde aller Wahrscheinlichkeit nach erschüttert werden, und hinsichtlich des biologischen Vaters wäre da wohl nur der Schmerz, ihn nie wirklich kennengelernt zu haben. Auf der anderen Seite hatten Doudous Eltern gut für ihn gesorgt; er liebt seinen Vater, der sich nach der Geburt des Jungen wieder der Familie zugewandt hatte, genauso wie seine Mutter.

Und in mein Leben tritt eine neue Freundin und Vertraute, kurz bevor sie wird sterben müssen, und ein Kind, kurz bevor es die Schwelle zum Erwachsenenalter überschreiten wird. Offenbar muss jedes Glück ein Quäntchen Tragik enthalten …

Mir bleibt also nur, die offenbar einzige Mitwisserin zu sein und das Geheimnis, wie versprochen, gut zu hüten.

Obwohl ich mich für die einzige Eingeweihte in das Geheimnis hielt, fragte ich mich nun doch, ob Thérèse von all dem etwas gewusst oder aber zumindest geahnt hatte. Die alte Haushälterin lebte immer noch im Ort, obwohl sie nun nicht mehr so oft ausging.

Die Familie hatte der beharrlich auf Eigenständigkeit bestehenden alten Dame wohl oder übel eine Frau gesucht, die sich stundenweise täglich in ihrem eigenen Haus um sie kümmerte und notwendige Wege für sie erledigte. Die Dame mit dem Namen Vera kam aus Osteuropa und war eine resolute Beschützerin der ihr anvertrauten Person; gerade so, wie ich derlei dienstbare Geister aus diesen Gegenden kannte.

Als ich mich entschloss, Thérèse aufzusuchen, öffnete Vera die Tür so schnell, dass zu vermuten war, sie habe mich schon von Ferne kommen gesehen. Mit einem freundlichen aber entschlossenen Lächeln und verschränkten Armen stand sie in der Tür, willens, mich nicht einfach so auf Zuruf hin durchzulassen.

„Hallo Vera, ist Thérèse da?"

„Natürlich, wo soll sie sonst sein?" fragte die Angesprochene mit durchaus freundlichem Gesicht zurück.

„Ich meinte, ist sie wach? Könnte sie mich empfangen?"

„Wenn Sie hier eine Minute warten und Madame Thérèse noch ihre Medikamente nach dem Mittagessen einnehmen kann, werde ich sie fragen." Damit wies sie auf einen Stuhl genau hinter der Eingangstür, der eigens zu dem Zweck, Besucher nicht gleich vorzulassen, von ihr hier aufgestellt worden war.

Nachdem die Medizin gegeben und alles hergerichtet worden war, durfte ich ins Wohnzimmer. Vera servierte mir auf meine Bitte hin ein Glas Wasser und verabschiedete sich dann für den heutigen Tag.

Thérèse saß etwas eingesunken, aber mit interessiertem Gesicht in ihrem Lehnstuhl. „Wie geht es Ihnen, Madame?" fragte sie.

„Es geht mir sehr gut; Ihnen hoffentlich auch."

Sie nickte. „Ach, naja, das Alter. Aber ich habe ja jetzt eine Haushaltshilfe. Da musste ich mich erst daran gewöhnen. Manchmal ist sie sehr rigoros mit mir." Das Gesicht, das sie zu diesem Kommentar machte, zeigte mir, dass es ihr gar nicht behagte, dass sie nun diejenige war, die Hilfe in Anspruch nehmen musste. Dann setzte sie hinzu: „Es war die Bedingung meiner Kinder, dass ich Vera akzeptieren musste, um hier wohnen zu bleiben."

Ich wollte Thérèse von diesen Gedanken ablenken; deshalb begann ich, ihr über unsere Arbeit zu erzählen und vor allem über Doudou. „Erinnern Sie sich noch an den kleinen Jungen? Er ist jetzt ein guter Kunst- und Architekturstudent geworden. Seltsam, dass er als einziger aus seiner Familie dieses Interesse hat. Er ist ganz anders als seine Geschwister." Ich schaute, ob meine Worte irgendeine Wirkung auf die alte Dame hatten.

Aber sie wirkte eher gleichgültig, als sie erwiderte: „Ach, das hat man doch oft, dass Geschwister sich ganz individuell und oft sehr unterschiedlich entwickeln."

Ich ließ nicht locker. „Aber es ist doch sehr eigenartig, wie die gleichen Eltern so unterschiedliche Kinder produzieren können. Das hat mich immer sehr verwundert."

Thérèse sagte dazu nichts. Deshalb bohrte ich weiter. „Übrigens geht es Madame Brunet mittlerweile sehr schlecht. Ich habe sie neulich besucht ..."

Wieder schien die alte Dame das Thema nicht sehr zu interessieren, denn sie schwenkte auf etwas anderes um, indem sie fragte, wie es denn Bertrand und Julie gehe. Ich kam hier nicht weiter, und so erzählte ich ihr von den beiden, was augenblicklich ihr Interesse zu wecken schien. Aufmerksam hörte sie mir zu, als ich ausführlich über die Klassen und die praktische Arbeit in unserem Projekt berichtete.

Dann entstand eine Pause, Thérèse schaute wieder eher unbeteiligt vor sich hin, und ich rüstete innerlich schon zum Aufbruch. Da fragte sie in die Stille hinein: „Ist es wirklich so ernst mit Madame Brunet?"

„Nun, sie wurde aus der Klinik nach Hause entlassen. Das bedeutet in der Regel nichts Gutes."

„Und, wie nimmt sie es auf?" fragte sie weiter.

„Ich glaube, sie weiß und akzeptiert es. Sie will wohl mit sich ins Reine kommen ..."

Thérèse seufzte leise. „Armer Monsieur Brunet. Es ist nicht leicht für einen Mann, von seiner Frau zurückgelassen zu werden. Männer verkraften das in der Regel nicht so gut wie Frauen. Mein Martin hat mich immer angefleht, dass ich es doch so einrichten sollte, dass ich nicht vor ihm gehe. Das hat ja auch geklappt."

Ich nickte. „Ja, ich glaube, die meisten Männer sind so gestrickt."

Thérèse fuhr fort, als habe sie meine Bemerkung gar nicht gehört. „Ich weiß ja nicht, ob man das so verallgemeinern kann, aber beinahe alle Männer, die ich kannte – mein eigener Mann, mein Schwiegersohn, Monsieur Alain – haben von dem, was um sie herum vorging, meistens nur die Hälfte, wenn überhaupt etwas, mitbekommen."

Während sie diese Bemerkung machte, war in Thérèse eine Veränderung vorgegangen. Ihre Augen schauten mich jetzt forschend an. In einem ganz anderen Tonfall als zuvor sagte sie: „Madame Ariane, statt Pilze zu sammeln sollten Sie lieber fischen gehen. Ich glaube, dazu haben Sie ein Talent!" Dann beugte sie sich nach vorne, und als sich ihr Körper straffte, erschien es mir, als seien auch ihre Gesichtszüge plötzlich um zwanzig Jahre jünger geworden. Sie winkte mich etwas zu sich heran und schaute mir direkt in die Augen. „Wissen Sie, die Leute hier im Ort sind sehr praktisch veranlagt. Sie gehen ihren täglichen Notwendigkeiten nach und kümmern sich nicht um Klatsch und Tratsch." Für eine Sekunde pausierte sie, dann fuhr sie fort. „Möglicherweise hat es Beobachtungen oder Vermutungen gegeben, aber es wurde niemals im Ort geredet. Und es wäre gut, wenn es dabei bliebe."

Dann ließ sie sich wieder zurück in ihren Sessel fallen; augenblicklich war die Verwandlung vorbei, und die liebenswerte, alte Dame war wieder so, wie ich sie angetroffen hatte.

Ich hatte mich bemüht, meine Verwunderung über das, was gerade geschehen war und gesagt wurde, zu verbergen. Aber ich denke, ich hatte verstanden.

Ich erhob mich und beugte mich zu ihr hinunter. „Sie können sicher sein, Thérèse, dass es auch zukünftig so bleiben wird. Das verspreche ich Ihnen." Gemäß der hiesigen Tradition gab ich ihr auf jede Wange einen Kuss. „Machen Sie es gut! Ich schaue bald wieder vorbei."

„Das will ich hoffen!" waren die Worte, die ich hinter mir hörte, als ich zur Tür ging, die ich dann leise hinter mir zuzog.

Sehr geehrte Madame Brunet, liebe Madeleine! Mit Bedauern habe ich gehört, dass es im Moment nicht möglich ist, Sie zu besuchen. Deshalb schreibe ich Ihnen diesen Brief.

Ich möchte, dass Sie wissen, dass unsere Gedanken bei Ihnen sind. Sie sind eine tapfere Frau, und sowohl das Ehepaar Arneaud als auch ich wünschen Ihnen und Ihrer Familie Kraft und Zuversicht.

Ich kann Ihnen mitteilen, dass wir Ihren Ehemann, Doudous Vater, auch in Zukunft unterstützen werden, indem wir Ihrem Sohn bis zum Abschluss seines Studiums ein Stipendium aus der Marville-Stiftung zukommen lassen. Somit wird der junge Mann der erste von hoffentlich noch vielen Stipendiaten. Hätte Monsieur Marville es noch erlebt, wäre er sicher sehr stolz auf solch einen Schüler gewesen. Hoffentlich sind Sie bald wieder stark genug, damit wir uns sehen können. Mit den allerherzlichsten Grüßen, Ihre Ariane

Natürlich kam es nicht mehr zu einem Treffen. Madeleine Brunet, deren Befinden sich zu diesem Zeitpunkt zunehmend verschlechterte, hat das Schreiben aber noch bekommen und lesen können. Doudou zufolge habe sie sich sehr über die Zeilen gefreut und sogar gelächelt; ja, sie sei danach wie befreit gewesen. Wenige Tage später starb sie, 58-jährig, im Kreis ihrer Familie.

Es war meine Absicht gewesen, ihr auf diese Weise noch einmal zu versichern, dass ihr Geheimnis um die wahre Abstammung ihres Sohnes Doudou von mir um jeden Preis gewahrt bleiben würde und dass Doudou von uns alle mögliche Unterstützung auf dem Weg in sein weiteres Leben erhalten würde. Verschwiegen hatte ich, dass ich bereit war, das im Rahmen unserer Stiftung klein ausfallende und daher eher symbolische Stipendium mit einer monatlichen Summe aus meiner eigenen Tasche aufzubessern. Ich hielt es für das einzig Richtige – und ganz im Sinne von Alain.

Beinahe das gesamte Dorf hatte sich auf dem Friedhof eingefunden, um Madeleine Brunet die letzte Ehre zu erweisen. Es war ein sonniger Tag; so sehr im Kontrast zu dem Anlass, der uns alle hier, gemeinsam mit der gesamten trauernden Familie Brunet, zusammengebracht hatte.

In mir trug ich seit Tagen ein Stechen im Herzen, das mir beinahe die Luft nahm. Es war, als sei ein Florett von oben durch meinen Körper gestoßen worden; nicht nur durch das Herz, sondern auch durch den Magen und die Eingeweide. Die Wunde war von außen nicht sichtbar, aber innerlich ließ sie mich spürbar bluten.

Was von dem, das ich erfahren hatte, ließ mich so leiden? Die Tatsache, dass dem Vater wie dem Sohn für immer die Wahrheit vorenthalten wurde, für den Preis einer wiedergewonnenen Familienharmonie? Dass ein großes persönliches Unglück ein großes persönliches Glück zu erzeugen half? Oder weinte ich innerlich um mein eigenes, ungeborenes Kind? Dass es nichts gab, was von uns beiden weiterleben würde ... Vielleicht war es tatsächlich so, dass mein Körper sich, im Unterbewusstsein, nach jenem Kind sehnte, das ich – schon aus biologischen Gründen – Alain nicht hatte geben können, und das ja nun doch in Form von Doudou in der Welt war.

Außerdem bestürzte mich eine für mich beinahe unfassbare Absurdität: Gerade bei uns Frauen waren es oft jene Organe und Körperteile, die Leben schenkten und nährten, welche uns dann, in späteren Jahren, umbrachten.

Was auch immer es war, es zerrte an mir in beinahe unerträglicher Weise. Ich weiß auch gar nicht mehr, wie ich das Begräbnis mit Beherrschung hinter mich brachte. Ich schüttelte dem am Boden zerstörten Monsieur Brunet die Hand, umarmte alle seine Kinder und strich Doudou zusätzlich über den Kopf.

Julie und Bertrand hatten mir wohl angesehen, wie schlecht es mir ging, und wollten mich auf dem Weg in den Dorfgasthof, der heute extra zu diesem Anlass für die Trauergäste eine große Tafel auf der Dorfstraße hergerichtet hatte, in ihre Mitte nehmen. Aber ich wollte jetzt erst einmal alleine sein und schickte sie mit der Bemerkung vor, ich wolle gleich nachkommen. Ich wartete, bis alle gegangen waren. Dann begab ich mich zu Alains Grab und setzte mich neben die Katzenskulptur auf die Grabplatte. Ich streichelte sie, die Katze, die Platte; als könne ich ihm dadurch nahe sein. Plötzlich überwältigte mich eine Welle aus hilfloser Trauer, ich konnte es nicht zurückhalten. Die Tränen liefen mir in Sturzbächen übers Gesicht, und ich begann wohl auch, laut zu schluchzen. Minutenlang schüttelte es mich durch, ich konnte mich gar nicht mehr fassen.

Umso erschrockener war ich, als sich plötzlich eine Hand ganz sacht auf meine Schulter legte. Ich fuhr herum; es war Doudou. Von mir unbemerkt, war er wohl auch noch auf dem Friedhof, am Grab seiner Mutter, geblieben und hatte dann mein Weinen gehört. Schnell stand ich auf und versuchte, mir die Tränen zu trocknen. Jetzt war es an Doudou, mich tröstend in den Arm zu nehmen. Wie verrückt!

„Weinen Sie nicht, Ariane", sagte er. „Maman ist jetzt sicher auch dort drüben … und wird ihm alles erzählen."

Diese Worte trafen mich wie eine Gewehrkugel. Ich wand mich aus der zaghaften Umarmung des Jungen und schaute ihm direkt ins Gesicht. „Was meinst du, was wird sie erzählen?"

Er schaute mir mit entwaffnender Unschuld ins Gesicht. „Na, was sich alles verändert hat und was aus uns allen geworden ist. Über die Schule auf seinem Anwesen, über die Lehrgänge … dass Sie zurückgekommen sind und jetzt hier leben, und dass Sie ihm die Katzenskulptur aufs Grab gestellt haben …"

Ich atmete sehr tief ein und wieder aus. Für einen bangen, schreckhaften Moment hatte ich doch wirklich geglaubt, der Junge hätte eine Ahnung oder gar ein Wissen. So als habe man mir das Geheimnis ansehen können, das ich in mir trug und das niemals, niemals ans Licht kommen durfte. Jetzt beruhigte ich mich ein wenig. Ich nahm ein Taschentuch aus meiner Jackentasche und wischte mir übers Gesicht. Dann sagte ich: „Danke, Doudou!"

Nun nahm ich den jungen Mann, der mich tröstete, wo er doch viel mehr Trost als ich benötigte, ganz fest in meine Arme, und in seine Halsbeuge hinein flüsterte ich: „Ja, ich hoffe sehr, dass dein Wunsch in Erfüllung geht und sie sich treffen. Und dass sie ihm alles, wirklich *alles* erzählt!"

Man sagt, es falle außerordentlich schwer, in der Trauer die richtigen Worte zu finden. Aber als habe Doudou einen heilsamen Zaubersatz gesagt, heilten nach diesem Gespräch auf dem Friedhof langsam meine inneren Verletzungen.

Über den Herbst hin bis zum Frühjahr blieb Doudou erst einmal bei seinem Vater. Ich besuchte sie des Öfteren, um sicherzustellen, dass die beiden über ihre Trauer hinwegkamen und Monsieur Brunet nicht wieder in eine Depression fiel. Immerhin ging es um das Elternhaus von Alains Sohn ...

Ich ermutigte Monsieur Brunet, seine mittlerweile an anderen Orten lebenden Kinder, von denen er auch schon zwei Enkel hatte, öfter zu besuchen und band Doudou in einige Aktivitäten an der Kunstschule ein. Und als die Weihnachtszeit nahte und ich ein Geschenk brauchte, bat ich ihn um ein schönes Bild von Bruno, da mir seinerzeit Doudous Porträts recht gut gefallen hatten.

Außerdem hatte ich schon vor einiger Zeit in Alains Nachlass die Aufzeichnungen aus seiner Zeit des Architekturstudiums gefunden. Ich gab sie Doudou, in der Hoffnung, dass er damit irgendetwas anfangen konnte. Das entschädigte ihn möglicherweise ein wenig für die vielen Gelegenheiten, in denen er sich nicht getraut hatte, den Künstler Alain anzusprechen. Der junge Mann freute sich mehr darüber, als ich erwartet hatte, und nahm die Skizzen, Kladden und Notizbücher beinahe andächtig an sich.

Dieses Weihnachten war insofern ungewöhnlich, als es uns eine unübliche Kälte sowie Schnee und Eis bescherte. Und es hatten sich für die Festtage François und Irène angesagt. Ich machte mir etwas Sorgen wegen deren Anreise bei so eisigem Wetter, aber François wischte das schon am Telefon weg: „Lass mal, ich habe in Kanada ganz andere Bedingungen gemeistert."

Also freute ich mich jetzt etwas beruhigter auf unseren Besuch; genauso wie auf Celia, die natürlich wie immer mit von der Partie war, und selbstredend auf die intensive Zeit mit Bertrand und Julie. Natürlich hatten wir auch Monsieur Brunet und Doudou eingeladen, aber alle verstanden, dass ihnen danach nicht der Sinn stand. Wenigstens kamen alle Geschwister Doudous, teilweise mit ihren Familien, nach Lagnières, um dem Vater und Bruder Gesellschaft zu leisten.

Selbstverständlich war Madame Brunets Tod ein Thema am Festtagstisch. Zunächst entschuldigte sich François dafür, dass er nicht zur Beerdigung kommen konnte. „Wisst ihr, ich wäre wirklich gerne gekommen … beide wären wir gern gekommen." Dabei schaute er zu Irène, die ihm zunickte. „Aber ich hatte an dem Tag eine lange geplante Besprechung, die ich nicht verschieben konnte."

„Ist schon gut, das verstehen wir. Eure Kondolenzkarte kam rechtzeitig, und ich habe sie an die Familie Brunet weitergeleitet."

François lächelte etwas verlegen. Dann stieß Irène ihn an. „Nun lass die Katze schon aus dem Sack."

„Was ist los? Geheimnisse?" fragte Julie.

„Naja, nun kann ich es ja bekannt geben. Ich setze mich zur Ruhe."

„Na, das ist ja mal ein Grund zum Feiern!" meinte Bertrand. „Glaub mir, als ich in den Ruhestand ging, dachte ich, ich könnte ohne meine Arbeit nicht leben. Aber dann kam dieses Projekt hier … und nun genieße ich die Ruhe des gemütlichen Rentnerlebens."

„Na, gemütlich würde ich das nicht nennen", sagte ich, „du bist ja immer auf Achse."

„Ja, mein Mann konnte noch nie stillsitzen", ergänzte Julie.

Bertrand protestierte. „Aber das ist etwas anderes. Nun habe ich keine Patienten mehr, die mich rund um die Uhr brauchen. Das Leben geht in geregelten Bahnen … Aber nun lasst doch mal François weiterreden. Ab wann gehst du denn in Rente?"

„Ab dem ersten Januar. An dem Tag, als die Beerdigung war, hatte ich das Übergabegespräch mit meinem Nachfolger. Die Gießerei muss ja weiter existieren. Danach gab es eine Einarbeitungszeit, in der ich mit vor Ort war und dafür zu sorgen hatte, dass alles reibungslos in die Hände des neuen Chefs übergeht. Ja und dann …"

„… dann hat er endlich seinen ganzen noch ausstehenden Urlaub genommen!" ergänzte Irène in einem erleichterten Ton.

„Ja, so ist es. Und nun wollen wir das Leben gemeinsam genießen und auch mehr reisen; alles anschauen, was wir in diesem Leben noch so sehen wollen."

„Bravo!" rief Celia und erhob das Glas. Wir prosteten uns alle gegenseitig zu und tranken.

Dann sagte ich: „Korrigiere mich, wenn ich mich irre, aber eigentlich hast du doch schon länger gearbeitet, als du gemusst hättest, nicht wahr?"

„Das stimmt, ich hätte eher in Ruhestand gehen können. Aber damals machte es keinen Sinn; was hätte ich tun sollen? Nun, mit Irène, ist es anders."

Ich glaube, jeder in der Runde konnte sehen, wie François in seiner neuen Partnerschaft aufgeblüht war, und jeder freute sich darüber. Sogar Celia, von der ich ja nun wusste, dass sie sich auch für diesen netten Menschen interessiert hätte … vorausgesetzt, er wäre noch frei gewesen …

Dieser nette Mensch stand nun auf, ging hinüber zu seiner auf einem Stuhl deponierten Reisetasche und entnahm ihr eine Schachtel. Dann setzte er sich wieder neben mich und wandte sich mir zu. „Ich möchte der Frau, die mich damals in die richtige Richtung geschubst hat, dafür danke sagen." Damit überreichte er mir den Karton.

Ich war ganz erstaunt, denn wir hatten eigentlich beschlossen, uns zu Festtagen wie Weihnachten und Geburtstagen nun wirklich nichts mehr gegenseitig zu schenken. Ich nahm den Karton und öffnete ihn unter den erwartungsvollen Blicken aller um den Tisch Herumsitzenden.

Was ich auspackte, war eine etwa zwölf Zentimeter große Miniaturversion der Katze, unserer Katze, Alains und meiner, der ‚coup de cœur'. Jener Katze, die damals im Beisein von Julie und Bertrand hier in diesem Zimmer enthüllt worden war und deren Bronzeversion jetzt Alains Grab schmückte. Aus dem ‚Hause François', aus jener Gießerei, die er jetzt verlassen würde.

Nun war es an mir, aufzustehen, ihm mit einer herzlichen Umarmung zu danken für das unerwartete Geschenk, nur um dann Beweis zu führen für den Umstand, dass auch ich mich nicht an die selbst auferlegte Zurückhaltung in Sachen Geschenke zu halten gedachte. Ich ging in die Ecke des Raumes und brachte, deutlich erkennbar, ein verpacktes Bild in unsere Mitte, welches ich nun François überreichte. Dabei nahm ich ihn wieder in den Arm und flüsterte in sein Ohr: „Damit du immer vor Augen hast, gegen wen du damals verloren hast!"

In diesem Moment hatte ich den Eindruck, dass er wirklich nicht wusste, wovon ich eigentlich sprach. Also gab ich ihm Gelegenheit zum Überraschtsein und dann zum Auspacken. Aber spätestens, als er das Porträt in Händen hielt, welches Doudou in meinem Auftrag von Bruno gemalt hatte, brach er in Lachen aus.

Dann sagte er: „Du musst nicht flüstern, Irène kennt schon lange die Geschichte. Ich habe sie ihr gleich am Anfang erzählt."

Diese Bemerkung, die dreien von uns verständlich und dem Rest allerdings ganz und gar unverständlich erschien, war geeignet, den Abend mit einer Geschichte zu würzen; nicht ganz unähnlich jener Begebenheit, die ich seinerzeit in der Küche auf Alains Frage nach meinem erotischsten Erlebnis preisgab und die wider Erwarten von Elefanten gehandelt hatte. Aber gerade weil die Nichteingeweihten, die sich aus unserem Freundespaar Julie und Bertrand sowie Celia zusammensetzten, von meinen immer recht witzig dargebotenen Begebenheiten wussten, drängten sie nun auf Aufklärung. Nach einer durch Kopfnicken demonstrierten Ermutigung seitens Irène und François gab ich die Geschichte zum Besten, in der es nicht nur um das Werben des Letzteren, sondern vor allem um das Missverständnis über den neuen ‚Mann' an meiner Seite ging, der sich dann als Haushund Bruno entpuppte. Das schloss François' fälschliche Vermutung ein, ich sei nun völlig übergeschnappt und pflege zudem seltsame erotische Vorlieben, Stichwort: Hundeleine.

Der Abend war wunderschön, auch wenn mir Doudou fehlte und ich mich ein-, zweimal dabei ertappte zu denken, dass wir hier lachten, während bei den Brunets die Trauer noch groß sein musste.

Aber das Leben musste auch weitergehen. Der Wein half sicher mit, die Stimmung so hoch schlagen zu lassen, und die ganze Tischgesellschaft erging sich für den Rest des Abends in einem herzlichen und von allen falschen Gefühlen freien Lachen.

Der Stich durch mein Herz und meine Seele, der so richtig erst um Madeleine Brunet´s Beerdigung herum aufbrach, ist langsam verheilt. Nun ertappe ich mich dabei, Doudou intensiver zu beobachten, als ich es je vorher getan habe. Ich schaue ihn an; seine Bewegungen, seine Gesichtszüge, sein Lächeln ... und ich versuche, Züge von Alain in ihm zu erkennen. Und manchmal, wenn ich es kaum erwarte, huscht etwas über seine Gestalt, das mich an jenen zu erinnern scheint. Natürlich weiß ich nicht, wie viel davon dem Wissen entspringt, das ich nun habe, oder dem Wunschdenken, das mich ja zweifellos auch irgendwie beherrscht.

Auch versuche ich mir vorzustellen, wie es wohl wäre, wenn Doudous Mutter nicht an ihrer Erkrankung gestorben wäre. Natürlich setze ich voraus, dass ich es dann gar nicht wüsste; dass ich es sowieso nur erfahren habe, weil sie wusste, dass sie gehen würde. Was aber, wenn es anders gekommen wäre? Man kennt sich selber ja nicht wirklich bis ins Letzte; glaubt sich nur zu kennen. Wenn es hart auf hart kommt, begegnet man sich noch einmal ganz neu. So ging es mir mit meinem inneren Schmerz, der beinahe viel körperlicher gewesen war als jener bei und nach Alains Tod. Wie also würde es sein zwischen Madeleine Brunet und mir?

Aber damit komme ich auch nicht weiter. Wieder einmal bestätigt sich, wie unsinnig es ist, mit dem Gedanken ‚Was wäre wenn?' zu spielen ...

Der kleine Kater, den Bruno unter seine schützenden Pfoten genommen hatte, war herangewachsen. Der Liebe zwischen den beiden hatte das keinen Abbruch getan. Noch immer begrüßten sie sich überschwänglich, wenn sie sich im Garten begegneten, und konnten gar nicht genug voneinander bekommen.

Wenn es warm genug war, dass Bruno Zeit in seinem Zwinger verbringen konnte, lagen sie beide aneinander geschmiegt zusammen, oder der Kater strich um Brunos Beine herum und rieb seinen Kopf an dessen Fell.

Ich traf Julie vor dem Zwinger an, als sie kopfschüttelnd diese ungewöhnliche Freundschaft beobachtete. „Ich glaub´ es nicht. Und da sagt man, Hund und Katze verstünden sich nicht."

„Muss wohl so sein, dass der eine des anderen Sprache erlernen und verstehen kann. Denn das ist doch wohl das Hauptproblem zwischen diesen beiden Arten."

„Meinst du?" fragte Julie zurück, die offenbar von Haustieren nicht viel Ahnung hatte.

„Das ist doch klar: Wenn der Hund mit dem Schwanz wedelt, freut er sich; tut die Katze das, ist sie angespannt und nervös. Und so ist es mit der gesamten Körpersprache."

„Und warum ist das bei diesen beiden anders?"

Ich zuckte mit den Schultern. „Weiß nicht! Bruno scheint auf alles Kleine, Hilfsbedürftige zu stehen. Bei jedem Laut eines Vogels oder eines anderen Tieres, das wie ein Kätzchen oder ein Baby klingt, spitzt er die Ohren und will sofort dorthin. Ich bilde mir ein, er will schauen, ob er helfen kann."

Julie lachte. Dann wurde sie allerdings nachdenklich. Sie setzte sich auf einen der schon draußen stehenden Gartenstühle. „Ich habe in letzter Zeit viel über Madame Brunet nachdenken müssen. Wie jung sie war und wie schnell es ging ..."

Ich setzte mich zu ihr. „Das passiert immer wieder. Das ist die Ironie ... Man sagt, die Guten sterben früh ..."

„Das ist es nicht. Man denkt ja auch an die eigene Sterblichkeit. Wir haben uns hier einen Traum erfüllt, und ich spüre noch sehr viel Kraft in mir. Bertrand geht es auch so. Aber irgendwie würden wir beide gerne wissen, wie alles weitergeht, wenn mit uns etwas ist."

„Du willst die Nachfolge regeln? Das ist sicher eine gute Idee."

„Ja, vor allem, weil nach uns niemand mehr kommt, der es tun könnte. Wir haben zusammen ja keine Kinder."

„Wieso sagst du, *zusammen* habt Ihr keine Kinder?" Diese Formulierung erstaunte mich jetzt doch ein wenig. Julie schaute mich an. Dann sagte sie, so als gebe sie sich einen Ruck: „Ich wollte eigentlich nie Kinder haben, und als ich Bertrand traf, waren wir beide eh zu alt." Sie schien zu zögern, dann setzte sie hinzu: „Bertrand hat einen Sohn aus erster Ehe, wusstest du das nicht?"

Ich war ehrlich erstaunt; eigentlich hatten wir niemals über Bertrands erste Ehe gesprochen.

Julie nahm mein Erstaunen wahr. „Das ist eigentlich kein Geheimnis, aber es spielt auch zwischen uns keine Rolle. Er hat weder zur Mutter noch zum Sohn Kontakt."

„Wir … wir haben da niemals drüber gesprochen. Ist auch nicht meine Angelegenheit."

„Macht ja nichts. Jedenfalls ist da kein Nachfolger in Sicht. Du hast ja auch keine Erben. Also müssten wir irgendeine Idee entwickeln. Ich glaube, wir machen hier eine gute, wichtige Arbeit. Wir helfen jungen Leuten, sich in der Kunst zu finden, ihre Kreativität zu entwickeln." Julies Augen glühten jetzt geradezu.

„Ja, das tun wir. Wir geben jungen Menschen eine Chance, die sie aus Geldgründen vielleicht nicht hätten." Ich legte meine Hand auf Julies. „Weißt du, wir sollten das gut bedenken. Vielleicht liegt ja eine Lösung viel näher, als wir es uns im Augenblick vorstellen können. Und im Moment haben wir hoffentlich noch viel Zeit zum Überlegen."

Ich wusste nicht, warum ich das sagte, so als habe ich eine Idee. Ich hatte keine Idee. Aber jetzt, mehr noch als zuvor, hatte ich eine Ahnung, dass das Leben immer wieder mit Dingen aufwartete, die man nicht vermutete. In letzter Zeit schienen verlorene Söhne aus der Versenkung aufzutauchen wie Pilze nach einer warmen Regennacht. Wer wusste schon, was alles sich noch ergeben sollte? Man musste das Schicksal manchmal einfach nur machen lassen.

In diesem Frühling schien sich die Natur einmal mehr zu steigern, oder kam mir das nur so vor, weil ich mich mit zunehmenden Jahren immer mehr auf Details fokussierte? Hatten die Ameisen in den vergangenen Jahren lediglich an Mini-Termitenbaue erinnernde Sandkrümelhäufchen aufgeschüttet, so bauten sie in diesem Jahr ganze Hochhäuser aus dem unterirdischen Abraum, zu deren Stabilisierung sie geschickt die das Ausgangsloch umgebenden Grashalme einzuarbeiten wussten. Die grannig-buschigen Blütenköpfe der Gräser, die früh am Tag immer ganz voll von Morgentau waren, kamen mir vielfältiger vor, als ich es aus den Vorjahren in Erinnerung hatte. Während man beinahe überall in Europa das Verschwinden von natürlichen Wildblumenwiesen – und damit auch der Insekten – beklagte, begann es hier auf den Weiden und Wiesen üppig und vielfältig zu knospen und auch schon zu blühen. Allerdings war es mir in der Erinnerung, als seien die

Schafweiden auf meiner nun in der Vergangenheit liegenden Griechischen Insel noch um einiges artenreicher gewesen. Eine Unzahl von Wildblumen bedeckten dort im Frühjahr die gesamte Landschaft: Luzerne, Schneckenklee, Disteln, Winde, Wilde Lupinen, Mohn, wilde Iris ... und Tausend andere, deren Namen ich nicht kannte. Überall sah man zwischen den Pflanzen die wolkigen Nester der Wiesenschaumzikade, auch ‚Hexenspucke' genannt, denen das Wiesenschaumkraut seinen Namen verdankte. Also gab es wirklich Landlebewesen, die aus dem Schaum geboren wurden, gerade so, wie die Mythologie es der Aphrodite zuschrieb. Allerdings war im Falle der Zikade das daraus resultierende Insekt ein eher robustes Tier mit kurzen, aber sehr sprungstarken Beinen. Und es war eines von vielen Spielarten seiner eigenen Art, so wie es eines von unendlich vielen Insekten war. Wenn ich damals mit der Hündin durch die Wäldchen streifte, flogen vor uns Tausende Schnaken wie geflügelte Waldgeister auf. Und vor Bienen summte es – selbst noch im Winter, wenn der Efeu blühte – so laut, dass man dachte, es sei ein Generator in Betrieb. Das einzige, was einem den Frühling dort gründlich verderben konnte, waren die seltsamen Stürme gewesen, die roten Saharasand über das Land brachten, der dann auf Blättern und Blüten und jedem anderen Gegenstand im Freien lag und oft einen schlechten Einfluss auf die zu erwartende Ernte gehabt hatte.

In Griechenland hatte ich zum ersten Mal in meinem Leben einen Wiedehopf gesehen – gleich mehrere Male. Dieser wunderschöne Vogel mit seinem prächtigen Kronenschopf, den die Engländer *Hoopoe* nannten, kannte ich bis dahin nur aus dem Lied von der Vogelhochzeit.

Hier in der Provence hatte ich, obwohl er hier ebenfalls gelegentlich vorkommen sollte, noch keinen seiner Art gesehen; dafür gesellte sich in diesem Jahr ein anderer gefiederter Bekannter aus noch ferneren Kindheits- und Jugendtagen zu uns, jedenfalls akustisch. Ich kannte diesen Ruf gut, er war unverkennbar. Die Deutschen nannten ihn *Pirol*, die Engländer *Oriole*, und hier in Frankreich nannte man ihn *Loriot*. Es war ein Wortspiel mit beinahe immer denselben Buchstaben. Den schönen, für uns nicht sichtbaren, aber – wie ich wusste – gelb-schwarz gefiederten Vogel focht das nicht an. Selbstbewusst rief er seinen Nachnamen in die laue Frühlingsluft, und es klang fürwahr wie ‚Büülow! Büülow!‘

Der Morgen eines dieser frühen Apriltage hatte gut und sonnig angefangen. Die Wolken waren weit weg gewesen, und über uns lag weitestgehend blauer Himmel. Aber so sollte es nicht bleiben. Schon zehn Minuten später zog sich das Unheil in Form grauer Wolkenballen über uns zusammen. Ich fluchte leise, weil wir unseren Spaziergang abkürzen mussten. Wir liefen auf direktestem Weg nach Hause, was uns an einem kleinen Wäldchen entlangführte. Dort musste jemand Gartenabfälle hingeworfen haben, denn plötzlich hatte sich vor zwei Wochen dort, im Schutz eines alten Olivenbaumes, eine wunderschöne Schwertlilie entwickelt. Jeden Tag hatten wir sie besucht und ihren Fortschritt beobachtet: Von den ersten kleinen, grünen Knospen, die täglich dicker wurden, über erst nur dunkellila Spitzen, die sich immer mehr wie Speere der Sonne entgegenstreckten, bis schließlich zur plötzlich über Nacht aufgebrochenen ersten Blüte. Dann kamen die zweite und die dritte Blüte an diesem Stengel, der dem Gewicht nachgab und sich an einem Regentag zur Erde geneigt hatte. Ich hatte die Pflanze wieder aufgerichtet und gegen den Olivenstamm gelehnt. Und Gott sei Dank fiel mir dabei ein, auch einmal an der Blüte zu schnuppern. Das hatte ich bisher bei einer Schwertlilie noch nie getan, vielleicht weil ich mir nicht vorstellen konnte, dass eine so stolze, majestätische Blume so viel mehr preisgeben würde von ihrem verletzlichen, vergänglichen Innern. Die Rose, die ja …, aber die wirklich königlich anmutende Lilie? Ganz unerwartet traf mich daher ihr unaufdringlicher, süßer, ganz feiner Duft. Kein Wunder, dachte ich, dass die Lilie in Form der Fleur-de-lys ein so ausgesprochen nobles Symbol des französischen Königshauses war.

Nun, als wir wieder an der Lilie vorbeikamen, war sie längst verblüht. Aber noch immer stand sie aufrecht und stolz, und selbst mit ihren verblühten Köpfen wirkte sie immer noch schön. Mittlerweile hatten andere Blumen die Rolle der Farbgeber übernommen: Gleich neben der Lilie stand eine hohe, rot blühende Distel, ihrerseits das heraldische Zeichen eines anderen Hofes, und auf den Wiesen übernahm nun der rote Klatschmohn seinen Part.

226

Bis jetzt hatte ich das Innere dieser Blüten immer als schwarz empfunden, aber bei näherem Hinsehen war das Herz dieses Kunstwerks von einem wunderschönen Dunkelblau. Sah ich das heute so intensiv, weil die Blüten das ungewöhnlich intensive Licht des tief hängenden, dunklen, blaugrauen Himmels reflektierten? Noch schien die Sonne durch ein kleines verbliebenes Wolkenloch und tauchte die Landschaft unter den gefährlich dunkel drohenden Gewitterwolken in ein nahezu surreales Licht. Jetzt war es nur eine Frage von Minuten, bis wir ernsthaft nass werden würden. Schnell zog ich Bruno an der Leine in Richtung des Anwesens. Wir erreichten es gerade vor den ersten, schweren Regentropfen.

Als ich dem Hund im Flur das Geschirr abnahm, setzte er sich vor mir in Pose und wedelte mit dem Schwanz. Dabei sah er mich an und es war, als wollte er sagen: ‚Siehst du, es gibt immer wieder etwas Neues zu entdecken'.

‚Majolika' – ich höre das Wort ganz deutlich, aber ich weiß, ich bin in einem Traum. Alain und ich sind mit dem Auto unterwegs; oben auf einem Berg thront eine sonnenbeschienene Burg. Es ist Abend, mit dunklem Himmel, im Westen klar und noch hellblau.

Wir wollen nach Hause. Dennoch stoppen wir bei einer Villa mit Garten, in dem wunderschöne Abbruchfliesen herumliegen. Wir beschließen, beim nächsten Mal einige davon mitzunehmen. Wir kommen bei einem Volksfest vorbei; vereinzelt liegen dort auch Scherben und Figurinen. Auf mit Wasser durchspülten, senkrecht aufgestellten Röhren drehen sich in leuchtenden Farben glasierte Kugeln aus diesem ‚irdenen' Material. Ich weiß, dass man das ‚Majolika' nennt; hier in Frankreich werden die Tonfliesen, Vasen, Lüster und Halbreliefs auch ‚Fayence' genannt. Die Glasuren changieren in zauberhaften Tönen, und mit jeder Drehung scheint auch ein jeweils der Farbe angepasster, zarter Duft von ihnen auszugehen. Jetzt weiß ich, dass ich nicht nur in Farbe, sondern auch in Gerüchen träumen kann …

Es war später Frühling. Der Flieder war schon abgeblüht. Wie zum Trost war eine einzige Blütendolde geblieben, die mich grüßte – und duftete wie ein ganzer beblühter Busch.

Überall – in den Gehölzen, den Hecken, über den Wegen – waren die Netze kleiner Baby-Kreuzspinnen gespannt, die man bei einem Streifzug durch den Garten oder mit dem Hund auflas und oft in den Haaren und am Körper mit ins Haus trug, wo sie sich dann irgendwann abseilten oder die Arme herunterkrabbelten. Ich wusste von früheren Jahren, dass wir sie im Herbst wiedersehen würden; dann groß geworden und gewaltige Wagenräder-Netze bauend. Zwischendurch nahm man sie aber gar nicht wahr; man sah sie nicht wachsen und groß werden – wo waren sie da? Versteckten sie sich vor der Sommerhitze?

In einem Busch am Feldrand hatten Wespen ein Nest gebaut. Fasziniert schaute ich jeden Tag dabei zu, wie sie dort ihre Brutpflege betrieben. Manchmal saßen die Arbeiterinnen reglos über dem Nest verteilt, dann wieder kümmerten sie sich um die verschlossenen Waben oder inspizierten die offenen Brutkammern, indem sie mit eng angelegten Flügeln tief hineinkrochen. Dann putzten sie sich intensiv und oft gegenseitig. Wenn es zu heiß zu werden drohte, spannten sie die Flügel auf und ventilierten die Luft über den Waben.

Auch meine alten Freunde, die Ameisen, waren wieder hochaktiv. In diesem Jahr überraschten sie uns noch einmal mit einer bislang nie gesehenen Architektur. Sie hatten große, perfekt kreisrunde, an Termitenbaue erinnernde Strukturen geschaffen. Mit dem präzisen Loch in der Mitte sahen diese aus wie ein auf dem Teller eines Töpfers aus Ton gedrehter Rohling für eine Schale oder Vase. Von überall her schleppten sie auf ihren mehrspurigen Trassen immer größer scheinende Samen, Kapseln und Blüten in ihre Baue. Sie schienen unaufhaltsam stärker zu werden; so manches Transportgut überragte das einzelne Tier an Größe und vor allem an Gewicht. Besonders beeindruckend sah es aus, wenn sie die kreisrunden Samen des Schneckenklees wir chinesische Papierschirmchen über sich transportierten. Natürlich wusste ich, dass es gegenüber den Vorjahren nicht dieselben waren, dass ich jedes Jahr andere Tiere beobachtete. Aber es waren immer die Teile einer unendlich scheinenden Gemeinschaft, eines lebenden und sich ständig erneuernden Organismus, und so war es immer das Gleiche. Welch schöneres Symbol konnte es geben für die Natur der immerwährenden Spirale des Lebens.

Solchen Gedanken hing ich auf meinen Hundespaziergängen mit Bruno nach. Die Natur bot uns jeden Tag neue Schauspiele und unerwartete Einblicke.

In diesem Jahr waren wir ständig von Vögeln umringt. Die jungen Eichelhäher jagten sich von Baum zu Baum und klangen dabei wie übermütig spielende Kinder. Einer dieser im allgemeinen als scheu beschriebenen Vögel machte sich offenbar einen Spaß draus, immer zwei, drei Schritte vor uns herzufliegen und sich dann herausfordernd auf einen Ast oder einen Strauch zu setzen, bis wir wieder beinahe heran waren, nur um dann das Schauspiel zu wiederholen.

Wir kamen an einem Maulbeerbaum vorbei, dessen tiefviolette, pralle Früchte gefährlich an den Zweigen hingen. Die Gefahr war sowohl die, der Sucht zu verfallen, als auch, Stoffe und Haut mit dem intensiven roten Saft dauerhaft zu markieren. Stets ärgerte ich mich, wenn ich nicht daran gedacht hatte, ein altes Kleid überzustreifen, welches mir erlaubte, von den süßen, aber verräterisch färbenden Früchten zu naschen. Bruno hingegen hatte die Nase immer dicht über dem Boden; bereit, jede kleine Echse zu jagen, die ihm vor die Schnauze kam.

Alles in allem empfand ich einen tiefen inneren Frieden.

Es war auch wieder die Jahreszeit, in der ich meine Freundin Celia nur selten zu Gesicht bekam, weil sie – wie immer in der Sommersaison – im Tourismusbüro von Carpentras arbeitete. Nun, es machte mir nichts aus. Zu dieser Jahreszeit war ich sowieso mehr mit meinen eigenen Dingen beschäftigt. Im Sommer, wenn die Landschaft weicher war, öffnete sich wieder meine Kreativität; ich streifte viel herum, malte ein wenig, und vor allem schrieb ich weiter an meinem Buch. Es war eine Zeit verminderter Schmerzen, die ich gerne auch alleine genoss.

Allerdings hatte Celia in diesem Sommer eine Grippe erwischt. Sommergrippe galt als weitaus schwerwiegender gegenüber ihrer winterlichen Form. Jedenfalls war Celia gezwungen, eine Woche lang zu Hause zu bleiben und sich auszukurieren. Natürlich besuchte ich sie in ihrem Wohnwagen – mit dem nötigen Abstand.

„Du hättest auf mich hören sollen!" sagte ich zu ihr.

„Was meinst du?" fragte Celia schniefend.

„Immer lachst du über meine morgendliche Portion Ingwerhonig, die ich zu mir nehme. Aber seitdem ich das tue, hatte ich niemals wieder eine schwere Grippe oder Erkältung."

„Ach, du Kräuterhexe! Das kann doch Zufall sein!"

„Mir ist es egal; Zufall, Glaube oder echte Wirkung: Hauptsache, es hilft. Und seitdem ich der Honig-Ingwer-Mischung noch Kurkuma-Pulver beimische, stärkt es die Immunabwehr auch noch gegen viele andere Krankheiten, wie zum Beispiel Krebs."

„Hm, wenn ich wieder gesund bin, kann ich es ja mal probieren. Dann brauche ich aber auch noch eine Kräutermischung gegen schwierige Touristen."

„Wieso, hattest du Ärger?"

„Ach, nicht direkt Ärger, aber manche benehmen sich schon ziemlich blöd. Erstens sind sie uninformiert, dann passen ihnen die angebotenen Programme nicht ..."

Ich unterbrach sie lachend. „Du erzählst mir nichts Neues. Ich war ja selber viele Jahre meines Lebens mit Touristen unterwegs. Man hat immer welche dabei, denen das eine oder andere nicht passt."

„Ja, ich vergaß. Naja, ich war wohl neulich schon etwas angegrippt, als dieser Typ da im Büro beim Buchen einer Rundfahrt doch partout eine Routenänderung durchsetzen wollte, weil er privat an irgendwas interessiert war, was wir nicht im Programm haben. Wenn man etwas in der Gruppe unternimmt, muss man sich unterordnen; anderenfalls muss man es eben auf eigene Faust machen. Ist das so schwer zu begreifen?"

„Na, der Mann hat dir wohl ganz schön zugesetzt – und jetzt kann er als Sündenbock herhalten, dass es dir soooo schlecht geht."

„Veräpple mich nicht, du siehst, wie ich leide!" Celia schnäuzte sich, bevor sie weiterredete. „Ja, und dann … dann sind da noch jene Leute aus dem Ausland, die mir immer wieder sagen ,*Hach, wie toll, Sie leben hier in dieser wunderschönen Gegend? Da haben Sie ja jeden Tag Urlaub!'* Na so was! Als ob ich nicht arbeiten gehen muss, um meine Brötchen zu verdienen, auch hier in der Provence."

„Das kenne ich!" Ich hatte Celia gerade einen Tee aufgebrüht, den ich ihr jetzt reichte; dann setzte ich mich. „Das habe ich in Griechenland auch immer erlebt. Stets dachten die Leute, weil ich auf einer griechischen Insel lebte, lag ich jeden Tag mit einem Cocktail in der Hand am Strand. Wenn ich Leuten erzählte, dass ich in manchem Sommer ganze zwanzig Minuten lang am Strand und zum Schwimmen gewesen war, guckten sie mich ungläubig an."

„Ja!" Celia seufzte. „Ähnlich ging es mir in Spanien. Man hat seinen Alltag, mit allen Widrigkeiten, und es gibt Tage, da vergisst man, wo man lebt."

„Weißt du, das ist etwas, was man den Touristen nicht übel nehmen kann. Urlaubsreisende empfinden Landschaften wie Bühnenbilder. Sie sehen Momentaufnahmen, sozusagen in zwei Dimensionen. Das dreidimensionale Leben, das wirkliche Erleben eines fremden Landes, das kann man nur bekommen, wenn man es auch tut: dort leben. So haben sich bei meinen eigenen Urlauben, als ich noch nicht in Griechenland lebte, meine Mitreisenden immer gewundert, wenn ich mich wieder auf zuhause freute. Sie sagten: ,*Nanu, wir denken, Sie wollen hier einmal wohnen. Wieso sehnen Sie sich dann nach Hause?'* Die Antwort war einfach: Weil dort mein Leben war, meine Arbeit, mein Mittelpunkt. Dort war mein Haushalt; dort warteten mein Hund, meine Tiere. Da war meine Routine, meine Arbeit. Das ist es doch – nicht das Fremde, Anziehende – was letztendlich Heimat ausmacht."

„Das ist gut. Das werde ich mir merken, für die nächste Situation. Jedenfalls fühle ich mich hier in meinem Wagen zuhause – naja, wenn es mir wieder gut geht. Und weißt du was? Bring mir doch mal etwas von deinem Ingwer-Honig vorbei. Bei dir scheint es ja wohl wirklich positiv zu wirken."

„Nichts lieber als das! – Weißt du, in jedem Geschäft, in jedem Job, wie auch im Privatleben, müssen wir lernen zu begreifen: Nicht jeder hat die Gabe der Empathie. Nicht jeder kann sich in einen anderen Menschen hineinversetzen. Das zu wissen ist manchmal sehr hilfreich." Ich stand auf und wandte ich mich zum Gehen. „Bessere dich! Ich sehe dich morgen."

„Ja, ich freu mich drauf!"

Ich drehte mich noch mal um. „Halt die Ohren steif!"

Die vor sich hin schniefende und an ihrem Arbeitsalltag leidende Freundin tat mir leid. Das erste Mal war ich wirklich froh, aus dem Alter des diktierten Erwerbszwangs, im Volksmund ‚Hamsterrad' genannt, heraus zu sein.

Der Mensch ist doch ein komisches Tier. Immer will er, was er nicht hat. Im Winter sehnt er sich nach dem Sommer, in der Hitzeglut erscheint plötzlich der Winter erstrebenswert. Das Gras scheint immer grüner auf der anderen Seite des Lebens. Manche suchen die Exklusivität und landen doch nur im Mainstream. Wenn es um Moden geht und alle dasselbe haben wollen, werden sie wie die Soldaten: uniformiert. Es sind grundsätzlich nicht die Dinge, die unser Lebensgefühl bestimmen, sondern unsere Gedanken über die Dinge. Was einmal der letzte Schrei war, wird plötzlich das Letzte und zum Schreien. Dabei ist eine Sache – ein Kleid etwa oder eine Hose – immer das: Ein Kleid beziehungsweise eine Hose. Man kann sie sich als modisch denken oder als aus der Zeit gefallen, als neu oder als alt, sauber oder fleckig. Sie schützt mich vor der Sonne, dem Wind, dem Wetter, der Kälte – egal ob mit modischem Design, mit oder ohne Flecken, mit modernem oder unmodernem Schnitt. Aber selbst das trügt: Das gestern Unmoderne ist heute schon wieder en vogue; das gestern Verpönte, Zerrissene, Schmutzige ist heute etwas, das man extra so herstellt und für das man viel Geld bezahlt – man denke an absichtlich zerfetzte Jeans.

Gestern war es ‚trendy', ein Haus in Spanien oder Südfrankreich zu haben und nach Acapulco zu reisen, heute fährt man nach Grönland und wohnt in der Toskana. Und beinahe jeder beneidet den jeweilig anderen.

Und so geht das immer weiter, mit allem und für alle. Dabei ist es nur ein Trug – ein Selbstbetrug. Und bald haben wir mit unserer Lebensweise alles soweit beeinflusst, dass niemand mehr irgendwo hinfährt oder irgendwo wohnen kann.

Wir wollen verändern, und wir wollen festhalten – aber es entzieht sich letztlich unserer Macht. Und doch verändert sich alles ständig – und bleibt doch immer gleich. Das endlich zu erkennen, würde uns allen Ruhe und Frieden bringen.

Eine im Haushalt hatten wir schon seit langem aus den Augen verloren. Es handelte sich um Rosalie, die Katze, die in meinen ersten Jahren hier im Haus immer um uns herum war. Dann gingen ihre Jungen vom ersten Wurf in die Welt, das heißt in ihre Welt, die das Dorf war. Sie verliebte sich wohl in einen älteren Kater, obwohl sie kastriert war. Dann verschwand sie, aber immer wieder wurde uns berichtet, dass sie im Dorf gesehen wurde, und das immer auf zwei bestimmten Grundstücken. Ihr Weggang war sicher dem Umstand geschuldet, dass der freche Paul ins Haus kam, der spätestens seit seiner Halbwüchsigkeit auf dem Grundstück den Katzenboss spielte. Jetzt lebten er und der kleine Kater relativ friedvoll nebeneinander im Gelände, und Bruno – von seinem Adoptivkätzchen innig geliebt – wurde von Paul wenigstens respektiert. Das beruhte auf Gegenseitigkeit.

Nun aber war Rosalie plötzlich wieder da. Es ging ihr sichtlich nicht gut. Immerhin musste sie ja jetzt schon eine alte Katzendame von ungefähr vierzehn Jahren sein. Ihre Ankunft wurde von Paul mit Irritation aufgenommen. Kurz versuchte er, sie zu attackieren, aber auch er schien zu spüren, dass sie alt und krank war, und ließ schnell von ihr ab.

Ich konnte erkennen, dass die Katze eine riesige Geschwulst hinter dem Ohr hatte. Es sah nicht gut aus. Ich versuchte, an sie heranzukommen, sie zu greifen, um zu sehen, ob etwas zu machen sei. Aber sie ließ mich nicht an sich heran, ging schwach, aber auch bestimmend, von mir weg. So ließ ich sie in Ruhe. Sie war wohl zum Sterben in ihren alten Garten gekommen.

Rosalie quartierte sich wie selbstverständlich im offenen Hundezwinger – und dort in Brunos Hundehütte – ein. Ich stellte ihr Fressen und auch Wasser hin, aber sie fraß nichts mehr. Ob sie trank, konnte ich nicht feststellen. Bruno musste in diesen Tagen im Haus bleiben, was ihm nicht gefiel. Sein Zwinger war belegt.

Am zweiten Tag dieses Dramas ging ich noch einmal zu ihr, stellte ihr gegen jede Hoffnung noch einmal frisches Futter hin, erneuerte das Wasser im Trinknapf. Als ich mich der Hundehütte näherte, hob sie den Kopf und sah mich wie eine strenge Lehrerin an – mit klaren, durchdringenden Augen und einem wissenden Blick. Dann legte sie sich wieder auf die Seite, leise wimmernd. Es brach mir fast das Herz, aber diese Lektion musste ich lernen. Nicht immer konnte ich eingreifen; nicht immer musste ich die Verantwortung auf mich ziehen, ich musste dem Universum vertrauen. Für eine Fahrt zum Veterinär war sie eh schon viel zu schwach; jeder Transport hätte eine Qual bedeutet. Die Dinge waren mir aus der Hand genommen; mir blieb, an meiner Akzeptanz zu arbeiten. Und mir blieb der klare, wissende Katzenblick. Er kam aus ihrer korrespondierenden Seele.

In der nächsten Nacht oder gegen Morgen war sie gestorben. Am Morgen fand ich sie, mit klaren, offenen Augen, tot im Hundehaus. Ich erinnerte mich: Kurz nach Mitternacht war ich, schon im Bett, beim Lesen kurz eingeschlafen. Plötzlich huschte eine Katze durch meinen Traum – eine sterbende Katze. Ich erwachte, erschreckt von diesem Bild. War das der Moment, als Rosalie starb? Huschte ihre Seele durch meinen Traum?

Wir begruben sie im Garten. Und wieder war ein Stück der Vergangenheit von uns gegangen, und ich trauerte um sie. Wie um diesen Abschied noch zu unterstreichen, setzte der Herbst jetzt wirklich unübersehbar seine Marken. Auch das einst so wuselige Wildwespennest war jetzt verwaist; traurig hing es, nur noch an einer dünnen Pflanzenfaser, in den Zweigen des Busches am Feldrand.

Seit Beginn des Herbstes, besonders aber seit Rosalies Tod, besuchte ich wieder häufiger Alains Grab. Ich saß manchmal lange Zeit dort und redete leise mit ihm; erzählte – selbstverständlich

234

immer erst, nachdem ich mich jedes Mal vergewissert hatte, dass ich absolut alleine dort war – von Madame Brunet und Doudou, von Julie und Bertrand, den Studenten und den Kursen. Ich wollte etwas haben, das ich mit ihm teilen konnte.

Links von Alains Grab, also von seiner Perspektive aus rechts, war eine freie Grabstelle. Das war mir noch nie so wirklich aufgefallen, ich hatte es eher nebenbei registriert; jetzt begann ich, mich dafür zu interessieren. Ich hatte nicht vor, noch einmal von Lagnières wegzuziehen. Und irgendwann, das war ja klar, würde auch ich eine solche Parzelle brauchen. Die Lage war perfekt; sie entsprach der Art, wie wir auch immer gemeinsam in seinem Bett geschlafen hatten: ich rechts am Fenster, er links – näher zur Tür. Ein wenig wunderte ich mich allerdings über mich selber; war ich es doch, die nicht an die Wichtigkeit des Körpers, sondern nur an den Fortbestand der Seele beziehungsweise des Bewusstseins glaubte. Was bedeutete es mir dann, *wo* ich begraben lag? Aber ich akzeptierte, dass mir aus irgendeinem Grund doch etwas daran zu liegen schien, andererseits wäre ich neuerdings ja auch nicht so oft hier auf dem Friedhof. Ich beschloss, mich um die Angelegenheit zu kümmern.

Wenige Tage später ging ich zur Friedhofsverwaltung und trug mein Interesse betreffs des Kaufs der Grabstelle neben der von Jean-Alain Marville vor. Der freundliche Herr studierte auf meine Nachfrage hin einen Lageplan und anschließend Eintragungen in einem großen Buch, offenbar ein Register. Dann schaute er auf und musterte mich für den Bruchteil einer Sekunde, beinahe wie mit einem leichten Erstaunen, bevor er sagte: „Nein!"

„Wie, nein?" fragte ich.

„Die Stelle ist bereits vergeben, es tut mir leid", entgegnete er.

Ich wollte mich mit dieser Antwort nicht abfinden. „Wer hat sie denn gekauft?" fragte ich.

„Das unterliegt selbstverständlich der Schweigepflicht."

„Aber könnte man nicht bei dem Besitzer dieses Grabes nachfragen, ob er eventuell diese Stelle mit einer anderen tauschen würde?"

Der Verwalter verzog sein Gesicht und schien ungeduldig zu werden. „Madame, Sie wissen doch, dass es sich bei dieser Frage um eine sehr heikle Angelegenheit handelt. Ich kann einem solchen Ansinnen nicht nachgehen ... und in diesem Fall schon gar nicht."

Mir war nicht klar, was er speziell mit der zuletzt gemachten Bemerkung meinte. Aber noch bevor ich dem länger nachsinnen konnte, sagte er, in etwas versöhnlicherem Ton: „Wir hätten da aber zum Beispiel eine schöne Stelle unten am Rand des Friedhofs, von wo aus man einen wunderbaren Blick ins Tal hat."

Was sollte das? Was nutzte mir der Blick in die umgebende Landschaft, wenn ich tot war? Oder wollte er mich als Zugezogene diskriminieren? Aber das wäre absurd gewesen. Es lagen schon einige Verstorbene, die nicht aus Lagnières stammten, an den verschiedensten Plätzen auf dem Friedhof. Und ich konnte von mir behaupten, dass ich allgemein von allen im Dorf auf die freundlichste und wärmste Art respektiert und akzeptiert war.

Meine Enttäuschung war größer, als ich es mir eingestehen wollte. Ich hatte allerdings keine Lust auf eine Diskussion, ein verbales Tauziehen um meinen letzten Ruheplatz. Wer auch immer unbedingt neben Alain liegen wollte – sei es aus Zufall, oder sei es ein Fan von ihm, ein Verehrer – sollte das tun. Ich würde schon irgendwie, irgendwo unterkommen. Schließlich würde man mich nach meinem Tod auf keinen Fall irgendwo in einer Schlucht oder in der Leichenhalle verrotten lassen. Ich wollte es auf den Ernstfall ankommen lassen und dann nehmen, was auf mich beziehungsweise meine sterblichen Überreste zukam.

Das sagte ich so dem Friedhofsverwalter, der daraufhin geradezu erleichtert schien. Ja, er lebte jetzt förmlich auf und sagte: „Das erscheint mir unter den gegebenen Umständen die beste Lösung zu sein." Und mit einem wieder freundlichen und beinahe entspannten Lächeln begleitete er mich zur Tür.

Da stand ich nun, konsterniert, aber was konnte ich machen? Vielleicht hatten sie Platzmangel, vielleicht waren sie im Moment auch nicht strukturiert genug, was ihre Belegung anging.

Was nützte es! Solange Alain seine Stelle hatte und behielt, sollte es mir recht sein. Manchmal musste man dem Gang der Dinge einfach nachgeben, auch wenn es einem gegen den Strich ging.

Das Leben schrieb immer noch die besten Drehbücher, und wer wusste schon, was es für mich noch bereithielt? Als ich an diesem etwas seltsam verlaufenen Tag nach Hause kam, setzte ich mich an meinen Tisch, um das Erlebte im Tagebuch zu vermerken. Beim Blättern durch die schon beschriebenen Seiten blieb ich an einer Eintragung hängen, die ich vor etwa zwei Jahren gemacht hatte und die mir zur Situation zu passen schien:

‚Mitteilung von mir an mich (nach Betrachtung eines engelgleichen Wolkenspiels am abendlichen Himmel): Es gibt immer Licht – und überall einen Engel!‘

Normalertags, normalernachts, verfolgt mich das Thema Tod nicht. Ich habe keine Angst mehr. Wovor denn, wenn ich den vermeintlichen ‚Feind‘ gar nicht kenne, ihn nicht benennen kann? Das Leben ist überall, so auch der Tod. Entweder es gibt beide, oder es gibt sie nicht. Ein wirrer Gedanke, zugegeben. Aber alles was wir tun, tun wir aus einer Hilflosigkeit dem Leben gegenüber, das wir nicht verstehen. Nur die Perspektiven haben sich verändert. Man hat Krankheiten bekämpft und verbannt, aber es gleicht sich immer irgendwie aus. Grobe Keime können uns vielleicht nicht mehr töten; einstmals harmlose Viren tun es vielleicht trotzdem. Ausgemerzt geglaubte Krankheiten kommen wieder.

Alte Zeitungen von vor achtzig, hundert Jahren zeigen uns eine untergegangene Welt, aber ist sie das? Es gibt Menschen, die ich noch gut kannte, für die das die Gegenwart war. Und ist es heute wirklich so viel anders? Was ist überhaupt Zeit? Und was ist Materie? Das Universum beherbergt doch nichts, mit dem wir nicht schon in Berührung gewesen wären – spätestens beim Urknall. Alles, wirklich alles, ist hier, ganz nah bei mir, auch wenn es unerreichbar scheint. So spüre ich es. Wenn wir im Sterben zurückgehen zur Quelle, werden wir es wieder finden: Alles, das All. Denn es beherbergt nichts, was wir nicht schon kennen; frühestens seit dem Urknall. Der Tod, die Nichtbezogenheit auf die Welt, diese Nicht-Mehr-Bezogenheit, kann so schlimm nicht sein, wenn uns das gesamte All offen steht. So jedenfalls fühle ich in meinem tiefsten Innern, auch wenn dies für den Außenstehenden, der diesen Tagebucheintrag lesen würde, möglicherweise überhaupt keinen Sinn macht.

In diesem Jahr war es im September, im Oktober und bis in den November hinein gar nicht trübsinnig. Die Nächte waren angenehm kühl, die Tage erträglich warm und ungewöhnlich sonnig. Es ging ein leichter Wind. Das Leuchten der Häuser vor dunkelnden glasklaren Winterhimmeln entfaltete seinen ganz eigenen Reiz. Welch innere Ruhe nach all der Spätsommer- und Frühherbsthektik, nach all dem erzwungenen Nachdenken über den Tod und das Sterben.

Die Nächte waren feucht, und die Weinbergschnecken weideten zu Dutzenden im nachttaufrischen Gras. Stille Nächte, klare Tage – Frieden! Wir genossen diese goldene Zeit, die Herbstüberfülle. Welch ein Geschenk, das es nur im Süden so gab.

Ab und an schaute ich jetzt Fernsehen. Dort sah ich auch eine Reportage über französische Landschaften. Sie versetzten mich in meine Sehnsuchtswelt, in der ich ja bereits lebte. Hätte ich das nicht gehabt, ich hätte es brennend begehrt.

Noch im November hatten wir die ungewöhnlichste Wetterlage. Selbst wenn es in der letzten Nacht geregnet, gewittert und gestürmt hatte wie bei einem Weltuntergang – der nächste Tag konnte wunderschön sonnig, strahlend blau und warm sein.

Dann kamen gegen Ende des Monats, zwischen gelegentlichem Nieselregen, milde Mondnächte. Im Tal lag zuweilen ein wie verwunschen wirkendes, silberglänzendes Nebellicht.

Erst spät im Jahr kam der Schnee, aber immer noch schwang die Natur ihren Zauberstab. Vor den von Schneenebeln verhangenen Bergen leuchteten die kahlen Bäume wie aus Kupfer geschmiedet. Mittendrin, wie eine Fontäne, stand plötzlich ein Regenbogen; glänzendes Licht, wie eine Kerze, ein Gebet. Dieser Frühwinter versöhnte mich mit der ansonsten eher ungeliebten Jahreszeit und führte mich zurück zu mir.

Noch niemals, seit ich in diesem Haus lebte, hatte es so viele Menschen an einer festlichen Weihnachtstafel gegeben. Insgesamt zehn hatten sich zum diesjährigen Feiertag hier versammelt. Erst mal waren da Julie und Bertrand, dann unsere Haushälterin Madame Pauline und ich; es hatten sich Monsieur Brunet und Doudou eingefunden, zu Besuch waren François und Irène, und wie immer saß Celia mit am Tisch, die in diesem Jahr das erste Mal auch nicht mehr solo war. Der Mann an ihrer Seite hieß – wieder so ein Zufall? – ebenfalls François; allerdings war sein Name eigentlich Jean-François. Obwohl er sich ausschließlich François nannte, beschloss die Runde kurzerhand, ihn Jean-F. zu nennen, um eventuelle Verwechslungen mit unserem Freund aus Viviers auszuschließen. Celias neuer Freund war damit einverstanden.

Es war also ein vollbesetzter Festtagstisch. Wenn man Bruno mitrechnete, dann waren wir sogar zu elft.

Celia hatte ihren neuen Freund in Carpentras kennengelernt. Sie waren sich begegnet, als sie eines Abends nach dem Job noch auf einen Imbiss und einen Drink in eine Bar gegangen war. Er war von Beruf Tischler, was neben seiner sympathischen Art sicher die Attraktivität noch ein wenig erhöht hatte, denn Celias Wohnwagenprojekt schrie geradezu nach einem solchen handwerklich begabten Mann. Jedenfalls passte er zu ihr, und ich hoffte, dass sich etwas Gutes und Langanhaltendes daraus entwickeln würde.

Für eine Weile ging das Gespräch um die jeweiligen Vornamen, Doppel- und Zweitnamen, und Julie kam darauf, dass wir ja jetzt zwei Bindestrich-Doppelnamen am Tisch sitzen hatten, Jean- F. und Jean-A., und fragte, ob es Doudou nicht lieber wäre, mit seinem richtigen Taufnamen Jean-Antoine angeredet zu werden. Immerhin war er mittlerweile ein Mann geworden. Aber Doudou sagte nur: „Lassen Sie es ruhig so, wie es ist. Ich habe mich daran gewöhnt, und mit meinem Taufnamen hat mich im privaten Umfeld niemals jemand angeredet; nur jetzt an der Universität."

Das wurde akzeptiert. Dann sinnierte Julie noch ein wenig weiter. „Wenn Alain noch unter uns weilen würde, hätten wir einen weiteren Doppelnamen am Tisch, aber das würde uns eher in Schwierigkeiten bringen, denn er wäre ein weiterer Jean-A."

An der Art, wie sie mich sogleich mit großen Augen erschrocken ansah und sich sofort auf die Lippe biss, konnte ich sehen, wie sehr sie schon beim Aussprechen ihre unbedachte Äußerung bedauerte. Mich allerdings beschäftigte viel mehr die Tatsache, dass mir die eben von Julie kommentierte Gemeinsamkeit zwischen Doudous und Alains Namen noch nie aufgefallen war. Und wieder geschah es, dass mich an dieser Tafel etwas mitten ins Herz traf; so wie damals Alains tief in mein Innerstes reichender Blick genau hier an diesem Tisch, wie seine zwischen meine Schulterblätter gelegte Hand, wie der leichte Biss in meinen Finger bei einem Naschangriff in der Küche … wie überhaupt seine ganze Art, mit der er mich stets mehr oder weniger unverhohlen angesehen hatte.

Jetzt war mir gerade, als spürte ich wieder jenes Band, das Alain mir ums Herz gelegt hatte; eine Art Gummiband, das – je mehr wir uns zeitlich voneinander entfernten – sich immer mehr anspannte, sich immer tiefer in den Muskel meines Herzens einzugraben schien.

Schnell fasste ich mich wieder und nickte Julie aufmunternd zu, um ihr damit zu versichern, dass ich ihr das eben Gesagte nicht übel nahm. Dann schaute ich schnell nach unten, denn natürlich musste ich erst einmal mit meinen Emotionen kämpfen, die jetzt doch in mir aufstiegen.

Als ich wieder aufschaute, war immer noch ein Erschrecken in Julies Gesicht, und so sagte ich schnell: „Ja, manches erscheint einem manchmal eigenartig. Das Leben ist voller solcher Zufälle. Das ist das Salz in der Suppe. Lasst uns auf unsere Freundschaft trinken – und auf die, die nicht mehr bei uns sind." Dabei sah ich hinüber zu Doudou und seinem Vater.

„Das ist ein guter Toast", sagte Bertrand. „Lasst uns darauf trinken!"

„Auch ich möchte darauf trinken und Ihnen … euch allen danken, auch im Namen meines Sohnes", ließ sich nun auch Monsieur Brunet vernehmen.

Und so erhoben wir das Glas und dachten, ein jeder für sich selbst und alle gemeinsam, an die, die wir liebten.

Später, als die Brunets, Madame Pauline und auch Celias Freund schon gegangen waren, saßen wir noch zu sechst – eigentlich zu siebt, denn neben uns schnarchte ein zufriedener, mit Hundeleckereien abgefüllter Bruno – bei einem Glas Wein um den Kamin herum.

Irgendwie war Julie seit ihrer Bemerkung am Nachmittag nicht dieselbe gewesen; es hatte in ihr gearbeitet, und nun musste es aus ihr heraus.

„Ihr Lieben, ich muss noch einmal drauf zurückkommen. Es tut mir so leid, Ariane! Ich wollte dir nicht wehtun mit meiner Bemerkung vorhin."

„Was meinst du?" fragte ich, obwohl ich genau wusste, was sie meinte.

„Na, was ich über Alain sagte. Es ist mir so herausgerutscht!"

Ich lächelte sie an. „Das ist schon okay. Es ist doch wahr, was du gesagt hast. Und er sitzt in meinen Gedanken sowieso immer mit am Tisch." Ich ergriff ihre Hand und drückte sie. Sie schien erleichtert.

Bertrand ergriff ihre andere Hand. „Ich kann mich immer noch nicht daran gewöhnen, dass er nicht hier ist", sagte er. „Es tut uns allen noch sehr weh. Dann auch das mit Madame Brunet ... Ich fand es gut, das Monsieur Brunet und Doudou heute hier waren, wenn auch nur kurz."

„Ja, ich auch!" meldete sich François zu Wort.

Irène sagte: „Ich wünschte, ich hätte diesen Mann, Alain Marville, gekannt. Alle hier lieben ihn auf die eine oder andere Weise."

„Ich wünschte das auch", ergänzte Celia

„Ja, er war etwas ganz Besonderes", sagte Bertrand mit einem Seufzer.

Ich schaute in die Runde meiner Freunde. „Wisst Ihr, wir haben hier eigentlich alle etwas sehr Gemeinsames. Wir haben alle erst später im Leben unser persönliches Glück gefunden. Du und Julie habt selber gesagt, dass es erst beim zweiten Anlauf der beziehungsweise die Richtige war." Das sagte ich in Bertrands Richtung. „Ich habe, nach mehreren Anläufen, in Alain die Liebe meines Lebens gefunden. Jetzt auch das Gleiche für Irène und François ..."

„Aber wir verraten nicht, wie viele Anläufe wir jeweils gebraucht haben", sagte François lachend, und Irène nickte dazu.

„Ja, und dann ist da noch unsere Celia. Der wünschen wir von ganzem Herzen dasselbe." Damit erhob ich mein Glas in Richtung meiner Freundin, die dankend zurückprostete.

„Und wenn ich noch ergänzen dürfte", sagte François, „der hier neben uns schlafende Hund hat ja wohl auch mit seiner Pfote den Hauptgewinn aus der Lostrommel gezogen, als du ihn adoptiert hast. Auch ein etwas späteres Glück – im zweiten Anlauf. Ich jedenfalls war eine zeitlang sehr eifersüchtig auf ihn."

Alle lachten.

„Nicht zu vergessen, dass dank Alain und Ariane wir beide unseren Traum von der Kunstschule verwirklichen konnten", ergänzte Julie.

„Und ich", ergänzte Bertrand, „möchte auch Monsieur Brunet in den Wunsch einschließen, dass er trotz seines Verlustes ein spätes Glück erfährt, in der Form seines Sohnes, der seinen Weg machen wird und auf den er stolz sein kann."

Ich war von den letzten Worten sehr gerührt, und damit nicht eventuell Tränen diese Rührung verraten konnten, sagte ich schnell: „Dann lasst uns einfach auf das Glück trinken; auf unsere Fähigkeit, es zu erkennen und zu leben, und auf die Menschen, die es ermöglichen!"

Auf diesen Vorschlag konnten sich alle einigen.

Nach diesem Abend zog ich mich für die letzten Tage des Dezembers weitgehend zurück. Für mich klang das Jahr mit einer ruhevollen Sehnsucht nach Einssein mit mir selber aus.

Welch seltsamer Traum; wieder einer aus der Kategorie jener, die wie das echte Leben anmuten und einen nicht verlassen. Ich war eindeutig in einer anderen Zeit, und ich weiß auch, wer ich dort war: Elinora. Zwar hatte mir im ,wirklichen' Leben einmal eine Wahrsagerin gesagt, ich habe im sechzehnten Jahrhundert als arme Tochter einer Bauernfamilie in Frankreich gelebt. Aber wenn meine mich ständig begleitenden Visionen wahr sind, dann lebte auch Elinora in dieser Zeit, und ich war eindeutig sie. Mir zur Seite war eine mir besonders vertraute und zugetane Bedienstete, die den Namen Bebée trug, aber in meinem Traum erschien sie mir als eine andere, gleichsam gute Seele: Thérèse. Mein Mann war nicht Francis, sondern François, mir zugetan, aber nicht in Leidenschaft verbunden. Auch sah ich Margot, die geheimnisvolle Frau, die mir in Amboise begegnet war. In meinem Traum war sie die Schwester meines Mannes, also Marguerite. Und dann war da Charlie, der junge Mann aus Dijon. Ich hatte sein Gesicht beinahe vergessen, aber jetzt erschien es mir wie das von Charles. Mehr noch, die Person war transzendent und erschien gleichzeitig auch als Alain; ganz so, wie ich mich damals, als er noch lebte, an dessen Ähnlichkeit mit Charles erinnert hatte. Und natürlich war Charles der heimliche Geliebte. Und es hätte Elinora ihren Stand gekostet, wäre je etwas von ihrem Geheimnis ruchbar geworden.

Und wirklich: Meine Begegnung mit Charlie in Dijon war intensiv, aber kurz gewesen; ganz so, wie es zwischen Charles und Elinora gewesen war, natürlich ohne die zwischen den beiden Letzteren geteilte Intimität.

Der gesamte Traum war so vielschichtig komplex wie im Moment des Geschehens logisch und absolut realistisch. War hier wieder einmal meine sogenannte Seelenfamilie am Werk?

Schon ein paar Jahre lang lebe ich nun in der festen Überzeugung, dass das Leben der Seele niemals endet und dass wir Seelenpartner haben, die entweder inkarniert oder auch nicht inkarniert sein können. Ich lebe mit der Erinnerung an Elinora und Charles und mittlerweile nun auch mit der Erinnerung an Alain, den ich so sehr vermisse und der nun in diese andere Welt eingetreten ist, in die ich ihm noch nicht folgen kann.

Während wir im Leben fest zu wissen glauben, dass wir einen Körper haben, aber mehr als unsicher sind über den Besitz einer Seele, ist es wohl genau andersherum. Der Endlichkeit des Körpers steht die Unendlichkeit der Seele gegenüber. Wie einsam müssen wir als körperliche Wesen sein, wie entfernt müssen sich unsere Seelen fühlen – und doch erscheinen sie einander so nah!

In den ersten frühlingshaften Wochen war es so ungewöhnlich warm, dass die Grasgrannen, kaum dass sie sich entwickelt hatten, schon falb zu werden begannen. Und ungewöhnlich früh auch entwickelten sich die Raupen verschiedener Falter. So früh im Jahr, dass sie morgens, wenn es noch kühl war, klamm und unbeweglich auf den Wegen und Straßen herumlagen und ich sie, so oft es ging, auflas und in sichere Bereiche brachte. Ein wenig später schon sah man gelbe Schmetterlinge von ebenso gelben Blüten ernten; sie schienen mit ihnen zu etwas Größerem zu verschmelzen.

Am späten Vormittag schien die Sonne dann so warm, dass sich kleine Räupchen an dünnen Webfäden von den Bäumen herabließen, um bei einem vorübergehenden Tier oder Menschen eine Beförderung zu schnorren. Die kleinen Blüten der Oliven fingen sich oft in den Spinnwebfäden und hingen dann scheinbar schwebend im freien Raum. Ich musste an meine Schulzeit denken. Damals lernten wir unter anderem ein Gedicht, in dem es in einer Zeile hieß: ,Der Sommerfaden spinnt.' Über diese Zeile kam niemand von uns hinaus; wir schütteten uns regelmäßig aus vor Lachen, bis unsere Lehrerin es aufgab, uns dieses Gedicht rezitieren zu lassen.

Nun, auch wenn der betreffende Dichter damals eher den Spätsommer beschrieb, der Sommerfaden spann noch immer ganz erheblich, auch im Frühjahr schon, und so weit weg von Schuljahren und Heimatland. Und langsam bekam ich auch von mir den Eindruck, dass ich begann zu spinnen; eine spinnerte Alte, die sich in Jugenderinnerungen und Naturerscheinungen gleichermaßen erging. Und niemand als sich selbst und den Hund hatte, dies auch zu teilen.

Eine dieser Frühlingswochen mutete mir beinahe an wie die berüchtigten Telefon-Tage, die wohl jeder mal hat. Diesen Begriff hatte ich geprägt für jene Phasen, in denen aus unerfindlichen Gründen das Telefon nicht stillsteht, während es wochenlang geschwiegen hatte – also eine unerklärliche Häufung ähnlicher Vorkommnisse. In diesem Fall ging es aber um Geschehnisse mit Tieren.

Man denkt ja oft, man hätte schon fast alles erlebt, aber eine Katze unter der geschlossenen Motorhaube war auch mir neu. Ich war am Morgen mit dem Auto eine kurze Strecke gefahren und hatte es dann in der Auffahrt, in der prallen Sonne, abgestellt. Eher durch Zufall, weil ich Wasser nachfüllen wollte, öffnete ich die Motorhaube und fand dort Paul, eingerollt, neben der Batterie dösend. Er nahm offenbar unter der erhitzten Haube eine Art Saunagang. War das nur ein einmaliges Geschehnis, oder hatte er das schon öfter getan? Was, wenn ich jetzt losgefahren wäre? Von Mardern im Motorraum hatte ich schon gehört; eine Katze hatte ich dort noch nie gesehen. Gott sei Dank zeigte Paul mit einem erschrockenen Sprung nach unten, dass er den Ausgang auch bei geschlossener Motorhaube gut kannte.

Die tote Schlange, die seit vielen Tagen am Wegrand lag, regte Bruno nicht mehr auf, wie sie es noch in den ersten Tagen getan hatte. Aber es war erstaunlich zu sehen, wie schon so viele Male zuvor, wie schnell so ein totes Tier verschwand – einfach aufgelöst und eingesogen in die Landschaft und die verschiedenen sie besiedelnden Organismen. Bei der Schlange dauerte es zwar wegen der pergamentartigen Haut erheblich länger als bei einem Vogel oder einem Mäuschen, aber irgendwann würde auch sie weg sein.

Und dann gab es noch eine ungewöhnliche Begegnung im Wald: Ein Hahn von irgendeinem Hof hatte sich dorthin verirrt und rief nun, aufgeregt krähend, um Hilfe. Als sich diese Begegnung beinahe an der gleichen Stelle am nächsten Tag wiederholte, brachte ich den nun doch etwas aufgeregten Bruno nach Hause und versuchte dann, das Tier einzufangen. Aber er war viel zu scheu, lief weg und kommentierte meine hilflosen Versuche mit lautem Gackern. So stellte ich ihm eine Schüssel mit Wasser und eine mit etwas Futter hin und hoffte, er würde das Abenteuer überleben und doch noch zu seinem heimischen Hof zurückfinden.

Wie auf Stichwort, und ohne dass ich den Vorfall erwähnt hatte, fing Julie am nächsten Tag damit an, von einem lang gehegten Jugendtraum zu schwärmen, den sie sich nun erfüllen wollte: eigene Hühner! Sie fragte mich, ob ich etwas dagegen habe. Hatte ich nicht, aber ich gab zu bedenken, dass ein Hahn nicht unbedingt nötig war für die Produktion der Eier. Aus eigener leidvoller Erfahrung wusste ich, dass die Vorstellung von üblicher Morgenstunde zwischen Menschen und Hähnen sehr unterschiedlich ausfiel. Ein Hahn konnte schon mal meinen, der Tag breche an, wenn es gerade zwei Uhr morgens war und der Mensch um Nachtschlaf rang.

„Ist schon klar", meinte Julie. „Aber die Hennen machen ja keinen Krach. Und so ein ganz frisches Ei jeden Morgen, gerade aus dem Nest genommen ..."

„Bedenke bitte, du Anfängerin", warf ich ein, „dass frische Eier gar nicht so schmackhaft sind."

„Das heißt also, kein nestfrisches Frühstück?" Julie schien etwas enttäuscht.

„Nein. Das mit dem nestwarmen Ei ist ein Mythos. Es muss mindestens ein, zwei Tage liegen, dann erst bekommt es das richtige Aroma! Das ganz frische Ei kocht auch länger und lässt sich schwerer schälen."

„Das wusste ich nicht ..."

„Macht ja nichts! Ich hatte lange Zeit Hühner und kann dir zumindest den einen oder anderen Tipp geben ..."

Mit anderen Worten: Generell war ich dafür. Sollte sie ihre Hennen haben; Bertrand würde einen schönen Stall bauen, und Auslauf war genügend vorhanden. Wenn der eigentliche Garten von scharrenden Hühnerkrallen und die Nachbarschaft von krähenden Hähnen verschont blieben, sollte es mir recht sein. Ich liebte Hühner, fand sie sehr entspannend, besonders wenn sie auf ihren Schlafstangen saßen und sich selber mit gutturalen Lauten in den Schlaf gluckten. Dann hatten Hühner eine geradezu meditative Qualität, und schon in jungen Jahren hatte ich es geliebt, mich bei ihnen aufzuhalten und mich leise mit ihnen zu unterhalten.

Tunlichst vermied ich es, von dem Hahn im Wald zu erzählen, der möglicherweise nur in unser Leben getreten war, um eine vakante Stelle als neuer Hühnerhofboss anzutreten. Ich wünschte ihm alles Gute, aber das wünschte ich ihm ein kleines bisschen weiter weg.

Die seltsamen Dinge, Tiere betreffend, waren aber noch nicht vorbei. An einem dieser Frühlingstage, an denen Celia schon wieder in ihrer Tourismus-Information arbeitete, fuhr ich nach Carpentras, wo ich mich mit ihr zur Mittagspause in einem nahegelegenen Café verabredet hatte. Auf diese Weise kam ich wieder einmal in die Stadt und sah dabei auch die in der Sommersaison sehr beschäftigte Freundin.

Auf der Fahrt dorthin, auf dem aus Lagnières heraus- und in die Ebene führenden Straßenabschnitt, flog dreimal ein Amsel ganz dicht vor meiner Windschutzscheibe vorbei und zwang mich jedes Mal zum abbremsen. Vor der letzten Kurve schoss mir auf einmal ein auf meiner Seite fahrender Motorradfahrer in hoher Geschwindigkeit entgegen – eine Sekunde später, ein wenig schneller, und es hätte einen Unfall gegeben. Unweigerlich fiel mir wieder der so ganz ähnliche Unfall ein, der seinerzeit, bei der Überquerung des Luberon, Alain und mich zusammengebracht hatte.

Als ich mich mit Celia in dem kleinen Bistro unweit ihres Büros traf, erzählte ich ihr von den seltsamen Tiererlebnissen der vergangenen Tage und berichtete natürlich besonders über die unfallverhütende Aktion der Amsel.

„Das ist so typisch *Du*", sagte Celia. „Alles beziehst du auf irgendwas anderes, jedes Vorkommnis ist bei dir mit allem anderen verknüpft."

„Ja, so empfinde und erlebe ich es."

Celia guckte eher belustigt als skeptisch. „Ich halte dich nicht für verrückt. Es ist nur so, dass mir solche Dinge nie passieren."

„Sie fallen dir wahrscheinlich nur nicht auf. Ich könnte Geschichten erzählen, gerade mit Tieren ..."

Die Bedienung hatte uns beiden gerade zwei riesige wolkige Milchkaffees und Celia ein Croissant serviert, also beschäftigten wir uns erst einmal mit dem Kulinarischen, bevor Celia auf das Thema zurückkam.

„Na, erzähl schon!"

„Was?"

„Na, deine besonderen Erlebnisse mit Tieren!"

„Also interessierts dich doch?"

„Na klar!"

„Also", begann ich, „das wohl Bizarrste, was ich erlebt habe, war mit meiner Hündin Dakota. Ich lebte schon im Ausland. Eines Abends kam ich wie gewohnt mit ihr vom Spaziergang, aber sie wollte partout nicht ins Haus. Das hatte sie noch nie getan. Sie stemmte sich mit allen vier Pfoten in die Erde und zog rückwärts an der Leine. Dabei knurrte sie leise. So kannte ich sie überhaupt nicht. Ich dachte, sie müsse noch mal ein Geschäft machen. Also ging ich zurück auf die Straße. Da war sie wieder ganz normal. Kein Geschäft mit ihr zu machen. Als wir wieder ins Haus wollten, dasselbe Spiel: Stemmen, Verweigern, Knurren. Das ging dreimal so. Vom Haus weg: alles in Ordnung; ins Haus rein: absoluter Widerstand. Da es Februar war, nass und kalt, zerrte ich sie schließlich gegen ihren Willen ins Wohnzimmer, wo sie sich unwillig in ihr Körbchen legte."

Celia leckte sich Kaffeeschaum von den Lippen. „Und?"

„Und? Sie lag da und knurrte etwas im Zimmer an, das ich nicht sehen konnte. Sie schien etwas mit den Augen zu verfolgen, so als ob jemand im Raum auf und ab lief. Das ging etwa eine halbe Stunde so. Irgendwann schenkte ich dem ganzen Theater keine Beachtung mehr. Es war einfach zu albern."

„Das ist wirklich eine komische Geschichte."

„Warte, sie ist noch nicht zu Ende. Später ging ich ins Arbeitszimmer und wollte den PC anschalten. Aber das ging nicht. Er fuhr nicht hoch. Stattdessen hörte ich aus dem Innern des Computers – damals noch eines dieser großen Standgeräte – ein Klingeln, wie von einem altertümlichen Telefon. PC aus, PC wieder ein: Klingeln, aber kein Hochfahren. Ich gab nach einigen Versuchen entnervt auf und wollte am nächsten Tag den Computermann kommen lassen. Ich ging zu Bett. Am nächsten Morgen war der Hund wieder völlig normal. Ich schaltete als Test noch mal den PC ein. Er fuhr hoch, als sei nichts gewesen. Aber auf dem Bildschschirm sah ich einen Ordner, der da vorher nicht war; genau in der Mitte und nicht, wie bei mir normalerweise sortiert, am linken Rand. Damals hatte ich eine unheimliche Angst vor Computerviren, also klickte ich den fremden Ordner sofort weg. Erst im Wegklicken fiel mir auf, dass der Titel des Ordners irgendwas mit ‚Vater' oder ‚father' gewesen war.

Und dann fiel es mir wie Schuppen von den Augen: Am Vortag war der erste Todestag meines Vaters gewesen! Ich hatte das total vergessen, weil ich seinerzeit, ein Jahr zuvor, diesen Tag nicht wahrgenommen hatte. Ich hatte erst einige Tage später vom Tod meines Vaters erfahren, und die Beerdigung war sogar erst Wochen später. So hatte sich dieses Datum nicht bei mir eingeprägt."

„So, und nun mal die Auflösung, damit ich auch verstehe, was du mir hier sagen willst ..." Celia steckte sich nach dieser Frage den letzten Bissen in den Mund und schaute mich dann mit großen Augen erwartungsvoll an.

„Die Auflösung – oder besser, meine eigene Erklärung – ist die: Meines Vaters Geist, seine Seele, oder wie immer du es nennen magst, war an dem Abend in unserem Haus. Der Hund hat es wahrgenommen – ich nicht. Dann hat mein Vater mir eine Botschaft geschickt, per PC. Du musst wissen, er war zeitlebens ein Elektronik- und Computer-Freak. Und ich hab's weggeklickt, und ich konnte es auch nicht mehr herstellen."

„Und, was denkst du, war die Botschaft?"

„Ach, weiß nicht: ,*Mir geht's gut ... Alles nicht so schlimm ...*' irgendwas in der Art."

Celia schien hin- und hergerissen zwischen Glaubenwollen und Skepsis. „Ist dir das noch einmal passiert?"

„Niemals wieder, an keinem seiner Todestage. Übrigens: Ich habe meinen Computermann gefragt, was das Telefonklingeln war, das ich so laut und deutlich gehört hatte. Er hat mir gesagt, im PC sei nichts, aber auch gar nichts, was annähernd solch ein Geräusch erzeugen könnte."

„Hmmm. Komische Geschichte." Sie dachte nach. Dann fragte sie: „Und was ist jetzt, ich meine, mit deinen komischen Erlebnissen, bei denen du Alain gespürt haben willst?"

Ich hatte Celia in der Vergangenheit von einigen nächtlichen Vorkommnissen in Alains Haus erzählt. „Was genau meinst du", erkundigte ich mich.

„Na, dein Bruno! Sieht er auch Alains Geist?"

Ich lachte. „Nein! – also, bis jetzt ist es mir noch nicht aufgefallen." Dann dachte ich nach. „Das ist aber etwas anderes. Vielleicht spürt er etwas, aber es wäre Alain – oder seine Seele – in seinem eigenen Heim. Nicht ein Fremder, so wie mein Vater – beziehungsweise sein Geist – damals in meinem Haus."

Ich versuchte mich zu erinnern. Bruno war durchaus ein aufmerksamer Beobachter mit feinem Gehör und Interesse an allem, was aus dem Rahmen fiel. Bei den ersten eigenartigen Ereignissen und Empfindungen, für die ich keine ‚normale‘ Erklärung fand, war er noch gar nicht bei uns. Seit der Hund bei mir im Zimmer schlief, war mir nichts derart Außergewöhnliches aufgefallen.

„Ich verspreche dir, dass ich Bruno künftig beobachten und dir dann Bericht erstatten werde", versprach ich Celia. Dann bestellten wir uns zur Feier des Tages noch einen kleinen Orangenlikör.

Da hatte ich keine Ahnung, dass ich nicht sehr lange warten musste, um mit meinen Beobachtungen zu beginnen.

Es hört immer noch nicht auf mit den Tiergeschichten. Am Abend, nicht lange nach dem Zubettgehen, schaue ich in Richtung der in der wärmeren Jahreszeit halboffenen Zimmertür und sehe im Dämmerlicht einen Hund aus der Tür laufen. Ich denke, es ist Bruno, aber dann höre ich ihn hinter mir, von halb unter dem Bett, wo er es sich auf dem Bettvorleger gemütlich gemacht hat. Er knurrt leise, so als habe auch er den Hund in der Tür gesehen. Dann, ein oder zwei Minuten später, steht der ‚Geisterhund‘ wieder im Türrahmen und wedelt mit dem Schwanz. Und wieder knurrt Bruno hinter mir. Der andere Hund verschwindet. War es ein Besuch von meiner alten Hündin Dakota, um uns zu sagen, dass alles in Ordnung ist und dass wir uns die Phänomene, über die wir in der letzten Zeit gesprochen haben, nicht eingebildet haben?

Nachtrag: Auch etwa eine Woche später geschieht es noch einmal. Nach dem Zubettgehen knurrt Bruno, lang anhaltend, etwa zwanzig bis dreißig Mal. So, als ob er damit die Gegenwart eines Geistes anzeigen will. Hat er gespürt, dass ich nach Antworten suche?

Wie auch immer: Der Plan wurde wahr gemacht. Julie bekam ihre Hühner. Zuvor hatte Bertrand im Bereich des nicht genutzten Gartens beim Atelier ein begehbares Hühnerhaus gebaut, in dem sich vier Nestboxen sowie zwei unterschiedlich hohe Sitzstangen befanden. Dann hatte er um das Hühnerhaus herum einen großen

Teil des Gartens so eingezäunt, dass die Hühner nicht in den Hausgarten, auf den Rasen hinterm Haus, gelangen konnten, man aber noch ungehinderten Zugang zum Atelier hatte. Auf mein Anraten hin hatten die beiden ihr neues Federvieh erst einmal ein paar Tage lang im Stall eingesperrt, bis es sich an die neue Umgebung gewöhnt hatte. Fünf Tage später trafen wir uns am Hühnergehege, um die neuen Hausbewohner willkommen zu heißen und die Anlage einzuweihen.

Irgendwie erinnerte mich das an meine ersten eigenen Umgestaltungsversuche in Alains Garten, gar nicht lange, nachdem ich bei ihm ‚eingezogen' war. Bei mir waren es damals das Gartenbett und die Gartendusche gewesen. Alain hatte sich darüber mindestens genauso gefreut wie ich selber, denn für ihn war es ein Zeichen gewesen, dass ich noch nicht gleich wieder abreisen wollte.

Bertrand hatte neben dem Atelier eine Sitzbank aufgestellt. Dort saßen wir nun also an einem Sonnabendnachmittag, jeder mit einem Glas Wein in der Hand, und warteten auf die Freilassung der Legehennen. Die kamen dann, nach Öffnung der Stalltür, auch zum ersten Mal in ihren großen Außenbereich. Fürs Erste waren es fünf Junghennen, die Julie von Monsieur Brunet erworben hatte. Der hatte ja seit vielen Jahren Hühner, die sich auch ab und an vermehrten. So konnte er dann und wann welche abgeben; vor allem, weil ja jetzt bei den Brunets nicht mehr so oft geschlachtet wurde wie zu Zeiten, als die Kinder noch alle zuhause waren.

Wir standen auf, erhoben unsere Gläser und stießen an. „Auf eine erfolgreiche Eiersaison und glückliche Legehennen!" Julie war so stolz, als stelle sie mir ihre eigenen Kinder vor, und küsste dann Bertrand auf die Wange.

„Ist das alles, was der Handwerker als Lohn für seine Arbeit bekommt?" fragte dieser.

„Na, warte nur ab. Ab sofort bekommst du jeden Morgen ein frisches Ei", war die Antwort. Dann, mit Blick auf mich, fügte sie hinzu: „ ... ich meine, ein aromatisches Ei von vor ein, zwei Tagen."

Ich nickte ihr zu. „Junge Legehennen legen oft am Anfang noch unregelmäßig und mit einigen Fehlversuchen. Die ersten Eier können sehr klein sein; manchmal sind sie krumm, oder die Schale ist noch nicht sehr hart ausgebildet. Auch ein Huhn muss erst mal üben."

„Das habe ich schon gemerkt", sagte Julie. „Heute Morgen habe ich zwei Mini-Eier aus den Nestern geholt. Es scheint also loszugehen."

„Außerdem", fügte ich noch hinzu, „kann man den Geschmack und die Farbe des Dotters durch die Fütterung beeinflussen; ich zum Beispiel habe meinen Hühnern früher immer mal etwas roten süßen Paprika unters Futter gemischt."

„Wir können noch viel von dir lernen, Ariane." Julie wandte sich nun wieder den Hennen zu. „Auf jeden Fall habe ich beschlossen, dass jeder von uns zweien von ihnen einen Namen geben soll."

Ich schaute auf die Wiese, wo die neuen Tiere sich schon ungewöhnlich zuhause fühlten, denn sie hatten bereits begonnen, zu picken und zu scharren. Und wirklich, es waren im Ganzen sechs Stück! Aber war da nicht …

„Julie! Wir hatten doch gesagt, wir wollen keinen Hahn!" Deutlich ragte der sehr viel größere Kamm des kräftigen Gockels aus der Schar der Hennen heraus.

„Ja, weißt du, der Hahn kam zufällig. Er kommt eigentlich auch nicht von Monsieur Brunet. Auguste hatte ihn im Wald gefunden und zu sich nach Hause genommen. Aber da er keine Hühner hält, gab er ihn Monsieur Brunet. Der hatte allerdings schon einen Hahn, und die beiden vertrugen sich nicht so gut … – den Hahn gab es also sozusagen umsonst obendrauf!"

Hatte ich es mir doch gedacht! So hatte der Hahn doch noch seinen Weg in unser Haus oder, besser, unseren Garten gefunden.

„Er kräht auch nicht, sagt Auguste … wenigstens ganz wenig. Er ist wohl verschüchtert." In Julies Augen lag ein flehendes Bitten. „Und außerdem beschützt er die Hennen vor Gefahr."

Was konnte ich jetzt noch dagegenhalten? Immerhin konnte ich ja auch nicht zugeben, dass wir beide – der Hahn und ich – uns schon kannten. Also winkte ich ab. „Aber unter einer Bedingung: Er kriegt seinen Namen von mir."

Julie strahlte wie ein kleines Mädchen. „Klar! Wie willst du ihn nennen?"

„Alphonse!"

„Alphonse? Hat das eine spezielle Bewandtnis?" wollte Bertrand wissen.

„Alle meine Hähne hießen Alphonse – eigene und Fremdhähne. Es musste etwas französisches sein; immerhin ist der gallische Hahn ja das französische Nationaltier."

„Das passt gut", meinte Julie. „Und dein zweites Huhn?"

Ich schaute noch einmal hin. „Das da hinten, das braune. Es scheint wohl etwas kräftiger zu werden als die anderen. Das ist Berta!"

„Prima! Darauf trinken wir!" Noch einmal erhoben wir unsere Gläser, dann setzten Bertrand und ich uns wieder auf die Bank.

Bertrand schaute in sein Glas. „Ich brauche Zeit zum Überlegen. Ich muss mir erstmal angucken, was meine beiden Hennen für einen Charakter haben."

Julie stupste ihn freundschaftlich an. „Typisch Mann, muss erst überlegen. Meine zwei sind die weißen: Flocke und Jasmin."

„Typisch Frau, poetisch und zart ...", neckte Bertrand. „Aber nochmal zum Hahn: Ich habe auch erst jetzt mitgekriegt, dass ein Hahn zur Eierproduktion gar nicht notwendig ist. Trotzdem, so las ich im Internet, ist es gut, einen zu haben, weil es sich positiv auf das soziale Gefüge in der Hühnergruppe auswirkt."

„Ja, du hast recht", gab ich zu. „Hähne beschützen ihre Hennen, und oft sind sie wahre Gentlemen: Sie rufen die anderen herbei, wenn sie Futter gefunden haben, und lassen die Hennen zuerst fressen. Ich bilde mir dann immer ein, dass sie in Wahrheit auf eine andersgeartete Gefälligkeit aus sind."

„Wieder typisch Mann!" warf Julie scherzhaft ein.

„Der letzte Alphonse, den ich in Griechenland kannte, war ein ganz Schöner. Er war sehr groß und hatte ein wunderbares, cremeweißes Gefieder. Aber er war auch wehrhaft, mit langen Spornen an seinen Füßen. Er ging sogar auf mich los und verteidigte seine Hennen, wenn ich ihm mit dem Hund auf der Straße begegnete. Im Angesicht seiner Sporne haben wir dann lieber die Flucht ergriffen!"

„Das hätte mir Angst gemacht!" rief Julie aus.

„Ach weißt du, das ist genau wie mit aggressiven Hunden. Erst einmal weggehen – in der Hälfte der Fälle löst das schon das Problem. So kann man es übrigens auch mit aggressiven Menschen machen. Weggehen ist nicht feige, es ist klug."

„Das stimmt", meinte Bertrand.

„Na, nun macht euch doch erst einmal mit euren neuen Hausbewohnern vertraut. Schaut, wie sie sind. Auch Tiere haben eine unterschiedliche Intelligenz und verschiedene Charaktere; nicht nur von Art zu Art, sondern auch innerhalb ihresgleichen. Und dann müsst ihr deren Sprache lernen, in diesem Fall *Huhn*, oder wie ich immer französisch sage: `*Ühn*."

„Was ist denn das?"

„Ja, ihr werdet schon noch sehen. Hühner haben ganz unterschiedliche Laute; je nachdem, ob sie sich wohlfühlen, freuen, ängstlich sind oder verschlafen, oder ob der Hahn etwas Fressbares oder einen Feind anzeigen will."

„Du bist mir schon eine Heilige!" Julie hatte sich jetzt auch wieder neben mich auf die Bank gesetzt.

„Jaja", sagte ich und trank den letzten Schluck. „Was würde wohl Alain dazu sagen?"

„Ich glaube, er würde sich freuen", sagten Julie und Bertrand beinahe gleichzeitig.

„Das denke ich auch!"

Die jungen Hennen arbeiteten sich gut ins Legegeschäft ein und produzierten bald schon eine planbare Anzahl normaler Eier etwas unterschiedlicher Farbe. Alphonse verhielt sich den Erwartungen entsprechend. Als habe er verstanden, dass dies sein Ticket zu einem sorglosen Leben war, krähte er wirklich nicht übermäßig oft oder laut – und selten zu unchristlichen Zeiten. Julie freute sich jeden Morgen über die ‚Eierernte', und ich schlich mich manchmal noch abends, wenn sie alle schon drin waren, ins Hühnerhaus, um ihnen beim Eindösen zuzuschauen beziehungsweise zuzuhören. Die Hennen saßen dann auf den Sitzstangen, und während ihnen vor Müdigkeit die Augenlider schwer wurden, produzierten sie ein einlullendes Glucksgeräusch, das auch auf mich sehr entspannend wirkte. Alphonse indessen stand neben mir und beobachtete mich skeptisch. Sobald ich mich regte, gackerte er mich an, aber er schien nicht angriffslustig zu sein. Kurzum, ich mochte den Gockel.

In diesem Sommer spürte ich allerdings deutlich, wie ich mich immer mehr in mich zurückzog. Je älter ich wurde, umso mehr sehnte ich mich nach Ruhe und Alleinsein. Bruno war der ideale Begleiter; mit ihm konnte ich mich jederzeit unterhalten, aber er ließ mich auch meinen Gedanken nachhängen, wenn wir durch die Wälder streiften und ich mir andauernd Spinnwebfäden aus dem Gesicht wischen musste.

Natürlich waren mit den Jahren meine Beschwerden heftiger geworden. Schon lange war ich in den Sommern nicht mehr ganz schmerzfrei. Mein rechter Fuß hatte an der Achillesferse einen schmerzhaften Sporn entwickelt, und in beiden Füßen hatte ich, wohl auch wegen der schmerzbedingten Fehlstellungen, eigenartige Verknöcherungen. Das Internet machte mir keinen Mut zu einer eventuellen Operation. Die in Aussicht gestellten Erfolgschancen waren nicht übermäßig hoch, ein Wiederkehren der Beschwerden auf lange Sicht nicht ausgeschlossen, und zudem hatte ich Angst, dass ein eventueller Eingriff mir dauerhaft noch mehr schaden könnte. Auch waren mir die Risiken, in der Klinik eine behandlungsresistente Keiminfektion zu bekommen, zu hoch. So hoffte ich darauf, noch lange genug aus eigener Kraft durchhalten zu können. Bruno war ja nun auch kein Jungspund mehr und bedurfte nicht mehr so vieler Bewegung. Er war auch insgesamt über die Jahre ruhiger und ausgeglichener geworden, was mir zugute kam.

Aber von alldem zeigte ich den Freunden um mich herum, Julie und Bertrand sowie Celia, nichts. Ich wollte es mit mir alleine ausmachen. So lebte ich zwei Leben: In der Gemeinschaft gab ich stets die lockere, umtriebige, aber wegen ihres Interesses am Schreiben eher zurückgezogen agierende Hausgenossin; mit mir selbst, dem Hund, meinen Gedanken und Erinnerungen sowie meinem Manuskript aber fühlte ich mich in der überwiegenden Zeit am wohlsten. Meine Freunde und auch Madame Pauline brachten mir viel Verständnis entgegen und fragten nicht.

Das galt besonders für diesen Sommer, der uns alle auf die Matte streckte. Es war heiß, so ungewöhnlich heiß, dass Bruno sich nun vollends in einen alten Teppich verwandelte und nur noch herumlag. Die Hühner standen mit aufgerissenen Schnäbeln da und schienen nach jedem bisschen frischer Luft zu japsen. Teile des Rasens unter ihren Füßen hatten sich schon lange zu Sandkuhlen entwickelt, die oft und gerne für diverse Sandbäder gegen die Milben und anderes Ungeziefer genutzt wurden. Sogar die Legeleistung verringerte sich während dieser heißen Wochen.

Niemand fragte nach, wenn ich – wie beinahe jeder – die Tage im abgedunkelten Zimmer oder auf dem Gartenbett im schattigen Winkel des Gartens verdöste.

Der Tag, als endlich der Regen kam, das erste große Gewitter – nach vier Wochen Sonne und fast immer wolkenlosem Himmel – war wie eine Befreiung. Über dem Gebirge lag plötzlich eine graue Wolkenmütze, darüber eine ganz schlohweiße. Während die Sonne unterging und alles wieder in dieses seltsame südliche Licht tauchte, gewitterte und blitzte es in der weißen Wolke. Immer wieder erhellte sie sich gegen den klardunklen Himmel. Im Haus war es noch stickiger als draußen. Dann endlich begann es wirklich. Erst kamen große, warme, unbeholfene Tropfen, dann nur noch Kaskaden aus Wasser.

Es hätte mittlerweile dunkle Nacht sein müssen – und doch war beinahe heller Tag, jedenfalls bei jedem Aufflackern der Blitze und des wie von weither kommenden Wetterleuchtens. Als alles vorbei war, duftete es betörend nach Lorbeer. An diesem Abend saß ich noch lange im Garten und genoss die Frische und den würzigen Geruch.

Allen Lebewesen schien es, als sei endlich ein über sie gesprochener Zauberbann gebrochen worden.

Ich liege im Bett, bitte meine schützenden Geister um irgendein Zeichen und schließe meine Augen. Plötzlich sehe ich weite Räume, intensive helle Farben. Es ist, als seien meine Augen gar nicht geschlossen, sondern unfreiwillig offen. Dieser Zustand hält eine sehr lange Zeit an, ohne dass es in dieser Zeit irgendeine äußere

Lichtquelle gibt. Selbst als ich das Nachttischlicht ein- und wieder ausschalte, hat es auf das, was ich vor meinem inneren Auge sehe, keinen Effekt. Es ist und bleibt intensiv, bis ich endlich einschlafe.

Mitten in der Nacht wache ich auf und gehe zum Bad. Und wieder schaue ich in die Räume, die Farben und die unerhörte Weite, als schaue ich in andere Dimensionen. Dieses Mal ist es ein intensives Blau. Gleichzeitig spüre ich ein Kribbeln entlang der gesamten rechten Körperseite. Ich höre auch kurz eine Art Zischen. Ich folge der Farbe blau in meinen inneren Bildern. Es ist durchsichtig, wie ein Blick in eine ungemein tiefe Unterwasserwelt; das Erlebnis fesselnd, klar und multidimensional.

„Wäre es möglich, dass du mir drei der preisverdächtigen Eier deiner glücklichen Hennen für meine Spinatrolle spendierst?" fragte ich Julie, die gerade in die Küche kam.

„Du kannst so viele Eier haben, wie du willst", antwortete sie, „aber für die Rolle nimm lieber die anderen hier, die sind auch im Glück gelegt ..." Damit öffnete sie den Kühlschrank und präsentierte eine ganze Schale voller Hühnereier.

„Wie, legen deine Hennen neuerdings im Akkord?" wollte ich wissen.

„Nein, das sind Eier von Monsieur Brunet. Jetzt, wo das Herbstseminar beginnt, brauchen wir mehr davon, als meine Damen produzieren können. Deshalb habe ich ihm zwei Dutzend abgekauft." Dann fügte sie verschwörerisch hinzu: „Unsere Eier sind veredelt und nur für unser Frühstück gedacht."

„Ah, du fütterst sie mit Paprika. Ich habs am Dotter gesehen und auch geschmeckt. Das würde auch nicht so gut zum Spinat passen." Ich nahm mir drei Brunet-Eier und schloss die Kühlschranktür. Dann wandte ich mich wieder meiner Spinatrolle zu.

Sie war als mein Beitrag zum Eröffnungsbuffet für den Herbstdurchgang gedacht. Ich liebte es, dieses Gericht zuzubereiten, das im Grunde nichts anderes war als meine Interpretation der bekannten griechischen Spinat-Pita. Den Teig aus Mehl, einer Prise Salz, Olivenöl und Wasser hatte ich schon am Vortag gemacht und im Kühlschrank über Nacht ruhen lassen. Jetzt machte ich mich an die

Spinatmasse. Ich mochte dieses Gemüse mit seinem tiefen, breiten, beinahe etwas sumpfigen Geschmack, der so gut mit Feta-Käse harmonierte. Die Rolle wurde am besten nach dem Backen noch einen Tag stehengelassen, um sich zu setzen; dann konnte man sie in Scheiben schneiden und kalt oder aufgewärmt genießen. Für die Eröffnungsparty machte ich allerdings eine Blechversion, mit Teig oben und unten und der Spinatmasse dazwischen. So konnten kleine Würfel geschnitten werden, die man bequem aus der Hand essen konnte.

Julie hatte die Küche schon wieder verlassen, als ich zwei Eier in die Masse rührte und dann den gewürfelten Feta-Käse hinzugab. In diesem Moment spürte ich deutlich eine Hand auf meiner Schulter, und im nächsten Moment huschte in meinem rechten Gesichtsfeld ein Schatten an mir vorbei; so als wollte jemand von hinten mit der Hand zum Naschen in die Schüssel greifen. Ruckartig drehte ich mich um. Natürlich war da niemand, und ich war auch allein in der Küche. Mir wurde schwindelig, und ich musste mich mit den Händen an der Arbeitsplatte hinter mir abstützen. Es war genauso gewesen wie vor vielen Jahren, als Alain tatsächlich hinter mir aufgetaucht war und versucht hatte, mit dem Finger in die Spinatmischung zu langen und zu naschen. An den darauf folgenden, unverhohlen erotischen, zärtlichen Biss in meinen Finger erinnerte ich mich, als sei es gestern gewesen.

Ich ließ meinen Blick durch die leere Küche schweifen; er blieb an dem mir zugewandten Stuhl am Küchentisch hängen. Dort hatte Alain gesessen, damals, als sein Blick mich von hinten durchbohrt hatte. Als ich mich, so wie jetzt, umgewandt hatte, war ich bei seinem Anblick dort, im roten, halb offenen Hemd, beinahe erstarrt. Damals war mir zum ersten Mal bewusst geworden, wie tief ich diesen Mann liebte.

Es war, als habe dieser Raum, so wie unser Schlafzimmer und das gesamte Haus – ja, das gesamte Anwesen – ein Gedächtnis. Und immer einmal wieder, an Tagen wie diesem, erzählte es mir die eine oder andere Geschichte, damit ich nicht Gefahr laufen konnte, es zu vergessen.

Julie hatte mich noch einmal überredet, ein Seminar für die Kunstschüler abzuhalten. Ich wollte sie nicht enttäuschen, also sagte ich zu. Ich hoffte, dass diese für mich recht leichte Übung mich einmal mehr von allen anderen Verpflichtungen freikaufen würde. Es ging schließlich um ein Thema, das mich selber täglich beschäftigte. Julie, die mehr fürs Praktische war, sah mich als die Meisterin, wenn es um die Verknüpfung von Kunst und Lebensphilosophie ging. Das Thema hieß: Liebe und Leid.

Da stand ich also. Vor mir saßen sechs neue Gesichter. Ich wollte mich ihnen im Dialog nähern, nicht im langweiligen Vortrag.

„Was sind Triebfedern im Leben? Welche Dinge motivieren uns? Was denkt ihr? Kommt, sagt es einfach in den Raum hinein!"

Die erste Antwort kam noch zögerlich. „Geld!"

Dann wurden mir Begriffe zugerufen wie *Dach überm Kopf, Erfolg, Sicherheit, Freude, Spaß, Familie, Karriere, Berühmtheit* ...

„Gut. Lasst uns diese Sachen mal anschauen. Um das zu tun, muss man wissen, dass jedes Ding, das wahrgenommen werden soll, sein Gegenteil braucht. Diese Dualität bedingt alles. Helligkeit können wir nur empfinden, wenn wir das Dunkel kennen. Hitze nehmen wir nur wahr, weil es die Kälte gibt. Und so ist es auch mit den Triebfedern, den Motivationen für unser Tun. Jedes der von Euch genannten Motive kann man einem von zwei Grundgefühlen zuordnen. Alles geschieht entweder aus Liebe – oder aus Furcht. Geht ihr ein Eis essen, dann weil ihr Eis liebt. Geht ihr zum Arzt, dann aus Furcht vor Krankheit. Gehen wir mal durch: Dach überm Kopf?" Ich schaute in die Runde.

Ein Mädchen sagte: „Furcht?"

„Richtig. Erfolg, Freude, Spaß, Familie?"

„Liebe!" riefen gleich zwei.

„Wirklich? Erfolg könnte man auch anstreben aus Furcht vor dem Versagen; Spaß aus Furcht vor Langeweile, Familie aus Furcht vor dem Einsamsein ..."

Nachdenkliche Gesichter.

„Könnte es sein, dass Liebe und Furcht zwei Seiten ein und derselben Medaille sind?"

„Könnte sein!" rief ein blonder Junge.

„Gehen wir mal davon aus. Tatsächlich sind diese beiden starken Gefühle sozusagen Zwillingsgeschwister. Sie führen allenfalls zu verschiedenen Ergebnissen. Furcht führt zu Verurteilung und Krieg, Liebe führt zu Vergebung und Frieden."

Die Runde nickte.

„Gucken wir jetzt mal auf die Motivation eines Künstlers. Bei diesen Menschen kann man Furcht mit Leid oder sogar Leiden übersetzen. Künstler sind naturgemäß gefühlsbetonte, sensible, empathische Menschen. In der Regel schauen sie tiefer in die Dinge hinein und leiden mehr an der Welt. Was aber ist eigentlich Leid oder Leiden?"

Ein Mädchen meldete sich. „Wenn einem etwas zugefügt wird? Schmerz oder Gewalt?"

„Oder wenn man das Leid von jemand anderem erlebt, als Mitleid", fügte ein anderer Schüler hinzu.

„Wie kann es dann sein, dass der eine Mitleid empfindet, der andere aber nicht? Dass jemand fürchterlich an einem Wespenstich leidet, während ein anderer es lächelnd wegsteckt?"

„Weil jeder anders ist?"

„Ja", sagte ich, „aber nicht nur. Es gab da mal einen Mann, Viktor E. Frankl, der bei den Nazis im Konzentrationslager saß. Er sagte, dass Leiden ausschließlich mental stattfinde, also in unserem Denken. Es habe weder mit der Person, noch mit dem Körper oder den Umständen zu tun. Das kann jede Frau bestätigen, die schon einmal ein Kind geboren hat. Sie wird starke Schmerzen gehabt haben, aber in den wenigsten Fällen wird sie sagen, dass sie gelitten habe. – Aber nun zu den Künstlern. Zwei, die mit Sicherheit ihre Kunst geliebt und trotzdem darunter gelitten haben, waren Leonardo und sein Widersacher Michelangelo. Leonardo hat Zeit seines Lebens mit den Maltechniken gekämpft; lebte besonders mit Blick auf seine Fresken in der ständigen Furcht, dass ihm nicht genug Zeit zum Malen blieb, weshalb er Techniken erfand, die am Ende seine Werke sogar zerstörten. Michelangelo hat beim Ausmalen der Sixtinischen Kapelle unendlich unter den Arbeitsbedingungen gelitten. In beiden Fällen kann man sagen, sie haben die Arbeit gehasst und gleichzeitig geliebt. Es gibt ja auch das Wort Hassliebe.

Sprache ist verräterisch, das weiß jeder, der sich mit dem Schreiben beschäftigt. Welches Wort beschreibt jemanden, der mit Energie und Inbrunst etwas betreibt?"

„Passion!"

„Genau, französisch *passion*, auf Deutsch heißt das Wort übrigens *Leidenschaft*." Ich erklärte ihnen, dass in diesem deutschen Begriff das Wort Leiden direkt mit drinsteckte. „Passion kommt von passio: Leiden, Krankheit, Hingabe. Die Passion Christi beschreibt das Leiden und Sterben Jesu. Mit anderen Worten: Ohne Leiden ist keine Liebe zu haben. Nicht die Liebe zwischen Menschen, nicht die Liebe zur Kunst oder zu jeder anderen *leidenschaftlich* betriebenen Sache. Kann ich das so stehenlassen und Euch nun wieder in die Obhut von Julie übergeben?"

Mit diesen Worten schielte ich in Richtung der Genannten, die übers ganze Gesicht grinste und nickte. „Na, nun hast du mir die ganze Truppe verunsichert. Die werden sich jetzt nicht mehr trauen, auch nur einen Stift in die Hand zu nehmen."

Alle lachten.

„Ich will doch hoffen, dass das nicht der Fall ist; dass wir mit Liebe und Leidenschaft und auch ein bisschen Leiden geschaffene Ergebnisse sehen werden!" Meine Bemerkung produzierte auf Seiten der Studenten ein Nicken.

„Dann ist es gut." Ich war zufrieden; die Schüler hoffentlich auch, und offenbar war es Julie. Nun konnte ich den verbleibenden Tagen des Herbstlehrgangs mit Ruhe entgegensehen.

Im Traum male ich marmorartige Muster auf einen Entwurf für ein Bild oder eine Vase; jedenfalls sieht es wie ein länglich-hohes Gefäß aus. Dann ist da Bertrand, den ich ganz deutlich und nah vor mir sehe. Eine Frau, die auch mit mir im Raum ist, wendet sich ihm zu. Ich kann aber ihr Gesicht nicht sehen. Und dann erfüllt sich mein Wunsch, den ich schon vor zwei Abenden laut ausgesprochen hatte: Ich sehe Alain. Er steht da, sehr weich, gelöst, lächelnd; mit etwas wie einem Regenmantel bekleidet. Dann setzt er sich in etwas, das einem Regiestuhl gleicht. Er ist jünger, als ich ihn kannte, im mittleren Alter, schlank, beinahe jungenhaft. Er schaut jetzt ernst und sagt, er friere. Ich wage es, mich neben ihn zu stellen und meine Hand auf seine Stirn zu legen. Er weist mich nicht ab, nimmt meine Hand ... Dann erwache ich, leider!

Viele Jahre lang hatte ich nicht mehr an ihn gedacht; nun fiel er mir schlagartig wieder ein. Aber wo war er, mein Zimtstreuer?

Um den Winter ein wenig vitaminreicher zu gestalten, hatte ich mir verordnet, ab jetzt jeden Tag mindestens zwei Äpfel zu essen. Ich wollte die Früchte so wie früher in Griechenland und später auch bei Alain mit ein wenig Honig und vor allem einer Prise Zimt genießen. Letzterer sollte, in Maßen verwendet, gut für die Senkung des Blutdrucks sein. Daher begab ich mich auf die Suche nach dem bescheidenen Zimtspender. Der Streuer war nichts Wertvolles. Ich hatte das kleine Gefäß, das nur halb so groß wie ein Salzstreuer war und oben eine an einen Dom erinnernde Streukuppel hatte, vor Ewigkeiten in Griechenland gekauft und seitdem immer bei mir gehabt. Logischerweise sah ich daher zunächst in meiner Handtasche nach. Dort fand ich auch das kleine, so genannte Bereitschafts-Täschchen, in dem sich alles befand, was man für gewisse Notlagen gebrauchen konnte: Blasen- und Heftpflaster, ein Stück Schnur, Gummis, Klebeband, Sicherheitsnadeln, ein Flaschenöffner, einige Zahnstocher, Wattestäbchen, Süßstoff, Nähgarn und Nähnadel, Kopfschmerztabletten, Desinfektionstücher und ein kleiner Plastestreuer mit Salz. Aber mein Zimtstreuer fehlte.

Natürlich war in der Küche genügend Zimt vorhanden; mein Apfelmahl scheiterte daran nicht. Aber die Nichtauffindbarkeit dieses kleinen persönlichen Utensils begann, mein gesamtes Denken zu beherrschen; vor allem, nachdem ich in allen möglichen Taschen, in allen Schubladen und Schränken und überall in der Küche erfolglos danach gesucht hatte.

Ich fragte Julie, die nur mit den Schultern zuckte. Ich fragte Bertrand, Pauline. Das gleiche Ergebnis.

Es machte mich regelrecht verrückt. Ein Gegenstand konnte doch nicht einfach spurlos verschwinden? Es war undenkbar, dass ich oder jemand anderes den Streuer einfach ausrangiert hatte. Jahrelang hatte er mir gar nicht gefehlt; warum also beschäftigte mich das jetzt so intensiv?

Diese ganze Angelegenheit ließ mich über Grundsätzliches nachdenken. Besitz, Grundstücke, teure Sachen, Wertgegenstände, Luxus waren mir stets egal gewesen. Wie sich ja in den Diskussionen um Alains Erbe angedeutet hatte, wollte ich mich nicht an Immobilien binden, sie machten in meinen Augen immobil. Von dem, was man besaß, wurde man besessen. Es zwang einen in eine Abhängigkeit: Man musste es versichern, sich darum sorgen, es hegen und pflegen. Was aber das Wichtigste war: Man konnte nicht einfach seine Siebensachen packen und aufbrechen. Eigentlich ging das ja schon mit dem Besitz eines Hundes oder – um im gegenwärtigen Bild zu bleiben – mit Hühnern und anderen Haustieren los.

Im Gegensatz dazu standen bei mir die kleinen Dinge; jene, die eine Geschichte in sich trugen. Das konnte ein am Strand gefundener Stein sein oder eben dieser Zimtstreuer. Vielleicht war er mir deshalb so wichtig, weil ich mit ihm eine erste zarte Liebesregung zu Alain verband.

Grundsätzlich aber glaubte ich, dass auch die kleinen Dinge uns nicht dauerhaft gehörten. Manchmal hatte ich das Gefühl, einen liebgewordenen Gegenstand weitergeben zu müssen. Es war, als gebe es einen Kreislauf, in den alles gehört, damit es seine Kraft entfalten und erhalten kann, und nicht irgendwann sinnlos in einer Ecke liegt. Es war, als kamen die Dinge zu uns, nur um uns nach einer gewissen Zeit wieder zu verlassen, sei es durch Tod und Vererben, Weiterverkauf oder Weiterverschenken. Ganz zu schweigen davon, dass man grundsätzlich von den Dingen, von denen man glaubt nicht genug zu haben, besonders viel weggeben soll, damit sie zu einem in größeren Mengen zurückkommen. Das wäre das Jesus-Prinzip, die alte Geschichte von der Speisung der Fünftausend.

Und dann waren da die Sachen, die einfach verschwanden. Ich erinnerte mich an ein glitzerndes Collier aus Böhmischem Glas, das ich als Kind einmal von einer älteren Dame geschenkt bekommen hatte. Ich liebte es sehr, aber einmal – als ich so um die dreißig war – war es verschwunden, und ich habe es seither trotz intensiven

Suchens nicht finden können. Anders verhielt es sich mit meinen blauen Tanzschuhen – den bequemsten und schönsten, die ich je hatte. Auch sie gingen verloren, jedoch durch meine Schuld. Wegen der nach einer durchtanzten Nacht schmerzenden Beine hatte ich sie ausgezogen und gegen bequeme Schlappen eingetauscht – dann vergaß ich sie einfach im Nachtbus. Der an diesem Abend getrunkene Wein hatte wohl seinen Teil zur Vergesslichkeit beigetragen. Der Verlust dieser beiden Sachen ärgerte mich noch heute, auch wenn ich schon lange das Collier nicht mehr tragen und in die Schuhe nicht mehr hineinpassen würde. Aber es bleiben Verluste, die viel mehr schmerzen als die zweihundert Euro, die mir einmal aus der Handtasche gestohlen worden waren.

So war ich gestrickt. Damit würde ich leben müssen: mit mir und der Tatsache, dass nichts wirklich verloren ist; dass alles irgendwo sein muss und ich es gerade nur nicht sehen und in die Hand nehmen konnte. Zum Kreislauf der Dinge gehörte eben auch das Verlieren und Wiederfinden. Ein Mysterium des Lebens, das es wohl zu akzeptieren galt.

Wie immer hatte sich das Jahr in atemberaubendem Tempo geneigt. Es wurde immer schlimmer; jedes Jahr kam mir kürzer vor. Wieder standen wir kurz vor Weihnachten.

Dieses Jahr waren die Pläne noch einmal anders als gewöhnlich. Julie und Bertrand wollten über die Feiertage nach Paris fahren, und auch Celia hatte sich mit ihrem Jean-François etwas vorgenommen: Er wollte mit ihr auf einen Kurzurlaub in die Berge zum Skifahren. Meine Aufgabe bestand darin, beide Paare davon zu überzeugen, dass sie getrost ihre Pläne verwirklichen und mich alleine lassen konnten, denn sie schienen deshalb ein schlechtes Gewissen zu haben. Mir aber war es mehr als recht. Im Winter igelte sich meine Seele regelmäßig und gegen meinen Willen ein. Ich wusste ja aus Erfahrung, dass ich spätestens im Frühjahr körperlich und spirituell wieder entschieden wacher werden würde. Aber in diesem Winter kam noch hinzu, dass ich mich ja seit einiger Zeit generell immer mehr nach Zurückgezogenheit sehnte. Also war das Alleinebleiben an Weihnachten gar kein Problem für mich. Ich würde es mir mit Bruno gemütlich machen.

Tatsächlich reisten meine vier Freunde am Ende ohne Gewissensbisse ab, nachdem ich Julie versprochen hatte, mich gut um ihre Hennen und Alphonse zu kümmern. Ich gab Madame Pauline ebenfalls frei und freute mich auf die ruhigen Tage.

Allerdings hatte ich am Nachmittag des Heiligabends doch noch einen Besucher. Doudou kam vorbei, um Hallo zu sagen, mir zwei Flaschen Wein zu bringen und mir ein wenig von seinem Leben als Student zu berichten. Natürlich interessierte mich eines ganz besonders.

„Wie geht es deinem Vater?"

„Naja, er hat sich irgendwie abgefunden. Aber meine Maman fehlt uns an allen Enden."

„Das ist ganz normal", sagte ich. „Sie fehlt uns allen. Aber sie hat ein glückliches Leben gehabt, eine tolle Familie."

Doudou lächelte.

„Weißt du, sie hat euch alle sehr geliebt und war auf ihre Kinder sehr stolz, besonders auf dich!"

„Schade dass sie nicht mehr erlebt, wie ich meinen Abschluss mache ...", sagte er nachdenklich.

Ich legte meine Hand auf seine. „Sie war sich sicher, dass du es schaffen wirst. Und in irgendeiner Weise ist sie bestimmt bei dir, so wie Alain auch bei mir ist. – Wie läuft es denn beim Studium?"

„Viel Arbeit!" er lachte. „Ich habe wenig Freizeit."

„Und was macht Giulio?"

„Giulio ist bereits fertig mit allem und geht für ein Jahr nach Amerika. Ich werde ihn vermissen, aber so habe ich dann noch etwas mehr Zeit zum Lernen für die Prüfungen."

Ich nickte. „Gut so. Er wird ja irgendwann wiederkommen. Ihr geht doch sowieso heutzutage alle in die Welt hinaus, das ist ganz normal."

Doudou nickte. „Was ich noch fragen wollte: Wollen Sie die Unterlagen von Monsieur Alain zurück, die Sie mir gegeben haben?"

„Nein, Doudou, die gehören dir – wenn du sie haben möchtest."

„Sehr gerne!" beeilte er sich zu sagen.

„Siehst du, was soll ich denn damit? Bei dir sind sie gut aufgehoben, und wenn es nur als Erinnerung ist … haben sie dir denn irgendwie geholfen?"

Doudou nickte. „Sie haben mir zumindest gezeigt, dass sich in den letzten fünfzig, sechzig Jahren nicht viel verändert hat in der Architektur."

„Wie sollte es auch? Es ist ja ein jahrtausendealtes Handwerk; Konstruktion ist eine uralte Wissenschaft, und die Mathematik ist ewig gültig. Das ist schon beeindruckend."

„Ja, Madame Ariane, so empfinde ich es auch!"

Ich schaute ihn an. „Bitte lass doch das ‚Madame' weg. Für dich bin ich einfach Ariane …"

Er lachte laut. „Das werde ich mir wohl nie abgewöhnen; es ist nicht böse gemeint. Ich mag Sie sehr."

„Ich dich auch!" sagte ich und musste kämpfen, dass mir vor Rührung nicht wieder die Augen feucht wurden. Doudou war wirklich ein selbstbewusster junger Mann geworden, der nichts mehr gemein hatte mit dem einst so scheuen, stillen kleinen Jungen. Alain wäre stolz auf ihn.

„Bitte besuche mich wieder, wenn du in Lagnières bist. Ich freue mich jedes Mal."

Doudou nickte. Dann umarmten wir uns.

Am nächsten Tag gab es ein kleines Wunder: Die immer noch an einigen Stellen wärmende Sonne hatte noch einen relativ großen, schmackhaften Röhrling wachgeküsst und ihn mir am Weihnachtstag zum Geschenk gemacht. Solche extrem warmen Weihnachten kannte ich allerdings aus Griechenland. Dort hatte ich gelegentlich am fünfundzwanzigsten Dezember bei wolkenlos blauem Himmel und strahlendem Wintersonnenschein in der ganz touristenleeren Inselhauptstadt im Straßencafe gesessen und geschwitzt. Dennoch machte mich das sich zunehmend und offenbar dauerhaft verändernde Wetter nachdenklich.

Meine Lieben hatten mir meine Weihnachtsgeschenke dagelassen, und am Nachmittag, als ich ihnen in Gedanken mit einem Glas von Doudous Weißwein zuprostete, packte ich sie aus. Es waren je ein Buch über Leonardo; zwei Neuerscheinungen über den Maler und das Genie, die mich beide sehr interessierten. So verbrachte ich die nächsten Tage mit dem Rest des angebrochenen Weines und den Büchern im Lesesessel.

Die Flasche Rotwein hob ich auf für die Zeit im Neuen Jahr, wenn ich sie mit Celia trinken konnte.

Der letzte Tag des Jahres ging auf zauberhafte Weise in die Neujahrsnacht, mit leuchtendem Himmel, strahlenden Bergen und darüber dem beinahe vollen Mond. Die Gipfel trugen an den frühen Abenden schon wieder merklich mehr Licht.

Am ersten Tag des neuen Jahres belohnte ich mich mit meiner eigenen ‚Reise'. Ganz alleine wollte ich wieder einmal schamanisch unterwegs sein: Zu meinem inneren Ich.

Wie immer sind da zunächst die Trommeln. Sie kommen vom Laptop, in Ermangelung anderer Ressourcen. Am Anfang denkt es noch in mir. Ich wundere mich, warum ich es so lange, so viele Jahre lang, nicht mehr getan habe, das Schamanische Reisen. Meditation mache ich schon, zumeist an Tagen, an denen ich nichts anderes vorhabe. Aber schamanisch gereist war ich das letzte Mal mit Alain; das war nun auch schon wieder eine halbe Ewigkeit her.

Ich reiße mich zusammen und lasse mich in das Bild fallen. Das Bild, das ist mein Startpunkt: die Höhle von meiner Griechischen Insel mit dem unterirdischen See. Ich weiß nicht, wohin ich mich begeben soll: nach oben, nach unten oder auf die kleine Insel im Wasser. Ich lasse es einfach geschehen.

Irgendwann zieht es mich erst unter Wasser, wo ich wie immer atmen kann, und dann durch eine Art Verbindungskanal ins Freie. Dort ist eine Leiter, wie aus Holz gezimmert, ein Ausstieg. Ich klettere hinauf auf eine Wiese und sehe mich plötzlich in Gegenwart eines in einen Umhang gehüllten Mannes. Er kommt mir bekannt vor, hat Ähnlichkeit mit dem Lehrer oder Meister, der mir vor vielen Jahren begegnet war. Er steht einfach nur da und sagt nichts. Ich muss beginnen zu fragen.

„Ich bin auf der Suche."
„Das sind alle. Frage!"

„Wie finde ich die Wahrheit?"

„Du hast sie schon."

„Ich habe lediglich Ahnungen. Ich kann es nicht benennen, nicht greifen ..."

„Das wirklich Wahre lässt sich nicht benennen. Schon im Benennen wird alles definiert, kategorisiert und damit reduziert. Es verliert seine Universalität."

„Das verstehe ich nicht!"

„Du solltest nicht versuchen, es zu verstehen. Alles wirkliche Wissen kommt aus dem Ungewussten."

„Das hilft mir nicht wirklich weiter."

„Du hast doch schon erfahren, dass Verstehen nur aus tiefstem Stillsein kommen kann. Das Geheimnis ist, nichts zu wollen. Viele fürchten Stille und Schweigen als Leere. Wer es aber meistert, erfährt es als freudvoll und nimmt Leben und Tod als nichts Bedrohliches mehr wahr."

„Also werde ich in diesem Leben auch nicht erfahren, was Elinora auf der Brücke getan hat?"

„Du kennst die Antwort bereits. Du wirst dich erinnern, wenn du dort sein wirst. Die Antworten kommen immer noch aus dir. Ich weiß gar nichts ..."

Damit, wie damals beim ersten Mal, verschwindet der Mann. Wieder bin ich allein.

Was ich, nach seinen Worten, tun soll ist vergleichbar damit, als hätte er von mir verlangt, das Atmen einzustellen, um Luft zu bekommen. Es ist wie bei diesen Punkten, die einem gelegentlich vor dem Auge zu schweben scheinen. Man sieht sie nur, wenn man nicht hinsieht. Sobald man sie fixiert, verschwinden sie. Er verlangt sozusagen von mir, nicht hinzuschauen, um klar zu sehen.

Aber sicher hätte er an dieser Stelle gesagt, dass er ja gar nichts verlangt.

Kann es sein, dass mein altes Lebensziel noch nicht erreicht ist und wieder bei mir anklopft: einfach bedingungslos zu vertrauen?

Als ich zurückkehre, scheinen die Trommeln aus dem Zentrum meines Körpers zu kommen.

Es war Mitte Januar. Die Abende wurden wieder lichter, klarer; ein gewisses Leuchten setzte schon wieder ein. Unter den bereits sehnsüchtig klingenden Rufen der Amseln begannen die frühen Mandelbäume damit, zaghaft erste Blüten zu öffnen.

Jedoch schienen wir alle im Haus mehr und mehr das Vorbeieilen der Zeit, das Dahinschwinden der Jahre zu spüren. Das Leben hielt kleine Warnungen bereit, wenn man sie am wenigsten erwartete. Erst war es eine Geschwulst bei Julie, die uns aufschreckte und beunruhigte. Allerdings war meine Freundin so besonnen, sich nicht verrückt zu machen, sondern die Sache möglichst schnell abzuklären. Zwei Wochen, einen Eingriff und eine Laboruntersuchung später hatten wir Gewissheit, dass es gutartig war und kein Grund zur Sorge bestand. Aber, so meinte Julie, es war ein Warnschuss.

Dann starb ein weit über die Grenzen des Landes hinaus bekannter, sehr alter Sänger. Gerade wegen seines hohen Alters war das irgendwie ein Schock. Der Mann gehörte sozusagen zum Selbstverständnis der Franzosen und war jemand von der Art, von der man glaubt, dass sie ewig leben. Er war schon da, als wir geboren wurden, und man konnte sich eine Welt ohne ihn schwer vorstellen. Es gab solche Leute, mit denen man groß geworden war und deren Charisma weit über das hinausreichte, was sie eigentlich taten. Aber gerade solche Ereignisse machten einem bewusst, dass man selber ja mit gealtert war.

Julie musste das genauso spüren wie ich, denn am Frühstückstisch seufzte sie und sagte dann resigniert: „Die ganze Welt scheint sich massiv zu verändern; ob wir wohl jemals noch einmal ‚in the old fashioned way' tanzen werden?"

Bertrand und ich schauten sie etwas konsterniert an. Deshalb schob sie erläuternd hinterher: „Nehmt es mir nicht übel, aber im Moment fühle ich mich irgendwie alt und ausgebrannt."

„Also, das fühle ich mich schon seit geraumer Zeit, besonders im Winter. Bei mir heißt die Frage eher, ob ich überhaupt noch mal irgendwie tanzen werde."

„Du baust einen richtig auf!" schmollte Julie.

Mittlerweile streichelte Bertrand die Hand seiner Frau.

„Julie, ich weiß ja, es trifft einem manchmal mit Wucht, was man doch eigentlich jeden Tag im Spiegel sieht. Aber es ist eben so. Wir werden alle nicht jünger. Da lässt sich nicht dran drehen ..."
„Ist schon gut. Ich wollte überhaupt mal mit euch beiden reden. Aber nicht jetzt! Ich muss heute nach Carpentras – zum Zahnarzt!" Sie seufzte. „Aber vielleicht am Wochenende ..."
„Wann immer du willst", beeilte ich mich zu sagen.
Auch Bertrand nickte. „Ich fahre dich. Solange es sich nur um Zähne handelt, die man reparieren kann, bin ich beruhigt."
Als die beiden die Küche verließen, drehte sich Bertrand noch einmal zu mir um. Ich nickte ihm aufmunternd zu. Mehr konnte ich nicht tun.

Das Wochenende kam und mit ihm das von Julie angekündigte Gespräch. Ich hatte schon so eine Ahnung, dass es sich irgendwie um das gleiche Thema, das Altern, drehen würde. Und richtig, es ging darum, wie es auf lange Sicht mit der Schule weitergehen sollte.
„Es hilft ja nichts", sagte Julie, „irgendwann müssen wir mal darüber nachdenken", was passiert, wenn wir es in absehbarer Zeit nicht mehr stemmen können. Mit anderen Worten, Bertrand und ich wollen unser Erbe regeln, und da spielt ja auch irgendwie die Stiftung mit hinein. Zumindest die Frage, wie sie weitergeführt wird."
Ich nickte. „Das ist vernünftig, mir kam auch schon die Idee."
Julie schien erleichtert, dass sie in diesem Fall offene Türen bei mir einrannte. Offenbar hatte sie wohl auch schon mit Bertrand gesprochen, zumindest verriet das seine Reaktion.
Ich wollte unbedingt offen sein für ihre Vorstellungen, aber die ganze Sache musste auch wasserdicht gemacht werden. Deshalb meldete ich mein einziges Bedenken in dieser Sache an. „Egal was wir entscheiden, wir müssen unbedingt sicher sein, dass es keine weiteren Verwandten gibt, die nach unserem Ableben irgendwelche Ansprüche an das Erbe anmelden könnten. Bei mir ist das nicht der Fall."
„Nun, bei mir auch nicht", sagte Julie.
Dann schaute sie hinüber zu Bertrand. Der begriff nach ein, zwei Sekunden, warum sie das tat. „Also, in Sachen meines Sohnes aus

meiner ersten Ehe, da wird es wohl kaum Ansprüche geben; weder von Seiten seiner Mutter noch von ihm selber."

Ich musste mich zu diesem Thema diplomatisch verhalten, denn über diesen Sohn hatte Bertrand ja vorher niemals gesprochen. Ich wusste es nur von Julie. Dennoch wollte ich vorsichtig nachfragen. „Es geht mich zwar eigentlich nichts an, aber wie willst du das sicher wissen?"

Julie schaute auf ihre Fußspitzen und blieb stumm, aber Bertrand erwiderte ganz offen: „Mein Sohn ist, genau wie meine erste Frau, etwas ... wie soll ich es sagen? Speziell. Heute haben wir viele Namen dafür und entsprechend viele Schubladen. Damals wussten wir nicht, was nicht stimmte. Er war von Anfang an schwierig."

„Was meinst du mit *Namen* und *Schubladen*?" wollte ich wissen.

„Nun, fangen wir mal mit dem Alphabet an. Schon unter A haben wir drei Begriffe, die zutreffen könnten: ADHS, Autismus, Asperger ... es könnte auch etwas anderes sein." Ich nickte verstehend, während Bertrand fortfuhr. „Es hat sich später herausgestellt, dass auch meine Frau psychische Probleme hatte. Sie konnte sie gut vor mir verbergen. Mit zunehmendem Alter brach es aber auch in ihr auf. Das Schlimmste war: Sie wollte weder dem Jungen helfen lassen noch sich selber. In ihren Augen war alles in Ordnung. Letztendlich ist daran unsere Ehe kaputtgegangen."

„Du hast also gar keinen Kontakt?"

„Nein, schon seit vielen Jahren nicht mehr."

Ich atmete tief durch. „Es haben aber gerade Menschen mit solchen Persönlichkeitsstrukturen, mit ihren von der ‚Norm' abweichenden Sichtweisen, Bedeutendes bewirkt."

Bertrand machte eine zustimmende Geste. „Das bestreite ich nicht. Ich halte Menschen mit Autismus, beispielsweise, nicht für krank oder weniger begabt. Die Frage – wie bei jedem Menschen – ist, *wofür* sie begabt sind. Das ist ja eigentlich wie bei jedem von uns. Hier liegt die Sache aber anders. Mir wurde jede Möglichkeit verwehrt, meinen Sohn diagnostizieren zu lassen und festzustellen, wie man ihn unterstützen kann und was seine Stärken im Leben sein könnten. Der Widerstand meiner Frau hat damals viel Leiden erzeugt."

„Das tut mir sehr leid." Ich konnte spüren, wie belastend die Situation für Bertrand gewesen sein musste.

Aber der schaute mir direkt ins Gesicht und sagte: „Mach dir bitte keine Sorgen, ich bin wirklich drüber weg – schließlich liegt das eine lange Zeit zurück. Jetzt habe ich mein Leben und mein Glück mit Julie."

Diese mischte sich jetzt ein. „Ich bin sehr froh, dass er sich damit nicht mehr belastet. Manches lässt sich eben nicht ändern. Zum Glück sieht Bertrand es realistisch."

Ja, welch ein Glück. Und ich dachte: *,Was für eine Ironie, mit welchen Mitteln doch das Schicksal es versteht, Vätern ihre Söhne vorzuenthalten – oder umgekehrt.'* Dabei seufzte ich, wohl etwas zu laut.

Julie und Bertrand sahen mich gleichzeitig und sehr interessiert an. Also setzte ich mich jetzt gerade hin und sagte nur etwas nebulös: „Ist doch komisch, das Leben ist beides gleichzeitig: immer dasselbe – und immer überraschend."

„Ja. Also, was wollen wir tun?"

„Nun, uns treibt ja nichts – oder?" Ich schaute fragend zu den beiden hinüber, die gleichzeitig den Kopf schüttelten. „Gott sei Dank, nichts!" sagte Julie mit Erleichterung in der Stimme.

„Dann lassen wir uns doch zunächst erst mal von einem guten Erbschaftsanwalt mit Kenntnis über Stiftungs- und Körperschaftsrecht beraten."

„Das ist eine fabelhafte Idee. Ich höre mich mal um, wer dafür infrage käme." Bertrand stand auf. „Wir nehmen uns Zeit und machen es gründlich. Alle drei müssen mit allem einverstanden sein. War's das?"

„Ja, das war's. Ich bin froh, dass wir es angesprochen haben." Julie schien ernsthaft erleichtert.

„Du hast doch nicht etwa geglaubt, dass du darüber mit mir nicht reden kannst?" fragte ich.

„Nein, es war eher Angst vor der eigenen Courage. Ich bin in letzter Zeit etwas dünnhäutig. Verzeih!"

„Macht nichts. Lass mal, das geht wieder vorbei. Spätestens, wenn der Frühling voll einsetzt." Ich nahm die Freundin in den Arm.

Irgendwie tat es auch gut, dass ich mit meinen gelegentlichen Alterskrisen nicht ganz alleine war.

Es ist doch sehr erstaunlich, wie das Leben sich immer wieder in ganz verschiedenen Formen zeigt, aber irgendwie auch immer seine Grundprinzipien wiederholt. Die gescheiterte Ehe, die abhanden gekommene Liebe, der verlorene Sohn. Wie sehr man diese Dinge auch intellektuell verarbeitet, in jedem Fall wird man sein Leben lang an diese Erfahrungen gebunden sein. Bindung ist es aber, die uns leiden lässt – im positiven wie auch im negativen Sinn. Das Leiden kann in Konfusion ausarten. Man muss sich klar machen, dass niemanden so etwas wie ‚Schuld' trifft. Wer das versteht, sucht sie auch nicht, diese Schuld – weder bei sich, noch bei anderen.

Glücklichsein ist eine Einstellung, und Vergebung ist das Mittel der Wahl, glücklich zu leben. Wer in Harmonie mit dem lebt, was ist, wird keine Vergangenheit bedauern und keine Zukunft fürchten – und also frei sein von jedem Schuldgefühl und jeder Erwartung.

Dieser Frühsommer war in jeder Hinsicht bemerkenswert; besonders aber, was die Launen der Natur anging. Es war ein seltsames Wetter. Eines Nachts setzte wie aus dem Nichts heftiger Sturm ein. Um ein Uhr morgens war es draußen viel wärmer als im Haus. Als es hell wurde, war der Himmel bedeckt und voll mit afrikanischem Staub; die Berge verschwanden hinter einer schleierartigen Nebelwand. Es war achtundzwanzig Grad warm, und der Wind loderte immer wieder in heftigen Attacken auf. Das ging den ganzen Tag so; die Sonne schaffte es nicht, sich durchzukämpfen. Dann und wann konnte man sie hinter der Wolkenwand nur mehr ahnen als sehen. Dann, vierundzwanzig Stunden später, wieder ein Uhr nachts, war plötzlich absolute Windstille eingetreten.

Um Vollmond herum standen am westlichen Abendhimmel kurz über dem Horizont Venus und Jupiter dicht beieinander. Selbst für das bloße Auge war das beeindruckend.

Erst war es übermäßig warm, nun wurde es seltsam nebelkalt.

Über Tage sahen wir die Berge nicht; und wenn, dann immer hinter Wolkenschleiern. Diese feuchten Regennebel wandelten sich nur zaghaft in Sonnennebel, Schönwetternebel, die sich in den folgenden Tagen nur langsam über die Berge zurückzogen.

Miserable, kalte, stürmische und regnerische Tage wechselten sich den ganzen Monat Mai hindurch mit nur kurzen, hoffnungsvoll sommerlich scheinenden Phasen ab. Ein Abend würde mir besonders im Gedächtnis bleiben: Als es beinahe dunkel war – man sah absolut keine Sonne oder Licht –, da stand wieder einmal ein Regenbogen, matt aber deutlich, am fast schwarzen Himmel; wunderschön geformt und total unwirklich.

Aber irgendwann pendelte sich das Wetter ein; das heißt, es kamen Ende Juni plötzlich ganz heiße Tage. Durch das Wechselwetter in ihrem Rhythmus gestört, blühten erst jetzt die wenigen im Ort befindlichen Granatapfelbäume. An einem dieser Tage, auf dem Hundespaziergang, beobachtete ich, wie ein Schmetterlingspärchen von Blüte zu Blüte flog und sich am Nektar dieser orangeroten Blüten gütlich tat. Plötzlich schoss es mir durch den Kopf, dass wir so wenig wussten über die Dinge, die sich vor unseren Augen abspielten. Eigentlich wussten wir gar nichts; wir glaubten es nur. Auch ich! Ich würde niemals erfahren, wie dieser Nektar schmeckte und ob er etwas vom Granatapfel schon in sich hatte. Ich würde irgendwann sterben, ohne je die riesigen unterirdischen Städte gesehen zu haben, welche die Ameisen zu unseren Füßen, tief unten im Waldboden, gebaut hatten. Ich würde niemals das Geheimnis ihrer Friedhöfe kennen, die sie in einigem Abstand vom Bau anlegten, um Keime, Bakterien und Pilze von ihrem Volk fernzuhalten. Erst kürzlich hatte ich einen solchen runden Bestattungshaufen gesehen, auf dem die zerteilten Körper der toten Insekten von ihren Artgenossen abgelegt wurden. Sie glänzten in der Sonne, so als habe dort jemand achtlos kleine dunkelbraune Perlen verschüttet. Irgendwann war diese Nekropole dann mit Tausenden abgestorbenen Pflanzenteilen bedeckt. Die Ameisen hatten ihre Toten sozusagen begraben. Wieder zwei Tage später entdeckte ich inmitten dieser Abdeckung viele gleich große, halbmondförmige Bruchstücke von Schneckenhäuschen. Taten sie das, um die

Begräbnisstätte mit dem Schneckenhauskalk zu desinfizieren, so wie wir Ställe auskalken, um Keime abzutöten? Obwohl die kleinen, unermüdlichen Waldarbeiter mir jedes Mal wie alte Freunde erschienen, wenn sie, emsig Lasten schleppend, unsere Wege kreuzten – ich würde das niemals wissen.

Auf einmal fühlte ich mich geradezu hilflos.

Aber die Natur schenkte uns auch immer wieder neue Einblicke. Ich saß in diesen Tagen oft auf der Bank vor dem Atelier und beobachtete die Hennen und Hahn Alphonse, die sich hervorragend eingelebt hatten. Neben mir stand ein kleiner Bistrotisch, auf dem ich ein Glas abstellen konnte. Er war aus dem Atelier, und die Tischplatte war wohl aus irgendeinem gepressten Material gefertigt. Tagelang hatte ich in diesem Sommer an diesem Tisch immer wieder Besuch von einer Holzbiene gehabt. Dieses große, blauschwarz glänzende, völlig harmlose Insekt erschien plötzlich wie aus dem Nichts mit seinem typischen Brummen und den schnellen, abrupten Richtungsänderungen. Es war, als ob das Tier zielgerichtet etwas suchte. Nachdem das einige Tage lang so gegangen war, hatte ich seltenen Sommerbesuch von Celia. Sie hatte einen ihrer raren freien Tage und genoss es, mit mir bei einer Tasse Kaffee draußen zu sitzen und sich ein paar Eier für zuhause abzuholen. Während wir redeten, erschien wieder die Holzbiene. Dann verschwand sie unter der Tischplatte. Etwa eine halbe Stunde später rieselte auf einmal eine große Menge einer sägemehlartigen Substanz auf meinen Rock; das Material kam in regelmäßigen Intervallen und mit viel Schwung. Wir beugten uns beide unter die Tischplatte, wo ich ein großes Loch unter dem Rand der Tischplatte entdeckte. Offenbar hatte unser geflügeltes Gastinsekt ein geeignetes Material gefunden, um dort seine Nisthöhle zu graben. Den Abraum verehrte es mir. Die fleißige Mutter würde ihre Eier dort in einzelne, durch Wände getrennte Kammern hineinlegen, ein jedes mit einer Art Brotlaib aus Nektar und Pollen versehen und dann den Gang verschließen. Und so kam es auch. Am nächsten Tag dichtete ein zellstoffartiges Material das Loch unter der Tischplatte ab. Wieder ein Wunder der Natur, das sich beinahe ohne unser Wissen zutrug und von dem wir so wenig wirklich wussten.

Wie um meine Gedanken in diese Richtung noch zu unterstützen, sah ich eines Nachts, als ich noch einmal mit Bruno ums Haus ging, ein helles Leuchten. Es stellte sich als das starke Lichtsignal eines Glühwürmchens heraus, das eigentlich gar kein Wurm war, sondern ein Käfer, der eigentlich ja auch Leuchtkäfer hieß. Sein Hinterteil hatte gleich drei Lichtzellen, welche sogar die das Tier umgebenden Grashalme beleuchteten. Wann hatte ich einen solchen lumineszierenden Käfer das letzte Mal gesehen? Ich glaube, da war ich eine sehr junge Frau gewesen. Ich hatte es vergessen, für ausgestorben gehalten. Wo waren sie gewesen in all den Jahren? Oder war es nur mein durch das Alter veränderter Blick, der wieder anders wahrnahm?

Erneut jagte ein Sommer seinem Höhepunkt zu, und ich dachte daran, dass in ein paar Wochen die Schule und damit auch die Kunstakademie wieder beginnen würde. Neue Geschichten, neue Gesichter; ein neuer Zyklus würde seinen Anfang nehmen, anderes würden reifen und sich vollenden. Irgendwo war ein Ende in Sicht, und wie immer würde sich, wo eine Tür zuging, ein Fenster auftun – dessen war ich mir sicher.

Bei der Betrachtung der an diesen heißen Tagen nicht so pickfreudigen Hennen leistete mir an einem dieser Morgen Julie Gesellschaft.

„Ich habe heute morgen unter dem Busch dort hinten ein Ei gefunden", sagte sie. „Was denkst du, kann das ein Marder gewesen sein?"

„Könnte sein! Aber unterschätze deine Hühnchen nicht!"

„Wie meinst du das?"

„Dass du aufpassen musst. Wenn sich ein Huhn erst angewöhnt, Eier zu verlegen ..."

Julie sah mich verständnislos an. Deshalb sah ich mich gezwungen, ihr von einem Erlebnis zu erzählen.

„Vor vielen Jahren, in einem anderen Leben, hatte ich ja auch mal Hühner, allerdings ohne Hahn. Eine Henne hatte wohl einen starken Muttertrieb und war es leid, dass ich ihr immer die Eier aus dem Nest klaute. Also beschloss sie, in einer Ecke des Gartens ein

Nest anzulegen, dort jeden Tag unbemerkt ein Ei hineinzulegen und dieses Gelege ausbrüten zu wollen."

Julie lachte. „Aussichtslos, so ohne Hahn ..."

„Ja, aber das wusste sie ja nicht. Ebenfalls wusste sie nicht, was eine Sommersonne ähnlich dieser hier mit den Eiern machte." Ich blinzelte in das auch heute wieder erbarmungslos heizende Gestirn.

„Nun erzähl schon, was passierte", drängte Julie.

„Naja, ich saß gerade draußen beim Frühstück. Da sehe ich, wie meine Henne zielstrebig an mir vorbeiläuft und unterm Busch hinter der Hausecke verschwindet. Ich dachte noch, da muss ich mal nachgucken gehen! Plötzlich gab es einen Riesenknall, das arme Tier flog laut gackernd durch die Luft, und es begann fürchterlich zu stinken. Die Eier hatten sich in der Sonne so erhitzt, dass zwei von ihnen unter dem darauf brütenden Huhn explodierten. Da habe ich erst mitgekriegt, dass die Henne ein Nest mit sieben Eiern versteckt gehalten hatte, die natürlich in der Hitze schlecht geworden waren und Druck aufgebaut hatten. Sie hat's nie wieder versucht ... Seitdem weiß ich aber, dass manche Hühner zum ‚Verlegen' neigen."

„Na, dann muss ich mal aufpassen. Allerdings wären unsere Eier ja befruchtet, und wir würden Babys bekommen."

„Das ist aber sehr aufwendig, solche Küken durchzubringen", gab ich zu bedenken. „Apropos durchbringen: Hast du eigentlich noch Kontakt mit den Studenten, die ihr so in den letzten Jahren hattet?"

„Ja, mit einigen schon. Francine meldet sich von Zeit zu Zeit, mit Giulio haben wir regelmäßig Kontakt und natürlich mit Doudou. Dann ist da noch André ..."

„Giulio ist nun auch schon wieder fast ein halbes Jahr in den Staaten, den werden wir wohl bald wiedersehen, oder?"

„Ich hoffe es ..." Julie schien nachdenklich. „Weißt du, manchmal denke ich, wir haben nicht wirklich viel bewegt."

„Sicher nicht im nationalen oder globalen Maßstab. Aber individuell, für eure Schüler, habt ihr Leben verändert. Und ihr habt euch einen Traum erfüllt. Das ist doch was!"

Jetzt lächelte Julie. „Du hast ja recht. Ich bin immer unzufrieden, will mehr."

„Das ist die große Kunst, sich mit dem zufrieden zu geben, was machbar ist. Träumen kann man ja; aber man sollte nicht unzufrieden sein, wenn sich die Träume nicht erfüllen. Das hilft niemandem."

Julie schien nachzudenken. Dann lachte sie leise auf. „Weißt du, was ich gerade gedacht habe? Mir geht es wie deinem Huhn. Ich will Eier ausbrüten, die gar nicht befruchtet sind. Und dann bin ich enttäuscht, wenn es nichts wird."

„Solange du dir nicht den Allerwertesten verbrennst, solltest du es trotzdem niemals aufgeben, zu träumen." Jetzt lachten wir beide. Dann fuhr ich mit meinen Gedanken fort. „Ich möchte gar nicht, dass sich alle meine Wünsche erfüllen. Dann hätten meine Sehnsucht und meine Phantasie ja nichts mehr, wo sie spazieren gehen könnten ..."

„Ja", sagte Julie, „das scheint wohl so zu sein: Nichts wäre schlimmer, als keine unerfüllten Wünsche mehr zu haben."

Es ist wohl wirklich ein Zeichen der Zeit, nämlich meiner gegenwärtigen Lebenszeit, wie auch jener der mich umgebenden Menschen, dass wir uns unseren Realitäten stellen müssen. Antworten werden mir nicht mehr sehr viele gegeben auf meine Fragen und Wünsche. Es ist nicht mehr so, wie ich es noch in meinen Vierzigern erlebt hatte, als ich mich für spirituelle Dinge öffnete und vieles in und an mir entdeckte. Nun gilt es, mit dem, was ich erkannt habe, zu leben und auf den Gang der Dinge zu vertrauen. Der Schamanische Meister hat mir so wenig weitergeholfen wie meine sonstigen Meditationen. Warum, frage ich mich, kann es nicht möglich sein, dass ich mich jede Nacht in die Arme meines Geliebten wünschen darf? Warum bekomme ich diese raren Geschenke immer dann, wenn ich sie nicht erwarte? Natürlich weiß mein Verstand, dass das Thema ,Loslassen' heißt; Geduld und Vertrauen haben sind mir ja zur Lebensaufgabe geworden, die ich bis jetzt nicht annähernd erfolgreich gemeistert habe.

Äußerlich lebten wir nicht nur in verstörenden, sondern in gewisser Hinsicht auch in verheißungsvollen Zeiten. War es nicht paradox oder vielleicht ein Zeichen dafür, wie wunderbar alles ineinander griff: Ausgerechnet die vom Kommunismus so ausschließlich bevorzugte Naturwissenschaft gab uns jetzt mit der Quantenphysik das Instrument in die Hand, das reale Vorhandensein der spirituellen Welt zumindest in den Bereich des Denkbaren zu rücken. Und vielleicht würde schon bald ein Beweis aus eben dieser Ecke kommen. Wie würde die Welt sich radikal ändern, wenn wir endlich sehen könnten, wie die Welt wirklich beschaffen ist ...

Bis jetzt jedenfalls fühlte es sich an, als sei alles um uns herum nur eine einzige Illusion; etwas, um uns herauszufordern. Wie schnell doch ein Leben vorbeiging. Wie rasch Leiden, Verfall, Alter einsetzten. Konnte das der Sinn sein? Man bekam auf Fragen keine Antworten, man vermutete nur. Einer von uns Menschen war im Grunde genau so hilflos wie jeder andere, auch wenn sich starke Egos wissend gaben. Aber das waren sie nicht.

Auch ich konnte keine Wissende sein. Ich konnte immer nur wieder fragen: *Ist das so?* Und meist war die Antwort: *Es scheint wohl so zu sein.* Es schien! Sicherheit darüber war nicht zu erlangen. Die Vorstellung reichte nicht aus. Man wusste, dass selbst bei den härtesten, festesten Materialien riesige leere Räume zwischen den Atomen existierten, und doch stieß man sich den Kopf, wenn man dagegen rannte. Man wusste, dass die gesamte Materie eine unglaublich kleine Masse in einem unendlich weiten Raum war und daher nicht solide genannt werden konnte, und doch erschien sie uns so. Unser aller Erfahrung differierte von der Realität, wie die Wissenschaft sie immer öfter und immer präziser beschrieb.

Und wenn das beim rein Physischen so war, wie erst unterschied sich die spirituelle Wahrheit von dem, was wir als Realität erlebten? Wenn es nicht zwingend war für die Zeitdimension, in Form eines von uns so erlebten Zeitstrahls zu existieren, als was existierte sie dann? War es möglich, dass nicht nur alle Zeiten, sondern auch alle denkbaren Orte auf einem einzigen, singulären Punkt existierten und wir sie nur hintereinander beziehungsweise räumlich getrennt erlebten, weil sie anders nicht erlebbar wären? So wie das Helle das Dunkle bedingte, die Freude das Leid und umgekehrt ... Konnte man sein Glück nur erfahren vor dem Hintergrund von Alter und Schmerz,

Krankheit und Sehnsucht ... und letztlich von Schwinden und Tod? Es *schien* wohl so zu sein.

Schon in dem Moment, als ich mich bückte, um das aus dem Buch gefallene Lesezeichen vom Rasen aufzugeben, wusste ich, dass ich nicht mehr unbeschadet zurück in die Ausgangsposition kommen würde. Und richtig: So vorsichtig ich mich auch aufrichtete, die Hexe schoss ihren Pfeil in meine hintere Mitte, noch bevor ich wieder gerade stand. Und als ob das noch nicht genug der Qual war, griffen die Nervenbahnen in meinem rechten Bein das Ereignis freudig auf und jagten, einem Blitzschlag gleich, den Impuls hinunter und über mein Fußgelenk direkt in den großen Zeh. Ich schrie vor Schmerz auf und ließ mich, da ich mich nicht aufrecht halten konnte, bäuchlings aufs Gartenbett fallen.

Pauline, die bei offenen Fenstern in der Küche wirtschaftete, kam daraufhin aufgeregt in den Garten gelaufen, um zu schauen, was los sei.

„Haben Sie sich verletzt, Madame Ariane?" rief sie.

„Nein, Hexenschuss; holen Sie bitte Bertrand oder Julie", bat ich unter Stöhnen. Pauline stürzte zurück ins Haus und kam bald darauf mit Julie wieder.

„Was ist los mit dir?" fragte diese.

„Ich kann mich nicht mehr bewegen."

„Warte, ich hole Bertrand. Er ist drüben im Atelier." Sie rannte davon, während Madame Pauline händeringend neben dem Gartenbett stand; unschlüssig, was sie für mich tun könnte.

Wenig später standen alle drei um mich herum. Bertrand tastete vorsichtig meinen Rücken ab, was mir wiederholt Schmerzensschreie entlockte.

„Typischer Lumbago. Du müsstest erst einmal ein Schmerzmittel nehmen; besser noch wäre eine Injektion, aber da ich nicht mehr praktiziere, kann ich dir die nicht geben ... Kannst du dich umdrehen?" Ich versuchte es. Unter großen Schwierigkeiten konnte ich mich vom Bauch auf den Rücken drehen; es tat mörderisch weh und ich fühlte mich wie ein steifes Brett. Mit Bertrands Hilfe konnte ich endlich eine etwas bequemere Liegehaltung einnehmen, während mir Julie ein Kissen unter den Kopf schob und Pauline ging, mir eine Schmerztablette und ein Glas Wasser zu holen.

„Ich rufe gleich Dr. Lambert an. Er wird dir eine Injektion geben."

„Ich will das nicht!" protestierte ich.

„Anders können wir dir nicht helfen!" Bertrand schüttelte den Kopf. „Was willst du denn sonst?"

„Ich will, dass du mir Absolution erteilst!" antwortete ich trotzig.

„Spinnst du? Was soll das!"

„Ich will sterben. Ich habe keine Lust mehr!"

„Und ich soll dir die letzte Ölung erteilen? Seit wann bist du gläubig?"

„Ich glaube an Gerechtigkeit! Ich habe genug Schmerz in meinem Leben ertragen müssen. Ich will nicht mehr! Lass mich sterben; jetzt und hier, in diesem Bett."

Bertrand lächelte. „Typischer Anfall von Bockigkeit. Das geht vorbei. Daran stirbt man nicht – genauso wenig wie an Lumbago. Tut mir leid!"

Mittlerweile war Madame Pauline mit dem Wasser und der Tablette eingetroffen. Ich nahm sie eher widerwillig.

Um die Mittagszeit kam der Doktor. Wieder musste ich mich qualvoll umdrehen, damit er mir eine Spritze in die betroffene Region geben konnte. Er ließ etwas zum Einreiben da, verordnete mir für die nächsten drei Tage absolute Bettruhe und überließ mich der Pflege von Bertrand und Julie.

Die richteten für mich, da ich ja nicht laufen und schon gar keine Treppe steigen konnte, ein provisorisches Nachtquartier im Sommerraum ein. Zu diesem Zweck transportierten sie, nachdem sie mich langsam, schrittchenweise und schmerzhaft ins Haus begleitet hatten, das Gartenbett nach drinnen und richteten es her. Ich kam nicht umhin, meine jetzige Situation mit der von Alain zu vergleichen, als ich ihn vor vielen Jahren hier das erste Mal traf. Es war nach dem Autounfall gewesen, und auch er hatte über einen längeren Zeitraum sein Nachtlager hier im Parterre aufschlagen müssen.

Alles wiederholte sich. Wie gerne hätte ihn jetzt hier gehabt, mich an ihn geschmiegt, mich mit ihm eingeigelt und seine Wärme auf meinen geschundenen Körper wirken lassen. So aber saß nur ein angesichts der ungewohnten Situation etwas verunsicherter Hund neben meinem Bett und schaute mich fragend an. Ich streichelte ihn, während ich leise sagte: „Ja, so ist das, lieber Bruno, ich kriege Alain nicht zurück, und du wirst in den nächsten Tagen beim Spaziergang mit Bertrand vorlieb nehmen müssen. Das Leben ist eben kein Wunschbriefkasten!" Und für mich dachte ich: ‚Mein Körper zeigt erhebliche Gebrauchsspuren; ich werde ihn bald mal wechseln müssen.'

Ich beschloss, mein Schicksal anzunehmen und nicht mehr zu murren. Was sonst konnte ich tun? Es dauerte fünf Tage, bis ich wieder in mein gewohntes Schlafumfeld zurückkehren konnte, und als es soweit war, machte mich das sehr froh. Und auch Bruno wedelte wieder mit dem Schwanz.

Kurz bevor ich einschlafe, kommt plötzlich ein Hund in mein Bett. Deutlich spüre ich seinen Körper an meinem rechten Bein, als er sich zu mir unter die Decke drängt, und ich spüre – und höre sogar – den klopfend wedelnden Schwanz. So hat sich also, denke ich, Bruno auf seine alten Tage ein neues Recht erobert, weil ich die letzten Nächte nicht hier oben geschlafen habe.

Aber dann stelle ich fest, es ist nicht Bruno. Der schläft friedlich und fest in seinem Hundekorb, und nun beginnt er sogar zu schnarchen. Als ich das Licht anschalte, ist der ‚Geisterhund' aus meinem Bett verschwunden. Brunos Brustkorb hebt und senkt sich ganz ruhig. War der unsichtbare Besuch wieder einmal meine alte Dakota?

„Ich habe gerade Doudou getroffen. Er ist hier auf Urlaub. Er hat sein Studium erst einmal abgeschlossen, und außerdem hat er, wie er sagte, eine feste Freundin. Sie studiert Innenarchitektur und schließt im nächsten Jahr ab."

„Na, das sind ja gute Nachrichten", meinte Julie, „und wie wird es jetzt beruflich bei ihm weitergehen?"

Bertrand setzte sich zu uns an den Tisch. „Soweit ich es verstanden habe, möchte er gerne in der Nähe seines Vaters sein.

Vielleicht wird er in einem Architekturbüro in Carpentras arbeiten, oder er macht sogar ein eigenes auf."

Bei den Worten ‚Er möchte gerne in der Nähe seines Vaters sein.' war ich innerlich zusammengezuckt. Noch immer waren Thérèse und ich die Einzigen, die von Doudous wahrem Vater wussten, und so entging es Bertrand natürlich, wie wahr sein Satz gleich im doppelten Sinne war.

Ich hatte mich schon einige Male gefragt, ob ich die Wahrheit über Doudou jemals mit jemandem würde teilen können, aber ich fühlte immer noch überdeutlich, dass ich dazu kein Recht hatte.

Vielleicht muss man nur oft genug oder intensiv genug an etwas denken, damit es sich irgendwie auch in der Gedankenwelt anderer materialisiert. Jedenfalls ergriff nun Julie das Wort, und ich konnte kaum glauben, was ich aus ihrem Munde hörte.

„Hmmm, vielleicht ... – Ich meine, was würdest denn du dazu sagen, Ariane? – vielleicht sollten wir Doudou mal fragen, ob er interessiert wäre, das alles hier nach unser aller Tod zu übernehmen?"

Ich war erst einmal sprachlos, schluckte, und dann schaute ich zu Bertrand. Dem schien die Idee zu gefallen, denn auf meinen fragenden Blick hin meinte er: „Das wäre eine Idee! Allerdings glaube ich kaum, dass die Kunstakademie, oder wie immer wir es nennen wollen, von ihm oder irgendjemand anderem weitergeführt werden kann."

„Ja, dieser Gedanke kam mir auch schon", sagte Julie. „Es war *unser* Baby, unser Projekt, und ich denke, dass wir es auslaufen lassen sollten, wenn wir zu alt dafür werden. Und um ehrlich zu sein, langsam werde ich schon ein wenig müde. Man muss realistisch bleiben ... Bertrand ist ja jetzt auch schon siebzig. Aber die Stiftung kann doch weiterlaufen und weiterhin, solange Geld da ist, zur Förderung junger Künstler eingesetzt werden."

Jetzt hatte ich mich genügend vom Schock erholt, um mich einzuschalten. „Das muss es sogar, denn das ist das Ziel der Stiftung. Man kann Stiftungsgelder nicht einfach privatisieren."

Bertrand nickte. „Das wollen wir auch gar nicht. Aber insgesamt finde ich die Idee gut. Doudou war unser erster Schüler, außerdem unser erster Stipendiat. Er könnte das Atelier übernehmen und dort sein Büro einrichten. Später dann bekommt er das Anwesen mit dem Haus als Erbe überschrieben ...“ – jetzt stockte er und schaute zu mir herüber – „... vorausgesetzt natürlich, du stimmst dem zu.“

Ich nickte. „Klar, das wäre wirklich eine tolle Idee. Aber ich glaube, ihr solltet erst einmal mit ihm reden, ob er das überhaupt möchte. Wir wissen ja gar nicht, welche Pläne er hat.“

„Willst du nicht mit ihm reden, oder wenigstens dabei sein?“ Julie schien einigermaßen verwundert, dass ich mich nicht mit in die Sache hineinhängen wollte. Aber es war mir schon spukhaft genug, dass sie eine Idee aufgriffen, die sich in meinem Kopf schon seit Längerem – wenn auch nicht so konkret – angedeutet hatte. Nun sollten sie es auch mit ihm besprechen. Hatte ich nicht genau aus diesen Gründen seinerzeit das Erbe des Anwesens abgelehnt, weil es mir meine Freiheit zu nehmen drohte? Nun sollten die entscheiden, die die ganzen vergangenen Jahre das Projekt vorangetrieben und die Stiftung verwaltet hatten. Ich wollte nur noch am Rand stehen und zuschauen. Es machte mich nicht traurig, dass wieder eine Ära, auch wenn sie nur ein paar Jahre gedauert hatte, zu Ende ging. Etwas Neues tat sich auf, eine neue Generation trat an, und das war sehr gut so.

So wurde es also gemacht. Bertrand und Julie luden Doudou, der ja mittlerweile auch schon ein Mann von Mitte zwanzig war, zum Gespräch. Nochmals fragten sie mich, ob ich nicht auch anwesend sein wollte, aber ich winkte ab. „Macht ihr mal!“

Ich zog mich in den jetzt im Winter etwas kühlen Sommerraum mit einer Decke und einem Buch zurück, während die Gesprächsrunde im Wohnraum stattfand.

Zeit meines Lebens hatte ich mich stets an Unternehmungen wie dieser beteiligt; hatte Ideen eingebracht und Vorschläge unterbreitet, zugeredet und motiviert, Zweifel zerschlagen und praktische Tipps gegeben. Jetzt war es mir lieb, dass ich außen vor blieb. War es, so schoss es mir durch den Kopf, etwa ein Zeichen des Alters, dass mir Dinge egal wurden? Aber das waren sie ja nicht, ganz im Gegenteil. War ich also im Grunde froh, nicht mit hineingezogen zu werden in diese Entscheidungen, weil in meinem Innersten die Entscheidung schon feststand; getragen von meinem Wissen, das den anderen verborgen bleiben musste? Und endlich musste ich mich auch fragen, ob ich nicht einfach Angst hatte, mich und dieses Wissen zu verraten, wenn ich im Eifer des Gefechts vielleicht eine unüberlegte Äußerung tun würde?

Nun, wie immer die Dinge lagen, ich wurde trotz allem nicht verschont. Nach etwa einer dreiviertel Stunde erschien Doudou in Begleitung von Julie im Sommerraum und fragte, ob er mit mir reden könne. Dann wandte er sich an Julie und sagte: „Bitte verzeihen Sie mir, dass ich das tue!"

„Aber nicht doch!" entgegnete sie. „Es ist völlig klar, dass du eine zweite Meinung einholen willst; und sicher willst du dich auch mit deinem Vater besprechen. Ich lass´ euch jetzt mal alleine."

Ich legte mein Buch zur Seite und deutete Doudou an, dass er sich zu mir setzen sollte. „Was gibt's?" fragte ich, obwohl ich ja wusste, was es gab.

„Sie wissen sicher Bescheid, Madame Ariane, welches Angebot die Arneauds mir gerade gemacht haben."

Ich nickte. „Und? Nimmst du es an?"

Er schien unsicher. „Ich weiß gar nicht, wie ich darauf reagieren soll. Warum ich? Haben Sie alle keine Verwandten?"

„Keine, die in Frage kämen." Ich schüttelte den Kopf, weil ich es eigentlich nicht so sagen wollte. Deshalb setzte ich schnell hinzu: „Also, eigentlich gar keine."

„Aber Sie alle leben doch hier."

„Ja, und so soll es auch bis zu unserem Lebensende bleiben. Aber das Haus ist riesig. Julie und Bertrand werden sich bald von der Schule zurückziehen. Das Atelier wird leer stehen. Auch Teile des Hauses werden nicht mehr genutzt. Warum solltest nicht du mit deinem Architekturbüro erst das Atelier beziehen und später, wenn du eine Familie gründest, auch das Haus haben? Das kannst du bei deinem Vater nicht tun, dafür ist sein Haus zu klein."

„Ja, schon … aber …"

„Sieh doch mal", ging ich schnell zwischen ihn und seine Zweifel. „Dieses Haus soll nicht in unbekannte Hände fallen. Es hat doch eine

Geschichte. Es war das Heim von Monsieur Alain, Monsieur Didier, dann später auch von mir. Thérèse wirkte hier, und deine Mutter hat eine gute Zeit ihres Lebens hier gearbeitet. Du hast die Eier geliefert und heimlich Monsieur Alain beim Arbeiten beobachtet. Ein jeder hat seinen Teil zu diesem Ort gebracht. Und das soll so weitergehen. Hier sollen deine Kinder und Enkel aufwachsen …"

Doudou lächelte, als er abwehrend sagte: „Aber Madame, soweit ist es ja nun wirklich noch nicht!"

„Eben! Du sagst es: *Noch* nicht. Ich will hier nicht altersweise klingen, aber wenn du doppelt so alt bist wie heute, wirst du erfahren haben, wie schnell ein Leben vorbeigeht. Bis dahin aber braucht das Anwesen dich. Natürlich nur, wenn du es auch willst. Es soll kein Klotz am Bein sein. Es soll dir Freiheit geben, keine Einengung."

„Das tut es sicher nicht!" rief Doudou aus, der damit deutlich zeigte, wie sehr er eigentlich den ihm gemachten Vorschlag innerlich schon abgewogen hatte.

„Gut. Siehst du, was hier in diesen Mauern weht, ist ein Geist von künstlerischer und menschlicher Freiheit; von Freiheit im Denken und im Leben. Niemand verlangt, dass die Akademie weitergeführt werden soll. Sie hat sich einen Namen gemacht und viele Talente gefördert. Aber die Marville-Stiftung geht weiter, solange Geld da ist. Man könnte zum Beispiel jährlich eine Ausstellung von Werken junger Talente organisieren. Das brächte Beachtung, Besucher … und auch Kunden für dein Büro."

Nun wurde Doudou wieder ernst. „Das muss aber alles schriftlich festgelegt werden, damit Sie und auch ich eine Sicherheit haben."

„Na klar doch. Das machen wir alle miteinander, versprochen."

Ich konnte nicht umhin, dem jungen Mann meine Hand auf seine zu legen und sie wie zur Bestätigung zu drücken. Er schien sich nun zu entspannen, atmete tief aus und zeigte dann ein breites Lächeln. Dieses Lächeln kannte ich so gut, dass es mir beinahe einen Stich durchs Herz gab: Es war das Lächeln seines Vaters; des Mannes, dessen Seele immer noch in diesen Mauern wohnte, in denen hoffentlich bald eine junge Familie leben würde, die zwar nicht seinen Namen, aber seine Gene und seine Erinnerung weitertragen würde.

Ein irrlichternder Traum verfolgt mich in dieser Nacht, und auch danach noch in meinen Gedanken. Es ist einer von jenen, die mich nicht mehr loslassen. Gewöhnlich sind es tiefe Träume von schönen Begegnungen, meist mit meinem Geliebten. Aber diesmal ist nur eine Person in dem Traum: ein Mädchen unbestimmten Alters, mit weit schwingendem Rock und langen, geflochtenen Zöpfen. Ich weiß nicht, wer dieses Mädchen ist, aber gleichzeitig weiß ich, wie auf einer anderen Gedankenebene: Ich bin dieses Mädchen. Um mich, beziehungsweise um sie herum, bewegen sich vogelartig aussehende Gegenstände. Beim näheren Hinsehen bemerke ich, dass es altertümliche Scheren sind, wie man sie einst bei der Schafschur verwendet hat. Sie schweben in der Luft und gehen auf und zu, wie die Schwingen fliegender Vögel. Sie wirken eher lustig, nicht bedrohlich, und ich fühle mich in keiner Weise in Gefahr. Das Mädchen geht vor mir her; ihr Gesicht kann ich nicht sehen. Nur ihre Zöpfe, die aber auch nicht in der Gefahr zu sein scheinen, von den Scheren attackiert zu werden.

Nach dem Aufwachen schweben mir die Scheren immer wieder durch den Sinn. Als ich nach dem Aufstehen in den Garten gehe, um Eier aus den Nestern zu holen, suche ich in der Abstellkammer nach einem Korb. An der Wand hängt genau so eine alte, rostige Schafschere. Sie ist mir noch nie vorher aufgefallen …

„Erschienen sind die folgenden Parteien: a) Monsieur Bertrand und Madame Julie Arneaud als juristische Personen, b) Madame Ariane Mullen als natürliche Person, sowie c) Monsieur Jean-Antoine Brunet. Verhandelt wird die Rückführung von immobilem Stiftungseigentum der Marville-Stiftung in privates Eigentum zum Zwecke der unentgeltlichen Überlassung sowie, im Falle des Todes oder der dauerhaften Inkapazität der drei unter a) und b) bezeichneten Personen, zur Erbbarmachung desselben; sowie die Weiterführung der Marville-Stiftung und, nach Auslaufen der finanziellen Grundlagen, deren Liquidierung. Grundlagen dafür sind die vorliegenden Dokumente: Das Testament von Monsieur Jean-Alain Marville sowie die Stiftungsunterlagen und alle weiteren dazu seinerzeit getroffenen Vereinbarungen. Kommen wir zunächst zum Punkt der privateigentümlichen Übertragung ..."

Mir erschienen diese ganzen Formulierungen eigentümlich. Ich schloss die Augen und versuchte, das folgende Bürokratie-Französisch aus dem Munde des Notars auszublenden.

Natürlich war, so wie Inspektor Lagarde, auch Alains ehemaliger Anwalt, Monsieur Dubray, mittlerweile im Ruhestand. Aber die damaligen Vereinbarungen zur Gründung der Stiftung hatte ohnehin ein mit Monsieur Dubrays Hilfe gefundenes Büro von Anwälten und Notaren in die Wege geleitet. Seinerzeit hatten wir vorausschauend gehandelt und schon diverse Vorkehrungen getroffen für den Fall, der nun eingetreten war. Schließlich hatten wir schon damals gewusst, dass es keine rechtlichen Erben geben würde, die die Arbeit der Stiftung wie auch das Bewirtschaften des Anwesens weiterführen würden. Diese Umsicht ersparte uns nun viele Komplikationen.

Im Prinzip sah die Sache so aus: Im Sommer dieses Jahres würde das letzte Studentencamp in der gewohnten Form stattfinden. Doudou würde ab September im Atelier, das er sich nach seinen Ideen umgestalten konnte, sein Architekturbüro einrichten. Julie wollte im Haupthaus weiterhin für einzelne Studenten individuellen Unterricht geben, sozusagen Meisterklassen mit Förderung durch die Stiftung. Jedes Jahr sollte es eine Ausschreibung für einen Mal- und Zeichenwettbewerb geben, und die Ergebnisse würden über die Herbstmonate hinweg in einer Ausstellung im Sommerraum zu sehen sein. Das Haus sollte von Anfang September bis Ende Oktober besucheroffen sein.

Doudou würde, wenn es uns physisch nicht mehr möglich war und noch Stiftungsmittel vorhanden sein sollten, diese Wettbewerbe und Ausstellungen weiter betreuen. Und im Falle des Falles sollte er dann natürlich das Haus und das Grundstück vererbt bekommen.

So sahen die Pläne aus, die wir den Anwälten und Notaren unterbreitet hatten und für deren Verwirklichung wir bereits die

Grundlagen in den Verträgen festgelegt hatten, was uns nicht nur Zeit und Querelen, sondern vor allem viel Geld sparte ...

„... eventuelle weitergehende zivilrechtliche Vereinbarungen sind von dieser Übereinkunft nicht berührt!" Der Anwalt, der neben dem Notar diesem Treffen beiwohnte, schloss den Ordner mit den Dokumenten mit einem Ruck, der mich wieder in die Gegenwart zurückholte.

„Was bedeutet das?" fragte Doudou, der sich zu mir herübergebeugt hatte.

„Das bedeutet, dass wir mit dir schon vor unserem Tod oder unserer ‚Inkapazität' die Nutzung des Gartens oder von Teilen des Hauses vereinbaren können", flüsterte ich zurück.

Als Julie und Bertrand sich von dem Anwalt verabschiedet hatten und mit Doudou den Raum verließen, bat ich sie, schon mal in das fürs Mittagessen gebuchte Restaurant vorauszugehen. Ich erklärte ihnen, dass ich noch kurz etwas mit dem Anwalt beziehungsweise dem Notar zu besprechen hätte. Julie schaute mich erst mit großen Augen an, nickte dann aber und verließ mit den anderen das Zimmer.

Beide anwesende Männer, Anwalt und Notar, blickten mich erwartungsvoll an und bedeuteten mir, mich wieder zu setzen.

„Ich will es kurz machen. Ich weiß nicht, wer von Ihnen beiden derlei Angelegenheiten übernimmt, aber ich möchte Vorkehrungen für mein Ableben treffen ..." Und dann unterbreitete ich den Männern meine Wünsche: Mein privates Geld sollte nach meinem Tod in einen gewinnbringend angelegten Fonds gehen, aus dem Doudou sowie eventuell später seinen Kindern, die ja immerhin Alains Enkel sein würden, jeweils ein monatlicher Betrag an Unterhalt gezahlt werden sollte. Ferner wünschte ich, dass die Anwaltskanzlei alle meine persönlichen Papiere, insbesondere meine Tagebücher, an sich nehmen und letztere ungelesen vernichten sollte. Zwar tat es mir leid, dass ich damit mein Versprechen an Julie, meine Tagebücher nach meinem Tod betreffend, nicht einhalten konnte, aber ich musste ja nun ein Geheimnis schützen.

Als ich dies und einige andere Punkte, mein weiteres Erbe betreffend, zufriedenstellend erläutert hatte und mir ein Termin zur

Unterzeichnung dieser Verfügungen genannt wurde, war mir wesentlich wohler. Ich hatte dafür gesorgt, dass das Geheimnis um Doudous Abstammung nicht an die Öffentlichkeit gelangen konnte. Ich hoffte, dass das im Sinne von Madame Brunet war, und ganz sicher wusste ich, dass meine letzten Verfügungen auch Alain glücklich machen würden.

Ganz zum Schluss wurden die beiden Herren doch noch irgendwie persönlich.

„Madame, Sie scheinen jetzt geradezu wie erlöst. Dabei ist es doch so eine weitreichende, ernste Entscheidung. Viele Menschen möchten sich mit diesen letzten Lebensentscheidungen lieber nicht befassen."

„Sehen Sie, ich bin da Realistin", antwortete ich. „Realität meint immer alles; beide Seiten der Medaille, das Gute und das weniger Angenehme – einfach beide Seiten von allem."

„Aber es lässt sich nicht bestreiten, dass es ein ernstes Thema ist", wandte der Anwalt ein.

„Ach wissen Sie, eigentlich gibt es nichts Ernstes zu sagen, weder über das Leben noch über den Tod."

Beide schauten mich nach dieser Bemerkung etwas verwirrt an.

Der Notar der beiden, jener Mann also, bei dem ich wohl die Unterschriften leisten würde, sagte nun: „Seien Sie versichert, wir werden alles in Ihrem Sinne niederschreiben und regeln. Darf ich noch etwas fragen?"

„Sicher, was ist es?"

„Wenn Sie so realistisch sind, Madame: Gibt es eine bestimmte Form der Bestattung, die Sie bevorzugen? Haben Sie einen bestimmten Glauben?"

Ich lachte. „Nun, jeder Glaube, der den Geist frei und die Gedanken hell macht, der Liebe propagiert und in jedem Menschen die eine unsterbliche Seele sieht, wäre mir recht."

Ich glaube, ich verließ die Anwaltskanzlei mit einem erstaunten Blick im Rücken, aber auf jeden Fall mit Freude im Herzen.

Allerdings war Julie nicht so entspannt. Als ich sie ein paar Tage später morgens in der Küche sitzen sah, hatte sie wohl einen

Tiefpunkt. Ich nahm Alains Kaffeepott aus dem Regal und goss mir Kaffee ein, setzte mich ihr gegenüber und schaute sie fragend an. Als das nach etwa einer Minute nichts brachte, wurde ich direkt: „Muss ich jetzt fragen, oder rückst du von dir aus damit raus?"

Jetzt schaute sie mich an, trank den letzten Schluck kalten Kaffee aus ihrer Tasse, setzte diese mit einem Ruck ab und seufzte. „Ich glaube, ich habe alles falsch gemacht."

„Was meinst du?"

„Das mit der ‚Akademie'. Wir haben einfach zu spät angefangen. Und wir haben nicht nachgedacht, was nach uns damit geschieht. Weil keine Erben da sind, die das weitermachen könnten."

„Aber das ist doch Quatsch", sagte ich. „Alles ist doch jetzt geregelt! Du, ... ihr habt Euch einen Traum erfüllt. Auch Alain hat das gewollt. Ich erinnere mich, wie er einmal sagte, er würde euch bei eurem Plan unterstützen, wenn er es könnte. Es war ganz in seinem Sinne. Alles geschieht aus einem Grund: weil es geschehen soll."

Das schien Julie aber nicht zu überzeugen. „Wir waren viel zu alt. Und nun ist niemand da, dem wir zumuten können, die Lehrgänge weiterzuführen."

„Aber wir haben doch beinahe sieben Jahre lang erfolgreich etwas aufgebaut, haben Dutzende von wenig privilegierten Jugendlichen gefördert, ihnen eine Chance gegeben. Doudou wird irgendwann die Stiftung weiterführen, und dadurch wird auch der Name der Akademie weiterleben – und die Reputation lebt in unseren Absolventen. Glaub mir, wenn ihr oder auch ich ... oder Alain selber ... Kinder gehabt hätten, dann wäre es auch nicht sicher gewesen, ob diese unsere Projekte weitergeführt hätten." Jetzt ging ich um den Tisch herum, zog einen Stuhl neben Julie und setzte mich zu ihr; dann nahm ich sie in den Arm. „Wir haben alles richtig gemacht. Kleine Dinge haben oft eine große Wirkung, nicht selten auf Umwegen, die wir uns gar nicht vorstellen können."

Jetzt lächelte Julie wieder. „Du hast wirklich eine Art, alles immer von der positiven Seite zu sehen."

„Ach glaub mir, das ist auch nicht immer so. Aber am Ende ist es der einzige gangbare Weg."

„Weißt du", sagte Julie, „in letzter Zeit ist mir so richtig bewusst geworden, wie schnell das Leben sich neigt. All jene, die schon gegangen sind, wie Alain, Madame Brunet … Und nun spüre ich es selber. Wo sind die Jahre hin? Wie kommst du denn damit klar?"

„Was genau meinst du? Den Tod, das Alter? Mit dem Alter habe ich nicht ganz so viele Schwierigkeiten; immerhin kämpfe ich bereits seit Jahrzehnten mit gesundheitlichen Problemen. Die Realisation der verdrängten eigenen Sterblichkeit kann einen allerdings sehr unverhofft treffen."

„Naja", Julie überlegte, „als Künstlerin hat mich das Alter immer interessiert. Der alte, fast schon gebrochene Mensch, aus dessen Brüchen das entsteht, was interessant darzustellen ist. Mich selbst jetzt als alt zu empfinden, fällt mir jedoch schwer."

„Ich würde nicht von ‚deinem' Alter reden. Das gibt ja lediglich an, wie lange dein Körper schon existiert. Im Innern, im Denken, kannst du immer noch jung sein. Es geht doch mehr um Reife."

„Na, schöne Umschreibung", meinte Julie. „Woran erkennt man denn Reife?"

Ich überlegte. „Wenn jemand tolerant wird, beinahe desinteressiert; mehr amüsiert als betroffen. Wenn die Dinge nicht mehr bewertet werden, sondern akzeptiert … Der Kampf ist vorbei, sozusagen. Mit zunehmendem Alter begreife ich, dass ich schon längst die bin, die ich werden will. Das ist tröstlich."

„Aber die Vergänglichkeit? Wie kriegt man die auf die Reihe?"

„Akzeptanz! Und Offenheit für alles. Womöglich ist alles ganz anders, als wir denken."

„Ach, ich wünschte, ich hätte deine Gedankenwelt zur Verfügung."

„Alain und ich haben sehr oft darüber geredet", sagte ich. „Wir fanden es tröstlich, den Tod als die Bedingung dafür zu sehen, dass wir Kinder haben können …"

„Haben wir ja aber nicht!" warf Julie ein.

„ … oder junge Katzen, junge Hunde, Jungvögel … Sieh mal, bei einigen Arten ist die Fortpflanzung direkt an den unmittelbar darauf folgenden Tod der Eltern gebunden, so wie bei den Lachsen."

Aber das schien kein wirklicher Trost für meine Freundin zu sein. Ich umarmte Julie noch einmal ganz fest. „Man kann über das Leben nichts Abschließendes sagen, solange es existiert. Ich denke, das gilt auch für dein Projekt. Und für den Tod gilt es erst recht. Lassen wir uns überraschen. Vielleicht ist es ja ganz einfach und geht auch ohne Gebrauchsanweisung. Wir haben ja auch unsere Geburt ganz gut hinbekommen."

Jetzt lachte Julie schon wieder, während ich fortfuhr: „Denk doch mal nach: Unsterblichkeit ist keine Alternative. Was nicht stirbt, wird zur Bedrohung. Krebszellen zum Beispiel, oder Plastik. Im Werden und Vergehen scheint mir eine große Weisheit zu stecken. Das sollten wir akzeptieren. Etwas Besseres haben wir nicht zur Auswahl."

„Du verstehst es wirklich, einen wieder aufzurichten, Ariane."

Ich schaute ihr in die Augen. „Das freut mich. Und solange wir uns noch so unterhalten können, ist nichts verloren. Wir haben unser immerwährendes Jetzt ... denn noch sind wir ja hier ..."

Natürlich klafft eine große Diskrepanz zwischen dem gesprochenen Wort, das aufmuntern soll, und dem Gefühl an manchen Tagen, dass doch am Ende alles hinfällig ist. Mein ganzes Leben lang arbeite ich am Aufbau eines Urvertrauens in das Leben und nicht zuletzt in den Tod, mit allem, was dem vorangeht. Aber schon kleine Unzulänglichkeiten, ein Unwohlsein, ein Gefühl von Verlorenheit können alles das einreißen wie ein Kartenhaus.

Auf der anderen Seite: Woher kommen die Erinnerungen, die mich immer noch und immer mehr heimsuchen? So wie jene vor mehr als zwei Jahren in dem Traum, in dem sich die Menschen, die ich zu kennen glaube, und die Charaktere aus meinen Erinnerungen zu vermischen schienen? Sind es wirklich die unsterblichen Seelen, die durch die Jahrhunderte zueinander halten in einer für uns Lebenden nicht wahrnehmbaren, vielleicht nur erahnbaren Seelenfamilie?

Ich klammere mich, wenn ich Vertrauen nicht aufbringen kann, an diese eine, kleine Hoffnung und wünsche mir, es möge wahr sein. Wie ein Kind, das die Augen schließt und damit hofft, dass die es verunsichernde Außenwelt damit einfach verschwindet. Ich kann mich mit diesem verunsicherten Kind, mit diesem nach einfachen Lösungen suchenden Wesen, sehr gut identifizieren. Denn ich bin dieses Kind. Ich bin es so wie ich das Mädchen mit den Zöpfen bin, die junge Frau, die Liebende und Geliebte eines nicht greifbaren Mannes. Was, wenn nicht Hoffnung, bleibt mir denn übrig?

Noch einmal hatte sie mich breitgeschlagen. Julies Argument, dass es nun ja das letzte Sommercamp in der Geschichte unserer Kunstakademie war, konnte ich schlecht entkräften, und daher kam ich ihrem Wunsch nach, noch einmal ein Seminar zu halten. Das Thema sollte sein: Das Ego und die Weisheit.

Was sollte man da noch sagen?

„Das hätte dann ja auch ‚Feuer und Wasser‘ heißen können", sagte ich zu Julie.

„Wieso denn das?" wollte sie wissen.

„Weil das Ego per se keine Weisheit hat; die wohnt – wenn überhaupt – in der Seele."

Julie schaute mich interessiert an und sagte nur: „Ich höre!"

„Sieh mal, erst muss man doch definieren, was Weisheit eigentlich ist. Weisheit kommt nicht aus Wissen, sie kommt im idealen Fall aus Erfahrung. Weisheit kann man eben nicht lernen. Man erwirbt sie."

„Und das Ego?"

„Das steht mit seinem vermeintlichen Wissen oft dem intuitiven Verstehen von Dingen im Weg."

„Du malst ja ein düsteres Bild von unserem Ego."

„Ich habe es immer als meinen größten Feind angesehen. Das Ego denkt nur an sich selber. Es ist uns oft kein guter Ratgeber."

„Womit sollen wir denn das Ego ersetzen", fragte Julie.

„Mit dem, wonach wir ein Leben lang suchen, dem wahren ‚Ich‘. Denn unser Ego plustert sich gerne auf; es spielt oft eine Rolle, verkleidet sich und posiert als das Ich. Davor ist niemand gefeit. Und manche nutzen das aus."

„Wie meinst du das?"

„Na, all die Rattenfänger, die uns auf ihre Seite ziehen wollen. Politiker eben, oder die Religionen. Beide beziehen ihre Basis doch aus dem Glauben: Die einen aus dem religiösen Glauben, die anderen aus dem politischen Glauben. Warum hat denn die Kirche jahrhundertelang den Fortschritt der Wissenschaft vehement bekämpft und Fakten geleugnet? Weil sie nur ihre eigenen Dogmen verbreiten wollte; sozusagen: kein Wissen, sondern das, was sie glaubten zu wissen – oder was sie uns wider besseres Wissen glauben machen wollten. Nette Wortspiele, nicht wahr?"

Julie grinste. „Es ist immer wieder faszinierend, dir zuzuhören. Du erzählst von diesen Dingen auf eine Weise ... wie andere Leute von Kuchenrezepten."

„Ja, und so simpel wie bei Kuchen- oder Brotrezepten kann man es auch auf eine Formel bringen. Ersetze Hefe- einfach durch Sauerteig, und du erhältst ebenfalls Brot, aber eben ein ganz anderes. Wenn man das Ego zurücktreten lässt und einmal anders auf die Dinge schaut, dann verändern sich die Dinge, auf die man schaut. So ein Perspektivwechsel kann sehr befreiend sein. Ich finde, ein Blick über den eigenen Höhlenrand hinaus kann sich als sehr hilfreich erweisen."

„Du spielst auf Platos Höhlengleichnis an?"

„Ja. Die Menschen in der Höhle glauben, dass die Schattenspiele an der Höhlenwand die Realität ist. Solange sie angekettet sind, können sie es nicht überprüfen. So sind viele Menschen in ihrem Ego gefangen. Wichtig jedoch ist, stets auch andere Deutungen für möglich zu halten. Da tritt das Ego dann schon automatisch einen Schritt zurück ... und das bringt uns weiter."

„Das klingt wie das Leichte, das schwer zu machen ist", sagte Julie.

„Genau", pflichtete ich ihr bei. „Aber es ist das Einzige, was uns auf lange Sicht retten kann. Das Ego hört so gut wie niemals auf die Vernunft. Es kennt nur: Ich, ich, ich! Darum sind ja auch so viele despotische Staatsführer wahre Egomanen. Du weißt aber: ‚Der Schlaf der Vernunft gebiert Ungeheuer'."

„Francisco Goya! Eines seiner ‚Caprichos' heißt so!"

„Genau, womit wir wieder den Bezug zur Kunst hergestellt haben."

Julie nickte. „So, und wenn du jetzt noch aus all diesen kompliziert klingenden Zutaten einen leicht verdaulichen, schmackhaften Kuchen – oder ein leckeres Brot – für meine letzte Kunstklasse bäckst, dann wäre ich dir unendlich dankbar."

„Und du packst einen Klecks süßer Sahne beziehungsweise aromatischer Butter in Form von praktischen künstlerischen Hinweisen oben drauf, damit es besser schmeckt …"

„Wir sind schon zwei schöne Bäckerinnen!" grinste Julie.

Ich lachte. „Kuchen oder Brot: Ich werde in jedem Fall mein Bestes geben!"

Irgendwann, eher unerwartet plötzlich, war es soweit, der letzte offizielle Kurstag unserer Schule war da, und damit die offizielle Abschlussveranstaltung.

Es waren gegenwärtige und frühere Kursteilnehmer geladen, dazu Eltern, Freunde, ehemalige Gastdozenten und einige Leute aus dem Dorf.

Ich war froh, dass ich aus diesem doch etwas wehmütigen Ereignis organisatorisch herausgehalten wurde und auch keine Reden halten sollte. Das übernahm, für mich überraschend, Bertrand. Ich hatte ihn noch nicht als großen Redner erlebt und stellte mein Glas ab, um ihm gespannt zuzuhören.

„Liebe Schüler und Schülerinnen, Eltern, Gäste und Freunde! Unsere Freundin Ariane, die nie um einen passenden Spruch zur Situation verlegen ist, pflegt an Tagen wie diesem zu sagen: ‚Wenn eine Tür zugeht, dann öffnet sich irgendwo ein Fenster'. Ich kann nur hoffen, dass sie auch dieses Mal recht hat. Eine Tür geht heute zu, ja. Das heißt aber nicht, dass sie nicht auch weiterhin jedem offen steht, der daran klopft, sei es um Hilfe zu bekommen, einen Rat oder einfach nur eine Tasse Kaffee. Wir haben uns in den vergangenen sieben Jahren einen Traum erfüllt und vielen Jugendlichen hoffentlich eine Chance eröffnet. Wir wären bei Beginn dieses Lebensabschnitts gerne jünger gewesen, um viel mehr Jahre lang die Akademie – die Schule … ach, Quatsch, nennen wir sie einfach Akademie, wen schert es jetzt noch?" Alle lachten! „Also, wir hätten das ganze gerne ein Leben lang gemacht. Doch auch wir können die

Zeit nicht aufhalten. Aber es ist ja nicht zu Ende. Die Marville-Stiftung wird weiter bestehen und weiterhin junge Talente fördern, solange Geld da ist." Die Gäste applaudierten. „Ich habe mir eine persönliche Freiheit genommen und gemeinsam mit meiner Frau Julie etwas in die Welt gebracht, was immer an die Stiftung und die ersten sieben Jahre erinnern soll."

Jetzt hatte er meine ganze gespannte Aufmerksamkeit. Bertrand schaute hinüber zu Julie, die ihrerseits geheimnisvoll lächelte. Dann übergab sie ihm ein relativ großformatiges Buch. Bertrand erklärte: „Ich habe mein jahrelanges Hobby und mein privates Geld dazu genutzt, um einen Bildband über die Arbeit unserer Kunstakademie herzustellen und in einer kleinen Auflage drucken zu lassen. Julie hat die kurzen erläuternden Texte geschrieben. Wir hoffen, dass wir damit nicht nur unsere gute Arbeit dokumentieren, sondern auch die Erinnerung bei all denen frisch halten, mit denen wir zusammenarbeiten durften. Der Erlös aus dem Verkauf dieses Bildbandes geht in die Marville-Stiftung. Und ein Exemplar gibt es vorweg und umsonst: als Dankeschön für unsere Hausherrin und Freundin Ariane."

Damit kam er auf mich zu und überreichte mir das Buch. Dann umarmte er mich. Julie folgte ihm und drückte mich ebenfalls fest an sich. Ich war so perplex, dass ich erst einmal sprachlos war.

Schon wieder also stand ich im Mittelpunkt, was ich hatte vermeiden wollen. So sagte ich nur, für alle vernehmlich: „Danke, Ihr beiden. Damit habt ihr mich echt überrascht. Ich glaube, wenn Alain Marville hier wäre, wäre er sehr zufrieden mit all dem, was ihr ... was wir gemeinsam auf die Beine gestellt haben."

„Darauf trinken wir!" rief jemand, und alle erhoben ihr Glas.

Für unsere Besucher gab es neben Essen und Trinken viel zu sehen: Die ausgestellten Bilder im Sommerraum waren diesmal nicht nur vom letzten Durchgang, sondern stellten eine Retrospektive der letzten sieben Jahre dar. Außerdem lagen einige der Bildbände zur Ansicht und natürlich zum Kauf aus.

Ich versuchte, meinen Aufenthalt in der Menge so begrenzt wie möglich zu halten. Daher zog ich mich nach einigen kurzen ‚Hallos!' und ‚Wie geht's?' in den Garten, auf mein Gartenbett, zurück und blätterte gespannt in dem Buch. Schon lange hatte ich mitbekommen, dass sich Bertrand mehr und mehr mit seinem Steckenpferd, der Fotografie, befasste. Ich hatte ihn auch hier und dort einmal im Alltag Aufnahmen machen gesehen. Aber alles in allem machte er darum nicht viel Theater; er fotografierte schnell, ohne bestimmte Anordnungen abzuwarten oder Szenen zu arrangieren. Stattdessen hielt er Situationen mitten aus dem Alltag fest, so wie sie sich ergaben. Das führte, wie ich nun sah, zu vielen herrlich unkapriziösen, lebendigen Fotos. Sie waren sowohl in Farbe als auch in schwarz-weiß. Julie hatte die Fotos mit jeweiligen, stimmungsvollen Kommentaren und Erläuterungen versehen.

Am Beginn des Bildbandes war ein ganzes Kapitel Alain gewidmet. Es wurde angeführt von einer wunderbaren Porträtstudie; einem Foto von Alain, das mir noch unbekannt war. Auf diesem war er jünger, als ich ihn kannte. Eigentlich sah er so aus wie vor einiger Zeit in meinem Traum, als ich ihn im Regiestuhl sitzen sah. Er trug sein berühmtes rotes Arbeitshemd und lachte auf die für ihn so typische Art, wobei er seine weißen Zähne zeigte. Dieses Bild so unvermutet zu sehen, gab mir einen schmerzhaft-süßen Stich in der Herzgegend.

Während ich da auf unserem Gartenbett saß und blätterte, gesellte sich Julie zu mir.

„Na, geht es dir gut?" wollte sie wissen.

„Ja, Julie. Die Überraschung ist euch gelungen. Das hier war eine hervorragende Idee."

„Ja, ich war auch sehr gerührt, als Bertrand vor beinahe einem Jahr schon mit diesem Vorschlag kam."

„Na siehst du, da haben wir jetzt was Handfestes, was auch dich daran erinnert, wie viel du für die Förderung der Kunst getan hast und noch tun wirst."

„Ja", sagte Julie, „und es ehrt unseren Freund Alain, den Namens- und Geldgeber unserer Stiftung … Er fehlt dir immer noch so sehr, nicht wahr?" Sie schaute mich fragend an.

„Ja, mehr als ich sagen kann … weißt du, es ist einfach nicht wahr, dass die Zeit alle Wunden heilt. Das tut sie nicht. Sie lässt die Wunden allenfalls vernarben. Aber Narben tun weh; sie schmerzen oft unerwartet, bei jedem Wetterwechsel, manchmal sogar bei Sonnenschein. Und sie erinnern dich immer an das, was passierte."

„Das ist doch schlimm, oder?"

„Eigentlich nicht. Weißt du, es ist doch auch gar nicht so selbstverständlich, dass man überhaupt eine Liebe findet. Es kann sein, dass es einem einmal passiert, manchmal auch zweimal. Aber die Chance, dass es niemals geschieht, ist ungleich größer. Insofern hatte ich großes Glück. Und jedes Glück hat seinen Preis."

Julie wollte mich umarmen und trösten, aber ich sagte schnell: „Ein Schmerz, der aus Liebe kommt, ist niemals vergeudet. Das ist gut so. So kann ich Alain nicht vergessen. Er ist immer bei mir."

Die Freundin nickte und ließ von dem Plan ab, ihre Arme um mich zu legen. Für eine Minute saß sie nur still neben mir, was mir gut tat. Dann fragte sie: „Kann ich dich noch einmal alleine lassen?"

Ich lächelte. „Sicher, Julie. Wie ich sagte: Ich bin nicht allein. Und beide, Alain und ich, sagen wir euch, unseren treuen Freunden: Danke!"

Innerhalb einer Stunde träume ich eine gesamte Nacht mit Alain. Ich spüre ihn so, als liege er neben mir und berühre mich. Es fühlt sich ganz normal an und ist doch, wie ich weiß, eine so flüchtige Erfahrung.

Gegen Morgen weckt mich ein Gewitterregen. Bruno kommt kurz an mein Bett. Dann, gegen acht Uhr, höre ich jemanden leise, aber ganz deutlich dicht neben mir meinen Namen sagen. Es klingt wie Alains Stimme; als ob er für diese Nacht Abschied von mir nimmt ... Immer, wenn mir so etwas passiert, habe ich Angst, dieser Abschied könnte für immer sein.

Sobald der Sommerlehrgang vorbei war, machten wir uns daran, das Atelier auszuräumen, damit Doudou es sich dann individuell umbauen und als Büro herrichten konnte. Als Alain gestorben war, und bevor die Studenten das Atelier nutzten, hatten wir alle Skizzen und Modelle Alains in einem der großen Schränke im Atelier verstaut. Nun allerdings konnte ich mich nicht mehr um die Aufgabe drücken, diese Schränke durchzusehen, auszusortieren und das, was behalten werden sollte, ins Haupthaus zu holen. Dort hatten wir bisher, bis auf die Aufzeichnungen vom Architekturstudium und diversen Materialrechnungen, nichts von Alains künstlerischer Arbeit gefunden. Die Architektursachen hatte ich ja schon Doudou gegeben, und nun wollte ich auch, dass er beim Durchforsten des Ateliers mit dabei war, wozu er sich gerne bereit erklärte.

So gingen wir an einem sonnigen Sonnabendvormittag gemeinsam ans Werk. Was ich zutage förderte, waren zunächst einmal Pinsel, Farben und Materialien, die zum Teil nicht mehr brauchbar schienen. Ich bat Doudou, alles zu begutachten und das noch Nutzbare herauszusortieren. Er sollte behalten können, was er für sich für verwendbar hielt; den Rest sollte Julie bekommen. Einige kleine Tonmodelle und die Skizzen sollten ins Haus hinüber; Julie spielte mit dem Gedanken an eine Marville-Ausstellung. Zu diesem Zwecke wollte sie, die ja nun eine neue Aufgabe brauchte, mit Bertrand eine kleine Rundreise unternehmen und ihren Mann, der sich ja nun immer mehr mit Fotografie beschäftigte, Schwarz-Weiß-Aufnahmen von Alains großen Skulpturen machen lassen.

Im Schrank befanden sich die Skizzen, darunter auch jene Katzenskizze, die uns beide seinerzeit so verwundert hatte, weil sie so sehr einer meiner eigenen Skizzen glich. Daraus wurde die Plastik, die sich nun auf Alains Grab befand und deren Mini-Version meinen Nachttisch zierte.

Als wir soweit mit den Leinwänden, Farben, Pinseln und Skizzen fertig waren, entdeckte ich ganz unten und ziemlich hinten auf dem Schrankboden einen Metallkasten. Er war uns wohl damals, als wir die Skizzen in den Schrank stapelten, in seiner dunklen Ecke gar nicht aufgefallen. Er hatte unter dem riesigen Papierstapel gelegen und schien noch mehr Pastellkreiden oder andere Materialien zu enthalten. Beim Öffnen allerdings stellte ich fest, dass sich darin Skizzenbücher befanden. Ich wollte sie schon zu den anderen Skizzenblättern legen, als ich die Hefte einer genaueren Inspektion unterzog. Offenbar handelte es sich nicht nur um reine Skizzensammlungen, sondern zwischendurch waren immer wieder handschriftliche Eintragungen zu finden. Langsam dämmerte mir, dass dies eine Art von Tagebüchern sein könnte. Ich nahm die Kisten an mich und wollte mir die Sache später genauer ansehen.

Mittlerweile waren auch Julie und Bertrand gekommen, die uns halfen, die Sachen ins Haupthaus zu bringen. Madame Pauline wartete schon mit dem Besen in der Hand, dass sie endlich loslegen konnte.

„Was du gebrauchen kannst für deine Skizzen oder Baupläne, das kannst du gleich hierlassen", sagte ich zu Doudou. „Willst du den Schrank behalten? Sicher wirst du dich modern einrichten wollen, aber fürs Erste ..."

„Sicher, Madame Ariane, ich habe da meine Vorstellungen. Aber den Schrank könnte man aufarbeiten. Es wäre eine Erinnerung an Monsieur Marville. Ein altes Stück in einem modernen Büro kann ein Blickfang sein."

„Gute Idee!" Ich freute mich, dass Doudou schon begann, gedanklich Besitz von seinem zukünftigen Büro zu nehmen. „Kannst du das selber machen?" fragte ich dann.

„Ich frage mal Jean-François", war seine Antwort.

„Noch eine gute Idee!" Ich nickte ihm zu und nahm die Kiste an mich, um sie selbst zum Haus zu bringen. Als ich an Madame Pauline vorbeikam, bedankte ich mich bei ihr für die Hilfe.

„Aber gerne doch, Madame. Darf ich fragen, wie es nun weitergeht? Madame Julie hat noch nichts gesagt, aber wenn die Schule nun schließt ..."

„Darüber wollten wir in den kommenden Tagen mit Ihnen reden." Mir fiel jetzt wieder ein, dass wir das eigentlich schon längst getan haben wollten, aber im Strom der Tagesereignisse vergessen hatten. Ich wollte die freundliche Frau nicht unnötig weiter im Ungewissen lassen. „Bitte denken Sie darüber nach, ob Sie auch künftig ein-, zweimal die Woche kommen wollen, so wie in den Zeiten, in denen in den vergangenen Jahren keine Seminare waren, um uns im Haushalt etwas zu helfen. Ich verspreche Ihnen, dass wir uns noch vor dem nächsten Wochenende zusammensetzen und alles bereden."

„Natürlich, Madame ... ich komme weiterhin gern. Und nun" – damit wies sie auf unseren neuen Mieter – „haben wir ja einen jungen Mann, der auch ein bisschen Hege und Pflege braucht!" Doudou lächelte ein bisschen verlegen, aber man konnte sehen, dass er sich schon jetzt recht wohl und aufgenommen fühlte in unserer kleinen Gemeinschaft.

Dieser Herbst war warm und sonnig. Ich konnte es nicht erwarten, mir die gefundenen Notizhefte Alains näher anzusehen. Gelegenheit also, mich tagsüber in Brunos Begleitung auf das Gartenbett zu legen, wo man mich nicht störte. Es galt im Haus als ausgemacht dass ich, wenn ich auf dem Tagesbett war, als abwesend zu gelten hatte und unter beinahe keinen Umständen gestört werden durfte.

Es stellte sich heraus, dass der Inhalt der Metallkisten sieben Heftchen unterschiedlicher Dicke und Größe umfasste, die jeweils Skizzen und Studien, aber auch datierte Eintragungen enthielten, welche nicht unbedingt immer mit den Zeichnungen korrespondierten. Es waren tatsächlich tagebuchartige Notizen, die aber in keiner Weise regelmäßig oder kontinuierlich geschrieben zu sein schienen. Irgendwie erinnerten mich diese Aufzeichnungen an die berühmten Skizzenbücher Leonardos, der ja auch stets seine Studien und Beobachtungen sowohl bildlich als auch textlich aufzeichnete; manchmal sogar – wie hier nun auch Alain – zusammenhanglose Dinge miteinander auf einer Seite vereinte. Allerdings schrieb dieser, Gott sei Dank, nicht wie jener in Spiegelschrift, was die Sache sehr vereinfachte.

Ich erinnerte mich an ein Gespräch mit Alain, in dem er einmal sagte, dass er nicht zum Lehren tauge. Hier nun stieß ich auf eine Eintragung, die das ganze Gegenteil zu belegen schien; eine Notiz zum Thema Kreativität, die auch ein guter Lehrsatz sein konnte:

,Kreativität kommt aus dem bloßen Sein.
Dinge kommen von sich aus, aus sich, aus dir.
Wenn die Dinge gehen, lass sie gehen.
Wenn sie kommen, heiße sie willkommen.'

Das waren, in meinen Augen, die Worte eines großen Lehrers.

Natürlich interessierte mich, weit mehr als alles andere, ob es Aufzeichnungen aus der Zeit nach dem Tod von Alains Partner Didier gab. Zunächst musste ich die Reihenfolge der Heftchen feststellen, was gar nicht so einfach war. Aber nach einigem Sichten und Sortieren hatte ich einen Überblick und konnte das Buch aus der gewünschten Zeitspanne identifizieren. Dann suchte ich nach dem Datum von Didiers Tod. Bis dahin hatte Alain sehr viele Studien angefertigt; mit dem Tod des Partners rissen diese abrupt ab. Auch das Geschriebene riss abrupt ab. Erst ein Jahr später fand sich eine Notiz, die sich möglicherweise auf das bezog, wonach ich suchte. Da stand in sehr unregelmäßiger Handschrift:

,Ein Jahr seit Didiers Tod.
Kann es nicht fassen, immer noch nicht.
Bin wie im Nebel, ich habe kaum Erinnerung an diese Zeit.
Da waren helfende Hände.
Oft spürte ich eine Hand auf meiner Schulter, wie von Didier.
Aber niemand da.
Einmal war da etwas wie eine Umarmung, wie bei einer Mutter.
Jemand hielt mich fest.
Keine Bilder in mir. Keine Erinnerung.
Wie ein dunkler Traum.'

Bezog sich das etwa auf jenen Tag, von dem mir Madeleine Brunet berichtet hatte? Konnte es sein, dass Alain so sehr getrauert hatte, dass er unfähig war sich zu erinnern, was wirklich geschehen war?

Nicht viel mehr kam in den Monaten und Jahren nach diesem Eintrag. Erst gegen Ende des Journals wurde es wieder lebhafter auf den Seiten. Beim Durchblättern stieß ich auf einmal auf eine Skizze und eine Beschreibung der Katzenskulptur ,Le coup de coeur', jener nach unseren beiden so ähnlichen Skizzen angefertigten heutigen Grabskulptur.

Ich blätterte etwas zurück. Da stand ein ganz kurzer Vermerk:

,A. bringt Licht in mein Leben.'

Ich blätterte weiter. Und dann stieß ich noch einmal auf die Vorgänge kurz nach Didiers Tod; hier auf diesen Seiten, die er in den

Tagen unserer Liebe geschrieben hatte. Es musste eine Eintragung nach unserer ersten ganz intimen Nacht gewesen sein; vielleicht niedergeschrieben an jenem Morgen, an dem ich ihn, Kiesel übers Wasser werfend, am Fluss getroffen hatte:

,Endlich!
Ich habe sie mit allem gespürt, was ich habe und ihr geben kann.
Jetzt weiß ich es auch wieder:
Damals, als Didier starb.
Es war keine Einbildung. Das muss SIE gewesen sein.
Sie war schon lange bevor ich sie traf in mein Leben gekommen.
Als Engel. Und hat mich gehalten, so wie jetzt auch.
Ich will sie so in einer Skulptur porträtieren,
meine Liebe.'

Und auf der gegenüberliegenden Seite dieser Eintragung war die leicht aquarellierte Skizze eines Engels; eine Frau mit weiten Schwingen, die die Arme ausstreckte und auf deren rechter Hand ein Vogel, vermutlich eine Taube, saß.

Ich ließ das Heft sinken und starrte vor mich hin. Das war sie also, die Interpretation. Er hatte sich dunkel an die Begegnung mit Madame Brunet erinnern können, aber in seiner Vorstellung war es eine übersinnliche, engelsgleiche Erfahrung gewesen. Alain ist niemals bewusst geworden, was damals wirklich geschehen war und welche Konsequenzen es gehabt hatte. Ich konnte in einer Weise beruhigt sein; das Geheimnis war sicher und konnte nicht mehr nachträglich durch ihn selbst, durch seine Tagebücher, enthüllt werden. Mich berührte, dass er so viele Jahre nach dem Geschehenen die Erklärung in mir suchte und offenbar auch fand. So makaber es einerseits schien, so gut war es doch; und mir erschien es jetzt nachträglich als die größte mögliche Liebeserklärung.

Aber er hatte die einst skizzierte und geplante Skulptur nie vorangetrieben. Oder? Es gab zumindest keine Tonmodelle. Dann fiel mir der Skizzenstapel ein, den wir ebenfalls herübergeschafft hatten. Er lag noch im Sommerraum. Ich ging dorthin und wurde schon nach einigen Sekunden des Suchens fündig. Das dritte oder vierte Blatt des Stapels zeigte eine wesentlich größere Version des Engels; ausgearbeitet, wieder aquarelliert, aber viel detaillierter – und man konnte sehen, der Engel hatte mein Gesicht. Die Proportionslinien und Mengenangaben am Blattrand ließen auf eine gewisse Planung schließen.

Also hatte er sich bereits mit der Ausführung beschäftigt. Allein schon dieses Skizzenblatt war wunderschön. In diesem himmlischen Wesen, das einst von einer anderen Frau verkörpert wurde und in das er mich nun hineininterpretiert hatte, berührten sich die Wahrheit und Alains erspürte Wirklichkeit auf zauberische und auch ein wenig erschreckende Weise. Es war, als habe sich eine neue Dimension über das Vergangene und doch so Gegenwärtige gelegt.

Die Sache hat eine Kehrseite. Und die dringt jetzt an die Oberfläche. Ich kann es nicht fassen, dass – nach so vielen Jahren – mir erst heute richtig bewusst wird, welche Unwucht mein Leben eigentlich hat. Diese Unwucht heißt Alain. Ich hatte in den Jahren nach seinem Tod versucht, mir die Situation schönzudenken, schönzureden, schönzuleben. Aber sie ist nicht schön. Die Situation ist wie eine Beleidigung.

Ich hatte mir angewöhnt, Beleidigungen zu ignorieren. Sie sind ja nicht an mich gerichtet. Beleidigungen richten sich im Grunde stets gegen den, der beleidigt. Aber es gibt auch Beleidigungen, die kann ich nicht verkraften. Eine davon ist der Tod – er lässt sich nicht ignorieren. Es gibt Menschen, die fehlen. Manche Menschen fehlen schmerzhaft. Manchmal reicht der Schmerz durch einen hindurch vom Himmel in die Erde.

Alain fehlt mir an so vielen Enden, dass ich es nicht wirklich begreifen kann. Mir fehlen seine Arme und sein breites Lachen. Morgens fehlt mir seine Gegenwart beim Erwachen, und an den Abenden fehlen mir das Wieder-Treffen und das Zusammensein. Mir fehlen die Liebe und das Sein-Lassen-Können, die Bindung und die Freiheit, die wir gelebt hatten für eine mir nun lächerlich kurz erscheinende Zeit.

Plötzlich, so spät, finde ich es ungerecht, dass die Jahreszeiten weiter an uns vorbeiziehen und die Knospen genauso aufspringen wie all die Jahre zuvor, als sei nichts geschehen. Als sei dieser große Riss nicht durch meine Welt – und also durch die Welt – gegangen.

Und es bezieht sich nicht mehr nur auf Alain. Im Geiste sehe ich nun alle, die uns verlasen haben und ohne die es undenkbar scheint, dass diese Welt sich auch nur einen Zentimeter weiter hatte drehen können. Es betrifft Martin, den alten Elias, Madeleine Brunet – alle, die einmal ein Teil meines Lebens geworden waren, nachdem ich zugegebenermaßen Jahrzehnte gelebt hatte, ohne von ihrer Existenz zu wissen, und die wieder herausgenommen worden waren aus dieser Lebensgleichung, als hätten sie nie stattgefunden.

Und bin nicht auch ich einer dieser Lebenspunkte für andere, die sich genau so schmerzlich an mich erinnern werden, wenn ich einmal gegangen sein werde?

Ich bin so unsagbar müde – nicht tagesmüde, sondern lebensmüde. Erschöpft bis auf den Grund. Ich sehne mich so sehr nach dieser Losgelöstheit, von der ich doch weiß, dass es sie im Leben nicht geben kann. Dennoch halte ich mich an ihm, dem Leben, fest.

Dieser Winter hatte seine Schwere für mich schon angekündigt, und er hielt Wort. Seit nunmehr beinahe vierzig Jahren plagte mich die chronische Borrelieninfektion, auch Lyme-disease genannt, mit ihren Schüben, jahreszeitlich schwankenden Schmerzen und zunehmenden Ausfällen von Körperfunktionen. Immerhin, ich hatte überlebt. Das war ein Privileg, das nicht jedem Betroffenen zuteil wurde. Einige, von denen ich wusste, waren bereits daran, beziehungsweise an Folgeerkrankungen und Organschädigungen, gestorben. Einige waren auch, bedingt durch die Schwächung des Immunsystems, Erkrankungen wie der Grippe erlegen. Ich selber erinnerte mich noch gut an jenen Ausflug mit Alain, früh in einem unserer besseren Jahre, der abrupt in einem massiven Schub, gepaart mit einer Virusinfektion, geendet hatte. Damals dachte ich wirklich, das sei das Ende.

Seitdem hatte ich viel Schmerz und viele Krisen erlebt, aber niemals mehr so existentiell bedrohlich wie damals. Nun aber war mein Körper durch die Jahre geschwächt; außerdem litt ich an Schmerzen in den Füßen, was das Laufen erschwerte. Morgens in die Gänge zu kommen, wurde eine längere Angelegenheit, und oft kam mir das Märchen vom Schneewittchen in den Sinn, in dem am Ende die böse Königin in glühenden Schuhen tanzen musste, bis sie tot umfiel. Warum musste ausgerechnet ich in diesem Leben den Part der bösen Königin spielen? War ich nicht, um bei Alains geliebten Vergleichen zu bleiben, Ariane, die Führerin, die immer einen Weg aus dem Labyrinth wusste? Doch dazu hätte ich den Faden, das Knäuel, noch in der Hand halten müssen. Es war mir aber verloren gegangen.

Nein, nicht dass man mich hier falsch verstand: Ich war – immer noch nicht – suizidal; weder in Gedanken noch in der Realität. Aber gelegentlich, an einem dieser Wintermorgen mit bleiern heraufkrauchendem Morgenlicht und immer stärker werdendem Aufwachschmerz, blitzte in mir für eine Zehntelsekunde so ein Gedanke strahlend auf: Was wäre, wenn es jetzt einfach vorbei wäre? Etwa so, wie wenn man am schwindelerregenden Abgrund steht und aus einem unerfindlichen Grund mit dem Gedanken spielt, einfach diesen einen Schritt weiter zu gehen – eine Tatsache zu schaffen, die unumkehrbar war. Aber natürlich tat man es nicht, und einen Wimpernschlag später war es vorbei. Die Faszination vor der Tiefe einer solchen Entscheidung jedoch blieb.

Dann kam der praktische Teil meiner Persönlichkeit und schob diesen fasziniert in die Tiefe schauenden Part einfach zur Seite. Das schlagende Argument war: Tot sein konnte man im Zweifelsfalle, wenn keine der Hoffnungen auf ewiges Leben wahr würden, doch noch eine sehr lange Zeit. Das Leben selbst aber war kurz.

In diesen Gedanken hinein wedelte Bruno mit seinem Schwanz und erinnerte mich daran, dass auch er ein Teil dieser Gleichung war. Der treue Begleiter meiner Tage war nun, wenn ich nachrechnete, auch schon so um die zehn Jahre alt und längst nicht mehr so anspruchsvoll, wenn es um seinen Bewegungsdrang ging. Immer öfter wartete er geduldig, bis ich so weit war wie er, oder er drehte sich nach mir um und verlangsamte, wenn ich nicht schnell genug hinterherkam. Er war genügsam, wenn es um in der Sommerhitze verkürzte Spaziergänge ging, und er freute sich, wenn es mal ein anderer Laufpartner sein musste als ich, weil er Bertrand oder Julie gerne einmal Extratouren abverhandeln konnte, die ich wegen ihrer

Unwegsamkeit normalerweise vermied. Das Gras schnuffelte eben auf der seltener benutzten Route so viel interessanter ...

Also beschloss ich, diesen Winter lang noch einmal nachzugeben und mich ins Unvermeidliche zu fügen: Ich litt still, verzweifelte aber nicht. Jedenfalls nicht körperlich. Ich musste sie einfach aushalten, die lange frostige Winterdunkelheit, in der oft nur das Schreien des Käuzchens zu hören war.

Mein innerer Kampf mit der ständig immer wieder aufreißenden Wunde, die Alain hieß, war hingegen viel größer, aber auch viel elementarer – und daher nicht gewinnbar.

Das diesjährige Weihnachtsfest brachte uns alle wieder zusammen – und noch ein paar mehr. Zunächst kamen diesmal wieder Irène und François und, wie immer Celia und ihr Jean-François. Aber besonders freute ich mich über den Besuch von Doudou, der gefragt hatte, ob er noch jemanden mitbringen könnte. Es stellte sich heraus, dass es sich um eine junge Frau handelte.

„Das ist Isabelle, meine Freundin", stellte er sie uns vor. Dabei strahlte er übers ganze Gesicht. Es war schön, ihn wieder so frohgestimmt zu sehen.

„Sei willkommen, Isabelle!" Ich reichte ihr die Hand, und sie lächelte.

„Ja, seid alle herzlich willkommen", stimmte Julie ein. „Kommt, setzt euch. Danke für euren Besuch."

Wir setzen uns alle um die große Tafel herum. Es war doch schön, wieder so viele Freunde um sich zu haben. Wie beinahe immer an diesem Tag hatten Julie und ich gekocht, Bertrand hatte sich um die Getränke gekümmert und Madame Pauline um das Dessert.

Nach dem Essen setzten wir uns in lockerer Runde um den Kaffeetisch. Natürlich wollte jeder wissen, wie es nun in unser aller neuem Lebensabschnitt weitergehen würde. Es schien aber Doudou nahezu unangenehm zu sein, über diese Sachen zu sprechen; noch immer hatte er sein neues Glück, seine berufliche Unabhängigkeit und die Tatsache, hier nun auch ein eigenes Büro zu haben, nicht ganz verdaut. Also entschied ich, dass Angriff die beste Verteidigung sei.

„So, Doudou, nun sorge doch mal dafür, dass der große Elefant, der hier mitten im Zimmer steht, uns endlich verlassen kann …"

Der Angesprochene schaute mich verblüfft an; offenbar wusste er nicht, was ich meinte.

„Mit anderen Worten", erläuterte ich, „alle wollen wissen, wann du nun dein Büro hier eröffnest."

Die Runde lachte, und Bertrand konnte sich nicht zurückhalten zu kommentieren: „Also, Ariane, mit den Elefanten hast du es aber immer noch, besonders bei solchen Zusammenkünften!"

Auch Doudou lachte. Dann sagte er: „Es wird so schnell wie möglich losgehen. Im Moment ist ja noch Renovierung im Atelier, und wir beschäftigen uns gerade mit der Organisation unserer Arbeit. – Übrigens, Giulio ist wieder aus Amerika zurück. Ich soll Sie alle herzlich grüßen!"

„Danke!" sagte ich. „Aber wie genau soll denn nun euer Geschäftsmodell aussehen?"

Doudou schaute kurz zu seiner Freundin hinüber, die ihm aufmunternd zunickte. „Also, es ist ja sicher klar, dass es schwer sein wird für uns Neueinsteiger, gegen die etablierten Architektenbüros anzutreten. Also haben wir uns etwas Neues ausgedacht."

Jetzt hatte er wirklich die Aufmerksamkeit von jedem Einzelnen in der Runde.

„Also, wir haben uns gedacht, wir kopieren nicht das alte Modell vom großen Architektenbüro mit diversen Partnerschaften, sondern bilden eine Art Netzwerk von vielen jungen Architekten und ähnlich gearteten Berufen. Giulio ist auch mit dabei und natürlich auch Isabelle." Bei diesen letzten Worten schaute er wieder liebevoll auf seine Freundin und Partnerin. Und diesen Blick kannte ich gut, aus einer Zeit, als ein ähnlicher Blick mir gegolten hatte.

Manchmal fragte ich mich, warum das den anderen nicht auffiel.

François meldete sich zu Wort. „Also, ich glaube, das ist eine gute Idee. Es bringt sicher einen frischen Wind in die verkrustete und fest etablierte Welt dieses Geschäftszweiges."

„Ja, das hoffen wir. Aber ob es wirklich klappt …" gab Doudou zu bedenken. „Immerhin haben wir auch einen Nachteil. Wir sind alle räumlich verstreut. Ich werde am Anfang noch oft in Lyon sein und vielleicht auch öfter an anderen Orten."

„Nun, man kann Nachteile auch in einen Vorteil verwandeln. Jedenfalls, wenn ihr es nicht probiert, dann werdet ihr es nicht herausfinden – oder es schnappt euch jemand anderes die Idee vor der Nase weg. Risiko gehört zum Geschäft." Das war Bertrand, der das sagte.

„Das denke ich auch", pflichtete François ihm bei. „Übrigens tat es uns sehr leid, dass wir nicht zum Abschlussfest eurer Schule kommen konnten."

„Naja, wie mein lieber Mann mich ja immer erinnert, war das nicht das Ende, es war nur ein Ende eines Abschnitts." Julie legte Doudou die Hand auf die Schulter. „Und ich freue mich nun wirklich darauf, was die Zukunft bringt."

„Auf das Gelingen eures Geschäftsmodells!" sagte Bertrand und erhob das Glas.

„Ja, so hat jeder seine Zukunftspläne. Irène und François genießen ihren Ruhestand, das Reisen und die Enkelkinder; Bertrand und Julie arbeiten bereits an den Fotos für den nächsten Bildband; ich bin immer noch beschäftigt mit meinem Leonardo-Buch … und unsere jungen Leute hier starten ins Berufsleben."

„Nicht zu vergessen", mischte sich jetzt Celia ein, die bis jetzt noch gar nichts gesagt hatte, „dass *mein* François und ich zusammenziehen werden."

„Oh, noch eine Neuigkeit!" rief Julie aus. „Na dann … allen ein gutes Gelingen!"

Wieder tranken wir darauf.

Celias François sagte: „Wo wir gerade beim Gelingen sind: Der Bildband über die Schule ist wirklich großartig. Gute Fotografien!"

„Ja, und ich kann verkünden, dass wir bereits so um die fünfhundert Exemplare verkauft haben." Bertrand sagte das mit dem Stolz einer Mutter, die von ihrem Kind erzählt. „Ich habe wirklich an der Sache Blut geleckt. Und meine Frau hilft mir, das künstlerische Fotografieren zu entdecken."

„Na seht ihr, jeder hat etwas Neues in seinem Leben gefunden. Das ist es, was ich mit dem Sprichwort von dem sich öffnenden Fenster meinte. Es ist noch lange nicht vorbei ...“

Natürlich war das etwas, das am besten in mein eigenes Stammbuch passte. Auch ich hatte nach der gesundheitlichen und vielleicht auch seelischen Krise wieder eine Ahnung davon, dass es noch viel gab, für das es sich zu leben lohnte. Noch einmal trug mich die Hoffnung, die stärkste menschliche Triebfeder, gleichermaßen gezeugt aus Furcht und aus Liebe.

Wieder solch ein intensiver Traum. Es ist wie ein Déjà vu. Ich träume eine Situation, die ich schon einmal real erlebt habe. Ich stehe in Alains Atelier und schaue ihm zu, wie er an einer Frauenbüste modelliert. Ich beobachte seine Hände, wie sie die über die Brüste fallenden langen Haare modellieren. Es erregt mich, ihm dabei zuzusehen. Er ist sehr konzentriert. Ich will mich abkühlen, verlasse das Atelier und hole mein Badetuch. Schnitt – Klappe – neue Szene. Im Garten, auf dem Weg zur Dusche, holt Alain mich ein, greift mich übermütig bei der Hand und zieht mich hinter sich her. Dann bleibt er ruckartig stehen, packt mein Kleid und zieht es mir über den Kopf. Auch das hatte ich schon erlebt. Im Traum habe ich aber unter dem Kleid nichts an, stehe nun nackt vor ihm, und er entledigt sich auch seiner Bekleidung. Übermütig zieht er mich unter die Dusche, öffnet den Hahn, und dann spritzen wir uns gegenseitig das angenehm lauwarme Wasser ins Gesicht und auf die erhitzten Körper. Wir toben herum wie Kinder im Stadtbad. Das Wasser – anders als in der Realität – wird nicht kälter; es behält seine angenehme Temperatur. Irgendwann sind wir vom Spritzen und Herumalbern so erschöpft, dass wir uns gegenseitig in die Arme fallen und uns festhalten. Er schaut mich an, und sein Lächeln scheint mich zu durchdringen. Und dann durchdringt er mich wirklich; wir lieben uns, des über uns rieselnden Wasserstrahls ungeachtet, wild und leidenschaftlich, unsere wilde Gier aufeinander auslebend; stöhnend, schreiend und lachend. Als wir beide den Zenit unserer Lust erreichen, die sich wie eine Explosion entlädt, spüre ich, wie sich mein Körper verändert. Mir scheinen Flügel zu wachsen; Engelsflügel, die aus meinen Schultern herauskommen und sich langsam entfalten. Es fühlt sich so natürlich an; Alain hat seine Hand zwischen meine Schulterblätter gelegt, ich halte mich an ihm fest, und dann fliegen wir …

Nach diesem Traum, der wieder einer von jenen war, den man nie mehr vergisst, begann ich mich zunehmend besser zu fühlen. Der innere Aufruhr war gestoppt; ich hatte Alains Gegenwart wieder gespürt, und das gab mir einen großen inneren Frieden. Und natürlich spielte die beginnende hellere und wärmere Jahreszeit wie immer eine große Rolle dabei.

Auch körperlich war ich wieder viel kräftiger. Ich merkte das besonders auf einem meiner Abendspaziergänge. Äußerlich und innerlich spürte ich nun eine völlige Klarheit – als spiegelte die Natur meine Gedanken wider. Der Hund und sogar eine fremde Katze reagierten, als könnten auch sie diese Klarheit wahrnehmen.

‚Noch ist Licht, viel Licht!', dachte ich. ‚Wie das Leben selber!' Was immer sich so definierte, das Leben! Mir war schon klar, im Grunde war es ein Schein, ging vorbei. Ewiger Wechsel. Doch hatte ich das Glühen gesehen, wie aus einer fernen, fremden Welt. So fern, so nah.

Obwohl ich so oft das Prinzip des ‚Now' zitierte, wurde es mir erst jetzt schlagartig bewusst: ‚Now and Here' ist wirklich alles, Alles, ALLES was wir haben! Man bewegte sich durch den sich ständig verändernden Raum, durch die nie stillstehende Zeit; entlang an Dingen, die zu jedem Zeitpunkt anders sind als noch einen Augenblick zuvor. Nichts ist jemals so wie eben – nicht der Baum, nicht das Haus; nicht ich, nichts und niemand. Nur, dass wir die langsame Veränderung in den statisch scheinenden Sachen nicht genauso wahrnehmen können wie die Veränderung der Zeit oder der als ‚schnelllebig' bezeichneten Dinge.

Als mir dieser Gedanke durch den Kopf schoss, stand ich gerade, sicher nicht zufällig, neben einem sehr alten, sehr knorrigen Olivenbaum. Wie lange mag er wohl gewachsen sein, um solch eine Größe zu erlangen? Ich hatte viele riesige, verknorrte, alte Olivenbäume gesehen, speziell in Griechenland; und nicht nur einer wurde als der ‚älteste' Olivenbaum der Welt beworben – wer wusste das schon ganz genau? Es gab Exemplare, die angeblich zur Zeit Jesu gepflanzt worden waren, und mein Baum hier neben mir hatte sicherlich schon zu Leonardos Zeiten seine Wurzeln in die Erde und seine Äste in den Himmel gereckt, was ihn vergleichsweise jung erscheinen ließ und die Zeitspannen, über die ich nachdachte, sehr relativierten. Vieles, wenn man darüber tief nachdachte, relativierte sich. Ich wusste, dass die Antworten auf meine Gedanken und Fragen in mir lagen. Das gab mir eine gewaltige innere Ruhe.

In einem jedoch war nun meine Neugier geweckt: Die Statue, die ich im Traum gesehen hatte, war jener ähnlich, an der ich Alain seinerzeit tatsächlich hatte arbeiten gesehen, genau an jenem Tag, als wir auch wirklich zum ersten Mal gemeinsam, uns küssend, unter der Gartendusche gestanden hatten. Die zweite Traumsequenz kam von jenem warmen Frühsommertag, an dem ich mit Alain eine Kammer aufgeräumt hatte und, schwitzend, von ihm unter die Dusche gezogen worden war. In beiden Fällen war es nie so weit gegangen wie in meinem Traum. Dazu kam es zwischen uns erst sehr viel später. Aber das Alberne, das kindlich Unbedarfte, das hatten wir zwei ja schon relativ Alten bei diesen Gelegenheiten ausgekostet; immerhin konnte uns dabei – hoffentlich! – niemand beobachten.

Nun allerdings stand für mich die Frage im Raum, wo die Büste, an der Alain damals gearbeitet hatte, abgeblieben war. Ich wollte sie sehen, denn ich hatte eine Ahnung.

Ich suchte Julie. „Sag mal, hast du eine Frauenbüste gesehen, die Alain einige Jahre vor seinem Tod angefangen und meines Erachtens nicht vollendet hat? Sie muss aus dem neuen, selbsthärtenden Material gewesen sein. Im Atelier war sie nicht."

Julie sah mich etwas konsterniert an. „Du meinst doch nicht die Büste, die wir in unserem Schlafzimmer haben?" Dann rief sie erschrocken aus: „Ach du mein Gott!"

„Was ist denn?"

„Na, wir haben die damals, als du in Paris warst und wir hier einzogen, im Atelier gefunden und einfach, ohne zu fragen, zu uns ins Schlafzimmer geholt – weil wir sie so hübsch fanden und sie irgendwie an dich erinnerte …"

Ich lächelte und sagte beschwichtigend: „Na, das ist doch auch in Ordnung, ich hätte sie nur gerne einmal gesehen."

„Natürlich, komm mit!" Damit begab sich Julie eiligen Schrittes in Richtung Treppe und dann ins Obergeschoss, wo die Schlafräume lagen. Natürlich hatte ich in all den Jahren niemals den privaten Bereich der beiden betreten; was sollte ich auch dort? Daher konnte ich gar nicht wissen, dass dort eines von Alains Werken stand.

„Warte mal!" sagte ich und ging schnell noch in mein Zimmer, um Alains Engelbild zu holen. Dann ging ich in Julies und Bertrands Schlafraum. Und da war die Frau, an der ich ihn damals arbeiten gesehen hatte. Ich schaute auf die Skizze und dann auf die Skulptur: Ja, das war sie. Beziehungsweise, das war ich. Er hatte mit dieser Skulptur, dieser Gesichtsstudie, an seinem Engel gearbeitet; das war ganz eindeutig.

Nun schaute Julie auf das Bild in meiner Hand. „Das ist dieselbe Frau, das bist doch wirklich du, oder?"

Ich drehte mich zu ihr und sagte: „Ich denke schon."

„Hast du davon nichts gewusst?"

„Nein, ich habe von den Plänen, der Skizze, dem Bildentwurf und der ersten Kopfstudie erst jetzt erfahren." Ich setzte mich in einen Stuhl. „Das heißt, die Skulptur kannte ich, aber ich habe sie nur von hinten und seitlich gesehen. Und ehrlich gesagt habe ich damals, als Alain dran arbeitete, nicht so sehr auf Details im Gesicht der Frau geachtet. Mich hat seinerzeit viel mehr der Mann interessiert, der dieses Kunstwerk erschuf."

Julie ergriff jetzt meine Hand. „Du kannst die Büste gerne haben, ganz klar. Wir stellen sie sofort rüber zu dir."

Ich winkte ab. „Nein, das ist nicht nötig. Mir ist das Bild von dem Engel wichtiger. Ich werde es mir rahmen lassen und in mein Zimmer hängen. Und ihr – na, wenn ich gewusst hätte, dass ich da in eurem Schlafzimmer als Büste herumstehe – also, ihr werdet weiter unter meiner ‚Beobachtung' bleiben."

„Bist du sicher? Ich meine, dass sie hier bleiben soll?"

„Ganz sicher! Die Büste ist nur eine Studie. Der Engel ist von Alain so gezeichnet, wie er sich das fertige Werk vorgestellt hatte.

Und außerdem hat er Flügel. Die sind wichtig für mich, denn sie erinnern mich ... an etwas sehr Schönes ..."

Ich genoss es, dass Julie nicht erraten konnte, warum ich so spitzbübisch lächelte, als ich das sagte.

Im zeitigen Frühjahr war es dann soweit: Doudou bezog sein renoviertes Atelier, sein neues Büro.

Nachdem wir es seinerzeit ausgeräumt hatten, wurde mir erst bewusst, wie groß es eigentlich war. Das Gartengebäude hatte die Abmessungen eines kleinen Bungalows. Schon aus Alains Zeiten waren dort ein kleines Bad mit Waschbecken und Toilette sowie ein Wasseranschluss im Hauptraum vorhanden. Wir – Julie, Bertrand und ich – hatten es übernommen, das kleine Badezimmer zu renovieren und neben einem neuen Waschbecken und einer Toilette noch eine kleine Dusche einzubauen. Im Hauptraum wurde eine Leichtbauwand eingezogen, was zwei gleich große Räumlichkeiten schuf, und Monsieur Brunet hatte im ersten der beiden Räume, der das eigentliche Büro sein sollte, eine kleine Küchenzeile mit Kühlschrank, Waschbecken und Mini-Kocher finanziert. Jean-François steuerte dann auch noch den aufgearbeiteten Schrank von Alain bei. Es war eine kompakte, aber gemütliche Residenz geworden.

Zur Einweihung veranstalteten wir eine kleine Party. Im Namen aller, die zum Haushalt gehörten, hatte ich mit Giulios Hilfe eine große Glückwunsch-Karte entworfen und drucken lassen. Ich hatte den Engelsentwurf, der mir wie nichts anderes das Band unser aller Zusammengehörigkeit zu symbolisieren schien, anonymisieren, digitalisieren und auf die Vorderseite drucken lassen. Im Innern der Karte war ein Zitat aus einem der Tagebücher Alains, das mir ausnehmend gut gefiel und zum Anlass passte:

‚Manchmal erscheint der Neubeginn zum Greifen nah. Die Entscheidung ist gefallen, die Bedeutung erkannt, wir sind bereit für den nächsten großen Schritt. Wir sind an der Schwelle, aber das Neue liegt noch vor uns und wir sind noch nicht Teil davon. Erst wenn wir aufhören darüber nachzudenken, wenn wir nicht mehr den Eindruck haben, dass noch etwas fehlt, wenn die Schritte unbedeutend werden

angesichts des Weges, dann ist die Wandlung eingetreten. Dann wird die Schönheit des Neuen sichtbar und erzählt uns von den Rätseln des Lebens ...'

Und im Namen aller drückte ich den Wunsch aus, dass das Neue, das jetzt in Doudous Leben trat, immer interessant und aufregend sein möge und von einem guten Engel beschützt.

Natürlich war neben Doudous gesamter Familie auch der beste Freund eingeladen. Giulio freute sich überschwenglich über die Begegnung mit Bruno, der seinerseits wie immer den allgemeinen Trubel und die Zuwendung genoss.

Aber die wichtigste Person in Doudous Leben und in diesem Moment war ohne Zweifel Isabelle. Und wenn ich den Ring an ihrem, Finger betrachtete, der meines Erachtens zu Weihnachten noch nicht dort gewesen war, konnte ich mir denken, dass sie mittlerweile mehr für Doudou geworden war als nur seine Freundin.

Als ich an diesem Abend zu Bett ging, empfing mich, über diesem hängend, mein Engel. Giulio hatte auf meinen Wunsch hin dafür gesorgt, dass Alains Original gerahmt wurde und nun über mich wachen konnte.

Heute spürte ich zum ersten Mal nach langer Zeit wieder jenen heiligen, heilenden inneren Frieden, den ich so lange vermisst hatte.

In diesem Sommer hatte ich einigermaßen unerwarteten Besuch, denn François war bis jetzt zu Weihnachten oder aber zu diversen Frühlings- und Herbstaktionen der Kunstschule bei uns zu Besuch gewesen. Nun aber rief er an und sagte, dass er in der Nähe von Carpentras sei und gerne vorbeikommen würde. Ich freute mich riesig.

Irène hatte er nicht dabei; sie war gerade wieder einmal bei ihren Kindern. François hatte mittlerweile einen zweiten Enkel in Kanada bekommen, und dem Vernehmen nach erwartete nun auch die in Frankreich lebende Tochter Nachwuchs.

„Und, wie geht es euch, abseits von allen Kindern und Enkeln?" wollte ich wissen, als wir im Sommerraum beim Kaffee saßen.

„Gut! Wir verstehen uns sehr gut; ich habe keine Langeweile. Wir unternehmen viel, und nun habe ich mich auch wieder mehr in die Musik hineingekniet."

„Welche Musik, was meinst du?" fragte ich erstaunt.

„Ich habe schon immer gerne Gitarre gespielt, hatte aber niemals wirklich Zeit für dieses Hobby. Und nun, mit so viel Zeit und so vielen Möglichkeiten, es mit Online-Unterstützung und Anleitung zu tun ..."

Ich zuckte mit den Schultern. „Davon habe ich gar keine Ahnung. Ich habe höchstens mal etwas herumgeklimpert."

„Ich bin auch nicht für alles zu haben, was man heute elektronisch machen kann. Eine einfache Gitarre mit einem guten Klang reicht mir zum Hausgebrauch. Es hilft mir auch, der Steifigkeit in den Fingern vorzubeugen." Er nahm einen Schluck aus der Tasse, bevor er weitersprach. „Außerdem fotografiere ich auch ganz gerne, wenn auch gewiss nicht so gut wie Bertrand, dessen Bildband ich einfach toll finde." Er hob seinen neben ihm liegenden Fotoapparat in die Höhe. „Wie geht es mit Doudous neuem Büro?"

„Ach, er ist viel unterwegs. Er treibt sich wirklich mehr in Lyon herum als hier, obwohl er auch versucht, so oft wie möglich bei seinem Vater zu sein. Aber die gesamte Familie, alle Kinder, kümmern sich um Monsieur Brunet; es gibt eine große Fürsorge untereinander. Ich hoffe so sehr, dass das Architekturnetzwerk Erfolg haben wird."

François nickte. „Und du, was ist mit dir? Du malst doch sicher wieder; entweder mit Farben oder mit Worten."

„Mit Worten, mein Lieber. Ich bin immer noch mit meinem Leonardo-Roman beschäftigt. Ich nehme mir Zeit ..."

Ich schaute in den sonnenbeschienenen Garten, bevor ich mich entschloss, auf ein anderes Thema umzuschwenken.

„Weißt du, ich habe in letzter Zeit etwas entdeckt, was ich dir zeigen wollte."

François schaute mich neugierig an. „Was ist es?"

„Ich habe beim Ausräumen des Ateliers so etwas wie ein Tagebuch von Alain gefunden. Ich wusste nicht, dass es existierte. – Naja, es ist mehr ein Skizzenbuch mit persönlichen Eintragungen."

Ich griff nach dem Journal, das ich schon vor François' Eintreffen auf dem Seitentischchen deponiert hatte, und schlug es auf. Dann setzte ich mich neben ihn und zeigte ihm die Seiten mit den Skizzen und Eintragungen. Er studierte sie intensiv. Als wir zu der Seite mit der Engelskizze kamen, sagte ich: „Er hatte wohl vor, eine solche Skulptur zu machen. – Komm mal mit!"

Wir gingen nach oben; das heißt, ich ging voran, und François folgte mir. Ich hatte die Erlaubnis von Julie, ihm die Büste in deren Schlafzimmer zu zeigen. Dann führte ich ihn in meinen Raum und zeigte ihm das gerahmte Bild über meinem Bett.

„Das bist du!" rief er aus.

„Ja, das bin wohl ich. Er hat mich als Engel gesehen." Ich lachte.

„Du, lache nicht, er hatte recht", erwiderte François. Dann ging er näher an das Bild heran. „Es ist sehr schön. Das ist eine gut ausgearbeitete Skizze, eine genaue Vorlage für ein Modell, sogar mit beinahe unsichtbar daneben geschriebenen Größenangaben und Proportionen." Er trat wieder zurück, um das ganze Bild zu erfassen.

„Würde es dir etwas ausmachen, wenn ich davon und von der Büste ein paar Fotos mache?"

Ich schüttelte den Kopf. „Nein, warum sollte es. Mach nur, wenn es dir gefällt."

François ging hinunter, um seinen Apparat zu holen. Als er wiederkam, fotografierte er mehrmals das gerahmte Bild und ging dann mit mir noch einmal in Julies und Bertrands Raum, wo er die Büste von verschiedenen Seiten her ablichtete. Offenbar gefiel ihm diese Arbeit Alains, über die ich ihm erzählte, dass ich ihn ja noch daran hatte arbeiten gesehen und dass ich sie beinahe vergessen hätte.

„Dann muss dir diese Büste doch besonders am Herzen liegen", sagte er.

„Naja, damals hatte ich mehr Augen für Alain als für seine Skulptur. Ich wusste nicht, dass es sich um ein Porträt von mir handelte. Bis jetzt war mir die Katze immer das Wichtigste aus unserer Zeit gewesen."

„Ja, so erlebt man immer wieder Überraschungen. Wer weiß, vielleicht war das nicht die letzte …"

Immer mal wieder im Leben kommt man an Punkte, wo man über das Sterben nachdenkt. Mal treffen sie einen mitten im Alltag, wenn nichts auf das Thema hindeutet; dann wieder, wenig verwunderlich, in Zeiten, in denen man geliebte Menschen zu Grabe trägt. Je nach dem Anlass und der persönlichen Gefühlslage erscheint einem der Tod einmal als eine untragbare, unerträgliche Zumutung, ein anderes Mal eher wie eine Verheißung, ein natürlicher und Frieden bringender Zustand. Aber selbst das Wissen um die Unsterblichkeit würde nicht immer froh machen, zu sehr sind wir in der Hand unserer eigenen fehlbaren Physis. Auf der anderen Seite macht das Leben als solches nur Sinn, wenn es ein ,Danach', die Unendlichkeit der Seele, gibt. Und da in der Natur alles Sinn macht, muss es ja wohl so sein.

Jemand sagte einmal: ,Der Tod ist unser bester Gärtner, und im Sterben lässt er uns wachsen.' Und so ist er also Schöpfer. Denn nur aus der ewigen Wandlung kommt immerwährende Schöpfung. Das ist das Geheimnis: Nichts bleibt gleich, damit alles immer wiederkehren kann.

In den letzten Jahren hatte uns das Thema der Vergänglichkeit gleich an mehreren Stellen berührt. In der Tatsache, dass Dinge nicht so blieben, wie sie waren, zeigte sich der Fluss der Zeit. Im Nachdenken über das eigene Ende und in den Vorkehrungen dafür erlebte ich eine große Befriedigung und Ruhe. Es schien mir in diesen Wochen und Monaten möglich, dass ich wirklich angstfrei in den Tod gehen könnte. Wir erlebten es ja an jedem Abend, wenn die Sonne ging, das Licht sich zurückzog, die Dunkelheit kam und dann später der Schlaf – wie eine kleine tägliche Generalprobe für den einmal eintretenden Ernstfall.

Warum nur taten sich so viele Menschen immer noch schwer mit dieser Idee, dass der Tod nicht das Ende von allem ist? Hatten sie Angst, dass eine Hoffnung enttäuscht würde? Dabei war doch schon immer die Hoffnung die größte Triebfeder in allem Denken.

Jemand sagte mir einmal auf diese Frage sinngemäß, die Antwort darauf sei ganz einfach: Wo der Positivismus Staatsreligion sei und das Dasein von Materialismus geprägt, würden die Menschen im Zeitstrom schwimmen, in dem der Tod nun mal das natürliche Ende der Geschichte sei. Würden sie etwas anderes denken und glauben, hätten sie Angst, sich lächerlich zu machen. Daher täten manche es heimlich, ohne es zuzugeben. Andere würden sich dieses Denken gänzlich verwehren.

Es wurde Herbst, und noch immer pendelte Doudou regelmäßig von und nach Lyon. Er hatte viel zu tun, gemeinsam mit seinen Kolleginnen und Kollegen das Netzwerk zum Laufen zu bringen. Ich bewunderte seinen Fleiß und die Energie, die er in seinen neuen Beruf steckte. Leider musste er da wohl ziemlich allein durch. Wir sahen ihn nur wenig.

Ab und zu kam allerdings Giulio vorbei. Er hatte sich geschäftlich in Carpentras niedergelassen, wo er seinen Eltern und Geschwistern nahe sein konnte. Wir hatten jetzt öfter das Vergnügen seiner Besuche, auch wenn diese zumeist kurz ausfielen und mehr oder weniger dem Zweck dienten, irgendetwas aus Doudous Büro zu holen oder dort zu erledigen. Aber Giulio wusste, dass er nicht ohne einen kleinen Schwatz mit mir davonkam, und seinen alten Freund Bruno zu sehen ließ er sich sowieso nicht nehmen.

„Das ist ein Glückspilz!" sagte Giulio bei einem seiner Besuche im Oktober. „Wir sind so froh, dass er hier ein gutes Zuhause gefunden hat."

„Oh, ich auch. Er hält mich auf Trab, auch wenn er jetzt schon etwas älter wird und nicht mehr so viel laufen mag. Besonders im Sommer, wenn es heiß ist."

„Das kann ich verstehen", sagte der junge Mann, nachdem er sich zu mir auf die Terrasse gesetzt und eine Tasse Kaffee in Empfang genommen hatte. Es war tagsüber noch angenehm warm.

„Und, wie läuft euer Geschäft? Man sieht und hört gar nichts mehr von Doudou!" Ich wollte ein bisschen nachbohren.

„Oh, Madame Ariane, das kommt alles noch. Ich glaube, wir sind gerade dabei, einen dicken Fisch an Land zu ziehen. Dazu brauchen wir ihn aber in Lyon. Wenn alles klappt mit dem Auftrag, dann wird es etwas entspannter. Es könnten Folgeaufträge herausspringen."

„So", fragte ich interessiert, „was ist es denn?"

Giulio schaute etwas verlegen, zuckte dann mit den Schultern und sagte: „Seien Sie mir nicht böse, aber darüber will ich im Moment noch nicht reden." Dann setzte er erläuternd hinzu: „Ich bin ja nicht abergläubisch, aber über ungelegte Eier zu reden bringt Unglück!"

„Da hast du recht. Die Engländer sagen: Zähle nicht deine Eier, solange du sie noch nicht im Korb hast! Na, mit Eiern kennt Doudou sich ja aus. Bisher hat er noch alle Eier sicher nach Hause gebracht." Wir lachten alle beide.

Dann wurde Giulio wieder ernst. „Sind sie ihm böse, weil er im Moment sein Büro nicht nutzt?"

„Nein, keineswegs. Er muss erst einmal starten und tun, was für ihn beziehungsweise für euch im Netzwerk richtig ist. Wie viele seid ihr denn?"

„Nun, eigentlich fünf. Zwei Architekten – Doudou und Jean –, dann ich als Gebrauchs- und Werbegrafiker, ein Bauingenieur und natürlich Isabelle als Innenarchitektin."

„Das ist eine gute Mischung. Wie organisiert ihr euch?"

„Naja, vieles läuft online. Jeder versucht, sich ein eigenes Portfolio aufzubauen, aber gleichzeitig wollen wir eben auch gemeinsam etwas hinkriegen; immer mit so vielen Leuten, wie gebraucht werden. Bei Bedarf haben wir auch noch andere ehemalige Studienkollegen und Freunde, die sich mit einklinken können."

„Also, ich bin ja nicht mehr so im Arbeitsleben drin und auch nicht vom Fach. Aber das Konzept klingt überzeugend. Wir leben in einer Zeit der Dinosaurier, sowohl in der Wirtschaft wie auch in der Politik. Konzerne werden immer größer und immer behäbiger. Da ist so eine Flexibilität, gepaart mit jugendlichem Schwung und frischen Ideen, sicher genau das Richtige." Ich nickte dem jungen Mann aufmunternd zu.

Der fühlte sich sichtlich bestärkt. Er trank seinen letzten Schluck aus und sagte: „So, seien Sie nicht böse, Madame Ariane, aber ich muss wieder."

„Kein Problem. Sag Doudou unsere Grüße!"

„Ja, seien Sie bitte nicht sauer. Er kommt schon heim – sicher bald." Er beugte sich zu Bruno herunter. „Und du, mach's gut, alter Junge – bis zum nächsten Mal!"

Er verabschiedete sich und war verschwunden, ehe man sich's versah.

Zurück ließ er eine Ahnung von neuen Ideen und einem frischen Wind.

Und wieder war es Weihnachten geworden.

Das Vorhaben von Doudou und seinen Freunden war aufgegangen. Sie hatten nach der Teilnahme an einer komplizierten Ausschreibung tatsächlich die Planung und Durchführung eines relativ großen Projekts gewinnen können. Sie hatten mit ihrer innovativen Herangehensweise und vor allem – was mich besonders freute – mit einem ökologischen Ansatz überzeugt. Stolz berichteten Doudou und Giulio, die mit Isabelle im Schlepptau einen Tag vor Heiligabend bei uns aufgetaucht waren, davon. Man konnte ihnen die Aufregung deutlich anmerken.

Wir – also wir drei vom Anwesen, Celia, Doudous Familie, ja sogar Madame Pauline – waren so stolz auf unsere jungen Leute, als seien wir alle mit ihnen verwandt. Irgendwie waren sie ja wie ,unsere' Kinder ...

Natürlich wollten sie ihre Erfolge im Kreise ihrer jeweiligen Familien feiern, und so erwarteten wir auch nicht, dass sie zum Weihnachtsessen kamen. Aber wir gaben ihnen unsere herzlichen Wünsche mit auf den Weg und Grüße an ihre jeweiligen Angehörigen.

„Werden Sie alle mir das Atelier warm halten? Ich werde für das nächste halbe Jahr zusammen mit Isabelle nach Lyon umsiedeln müssen, aber nach Beginn der Sommerferien werden wir zurück sein." Doudou schien ernsthaft besorgt, dass wir unterdessen das Atelierhaus anderweitig vermieten könnten.

„Mach dir ... macht euch keine Sorgen! Alles hier bleibt so, wie es ist. Es ist deins, und du kannst darin machen, was du willst."

Meine Worte beruhigten ihn wohl irgendwie, und Isabelle streichelte seinen Arm, während sie mich anstrahlte und „Danke, Madame Ariane!" sagte.

„Könnt ihr mir einen Gefallen tun? Lasst doch endlich das ‚Madame' weg!"

Ich ahnte schon; dieser Wunsch fiel, wie bei Thérèse, auf taube Ohren. Innerlich musste ich schmunzeln. Es war eine unendliche Geschichte.

„Sie sind doch nun auch fertig mit Ihrem Studium, nicht wahr?" fragte ich jetzt Isabelle.

„Fertig und in vollem Umfang Partner im Netzwerk", sagte sie stolz.

„Und werden Sie auch zu Ihren Eltern fahren und dort Weihnachten verbringen?"

„Nein, meine Eltern leben nicht mehr. Ich bin bei meiner Tante aufgewachsen, aber sie starb vor drei Jahren. Jetzt habe ich nur Doudou. Ich verbringe die Feiertage mit seiner Familie." Es klang selbstbewusst, verliebt und gar nicht traurig, wie die schöne junge Frau das sagte.

„Es tut mir leid, das wusste ich nicht."

„Ist schon gut. Ich bin jetzt sehr glücklich!"

Sie brauchte das nicht zu sagen, es war für alle deutlich zu sehen.

Das also war unser aller Weihnachtsgeschenk.

Zwei Tage später, wiederum mit den Freunden, begingen wir ein weiteres festliches Essen.

Ich war allerdings nicht sehr hungrig und eher ein wenig abgeschlagen. In letzter Zeit fiel es mir immer schwerer, mich lange Zeit in Gesellschaft aufzuhalten. Deshalb entschuldigte ich mich relativ schnell bei den anderen und wollte nach oben gehen. Aber François wandte sich, etwas erstaunt, an mich.

„Geht es dir nicht gut?"

„Doch. Ich habe nur den Wunsch, mich ein wenig hinzulegen. Seid mir nicht böse, feiert weiter. Ich bin morgen früh zum Frühstück wieder fit."

„Liebe Ariane, dann lass mich noch schnell etwas sagen. Es tut mir sehr leid, aber das Geschenk für dich ist leider nicht fertig geworden."

Ich schaute ihn erstaunt an. „Aber du weißt doch, dass wir uns alle gegenseitig nichts schenken."

„Naja, aber als ein nicht zu eurem Haushalt Gehörender bin ich an diese Weisung ja nach wie vor nicht gebunden."

„Du solltest dich dem aber anschließen", erwiderte ich, doch dann fragte ich neugierig, „Was war es denn?"

Alle lachten, aber François schüttelte nur den Kopf. „Das ist und bleibt eine Überraschung und wird nicht verraten. Ich hoffe, ich schaffe es bis zu deinem Geburtstag."

Tja, da würden er und ich noch bis zum Ende des kommenden Sommers warten müssen; und plötzlich, angesichts der draußen herrschenden windigen Kälte, erschien mir das noch endlos lange hin. Aber ich wusste ja aus Erfahrung, dass diese Zeitspanne viel schneller vergehen würde, als ich es mir heute noch vorstellen konnte. Und das neue Jahr stand ja schon wieder vor der Tür.

Meine Tagebücher sind mir über die Jahre zu treuen Begleitern geworden, um wichtige Dinge aufzuschreiben, die ich ansonsten vergessen würde. Erlebnisse sind so flüchtig, und noch mehr das, was sie vermitteln. Manchmal, beim Nachlesen, bekomme ich wirklich den Eindruck, ich schreibe Nachrichten an mich selber. Nun ist das alte Tagebuch voll, ein neues liegt vor mir; noch leer und frisch und voller weißer Seiten. Eigentlich kann es keinen besseren Morgen geben als diesen, nach dieser Neujahrsnacht, um dieses Tagebuch zu beginnen – es fühlt sich irgendwie an wie ein neuer Abschnitt meines Lebens. Ich weiß nicht warum, aber ich fühle mich sozusagen an einem Übergang.

Der Abend beginnt mit ‚meinem' Stern am klaren Südhimmel und endet mit frühem Zu-Bett-Gehen. Ich liebe es, in unserer, Alains und meiner, Traumarche zu schlafen, in der wir so oft gelegen hatten: wach und doch träumend beieinander. Wie in meiner allerersten Nacht in diesem riesigen Holzbett, so fühle ich mich auch in dieser Nacht wieder wie in einer Schiffskoje, auf irgendeiner Fähre. Ich lese noch ein wenig, und dann geschieht mir in meinem Traum die Brücke: Ich bin, im Bett sitzend, eingenickt; habe das Buch sogar noch fest in meiner linken Hand. Plötzlich fahre ich an irgendjemandes Seite irgendwo hoch, wie auf einer Achterbahn – steil nach oben. Der Fotoapparat in meiner linken Hand fällt herunter und wird nur noch durch die ums Gelenk gelegte Schlaufe gehalten. Er schlägt gegen eine Balustrade. Dann begreife ich: Wir sind in steiler Fahrt auf dem Geländer einer Bogenbrücke, ganz ähnlich wie der im Hafen von Sydney. Ein mulmiges Gefühl stellt sich ein, als wir auf dem höchsten Punkt innehalten – kurz vorm freien Fall. Der kommt dann auch, und plötzlich weicht die Angst einer tiefen Gewissheit, einer Ruhe und einem Glücksgefühl. Dann wache ich auf. Durch das Fenster sieht man den vollen Mond. Wollte mir jemand oder etwas demonstrieren, wie es ist, ‚hinüberzugehen'?

Es kann nur Alain gewesen sein, auch wenn ich ihn dieses Mal nicht gesehen habe. Aber ab heute morgen ist mir, als sei jegliche noch vorhandene Angst vor dem Sterben einer ruhevollen Gewissheit gewichen, dass alles gut wird.

Der Winter war so schnell vergessen, wie das Frühjahr gekommen war. Ich hatte lange nichts von Doudou gehört. Er war jetzt irgendwo in Lyon, sehr beschäftigt, sein ganzes Leben vor sich habend. Die Zeit musste ihm noch endlos scheinen zwischen den Jahren, den Monaten, ja selbst den Tagen. Ich erinnerte mich an mich selber, als ich in seinem Alter war.

Dann, eines Tages im März, kam Julie zu mir und schwenkte einen Brief in der Hand.

„Der ist an uns alle, von Doudou", rief sie schon beim Hereinkommen.

Ich lag gerade auf der Couch im Sommerraum. Als sie den Namen Doudou sagte, richtete ich mich auf, legte mein Manuskript zur Seite, an dem ich schon seit geraumer Zeit korrigierend arbeitete, und sagte erwartungsvoll: „Ich bin ganz Ohr!"

„Okay, höre zu:

‚Liebe Madame Ariane, liebe Madame und lieber Monsieur Arneaud, ich hoffe, Sie sind mir nicht böse, dass ich mich erst jetzt melde. Aber wir haben viel Arbeit. Das Projekt und die vielen Dinge, die um uns herum mehr oder auch weniger erwartet geschehen, halten uns in Atem. Ich muss laut Vertrag noch bis Ende Juli hier in Lyon vor Ort bleiben. Danach kann ich die Arbeit von Carpentras aus beziehungsweise von Lagnières aus koordinieren und betreuen. Es ist eine aufregende Zeit. Ich wünschte, ich könnte Ihnen alles berichten, aber das mache ich lieber persönlich.

Ich habe eine Frage, oder besser eine Bitte. Ich weiß, dass Sie mir das Atelierhaus in erster Linie als Büro zur Verfügung stellen. Aber ich möchte gerne ganz nach Lagnières zurückziehen, zusammen mit Isabelle. Bei meinem Vater ist nicht genug Platz dazu. Deshalb haben wir gedacht, wenn Sie es erlauben würden, dass wir ins Atelierhaus ziehen. Es würde ja weiterhin auch als Büro genutzt werden, nur dass wir zusätzlich zwei Betten hineinstellen. Sonst haben wir ja alles, ein Bad, eine Küchenzeile. Wir brauchen nicht viel. Würden Sie uns das erlauben? Ganz liebe Grüße, Doudou und Isabelle'"

Julie schaute mich mit glänzenden Augen an. „Was sagst du dazu?"

„Mich brauchst du nicht zu fragen. Er und seine Liebste sind hier jederzeit willkommen, das ist doch klar."

Julies Augen leuchteten noch intensiver. Deshalb fragte ich: „Hattest du eine andere Antwort von mir erwartet?"

„Eigentlich nicht, ich war mir nur nicht ganz sicher."

„Na, wenn ich es nicht besser wüsste, dann würde ich glatt vermuten, dass du mütterliche Gefühle für den Jungen hast." Ich neckte Julie bewusst ein wenig.

Die wurde nachdenklich. „Weißt du, er ist wirklich für mich so etwas wie der Sohn geworden, das Kind, den oder das ich nicht hatte. Ich wollte niemals kleine Kinder. Aber einen großen Jungen zu haben, das ist auch schön. Und irgendwie ... ich weiß nicht. Ich kann mich des Gefühls nicht erwehren ... Irgendwie gehört er hierher!"

„Ja, du hast recht. Er gehört hierher."

„Also hast du nichts dagegen?" fragte Julie noch einmal.

„Nein! Er wird sich doch zu benehmen wissen", frozzelte ich. Dann sagte ich etwas ernster: „Es ist doch sowieso so, dass ihnen auf lange Sicht das Haupthaus gehören soll; sie könnten schon jetzt einen oder zwei der leerstehenden Gästeräume im Haus nutzen." Als Julie den Mund aufmachen wollte, kam ich ihr zuvor. „Ich weiß, sie wollen unter sich sein und nicht mit uns Alten. Das ist auch gut so. Aber die Küche und das Esszimmer, das sind ja doch eh unsere Gemeinschaftsräume, die von allen genutzt werden. Lass sie sich ihr Liebesnest im Atelier einrichten. Und offiziell wohnen sie im Haupthaus – nur, falls die Behörden oder der Fiskus etwas daran zu bemäkeln haben."

Julie schien äußerlich so glücklich zu sein, wie ich es innerlich war. Deshalb sagte ich: „Siehst du, es geht immer weiter, niemals ist Stillstand. Also, schreib ihm zurück und schicke von mir Küsse mit. Und viele gute Wünsche für maximalen Erfolg."

Julie drückte mich ganz fest und ging dann; wahrscheinlich, um wirklich gleich den Antwortbrief zu verfassen. Als ich ihr hinterhersah, wiederholte ich noch einmal leise das gerade eben Gesagte: „Ja, Julie, du hast ja so recht. Er gehört hierher. Du ahnst nur nicht, wie sehr."

Das Frühjahr und der darauf folgende Frühsommer zogen sich hin. Irgendwie kam ich in diesem Jahr nicht so in die Gänge wie in den Jahren zuvor. Erst hatte ich eine mittelschwere, aber sich lang hinziehende Erkältung. Dann plagte mich eine eigenartige Schwäche und Müdigkeit. Auch die Schmerzen in den Füßen wurden immer schlimmer.

So verbrachte ich die Tage mehr oder weniger liegend, die Beine hochgelegt.

Von Doudou hörten wir nicht sehr viel, aber wir waren sicher, dass er mit Arbeit eingedeckt war. Gelegentlich kam Giulio vorbei und erstattete Bericht. Allerdings hatte ich immer den Eindruck, dass er etwas zurückhielt.

„Bist du sicher, dass es ihm gut geht? Ist alles in Ordnung?" fragte ich ein um das andere Mal.

„Jaja, alles im grünen Bereich", beeilte sich Giulio zu versichern und wechselte dann immer auffallend schnell das Thema.

Ich sprach mit Julie darüber. „Was denkst du, verheimlicht er uns etwas? Er wird doch nicht in Schwierigkeiten sein?"

„Ach, wo denkst du hin. Es sind junge Leute, sie müssen ihre eigenen Wege finden. Er würde sagen, wenn er in Schwierigkeiten wäre. So viel Vertrauen hat er zu uns – und zu seinem Vater auch." Damit beruhigte Julie mich und meine Befürchtungen ein wenig. Dennoch konnte ich es nicht erwarten, dass er endlich zurück nach Lagnières kommen würde. Vielleicht stand im Hintergrund dieser Ungeduld der Wunsch, etwas von Alain in meiner Nähe zu haben.

Wie auch immer, zum ersten Mal in den letzten Jahren hatte ich das Gefühl, dass die Zeit nur schleppend voranging.

Dennoch war es irgendwann doch Ende August geworden, kurz vor meinem Geburtstag. Wieder einmal war es ein schöner, hoher Sommer von großer Wärme und Helligkeit gewesen.

An diesem Tag hatte ich schon früh begonnen, ruhig und langsam meine Arbeiten für den Tag zu erledigen, wobei ich mich des Öfteren hinsetzen und ausruhen musste. Ich genoss die Ruhe dieses Vormittags, an dem ich kein Verlangen hatte, mit irgendjemandem zu reden, und die wenigen im Haus herumwuselnden Menschen ließen mich in Ruhe, als schienen sie es zu ahnen. Das gab mir Gelegenheit, die letzten Korrekturen an meinem Roman über Leonardo einzuarbeiten. Ich druckte das gesamte, fertig redigierte Manuskript aus und heftete es. Als letztes brachte ich auf Seite fünf noch handschriftlich eine Widmung an: ‚Für Jean-Alain Marville – in Liebe und Gedenken'.

Damit war das Buch nun fertig. Ich fühlte Erleichterung und gleichzeitig ein wenig Traurigkeit; es war so, als verließe ein Kind das Elternhaus. So war es immer, wenn ein Projekt zu Ende ging, das einen jahrelang beschäftigt und den Alltag bestimmt hatte. Man konnte stolz sein und fühlte zugleich eine gewisse Leere in sich.

Wie an nun schon so vielen dieser späten Sommertage, so hatte ich auch an diesem Tag nicht die Energie, ohne eine nachmittägliche Ruhepause auszukommen. Heute war ich allerdings noch viel erschöpfter als sonst. Die Sonne schien warm in den Garten, und so legte ich mich schon relativ zeitig auf das Tagesbett, in dem ich mich wie an keinem anderen Ort aufgehoben fühlte. Das Ungewöhnliche an diesem Tag war jedoch, dass Kater Paul, der das noch nie vorher getan hatte, zu mir aufs Bett sprang, sich dicht an meinem Körper einrollte und leise zu schnurren begann. Ich erklärte mir das damit, dass Tiere, besonders Haustiere, im Laufe ihres Lebens öfter einmal ihr Verhalten ändern.

Schnell sank ich in einen tiefen Schlummer.

Ein seltsamer Traum befällt mich; einer von jenen, von denen man eigentlich weiß, dass es kein wirklicher Traum sein kann. Es ist eher wie eine noch einmal erlebte Erinnerung. Es ist ähnlich jenem Traum, der nie verblasst war und von dem ich jetzt weiß, dass er sich wohl auf mein schicksalhaftes Treffen und Leben mit Alain bezogen hatte – wie, um das zu Geschehende schon im Voraus zu erklären. Damals war es der Traum von der Flusslandschaft. Ich stand auf einer Wiese, in einem gleißenden Licht, das aber nicht blendete. Das Gewässer floss zwischen Büschen und niedrigen Bäumen. Etwas entfernt von mir sah ich eine etwas größere Baumgruppe. Darunter saßen vier Männer. Einer von ihnen kam auf mich zu und sagte mir, ich solle keine Angst haben. Eines Tages würde ich den Fluss durchqueren – und er würde auf der anderen Seite auf mich warten.

Nun habe ich genau das gleiche Gefühl; sogar die Gegend, in der ich mich befinde, scheint ähnlich. Um mich herum ist eine beruhigende, einhüllende Helligkeit von unendlicher Schönheit.

Jetzt erinnere ich mich wieder an den Mann, mit dem ich damals sprach: Schon bei meinen letzten Inkarnationen war er mir als Seelenpartner erschienen; der Eine, den ich wie keinen anderen liebte. Ich hatte ihm mein Erkennen gezeigt. Aber ich durfte ihn nicht so lieben, wie ich es gerne getan hätte: In einem Leben war er mein älterer Bruder; dann war er der Hauptmann der Garde, Charles, unerreichbar für Elinora. Nun war es Alain, und ich konnte diese Liebe endlich leben. Aber er wurde mir viel zu schnell wieder genommen, bald nachdem wir uns erkannt hatten.

Erfüllt von der Hoffnung, ihn wiederzutreffen, gehe ich weiter durch die Landschaft, die mich in sich hineinzieht, immer in Richtung des Lichts, das stärker zu werden scheint, aber immer noch nicht blendet. Auf sanftem Gras gehe ich wie auf einem Teppich durch ein kleines Wäldchen und erreiche eine Lichtung. Auf einem umgeworfenen alten Baumstamm sitzt ein Mann im altertümlichen Gewand; neben sich hat er einen Umhang liegen. Als ich näher komme, erkenne ich ihn.

„Messere Leonardo!"

Er dreht sich um und sieht mich an. Dann lächelt er. „Marguerite, Ihr seid es!"

Er nennt mich Marguerite, aber im Moment weiß ich selber nicht, wer ich bin. Ich sehe an mir herab. Ich bin nicht Elinora, ich trage kein blaues Kleid. Ich trage auch nicht das Kleid mit den orangefarbenen Blumen, in dem ich mich als Ariane auf das Tagesbett gelegt hatte. Aber ich bin doch ich.

„Mein Name ist Ariane!" sage ich mit Festigkeit in der Stimme.

Der Meister schüttelt den Kopf. „Es kommt nicht darauf an, wie etwas heißt. Wichtig ist, was es ist."

Ich lenke das Gespräch auf etwas anderes. „Messere, ich habe Euch hier nicht erwartet. Was tut Ihr?"

„Nun, ich beobachte die Ameisen, die hier auf dem Stamm auf- und ablaufen. Sie haben ein ausgeklügeltes Regelwerk, dem sie zu folgen scheinen. Keine Bewegung geschieht ohne Grund. Hier, seht nur!" Er weist auf einen nicht enden wollenden Strom von in gegensätzliche Richtungen laufende Ameisen, die sich bei jedem Aufeinandertreffen kurz zu begrüßen und auszutauschen scheinen. In seiner Hand hält Leonardo ein Notizbuch, in dem er einige Skizzen gemacht und seine Gedanken zu Papier gebracht hat. Ich erkenne die für ihn so typische Spiegelschrift.

Der Meister bückt sich und hebt etwas auf. „Seht nur, dieser Samen eines Grases. Er sieht aus wie die Kralle einer Katze. Die Natur in ihrer wunderbaren Weisheit schafft immer die selben oder ähnliche Formen und Strukturen. Auf sie ist Verlass."

Er legt das kleine Samenkorn, das eine Art spitz zulaufenden Flügel besitzt, in meine Hand, und wirklich: Es sieht einer Katzenkralle täuschend ähnlich!

Leonardo selbst scheint absolut echt zu sein, lebendig und authentisch. Ich hingegen spüre mich jetzt nicht wirklich körperlich, eher leicht und nicht wie von dieser Welt.

Der Meister unterbricht meine Gedanken. „Seht nur, Marguerite, die Lerchen; wie sie jubilierend aufsteigen und den Sommer besingen."

„Ihr solltet Euch etwas überziehen, es wird langsam kühl." Ich lege ihm den Umhang um. „Ihr dürft Euch nicht erkälten."

Er nickt dankend und schaut mir dann tief in die Augen. „Ich weiß nicht, was es mit Euch ist, Madonna. Neulich spracht Ihr mir von Keimen, die krank machen können. Ich habe dieses Wort noch niemals gehört. Manchmal erscheint es mir, Ihr seid aus einer anderen Welt. Aus einer Welt, in der man mehr weiß."

„Habe ich das?" Ich konnte mich im Moment nicht erinnern, jemals etwas in der Art erwähnt zu haben, aber ich konnte mich auch täuschen. „Naja, vielleicht bin ich ja aus einer anderen Welt, wohl eher aus einer anderen Zeit. Vielleicht weiß ich, was die Zukunft bringt."

Leonardo steht auf und gibt mir zu verstehen, dass er sich bei mir einhaken möchte. Dann setzen wir uns langsam in Bewegung. Nun wendet er sich vollends dem Thema zu. „Das interessiert mich: Was sind diese Keime?"

„Nun, es gibt verschiedene. Solche, die das Fleisch faulen und die Milch schlecht werden lassen. Und jene, die helfen, die Milch zu säuern und in Käse zu verwandeln. Es gibt, wie bei allem im Leben, gute und schlechte. Man wird das in der Zukunft noch ganz genau erforschen."

Ich schaue ihn von der Seite her an. Er nickt gedankenverloren. Dann plötzlich leuchten die Augen des Gelehrten auf. „Sagt mir, wird der Mensch je fliegen?"

Ich überlege einen Moment, ob ich ihm darauf antworten soll. Dann entschließe ich mich, es gegen jede Vernunft zu tun. „Ja, sie werden. Aber nicht so, wie Ihr es Euch vorstellt, Messere. Ein Mensch wird sich niemals aus eigener Kraft von der Erde erheben und fliegen können wie ein Vogel. Sein Gewicht und, im Verhältnis dazu, seine Muskeln sind dazu nicht geeignet. Aber die Menschen werden imstande sein, in der Luft zu segeln, von einem hochgelegenen Punkt aus. Und mit der richtigen Antriebstechnik werden sie auch aufsteigen und an jeden Ort der Welt fliegen können. Zu viele von ihnen werden es tun, zu oft. Sie werden mit Hilfe kleiner Kästen auch miteinander reden und sich dabei sogar sehen können, egal an welchem Punkt der Welt die Gesprächspartner sich jeweils befinden."

„Welch goldene Zukunft!" ruft mein Begleiter aus.

„Nicht wirklich. Die Menschen werden auf diese Weise, wie auf jede andere denkbare Weise, ihre Welt und ihre Umwelt zerstören."

Als ich das sage, verfinstert sich die Miene des Meisters wieder. Nachdenklich sagt er: „So ist also der Tod auch in der Zukunft nicht besiegbar."

„Das stimmt nicht ganz. Ja, der Tod ist nicht zu besiegen; aber nur deshalb, weil es ihn nicht wirklich gibt. Natürlich, der Körper vergeht; aber unsere Gedanken, Ideen und Gefühle bleiben. Die Liebe stirbt nicht. Sie lebt in der unsterblichen Seele."

Da geschieht etwas Unerwartetes. Leonardo löst seinen Arm aus meinem, lächelt mich an und sagt in ganz verändertem Sprachduktus: „Nun, Marguerite, unser Weg ist hier für jetzt zu Ende." Offenbar sieht er, dass ich nicht ganz verstehe, was er meint. Deshalb setzt er hinzu: „Du weißt schon viel, aber es ist noch nicht ganz soweit, dass du alles wissen darfst; du musst noch einmal zurück ... es gibt noch eine Kleinigkeit für dich zu tun." Noch bevor ich mich darüber wundern kann, dass er auch die Form der Anrede plötzlich geändert hat, scheint er wieder wie vorher zu sein, küsst mir auf altertümliche Weise die Hand, dreht sich um und geht. Ich will ihm folgen, aber etwas hält mich fest und schiebt mich in die entgegengesetzte Richtung; die, aus der ich kam. Wie durch einen Vorhang aus hellem Licht gehe ich diesmal nur ein paar Schritte, und schon bin ich wieder dort, wo der Traum – oder was immer es war – begann ...

Eine sanfte Berührung an der Schulter weckte mich. Ich hatte Schwierigkeiten, mich einzuordnen; ich wusste nicht, wo ich war und was ich hier tat. Mühsam versuchte ich, die Fragmente zusammenzufügen. Es musste wohl einige Momente gedauert haben. Langsam nur kam die Erinnerung zurück.

Über mir sah ich ein bekanntes Gesicht. Es war Doudou.

„Madame Ariane, ich wollte Sie nicht erschrecken!" sagte er.

Ich setzte mich auf. „Hast du nicht! Hallo, wie geht es dir?"

„Gut. Ihnen hoffentlich auch."

Ich bedeutete ihm, sich zu mir aufs Bett zu setzen, was er auch tat. In der Hand hielt er einen kleinen Lavendelstrauß, den er mir jetzt überreichte. Ich hatte keine Ahnung, wo er den her hatte, aber ich freute mich über das duftende Geschenk.

Jetzt erst bemerkte ich, dass der junge Mann nicht alleine war. Ein Stückchen hinter ihm stand eine junge Frau, die mir nun freundlich zunickte. In den Armen hielt sie ein Baby.

„Das ist Isabelle, erinnern Sie sich? Wir haben im Februar in Lyon standesamtlich geheiratet. Und Anfang September werden wir hier in Lagnières richtig heiraten; kirchlich, so wie meine Mutter es immer wollte. Und Sie werden dabei sein, Sie alle, meine Familie und alle meine Freunde." Er hielt kurz inne. „Und das hier ..." – jetzt deutete er auf das Kind – „... ist unser Sohn. Wir wollen ihn an unserem Hochzeitstag hier taufen lassen. Ab jetzt werden wir hier bleiben, und ich werde auch von hier, vom Büro aus, arbeiten."

Ich setzte mich jetzt so, dass ich den kleinen Jungen sehen konnte, den die Frau mir nun hinhielt. Er war noch winzig, wahrscheinlich keine vier Wochen alt.

„Na das ist aber eine Überraschung. Warum hast du uns nichts gesagt?"

Doudou wirkte etwas verlegen. „Es war unser Geheimnis. Wir wollten kein großes Aufsehen, und ich wollte auch meinen Vater nicht aufregen. Er befürchtet bei solchen Sachen immer gleich den Weltuntergang."

Ich hielt dem Baby meine Hand hin, und der Junge ergriff meinen Finger, hielt ihn fest und zog ihn zu sich heran, um ihn sich dann in den Mund zu stecken. Der stolze Vater redete unterdessen weiter.

„Madame Ariane, wir wollen ihn *Alain* nennen – natürlich nur, wenn Sie keine Einwände haben. Wir möchten, dass er so ein Mensch wird, wie Monsieur Alain es war."

So überraschend diese Neuigkeit kam, so überwältigend war sie für mich. Ich versuchte, meine Rührung mit Pragmatismus zu verbergen, indem ich erwiderte: „Da habt ihr ja Glück, dass es kein Mädchen geworden ist ..."

Doudou lächelte vielsagend. „Wer weiß, vielleicht bekommen wir ja auch noch eine Tochter – irgendwann. Für diesen Fall hätten wir auch eine Idee, den schönen Namen einer wunderbaren Lebenslehrerin ..." Als er das sagte, zwinkerte er erst mir und dann seiner jungen Frau zu.

Jetzt spürte ich wirklich eine immense Rührung in mir aufsteigen, ging aber auf das Letztgesagte nicht ein. Noch einmal schaute ich auf das Kind und sagte: „Da würde sich Monsieur Alain bestimmt sehr freuen."

„Ja", sagte Doudou, „es ist schade, dass er schon so lange nicht mehr bei uns ist ..."

Dann schien ihm etwas einzufallen und das Folgende sagte er mehr zu seiner Isabelle als zu mir. „Ich erinnere mich noch, als ich klein war. Ich brachte Eier, und da fand ich Madame Ariane und Monsieur Alain auf diesem Bett hier. Sie lagen nebeneinander und starrten in den Himmel. Ich war verwirrt; ich glaube, sie träumten mit offenen Augen ..."

Auch ich erinnerte mich an jenen Tag kurz nach der Wiederauferstehung des Bettes, die von Alain seinerzeit mit Skepsis und dann doch mit zunehmendem Interesse verfolgt worden war.

„Das ist ein sehr schönes Bett; ein sehr romantischer Ort, um zu träumen", sagte Isabelle mit einem begeisterten Blick.

Ich konnte mir nicht verwehren mir auszumalen, dass in vielleicht gar nicht so ferner Zukunft *sie* es sein würden, die mit ihrem Kind oder ihren Kindern dann auf diesem Bett spielen oder träumen könnten. Das war für mich eine schöne, beruhigende Vision.

Plötzlich spürte ich einen seltsamen Stich zwischen meinen Rippen, und obwohl ich lag, fühlte ich mich unvermittelt schlapp und ein wenig schwindelig. Ich ließ mir jedoch nichts anmerken. „Geht doch hinein. Im Haus findet Ihr Julie und Bertrand. In der Küche ist Kuchen. Lasst Euch von ihnen einen frischen Kaffee machen ... Ich komme dann nach ..."

Die beiden lächelten. Doudou nahm seiner Frau den kleinen Sohn ab, und beide gingen langsam zum Haus. Es war schön, das offensichtliche Glück des Paares mitzuerleben.

In meinen Händen hielt ich immer noch den Strauß Lavendel. Er erinnerte mich wieder daran, dass ich hier in und um Lagnières niemals Lavendelfelder gesehen hatte, wohl aber einzelne Stauden in diversen Gärten. Mehr noch: So wie es mir trotz vieler Besuche in Athen niemals gelungen war, die Akropolis zu besuchen, oder wie ich in Paris niemals auf den Eiffelturm stieg, so hatte ich in der gesamten Provence niemals ein Lavendelfeld besucht. Und bis zu Alains Tod, der – wie mir gerade einfiel – fast auf den Tag genau vor zehn Jahren auf ebendiesem Bett in meinen Armen starb, hatte ich auch nie das lavendelfarbene Licht wahrgenommen, das ich jetzt immer öfter zu sehen glaubte.

Ich ließ mich wieder auf das Kopfkissen sinken. Ich war so unendlich müde, erschöpft selbst nach dem Schlaf, leicht verwundert wegen der plötzlichen Schwindeligkeit und nun auch einem sich ausbreitenden Taubheitsgefühl in meiner gesamten linken Körperhälfte. *Es wird bald schon wieder gehen*', dachte ich noch und nahm mir vor, dem Nachmittag noch einige Minuten Ruhe abzutrotzen …

Ich weiß gar nicht mehr, ob ich noch einmal wirklich tief eingeschlafen war. Auf einmal war da dieser alles ausfüllende Schmerz, der sich durch meine Brust bohrte. Mein Körper schien sich aufzubäumen, eine endlose Zeit lang beherrschte mich nur Panik. Dann war es plötzlich vorbei. Ich lauschte in mich hinein, als wollte ich sehen, ob der Schmerz sich nur kurz zurückgezogen hatte und nun neuen Anlauf nahm. Aber alles war ruhig. Irgendwann schien es, als käme ich zu mir; jedoch in einer ganz anderen Weise, als ich es kannte. Etwas zerrte plötzlich an mir und ich hörte ein seltsam pfeifendes Geräusch. Ich erinnere mich, dass ich in dem Moment keine Angst empfand oder Panik, sondern etwas wie eine tiefe Verwunderung. Immer weiter zog es mich hinunter in eine Art Schwere. Dann jedoch war auch dieser Zustand vorbei; von einem Moment auf den anderen fiel die Schwere von mir ab. Um mich war Licht und Leichtigkeit; es war, als öffneten sich Ebenen und Dimensionen, die mir vorher nicht bekannt gewesen waren.

Ich schien zu schweben, konnte meinen Körper nicht mehr spüren, wurde selber seltsam leicht. Staunend nahm ich nun wahr, dass ich mich irgendwie über dem Bett befand, etwa einen halben Meter über der Matratze, und dass ich immer weiter nach oben zu steigen schien. Als ich nach unten sah, entdeckte ich im Bett eine Frau, die eigenartigerweise das gleiche Kleid trug wie ich. Ich wollte mich fragen, was das zu bedeuten hatte, aber so schnell die Verwunderung gekommen war, so schnell vergaß ich sie auch wieder und gab mich dem wohligen Gefühl der Schwerelosigkeit hin, das mir eine seit Jahren nicht mehr bekannte Frische und Wachheit zu verleihen schien.

Noch ein Traum? Wo bin ich jetzt? Irgendwann schaue ich mich wieder um und stelle erstaunt fest, dass ich mich auf dem Friedhof befinde; genauer gesagt, an Alains Grab. Ich bin jedoch nicht allein. Ich sehe neben mir eine Gruppe Menschen mit Rosen in der Hand. Sie schauen aber nicht auf das Grab von Alain, sondern auf die links danebenliegende Stelle. Erst jetzt werde ich gewahr, dass dort nun jemand begraben worden sein muss. Die Stelle ähnelt der von Alain; auf der Platte ist die Statue eines Engels angebracht; gegossen aus Bronze und ebenso hoch wie die Katze auf Alains Grabplatte.

Ich glaube, einzelne Gesichter der Leute zu erkennen. Ist das nicht Julie ... und dort Doudou? Gerade beugt sich ein Mann hinunter zu dem Engel und legt zu dessen Füßen eine Rose ab. Ich erkenne, dass der Mann Tränen in den Augen hat. Er haucht einen Kuss in Richtung des Grabes. Erstaunt stelle ich fest, es ist François ...

Dies alles, das Beobachtete, dieser traumartige Zustand, kam mir wie in Zeitlupe vor, doch war es wohl kein Traum. Plötzlich – waren es Stunden gewesen oder nur Sekunden – stand ich mit beiden Beinen wieder auf festem Grund und schaute in ein helles Licht. Das Licht war unglaublich intensiv und blendete doch nicht.

Ich schaute an mir herab und bemerkte, dass ich nicht mehr das orange geblümte Kleid trug. Stattdessen trug ich nun eine Art langen, blauen Kaftan, wie es vor vielen Jahrhunderten einmal Mode gewesen war. So scheinbar schwer der Stoff auch erschien, das

Gewand war in Wirklichkeit so leicht, dass ich es eigentlich gar nicht spürte. Und ich bemerkte, dass ich keine Schuhe trug.

Um mich herum war die Luft wie vom Lavendellicht erfüllt, und es schien, als schwebe ich einige Zentimeter über dem Boden. Dann löste sich die zarte Farbe, die wie ein Nebel wirkte und doch ganz klar und durchsichtig war, langsam auf, und vor mir erschien eine wunderschöne Landschaft mit viel Grün, Büschen und niedrigen Bäumen.

Ich begann, langsam vorwärts zu gehen. Nach einer Weile, deren Länge ich nicht einschätzen konnte, kam ich an einen Fluss. Unter einer Baumgruppe am anderen Ufer saß jemand, aber ich konnte die Person nicht erkennen.

Ich wollte unbedingt wissen, wer es war, und so stieg ich in den Fluss. Das Wasser war angenehm warm und sehr flach. Ich wunderte mich, dass die Flusskiesel nicht, wie sonst, an den Fußsohlen schmerzten, wie sie es normalerweise zu tun pflegten.

Als ich etwa in der Mitte des Gewässers angelangt war, erhob sich die Person unter den Bäumen. Ich blinzelte, aber ich konnte immer noch nicht erkennen, wer es war. Es schien ein Mann zu sein. Er kam langsam näher.

Erst als ich das andere Ufer erreichte, erinnerte ich mich daran, dass ich diese Szene ja bereits kannte. Und ich erkannte den, der auf mich zukam. Er hatte, wie versprochen, hier auf mich gewartet. Verzaubert und erfreut nahm ich die mir so vertrauten Gesichtszüge wahr. Aber so ganz war es nicht mehr er – es schien, als sei er jünger geworden, fester und straffer, und hätte sich doch gleichzeitig auch weiterentwickelt.

Nun war er bei mir, zeigte sein so vertrautes, schönes, offenes Lächeln. Er nahm mich beim Arm und schaute mir tief in die Augen. Sofort war da wieder unsere elementare Verbundenheit. Und dann, endlich, vernahm ich seine Stimme.

„Häh! Du hast aber lange gebraucht."

Ich hörte ihn das sagen, aber er bewegte dabei seine Lippen nicht. Ich hörte es in meinem Kopf. Niemals hätte ich gedacht, dass ich dieses ‚Häh!' überhaupt noch einmal hören würde.

„Ist es dir lang vorgekommen? Ich habe dir doch gesagt, dass ich warte, dass du nicht allein sein wirst."

Ich wollte antworten, aber ich musste dazu gar nichts tun. Es floss aus meinen Gedanken, und Alain schien mich zu verstehen. „Ich habe dich so vermisst."

„Ich weiß!" kam die Erwiderung zurück. „Ich habe es ähnlich empfunden. Auch wenn es den Begriff der Zeit hier nicht gibt." Damit nahm er mich in seine Arme – und ein warmes, unfassbar intensives Gefühl breitete sich in mir aus. Dann nahm er mich an die Hand. In Gedanken spürte ich ihn sagen: „Du weißt, wohin es geht!"

„Tue ich das?" dachte ich zurück.

Auf einmal veränderte sich die Landschaft. Der Fluss war immer noch da, aber plötzlich spannte sich darüber eine Brücke, und wir standen nun auf dieser Brücke.

In meinem Hinterkopf hörte ich plötzlich die Worte: ‚Du wirst dich erinnern, wenn du dort sein wirst.'

Den Satz hatte ich schon einmal gehört.

In diesem Moment wusste ich, dass ich nichts mehr wollte, dass ich jetzt alles hatte. Ich hatte meine letzte Aufgabe erledigt und war den letzten Weg gegangen. Ich hatte keinerlei Angst mehr, aber Mut war es auch nicht; nur der große Blick, der sich uns nun auftat und Ruhe in sich barg. Ruhe und unendliche Liebe, die schon immer wie ein weises Omen vor uns hergegangen war und uns lange vor diesem Augenblick ermöglichte, uns nicht nur getroffen, sondern uns auch erkannt zu haben …

Dennoch fragte ich. „Alain, wo genau sind wir?"

Er schaute mich lange und intensiv an, bevor er antwortete. „Weißt du es noch immer nicht? Du bist an dem einzigen Ort, an dem du je warst und je sein wirst."

„Und wo ist das?"

Alain küsste mich; einen tiefen, alles in sich vereinenden Kuss. Und mit diesem Kuss kam auch die Antwort.

„Du bist angekommen. Du bist da, wo du immer hingehörtest …

Hier!"